长篇历史小说

大唐薛涛

萱草帖

边笳 著

辽宁人民出版社

© 边 笳 2020

图书在版编目（CIP）数据

大唐薛涛：萱草帖 / 边笳著. —— 沈阳：辽宁人民出版社，2020.4
 ISBN 978-7-205-09845-2

Ⅰ.①大… Ⅱ.①边… Ⅲ.①长篇小说—中国—当代 Ⅳ.①I247.5

中国版本图书馆CIP数据核字(2020)第010614号

出版发行：辽宁人民出版社
　　　　　地址：沈阳市和平区十一纬路25号　邮编：110003
　　　　　电话：024-23284321（邮　购）　024-23284324（发行部）
　　　　　传真：024-23284191（发行部）　024-23284304（办公室）
　　　　　http://www.lnpph.com.cn
印　　刷：辽宁新华印务有限公司
幅面尺寸：145mm×210mm
印　　张：12.25
字　　数：264千字
出版时间：2020年4月第1版
印刷时间：2020年4月第1次印刷
责任编辑：赵维宁
封面设计：鼎籍文化创意　隋　治
版式设计：鼎籍文化创意　徐春迎
责任校对：郑　佳
书　　号：ISBN 978-7-205-09845-2
定　　价：58.00元

关于《大唐薛涛》如何发想

幼时见了《薛涛诗笺》,理所当然地以为"薛涛"是男子名。直到有一天问了祖父,他回答,此人是唐朝的女诗人,是一名女官。

女子入仕,美人写诗,都不稀奇。奇的是,在男权世界仕宦圈中大放异彩的交际花,最后竟能顶着光环安然落地、安度晚年。

细数汉唐时期的才女,李冶、鱼玄机之类大把大把挥霍青春,游戏人生,卓文君则将个人命运和全部的快乐都系在一个男人身上。她们笔下书写的不是闺怨,就是声色犬马、驰骋欢场的浪荡岁月。

薛涛不一样。她有才华,是诗人,捕获大唐贵胄公子、名士高官等一众粉丝,也是浣花溪畔制纸贩笺、赚得盆满钵满的生意人。

《唐才子传》称,薛涛"性辨惠,调翰墨。居浣花里,种菖蒲满门"。

元末,费著于《笺纸谱》记载:"涛出入幕府,自皋至李德裕,凡历事十一镇,皆以诗受知。其间与涛唱和者,元稹、白居易、牛僧孺、令狐楚、裴度、严绶、张籍、杜牧、刘禹锡、吴武陵、张祐,余皆名士,记载凡二十人,竟有酬和。"

薛涛所在的成都历经十一任节度使，个个是出将入相的重量级人物，她游离于其间，从如履薄冰到左右逢源。薛涛又交游极广，单是与之应酬唱和的名士便有白居易、杜牧、刘禹锡、元稹等数十人，个个是响当当的才子，撑起大唐半个文坛。王建在《寄蜀中薛涛校书》便称：

"万里桥边女校书，枇杷花里闭门居。扫眉才子知多少，管领春风总不如。"

而追溯到薛涛十五岁时，作为一名毫无背景、身份低微的官妓，她如何能进入精英集结的西川幕府，迅速崭露头角？最初赏识她的诗书才华、带她跻身官场与士林的，便是中唐名将、人称诸葛武侯后身的韦皋。

本书就是讲述少女薛涛以绝顶诗才在男权社会里突围，助西川节度使韦皋扫除奸佞、劝降邻国、献计出征、奠定霸业根基的故事。年近不惑的封疆大吏也一心倾慕这位西蜀才女，他不许她绫罗珍宝，也不许她权力钱财，只为她开启一扇通往自由世界的大门，让她拥有广博世界中遨游施展的无限可能。

韦皋提剑平天下，薛涛执笔闯江湖，她以既无媚气、亦无雌声的诗篇，造化出一股浩浩荡荡的侠者之风。

故事的底色，则是翠竹与山水粉饰而成的李唐蜀地、长安市井百态。

目 录

第一章 两两鸳鸯小 001

第二章 孤剑适千里 025

第三章 雨暗江水流 055

第四章 素手赠芸香 095

第五章 空斗画眉长 133

第六章 白鹭识朱衣 165

第七章 飘弦唳一声 201

第八章 人世难自降 233

第九章 心系不同舟 269

第十章 夕阳乱鸣蜩 299

第十一章 放儿归舍去 329

第十二章 万里应相照 363

第一章　两两鸳鸯小

1

太阳落山之前,一只死去的小黄狗被掩埋在黄土里。

洪度和余思齐握着结实的粗木棍,费了好大力气在潮湿的泥地里刨出一个坑,程旭则从附近采集了好多枯叶。春天枯叶很多,叶子新鲜嫩绿时人们开心地辨认它们属于什么种类,老去垂败的枯叶呢,它们的品种却不为人知,当然,也丝毫没人关心。

埋好了黄狗,洪度细心拍了拍地面的泥土,把松土压得紧一些,又掩上些黄叶。程旭提议写一则墓志铭,一首绝句就可以,聊表追念。可大家对这只黄狗的名字、来历一概不知,不知从何叙起。

"说到底,今天下午统共也就溜出门两个时辰,还在思齐家换了男子服、喝了碗甜润的绿豆羹,这才在街边瞧见奄奄一息的小东西呢。"洪度说。而这只小狗真是瘦削又可怜,惹得程旭当时一抱起小狗便惊呼,大概被它身上嶙峋的骨头硌到了。"我带它回家医治。"程旭本以为自己可以治好它的,他父亲是眉州德高望重的大夫。没想到抱起来没多久,小东西就咽了气。

"也不要写什么墓志铭了,立个牌匾太过招摇,怕是惹来好事者掘墓,岂不扰了小狗安眠!"思齐说,"而且,我们真的要回家了。"

此时恰好一阵风吹过,绯红花瓣星星点点地飘落在地,也落在三个人的头上、肩上。他们精挑细选了这么一片荒地,就因为这里栽满了芙蓉树。

"母亲说芙蓉树长不高,其实也不矮呀。"程旭念叨着。对于这些十二三岁的孩子来说,两米开外的树已经算是很高很高。抬眼看,它们排布不密,朝天空伸出枝丫,到底是才栽下一两年,那年轻,那气势,好似能长到无限高,高到撑破天顶。

拂了拂袖子上的花瓣,思齐突然念道:"昔日芙蓉花,今成断肠草。以色事他人,能得几时好?"

洪度瞥了思齐一眼,觉得李白这首《妾薄命》他吟得有些不合时宜。便说道:"思齐,你才几岁,就能读懂汉武帝和阿娇的故事吗?"

"人世之情贵在一个真字,我是你哥哥,我不懂,你就更不懂啦!"思齐笑着拍了拍洪度肩上的花草。

洪度扬起脸,眨了眨圆眼睛,父亲书房里找到读到的诗太多,自己一首首熟读起来,却没有老师像讲解《列女传》、"四书"那般认真地教过,全凭自己领悟。细细把这首乐府诗吟诵一遍,她说:"你虚长我一岁。我觉得,这首诗明明是在讲,人间难得见真情,尤其是美人显贵之流。"

"好吧,反正我不明白,姑且算你说得对。我们快抄近路回家吧。"思齐拉起洪度的手。

思齐和洪度是邻居,两家都住在四川眉州的青坪街上,宅院一东一西紧挨着,两个孩子的父亲都在府衙为官,回到家,他们隔着院墙也能说上几句。这一年,思齐十三岁,比洪度大一岁,从小他读"四书",她也读"四书",他念诗,她更要念诗。

程旭则喜欢摆弄些花花草草,他没那么爱读书,但是诗歌也是寻常日子里少不了的调剂。他说:"你们看这首好不好?涉江采芙蓉,兰泽多芳草。采之欲遗谁?所思在远道。还顾望旧乡,长路漫浩浩。同心而离居,忧伤以终老。"他刚起个头,大家就跟着念起来。

念着诗,落寞的一天仿佛平和了许多,夕阳黄昏最美,芙蓉花下也美,生生世世,天地万物,如同日落日出,都介入不可回避的循环往复之中。又有什么可忧愁的呢?

洪度推开自家宅子的大门进来。一路飞奔回家,脸上还带着跑步过后的潮红。进了门,先是看见看门的伙计清扫院落,紧接着发觉丫鬟绥玉一直候在门边。

"绥玉,怎么不进屋去?"她轻描淡写地说。心里明明知道,这是自己偷跑出去的规定动作,绥玉必定守在门口罚站,直到自己回来。

绥玉比洪度年龄大,长得却小巧伶俐,比洪度矮半个脑袋。她瘪着嘴一句话不说,满脸委屈,只跟着洪度往里走。洪度本想绕道从回廊到后室换身女服,绥玉阻住她,"夫人请您去正厅说话"。洪度一想,自己这样跳墙出去不是头一回,父亲也已经回家,若母亲恼火,父亲会护着自己的,于是穿着男服、脚底沾泥便去了前厅。父母亲正襟坐在榻上饮茶,一见着洪度母亲便抑制不住地责骂起来。

"又去哪里疯玩?你瞧瞧你,爬墙出门是第几次了?怎么不爬墙回来呢?竟好意思昂首阔步地从正门入!还换上男儿服!有一点女孩的样子吗?《列女传》里讲的贤明、贞顺,到底是白读了?"

"母亲,正所谓勇者无惧,我跨墙而出并不逾矩。至于这身男子服,是思齐借给我的,好看吗?听闻在京师长安,公主们都有着男服出门的习惯，方便又安全。"她说着说着，微微抬起胳膊转了个圈。小小年纪，洪度的一张小脸盘便已出落得轮廓清晰、眉眼秀逸，穿上男服，真有几分俊俏公子的派头。

"好看，好看！涛儿穿上男服，大有巾帼不让须眉之势。"父亲朗声说。"不过日后出门一定要有大人陪着，不可再让你娘担心。快，快去更衣吃饭。"父亲果然帮着她敷衍母亲。

"嗯。"洪度偷偷冲父亲使了个眼色，恭恭敬敬地退下。自此之后，她的橱柜里便添了两套男儿装。爱穿男装，爱骑马，闻着桂花糕蒸档袅袅升起的香味就喜不自禁地夺门而出，时不时爬树和翻墙，爱躲在榕树底下端详东市的杂耍表演和围观的闲人散客，但喧喧闹闹的日常也不妨碍她做个安静娴雅的女孩。街坊眼里的薛家小娘子是位名副其实的名门闺秀。

2

这正是建中三年的五月，长安城内，桃花杏花早就开罢，一簇簇争相斗艳的海棠、丁香、梨花也快谢了，文人骚客无不饮酒游园，吟诵这一派春逝之景。

五十七岁的张镒却丝毫没有伤春悲秋的兴致，他端坐在一台暖轿中，由四名轿夫抬着，身前是两位骑马的师爷，身后是二十多名随行家仆，还有五十名护卫兵士。如此大的排场，只因他身份尊贵，一年前便当上了中书侍郎，同中书门下平章事，也就是当朝的宰相。

宰相不待在政事堂议事，却要赶赴边疆，到陕西凤翔就任凤翔、陇右节度使！想到此，张镒便眉头紧锁、心气不顺，想挑帘透透气，一眼便看到开远门外那一方醒目的石堠，张镒无奈笑道："此堠谓西去安西九千九百里，我们此番可谓是万里之行啊！"

杨宇、韦皋两位师爷一听张大人发了话，马上回过头来下了马，到大人窗边说话。跟随张镒七年的杨宇叹道："是啊，由朱雀街都亭驿出发，先至临皋驿，由临皋驿西行，过咸阳望贤驿、经温泉驿约50里至兴平，然后由槐里驿西去，至马嵬店、武功县、扶风县、岐山县，这才能到凤翔府。待大人在凤翔安置妥当，韦老弟再向西去陇州。万里之行，不知再回长安却是何时。"

"我知道，你们心有不甘！"张镒呵呵一笑，"不过圣旨已下，不得不从啊！"

"大人这是哪里话？多谢大人惦记着属下！能随大人一路西行，实乃小人之幸！"杨师爷连忙惴惴不安地说。

"不需客套，这次派我西行怕是朝中有人不安好心，我岂能不知？"张镒厉声说。

"是了，此事蹊跷。"韦皋摸摸下巴接了话，压低声音，"属下也是差人打听了好几次，才得到内情。原本皇上只择人代替朱泚戍守凤翔，谁知那卢大人主动请缨，说什么，凤翔将校，班秩素高，非宰相信臣，不可镇抚，臣宜行。皇上不许，卢杞又说，陛下必以臣容貌蕞陋，不为三军所信，恐后生变，臣不敢自谋，惟陛下择之。皇上这才想到请大人兼任节度使。"

张镒沉默片刻，点点头，"不过此去凤翔也不是毫无缘由，一来，朝廷确实要安抚住驻守边关的战士，二来，还要与吐蕃的相尚结赞在清水订盟约。边地无小事，需得好好筹措。"张镒已年近六旬，几年前也曾称病告假，潜心撰写《三礼图》《孟子音义》等经卷，想过过闲云野鹤的日子。不料如今年迈却要踏上这万里征途，连日来安排家人打点行装，已是一脸倦意。不过他还是打起精神叮嘱韦皋，"你不似杨宇，他跟我同守凤翔，你是要独自去驻守陇州的人，陇州虽小，但它正好处在关中平原和西北边塞之间，依山临水，山高沟深，乃是通吐蕃的要道，兵家必争之地。把住陇州的军事大权，凤翔方可无忧。一定不可大意！"

见张镒语重心长、心怀天下，韦皋颇为感动。一年前他拜在张大人门下，为其参谋政事，张大人对他有知遇之恩。平日两人爱切磋棋艺、讨论经文，亦师亦友。如今虽前途未卜，但仅凭一个"义"字，他也无悔跟着张镒到边疆闯荡，于是朗声答道："是，大人的话，属下定当牢记。出世则通，入世则达，以出世之心行入世之事，属下谨遵老师教诲。"

队伍走走停停，一月有余，终于抵达凤翔府东门外。只见城门大开，凤翔尹严仁及凤翔兵马使李楚琳早就领着数十名将士，在城门官道两侧列队欢迎，甚是恭敬。

张镒一见这阵势，立即下轿与两位凤翔地方官寒暄。这两位里，严仁是凤翔府的最高行政长官，李楚琳则一手掌管兵权，都是朱泚的老部下，也都一脸堆笑，讨好这位从长安调来的大人物。

杨宇暗暗观察，心想，原节度使朱泚的兄弟朱滔造反，皇帝明面上不怪罪朱泚，实则紧急调他回京，又另派中书侍郎来凤翔坐镇，不知道朱泚的旧部可会有异心。他与名将朱泚从未谋面，此番见李楚琳一脸温和地站在严仁身后，圆脸盘矮身材，稍显憨厚。

严仁则面庞窄长，下巴瘦削，一个劲儿向新长官汇报凤翔的地理、人文情况，热络非常。相较之下，杨宇觉得更需提防这位严大人。越急着表现满腔热情的人，往往心中越是有鬼。

夜间，待张镒住进节度使府，和官员们用完晚宴，杨师爷把自己的观察细细说与张大人知晓，韦皋也在旁侧认真地听。提到李楚琳，杨师爷道："李楚琳看起来还算老实，并不似严仁那般事事冲在前头，甚是可疑。"

"嗯。说得不无道理。"张镒答道。"韦先生你看呢？"

"我也认为宇兄提点得是。严大人，必须提防。"韦皋抿了抿嘴，又道，"这李大人是个闷葫芦，却也不知葫芦里卖的什么药。"

"哦？"张镒满意地一笑，貌似和韦皋的想法不谋而合。

韦皋横眉低语："不论他葫芦里卖什么药，既然他号令着凤翔的军队，就必须注意此人动向。"

"不错。你需得去陇州，就由杨师爷来做这凤翔的兵马副使，慢慢把军权接过来吧。"张镒拍拍杨宇的肩膀。

杨宇本就是一身忠正之气，此时感到身负重任，一股热血涌上头，便忙着表决心："哪里！对军备、军心，我只略通一二，今后定当不辱使命，好好学习。"

韦皋心下却有几分疑虑：若非到了用人之际，想来张大人也不会将这样的任务交给一个尚文不尚武的部下呀！

张镒又说："不过，我也得顾及李楚琳的感受，等过些日子，对凤翔的政务军务熟悉一些之后，再将杨宇安插进去。"

个把月后，张镒的家务事安顿得差不多了，才送韦皋踏上征途，不料这一别，他竟再也难见到这位聪慧中透着几分朴拙的小兄弟。

沿渭水北侧西行，一路循汧水、过汧阳、到陇州，韦皋见识了大名鼎鼎、辟自西周的陇关道。

过往他游历了不少江南山水，那些草木云山长时间浸泡在晨昏晦雨中，终年染上一层雾缭缭的苍绿，全然不似眼前西北的山川。这里的绿，是每年春夏焕然而出、蓬勃盎然的新绿，配以一重重忽而平缓、忽而险峻的山岭，常常叫人瞿然一惊，不由得叹服这驱山走海之势。

"你可知咱们走的陇关道是怎样一条路？"韦皋兴致上来，对身边背着行李的书童秋生说。

"知道！这不就是文成公主、金城公主远嫁吐蕃的必经之路咯！"

"岂止！春秋时期，秦国就在这里开地千里，遂霸西戎；隋朝，陇州道成了通西域的主要驿道；贞观元年玄奘取经天竺，也是取道于此！"

"陇州是好地方啊！大人此次去就任营田判官、殿中侍御史，并署理陇州行营留后，真是宰相大人照拂！"

"是，也不是。"韦皋沉下心来说，"秋生你不知道，陇州暂缺兵马使，去就任行营留后，就是要代替兵马使号令驻守在陇州的4000余兵士，这对我来说，可不是什么驾轻就熟的事。"他这一路边欣赏风景，边记录地形走势，一点不敢掉以轻心。况且安史之乱后，各地藩镇叛乱连连，韦皋身处军事重镇，很可能卷入战事、驰骋沙场。

刀尖上舔血，这和韦皋十几年来在家乡度过的安逸日子相去甚远。但乱世之中，已容不下一方清凉悠然的宅院。他想起高适应召到河西节度使幕府任职时，途径陇山留下的诗作：

> 陇头远行客，陇上分流水。
> 流水无尽期，行人未云已。
> 浅才通一命，孤剑适千里。
> 岂不思故乡？从来感知己。

同是为报知遇之恩，孤身一人前赴边疆，望向汤汤不竭的流水，思索人生的颠簸无常，韦皋轻轻吟着诗句，慨叹道："士为知己者死！秋生，你要好好帮我！"他想，在这纷乱时局之中被委以重任，不也正是他韦皋建功立业的良机！

3

若不是身居边地，百姓们便不会受到战乱之扰。

就像守在数九寒冬盼着汗津津的夏日一样，眉州的孩子们从深秋便就开始盼来年的端午。歌函钟，舞大夏，祭山川，那都是官员们的事。五月蕤宾时节，石榴花一红，朝开夕合的槿花也一丛丛冒出头。家家门前插艾草，廊下挂起桂灵符，晨起沐浴，到了午后，孩子们只管在窗纱下就着一碟盐梅听蝉鸣，无所事事、浮想联翩的滋味最美，况且端午节前还有一场好戏可看，那便是眉州一年一度的马球大赛。

洪度刚过完十二岁生日，这一年，马球大赛决赛由眉州马球队对战南诏商会马球队,赛场定在城外南郊。洪度也牵着马,和思齐并肩跟在两位父亲身后,抵达赛场时,天气刚放晴,草地上一片雾蒙蒙的水气蒸腾。

"薛司仓,余司户,幸会幸会!正说要节前登门拜访的!"见眉州官衙的司仓、司户来观战,南诏商会会长柳泉远远迎上前。这二人虽官阶低微,但在地方上,他们一个管理财政税收,一个管理户籍账史,都是说起话来响当当的人物。

"柳郎,别来无恙,拜访就不必了。上周我便寻不到你,你们盐商的税还没缴纳齐全呢,可要抓紧了。"薛郧道。

"一定,一定,这个月一定补齐,不会有什么短少。"柳泉举起袖子擦擦汗。

余司户补充道:"是了,近几年,蜀中的税制宽松不少,商户日子都好过多了,眉州已经是轻徭薄税,这么好的境况,可不能再有什么差池。"

地方官面前,柳泉只得连连点头,引二位官员去场边坐席。洪度则在一旁说:"爹,我们就不入席了,牵小黑在场边玩会儿就好。"小黑是洪度一年前在南市遇见,非得央求父亲从马贩子手里买下的小马驹。薛郧看看女儿,又看看紧跟在女儿身边的家仆,料想出不了什么事,就由她去了。

场边聚集的人越来越多,有从市集挑担过来凑热闹的商贩,有扛锄头刚从田地里插完秧的农人,有终日无所事事的闺中美妇,还有骑高头大马、被随从簇拥的贵公子。未时一到,对战的两队人马一方穿蓝色窄袖袍,一方穿赤色袍子,齐齐列队入场。

"真威武!"思齐直呼。

"嗯，"洪度严肃地应道。"马球赛虽说只是商会举办的比赛，其实是场真正的小型战役。我们一定会赢。"开场号一响，球员们立即提起精神，排兵布阵，手执偃月形球杖，争相冲向场中心，把拳头大小的彩球挥到离对方球门近些的地方。

眉州队五个队员穿着红衣，击球驭马技巧精湛，团队里，三人阻住对手，二人专注控球，配合之默契，可见练习不是一天两天了。相比之下，南诏队则表现略微平庸，唯有一位卷着络腮胡的蓝衣男子，马速迅疾，喜在空中挥杆运球，打法十分张狂。眉州队靠团队组织得球，南诏队则靠一股蛮劲儿拼抢。

双方对战半个时辰后，比分正好是一比一平局，眉州人显然摸清了南诏的门道，又一次稳稳地传帮带射，将小小木球向对方球门推进。岂料球已经滚到球门附近，南诏队的络腮胡不顾一切地向挥杆的队员冲过来，一杆下去，他没有碰到球，却从侧面撞了眉州队员的马匹，高大的白马被撞得身子一歪腿一屈，向前跪倒，队员也一同摔倒在地。

场上几名眉州队员一时又惊又怒，赶紧勒绳下马，查看队友的伤势，而摔落的队员因为右脚着地，仰面躺在草地上疼得站不起来。

马球比赛向来高危，还好商会召集了医者一起赴会。"伤势严重啊，摔落时右腿着地力度过猛，这膝盖怕是……怕是会骨裂，一定要退赛了。"一位中年郎中蹙眉说着，又指挥两个学徒把伤员架出球场。看到此番场景，眉州队几名队员懊恼得要命。

"田舍奴，故意伤我队员！"

"是了，少了一个人，以为就赢得了我们？莫说四对五，就是四对十也不在话下。"一个年轻队员来了脾气。

"不行，不行，老实说，我们苦练的就是章法，如果缺了个人，断不可持续原先的打法了。"

简短讨论之后，比赛还得继续，面白眉浓的眉州队队长忽然走向观众席，大声说："各位乡里乡亲，我队少了一名主攻，不过咱眉州怎么会缺少好球手？在座各位，不知有没有哪位才俊备了马匹又有兴致的，可随时上场助我眉州队一臂之力。"说罢他在马上作了个揖，面露恳求之色，环顾场外，竟无人应声。

也难怪，来观战的市民村民极少带马前来，便是带了马，生长在成都平原的眉州人，多半也是性子温顺沉郁、生活闲适惯了，遇到这等危险的竞技，如果不是早作准备，大家谁也不愿冒风险、出风头。

队长无奈，只得回到场上继续比赛。因为少了一名队员，剩下的四名眉州队队员击球越发激进冲动，但若论硬碰硬，跟南诏人肢体冲撞显然讨不到什么好处，好容易打进一球，马上就被南诏队追平。

眼看着日头偏西，比赛时间所剩无几，眉州队队员精疲力竭，难以支撑如此强度的对抗。南诏队倒是越战越勇，到了关键时刻，只见那络腮胡猛一发力，越过两个眉州队员，驾着马匹速速执球杖横扫地面，将小球快速推进到球门不远处，这一击若真攻进球门，无疑致命。霎时间，观战村民们也不叫好助威了，全都注视着精致的木雕球，屏息凝神。

不料场上忽地抖出一片紫红光影，一匹矮矮的小黑马驮着一位紫衣少年飞驰上场，直奔络腮胡身旁。络腮胡原本心无旁骛地将球抛起，打算一击入门，没想到身边蹿出一个人影，着实被吓了一跳，一不留神，空中的小球就被这孩子截了去。

而少年不带一丝犹豫，抢过球便一拽缰绳，回身向另一边球门奔去。他先带球在地上连击三下，见另一人高马大的南诏球员过来争抢，赶紧握紧鞠杖，"驾驾"喊了两声，随着小马的步伐乘势奔跃，在空中运起鞠来。小马飞驰不止，他也跟着它奔跑的走势连击十几下，引得场边观众大呼过瘾。

这时几名眉州队员已围来掩护，少年则在马上半蹲着身子击球，不一会儿便到了球门附近，他余光扫了扫四周，胜券在握地咧嘴一笑，然后轻巧一扣，木雕球准准地飞进了球门。

"赢了！眉州队胜！我们赢喽！"毕竟是在主场，乡亲们都欢欣雀跃地呼叫起来，裁判也敲起鼓以示比赛终结。赛场上，眉州球员都举起手里的球杖庆祝，骑着黑马的小公子也还在奔驰转圈，好不快活。想不到南诏人输了球，便纷纷将球杖摔落在地。络腮胡仿佛是故意的，绕到少年周遭，将球杖向飞奔的小黑马扔去。

稚嫩的小马速度虽快，可是见到偃月杖蓦地飞来，大大受了惊，一边摇脑袋一边鸣叫，高高抬起前腿去躲闪，岂知马背上的主人全无防范，原本就未拉紧缰绳，这一下，整个身子朝后仰去。他是临时上阵，只穿一身紫色便服，外衣里并未套上护体的软甲。

"洪度，洪度！"思齐和薛家家仆阿连往紫衣少年的方向冲去，奈何距离太远，完全赶不及护住他。倒是场外一名身着华服的公子早早策马飞奔到场上，又迅如闪电一般地赶到紫衣少年马旁，一把揽住他，把他妥妥地挪到自己的马背上。

少年险些摔落在地，即便是在此千钧一发之际被人救起，他脸上全无畏惧之色，只是身子略有些颤抖。"小黑，我的小黑怎么办？"他指着那匹黑马，小黑马抬起前腿又放下，在草场上不住地狂奔。

"不碍事，陪它一同跑跑就好。"公子和少年两人共骑朝小黑的方向追去，追上了，便让两匹马齐头并进，步伐趋同。公子见赛场南边没有围观的观众，只设了一圈低矮的栅栏，问少年："你的马儿可曾跳过栅栏？"

"练过一两回，不过它会怕。"少年说。

"一回两回害怕，难道就不试试第三回了吗？敢不敢？"公子拢了拢少年的肩。

"当然要再试！"少年回了回头，认真地说。这一回头，公子才看到他的侧脸，他鼻梁挺直，几缕发丝从高高系起的发冠上散落下来，皮肤比女子还要白皙明媚，加上比赛时汗水沾了脸庞，越发显得光彩熠熠。

公子当下连连"驾"了几声，他的棕色马匹稳健地领着小黑跑起来，直往栅栏处冲去。眼看快撞向栅栏，两匹马默契地凌空一跃，轻轻松松跨越了栅栏。又跑了一会儿，跑进郊外一片离人群相去甚远的竹林，才渐渐慢下步子，小黑的戾气也渐渐平复。

公子下马，也把少年抱落到地上，一下地，他赶紧走到小黑马旁边，轻轻抚弄它的脖子。"乖，没事啦！"他柔声说。"不怪你，你才四岁多呢。都是南诏那帮人，输个球就气急败坏！"

"哈哈，马儿四岁，你几岁了？"公子在少年身后说。

"失礼了，今日多亏公子出手相救，还没谢过呢！"少年转过身，边说话边双手抱拳行了谢礼，之后扬起脸看看这位公子，他与巴蜀一带的男子形貌大不相同，巴蜀男人大多身材单薄，他却生得宽厚魁梧，身着宽袖大裾的圆领襕袍，脚踏乌皮六合靴，腰间佩戴玉带钩，裁剪搭配紧跟当下的流行。通身朱紫绫罗映衬之下，一张泛着红光的白脸盘如同朗月一般，华贵秀逸、稍露峥嵘。他身型高大，少年站在他面前显得更娇小了，孩子在陌生的大人面前本应有几分避忌，但一见这位公子满是笑意的眼睛，少年便莫名地开心起来。

"我今年十二岁。"他回答。

"小小年纪，如此气度，击鞠之技也是了得！蜀地果然出人才！只是有一事不明，还想请教。眉州队起先召集队员的时候，你怎么不上场？"

"您的马术亦是非比常人，又为何不上场，助我们一臂之力呢？"少年微微一横眉，倒将他一军。他却一点也不尴尬："我啊，我不是你们眉州人。代你们出赛总觉得不太合宜。况且，也没随身携带偃月杖啊！"

"您不是眉州人，总归是大唐人吧，不必拘这些小节的。"少年嘟了嘟嘴，话里带着三分嗔怪。"您全程观战，想必也知道，南诏队跟我们是铁了心地硬碰硬，这么耗下去，我们终究不是他们对手。最后几分钟，他们一定以为自己赢定了，想要努力一搏也唯有选在那一刻。"

"是了，胜就胜在把握了这最后的时机！"公子称赞道，顺便宠溺地摸了摸少年的脑袋，瞧着这孩子腰身纤细，四肢匀长，不像男孩，十足像个女扮男装的小娘子。"我是河南缑氏人，武元衡、字伯苍。祖父、父亲在京中为官多年，现居长安，你叫什么名字？"

"我叫洪度。"少年双目炯炯地看着公子,忽而又低了头、垂下眼帘。

4

"眉州紧邻岷江,南连乐山,山水灵秀,只是梅雨季雨水泡得人要发霉呢。"听说武元衡是第一次来眉州,洪度尽起地主之谊,介绍起来。"必须逛逛市集,尝尝豆花、玉米粑、米豆腐,这边不起眼的小吃才最美味。"

大概是为着寻觅美食,两人约在一天后的申时于岷夕桥桥东会面。武元衡只身前来,一个随从也没带,洪度则是故技重施、趁着午睡时爬墙出门。两人都像赴一场隐秘的约会。

当然,平日里,洪度也和邻家孩子相约玩耍,但那都是午后或饭后一声吆喝,又或是与隔壁院子、外街孩子们早早谋划的一次出逃,带着布偶,带着狗,或者什么也不带地在田间巷弄疯跑。总之孩子们的玩耍都是随机的,可去可不去,去了也不用讲究形象,快乐都来得无比明朗。这一次,快乐却掺杂着一丝丝难以言状的愁绪,仿佛变成了雨天的快乐了。

为了让他看见她是整齐漂亮的,她依旧是出去了才在思齐家换上干净的衣裳。思齐见她唇上淡淡抹了一抹母亲的蜜橘色檀膏,又仔仔细细对镜梳头,直问她要上哪里去,她笑而不答,说,等着,晚一点给你捎回张阿婆家的绿豆糕。

出门出得早,到了岷夕桥附近,她便在桥东不远处的大树荫下等着。不消一刻，看到武元衡沿着河岸北面走来，他即使穿梭在如织的人群中，也能立即跳脱而出，一副高大的北方人身材，却有一张南方男人清秀俊逸的脸孔。

洪度目不转睛地看着，正预备走过去，只听树后一个熟悉的声音道："娘子别走！这么跑出来又是要让我挨骂罚站？是为了约见那个人？"原来绥玉已发现洪度一反常态地挑选衣衫、对镜贴花，便一路尾随着洪度到了闹市区，这位素来机灵的小姐竟丝毫没有察觉。

洪度拉住绥玉的手，忙着把她推到树后。"这位公子救我一命，来道个谢，理所应当的！姐姐你就迁就我这回，千万别告诉母亲便是。"

"上次私自上场打马球，害得我们还不够惨吗？这回我跟娘子同去，否则回去也是被罚。"她撇了撇嘴，忽而又话锋一转挑了挑眉，"话说这位公子，说他是天下最美的男子也不为过呢！"

洪度下意识地点了点头，又立即感到羞赧，怕被人望穿了心思，连忙说："姐姐你快回去吧，我只是带他在市集四处转转，定会早早回家的！"好说歹说，绥玉总算是依了她。

等绥玉彻底消失在小道尽头，洪度才从树下走出来，反正扮男装，又还是个孩子，她才不懂什么矜持不矜持，迫不及待地朝武元衡跑去。

"元衡兄，久等！"

"不急不急，我也刚到。"武元衡迎向一路小跑的洪度，这天她一身碧水色轻纱衫，腰缠玉色腰带，面庞如水上白莲，一双圆眼睛闪耀的，比玛瑙还明丽动人，直直地望过来。武元衡怔怔地说，

"人人都说蜀地好,岷江两岸,当真是烟水明媚、花草蓬勃,这番活泼灵秀,我走过那么多地方没有一处可以比拟。"

武元衡这番话原是以景比人,洪度这年纪是听不出的,她眨眨眼问:"噢?难道比繁华的长安城还好吗?我们这些南方人,天天念着绝胜烟柳满皇都,很想看看名声在外的长安柳衙;公子你瞧,岷江江边和曲江池畔一样,也种着不少柳树呢。"

"橘生淮南为橘,生于淮北则为枳,叶徒相似,其实味不同。在我看来呢,眉州和长安最大的不同之处,是居住在两地的人。"

"怎么说?"洪度和元衡沿着河岸边走边聊。

"在长安居住的人,多数不是长安人,只算得是都城之人。这些人来到长安也不为安家度日,为的是考取功名、谋得官职,或者做生意赚多些银两。所以长安城的景观,混杂了功利虚华之气。"

"原来如此。"洪度若有所思地点点头。"我虽从未离开眉州,不过公子所说的境况也可以想见。欲求过度,自会少几分纯然之美。不像眉州,住在这样小地方的人们,都是闲闲淡淡、想在此安家立命一辈子的。"

说到此,两人四目相对,相视一笑。

日头渐渐歪向西天,洪度领着元衡走进一条窄窄的巷弄,"尝尝我们的泉水豆花,夏天吃最解暑气。这家店的豆花,黄豆是一粒一粒精挑细选出来的,不能秕、不能霉、小的不要、成色差的也不要,因为要用最纯净的瓦屋山山泉浸泡"。两人正喝着,看那挑着扁担的小贩沿街叫卖当日新制的芝麻糕,忍不住来上几块。吃完甜嫩馨香的芝麻糕,又去品尝花生馅、豆沙馅的冻粑。一路走一路吃,走到小巷尽头一拐弯,拐上一条宽宽的石板路。这条路比方才的小路更热闹了。正是与岷江平行的眉州主街。

"这便是眉州最宽阔的街，新苑街。"洪度介绍说。

武元衡一眼看过去，道旁一层层酒旗招展，远处戏台边挂着灯笼，再晚些时候，这座南方小城想必是高楼红袖客纷纷的景象，天高皇帝远，没准儿比长安还自在欢娱。闹市之中，却露出一大面显眼的墙壁，墙上零零星星挂了些小木板，武元衡连忙走了过去，嘴里念叨着："你们的诗墙原来在这里啊。"

诗墙上悬挂的诗板不多，木料发潮，这些薄板挂在此处，已有不少时日了。元衡翻了几张，细细读来，又默默摇了摇头。

"本不想带元衡兄来看诗的。眉州多的是农人商人，能作得一首好诗的名士寥寥无几。长安城的诗墙，想必是密密匝匝，每日出新作吧。"

洪度这几句话让武元衡再次刮目相看，他一直觉得这孩子长相灵秀、言语得体，待人待事不失独立的主张，已经很是难得，没想到还和自己一样爱好诗文！能在旅途中遇到这般投缘的人，实在是幸运。一时兴起，武元衡便要题诗一首。在墙壁边的小桌上取了笔墨和木板，他提笔写道：

杨柳阴阴细雨晴，残花落尽见流莺。
春风一夜吹乡梦，又逐春风到洛城。

洪度在一旁念了一遍，又念了一遍，轻轻拍起手来，"旅情漫漫，春梦渺渺，乡愁依依，词句间循环往复的情韵，真是美妙。这首诗的诗名是？"

"春兴,如何?"

"暮春时节的兴味,简约、凝练。"洪度笑吟吟地看着武元衡新题的诗板,忽而也执起笔来。

这下真轮到武元衡惊诧了,十二岁的孩子也要题诗?他又不忍扰了洪度的文思,踱到另一边为洪度研墨。只见洪度抬起下颚,沉思片刻,随后落笔一气呵成:

绿英满香砌,两两鸳鸯小。
但娱春日长,不管秋风早。

搁下笔,她嘴角一抿,"胡诌一首来助兴,元衡兄见笑了,这首就叫鸳鸯草吧。"

武元衡端端正正地举起洪度的题诗板,仔仔细细念了好几遍,珍视地端详,不愿放下。这一首不只音韵格律严谨,字迹也秀美匀净,又似呼应着自己那首诗一般,都是在咏春,又都清新朴拙。想赞这首诗好,又觉得脑袋里赞美的词句都显得流于表面,默念这首小诗,他脑海里忽而想起自己无所事事的十几岁少年时光,又忽而塞满了身边这位绿衫孩子的影子。怔怔地神游了一会儿,说:"真好,真好啊。"

洪度在一旁,欢喜地看着武元衡。"公子不知道,除了和父亲,我还从未和旁人这么畅快地赋诗写诗。真想快快活活地喝上一杯。"

"走,随便去哪家酒楼。"

"恐怕没空。太阳一落山,家里人怕是会满世界来找我。"洪度悻悻地说。"不过还有些时间,看元衡兄逛得满头汗,我带你去个好玩的地方，消消暑。"

洪度领着元衡往南走，穿过市集，到了一条贩卖水果的街道，再往南，一座小山惊现眼前，山不高，看过去却郁郁葱葱，树木繁盛。

"这是城里的小山，瓦棱山，夏天纳凉的好去处哦。"走近一看，山下还有一道水流环绕。

"果然分外阴凉啊。"

"元衡兄不知，怎样才最凉快。"洪度轻轻牵着元衡的衣袖，朝山坡走去，上山的小道旁正好有一道溪水顺着山势淙淙淌下。洪度跑到溪边，伸手捧了一捧溪水擦擦脸，"这才叫沁人心脾的凉爽呢！"

元衡看洪度一张脸沾了水，恰好斜阳穿透树影洒下闪亮的光晕，映得一张脸雪白透亮。而洪度坐在溪边除下鞋袜，把宽大的裤腿卷起打个结，一双粉白的脚丫索性踩进小溪里，"哇，好凉啊！"洪度站在溪水里交替着双脚踩水花。"莫笑话，我们从小都是这么玩儿的！快过来试试！"

元衡一愣，紧接着学洪度的样子，也跳进溪水里。他起先被冷冽的溪水凉得浑身一哆嗦，听到洪度在一旁咯咯直笑，马上也看着这孩子笑起来，只见洪度绿衫子被溅上些许水痕，裤腿下，脚踝细巧，玉足纤纤。元衡这下更确定了，这位小郎君，分明是个小姑娘嘛！他心中也越发欢喜雀跃起来。

玩了玩水，上岸散了散步，两个人悠闲地待到太阳快下山，洪度说："我也该回家了，你看！"两人站在高处，只见天色近黄昏之时，城中处处是炊烟，袅袅升起来。

"有炊烟的地方便是人家，如果能在这片土地安家，安安静静过下半辈子，也是一件美事。"

"此言当真？你真要举家迁至四川？"

"没什么不可以。"元衡收起笑容，真心地思索着说，"不过可能还要禀告京中的父亲。"

"就不必征询妻小的意见了吗？"洪度一抬眼，机灵地问。

"鄙人还尚未娶妻呢，想来娶一位肤如凝脂、人如在画中的蜀中女子，便是平生一大快事。"元衡直视着洪度说。

"好是好，不过如兄台这般的才学，屈居蜀中做个普通人怕是屈才。古人讲治国平天下，若我是男子，必定也要去考个功名。"

"啊？"元衡心中窃笑，这小娘子一时说漏了嘴。

洪度马上意识到自己口误，原本大大方方的，这会儿脸红透了，小声道："我是说，等我长大，长成元衡兄这般高大的时候，自然，也会去考功名。"洪度佯装轻松地向前跑几步，跑到路边，采了几朵不知名的野花。

走在下山路上，两条人影没在没边没际的夕阳里，眼看到了分手的时候，无话不谈的两个人，竟沉默起来。

真的要分别了吗？何时还能再见？这条路，望不到尽头才好……他们在心里默念着。

"请问洪度家住哪里？日后，去哪里能找到你？"元衡先开口道。

"眉州青坪街主道东苑的那一户便是！"洪度不假思索地回答。"公子会来找我吗？

"当然！"

"那元衡兄不如跟小弟定一个三年之约，如何？三年后，若你……尚未婚配，一定来眉州与小弟聚聚，小弟想为你引荐一位眉州的姑娘。"提到尚未娶亲这件事之前,她顿了顿,然后又坚定地吐出这几个字,就像突然提起也并不觉得突兀一样。

元衡听了,又朗声笑起来。"哈哈,此言当真?我必定赴约!约在哪里见?"

"就在诗墙前面的朔风酒楼,三年后,建中六年的五月初三,一言为定!"

两人爽爽快快地谈妥一桩约会,这态度,一点也不像南方腻腻乎乎、拖泥带水的天气。仿佛三年很短,转瞬即到,再见就是明天的事。

那时他们不知道,三年间,连大唐的国号都以新换旧;一千多个日出日落,足以改变人们一生的轨迹。

第二章

孤剑适千里

1

陇州一入秋，淅淅沥沥的雨就下个不停。十月的某一天，韦皋像往常一样，晨起洗漱，还未用早膳就坐在后园的避雨亭中读书，他读《论语》《春秋》《礼记》一类的经书，也读诸葛孔明的《兵法二十四篇》。

这是韦皋来到陇州的第二年。他居住在一所离府衙很近的老宅里，因为没带什么家眷，这三进的府邸说大不大，说小也不小。在亭中他边诵读经典，边听雨打落叶，惬意的时光却被一阵急促的捶门声和接连而来的犬吠打断。

不一会儿，看门的陈伯领着一位身着玄色夜行衣的男子匆匆走来。韦皋瞥眼一看，正是他京中的家奴尹全安，此人原是韦府管家之子，与韦皋年纪相仿，主仆虽尊卑有别，不过同龄的男孩在一处长大，情分自是非比寻常。韦皋远行前，托张大人把尹全安安排在凤翔节度使的上都进奏院做事，进奏院是各节度使在长安设立的办事机构，通过官方渠道，尹公子能掌握京城的动态，及时向韦皋、张镒汇报；此外，他还要代韦皋去疏通京中的关系。其中头一样，就是宫里的关系。

见尹全安专程到陇州，韦皋心下大惊，赶紧与尹老弟去堂屋说话。

"京城出大事了！"尹全安连日来马不停蹄地赶路，一张淌着雨滴的脸显得瘦削又虚弱。他还未坐下就从怀中掏出一封信来。"少爷请先看看吧!"

韦皋当下拆信,只见纸上潦草地写着两行字:

泾原军袭京,圣上即刻移驾奉天,护卫奇缺,待援。

"这……"

尹全安接过陈伯拿来的面巾,切切地说:"泾原五万兵士原是要去攻打自立为王的淮西节度使李希烈,去支援被困的襄城,不想士卒们经过长安,未领到预期的犒赏,仅获赐了些粗茶粝饭,还被京兆尹王翔奚落了一番,兵士们一气之下斩断城门,向长安涌来,据说,他们是冲着京师府库里的财物来的!信是这紧要关头、宫里送出来的,还说了,"尹全安低声凑到韦皋耳边,"攸关之时,大人如能助一臂之力,必有重赏。"

"张镒张大人那边也知道了?"

"属下已告知张大人的家奴,那边也是快马加鞭,想必张大人现在已经知晓。"

韦皋深锁眉头,扬起信笺轻声问:"这个,是小骆子传的话?"

"千真万确!"

韦皋仍皱着眉,一抬手,就着灯烛把信纸烧成一团灰烬,然后唤秋生进屋来。

"通传下去,派行军司马翟晔、两史掌书记李书衍、判官韦平,即刻到府上议事。"秋生正欲下去通告,忽而被韦皋喊住:"慢,还有半个时辰就到朝会的时间了。还是请他们三人即刻动身,到官署相见。"府内自然是处处安全，但若三位大人同来，府外那一双双眼睛也不是白盯着的，他们的主子一定会立即听到汇报，与其打草惊蛇，倒不如在官署里说话更自然。

韦皋紧接着向尹全安问了问长安的情形，又问皇上离京带上了谁，尹全安道："具体情形，送信人匆忙之间并未说清，属下听说，有韦淑妃和几位王子公主随行，还有宫里的几位公公、侍卫。"韦皋点点头，心想，在这等紧要关头，卢大人必定也跟了去。他当下安排尹全安在府中用餐休息，让他先睡个好觉再说。

韦皋脑袋里正飞速运转，思索着一大早听到的荒唐事，这时一名女婢捧上一袭小绫制的刺绣绿袍，服侍韦皋换上。这女婢样貌寡陋，面庞黄瘦，在府中伺候一年多了，干活还是怯生生的不利索，让韦皋很有些不耐烦。他瞥了她一眼，心想，这边地的女子果然举止形貌粗放些，远不及自己从长安带来的侍女宛宁灵巧。

宛宁长相算不上明艳，但也是白皙娟秀、身形娇小，略有几分媚态。此行带上她，韦皋原是想将她送给张镒，吩咐她在张大人旁侧相伴，没想到张大人一片好心，偏叫宛宁跟着自己到陇州，陪自己说说话儿、解解闷儿。岂知这江南女子到了西北，竟成了难得一见的美人，第一次宴请陇州军府要员时，韦皋就发现这帮戎马沙场的北方汉子，在宛宁面前失了方寸。

尤记得那日，酒过三巡，宛宁席间斟酒之时，特勤队队长牛云光就已逼近她的脸，借故揽她腰肢。这位队长家中已有两位宠妾，举止又轻浮，韦皋对此人不屑得很。但他偏偏是原凤翔节度使朱泚的心腹，领着五百名幽州兵驻于陇州，是整编陇州军队的一大瓶颈，韦皋不得不对他礼让三分。他当下已拿定主意，将宛宁送给军中威望甚高、靠疆场拼杀当上校尉的王有道,这位魁梧羞涩的年青人还尚未娶亲。

一年后回想起来,韦皋觉得自己当时的决定重要且正确。经过一年的调整、编制,王有道如今已领兵一千,其中包含一支一百余人的尖刀队;他的队伍纪律严明、练兵勤励,宛宁做了他的妾室,二人也是琴瑟和谐。王有道对韦皋忠心耿耿,多少也因着这么一层关系。

出了门,韦皋凝重的神情变得轻松起来,到了官署,他和颜悦色地向两道门的侍卫打招呼,仿佛今天是再平静不过的一天。在偏厅内坐下正欲饮茶,几位部将就到了。

一大早,官署里只有几名值班的士兵,韦皋还是向秋生使了个眼色,让秋生守在偏厅外把风。

"韦留后,唤我们过来有急事?"韦平问。他是韦皋的堂弟,被韦皋派到陇州当判官。

"长安城出乱子啦!"韦皋说。

"出了何事?"韦平追问。

"泾原军途经长安,结果闯进长安抢掠粮库去了。"韦皋一边说,一边留意几名部下的神色。

"此事,难道和叛军李希烈有关?"李书衍迫不及待地说。李希烈伙同几方藩镇自立为王已经一年多,一直是朝廷的心腹大患。

听了李书衍的说辞,翟㬢心想,这李书记虽忠诚不贰,人倒是真愚钝。他心中不屑却丝毫不表露,只说:"泾原军在凤翔西北,离淮水西畔的李希烈相去万里,且泾原将士向来是最有主见的,连当地节度使姚令言也难以号令他们。"言下之意,万里之外的李希烈又能有什么本事调度泾原军造反？情况还没那么糟。

面对几名部将的推测，韦皋不置可否："具体情况，尚不清晰，我们也不猜测了。好在长期驻守于边陲要地，练兵，我们一天也没松懈过。现在就更要做好军需储备。"

"是！明光甲七月就已经大修过一次，弓弩刀盾也是储备充足，属下立即传令下去，再重新核实一次。"行军司马翟晔主动领命。

"很好，粮草也要核查一下，这件事就交给书衍吧。"

李书衍听了韦皋的话，连连点头。

韦皋又说："另外，韦平，马上协同王有道把城北集训的三百兵士召回城中；各角楼安排哨兵，四班岗轮换执勤。翟晔，叮嘱好东南西北各个城门的侍卫营，即时起，陇州只许进，不许出。如有需要出城者，需得持我的令牌方可。烦请各位安排执行，安排妥当了随时跟我汇报。"

"遵命！"三名部将齐声应答，登时打起十二分精神。

"还有一事，今日说的事，各位切勿通传给旁人。等过个两三天，官方邸报一到，一切便可水落石出。我们只管暗中准备，防患于未然就好。"

几名部将纷纷点头出门，韦平犹犹豫豫中途又折了回来。"堂兄，牛云光府宅对面的宅子，我们已经从寡居的李氏手里借了过来，您看下一步……"

"好事！立即找王有道，安排几个得力的士卒，住进去，日夜观察牛家的情况。如有异动随时报告，无事，每日也要仔仔细细地回报一次。"

2

天高云淡的长安城,局势却仿如黑云蔽日。

因为长期赶路,衣衫褴褛、饥肠辘辘的泾原兵士已如难民一般。一涌入长安,他们便摸进宫,目的是竭尽所能地掠夺府库的金银布帛。不想这一路上竟毫无阻滞,沿途遇着受惊的百姓、孩童和外商,他们便高喊:"不夺汝商户僦质矣!不税汝间架除陌矣!"

这口号真真是喊到长安街道巷陌的平民商户们心坎儿上了!近年来,朝廷今日出一条"借商"政策、明天颁几个"税间架、算除陌"等新开税种,虽说是为了平定藩镇叛军、维持大唐稳定,但安居于城中的小商小贩怎会晓得?他们只道朝廷征税、敛财的名目一年多过一年,而他们的血汗钱多数都充进了官员们的腰包。于是这口号便成了泾原叛军占据长安的"合理"借口,扰得居民们也趁乱入宫,窃取库物,大明宫及其周边坊区,处处混乱。

先入宫的兵士带回消息:皇上已弃长安而去,内官、侍卫们也从玄武门、长乐门等各宫门四散而逃。后面的将士听后备受鼓舞,争先恐后进宫寻宝,人潮中,竟无一人听节度使姚令言的劝说。

姚节度年少时入伍,功勋都是在战场上经年累月一点点拼出来的,他官儿做得越来越大,人就越来越贪图享受,没了最初的拼劲儿。如今他领着这些不服管的士兵,早就感到力不从心,此时部将们都反了,他明白自己是跳进黄河也洗不清,不得不跟着揭竿而起。

掠抢了整整一天，兵将们都车载马扛、满载而归，个个喜上眉梢，唯有姚都尉耷拉着一张脸，伴着几名军中的将领们唠叨："现在是高兴了！如此草率行事，来日如何善后？"

一名将士说："我们撇下妻儿家小，那是随时预备着战死沙场的，还天天吃不饱，穿不暖。留得皇帝在后方享乐，国库又这么充实，哪有这个道理？"

另一位将领也喊道："对！我们要另寻明君，他须得宽待将士百姓，不谋一己之私！"

士兵们纷纷叫好，众将中，一位蓄须的年长将领发了话："这样的首领不是没有，而且就在长安城。"蓄须将领姓黄，名世尊，是军中的老人，人脉也比较广，常常跟兵士们聚在一起闲话朝廷、官员们的轶事。

众人听了，皆问："谁呀？是谁呢？"却无人看姚令言一眼。

那黄世尊说："我说的这个人，军团中还有不少老兵都认识呢！"他故意提高声音说："就是朱泚，朱太尉！"提起朱泚，果然不少士兵围了过来。

"朱太尉？朱太尉在京城吗？"

"这么一说，他好像确实在京城！他兄弟朱滔反了，他就被急调回京……"

大家七嘴八舌地说。

黄世尊接着说："没错，朱滔送信劝朱泚一起反，偏巧信件被朝廷截获了，皇上这才召朱泚回京，上朝质问！"

另一个老兵说："那可真巧了！朱太尉在可就好啦！当年他带

我们的时候,每次打了胜仗,待朝廷的奖赏一到就叫弟兄们一齐去领,自己却分毫不留,待人极宽厚的。"

一旁的姚令言暗暗思量:这朱泚能力强,打了不少胜仗,没想到还如此会笼络军心。此人幽居长安已有不少时日,为人伪善又野心勃勃,必定不甘老死于户牖之下。此时拥立他为统领,泾原军还真有几分成事之机,自己也才有条活路。姚令言想了想,干脆顺水推舟地说:"既然弟兄们一致推举朱泚,我提议奉朱泚为主帅,怎么样?各位,咱这就去晋昌里的朱宅迎他!"为表诚意,他当下召集二十几位主将,举着火把,奔向朱府。

3

夜幕降临,尹全安赶在城门关闭前进了凤翔府。为了避人耳目,他不骑战马,也不佩戴军用的横刀,而是穿一身老旧的胡服,扮作普通商人疾驰而来,还遵照韦皋的嘱咐在腰间藏了一把喂过毒的匕首,用以防身。

进了城,尹全安先到客栈饮马,随后到酒楼点了二两腊驴肉,一盘新鲜瓜果,一碗豆花泡馍,还有一张肉饼,一个人坐下大快朵颐。凤翔的驴肉咸鲜可口有嚼劲儿,尹全安吃着过瘾便配上小酒一壶,把那黑黑瘦瘦的店小二唤了来:"你家的驴肉色泽鲜红,甚是美味啊!"

"客官好眼光!我们驴肉都是挑选关中驴的驴腿肉,分层撒盐,腌制一个来月后再熬制晾干,这可是我们凤翔一大特色!"小二听尹全安口音便知他不是本地人，于是竖起大拇指介绍起特产来。

"不错不错！再来半斤，给我一个朋友送去吧！"尹全安不动声色地取出一两银子，默默塞在店小二手中。

小二先是一愣，接着一喜，笑道："好嘞这位客官！"他又细声问，"送到哪里？"

"节度使府你认得吧？找那里的一位杨宇杨师爷，送他就成！"尹全安声若细蚊："切记叫他来鸿福客栈，雁雨堂房间找我，办了这事，再补你一份酬金。去的时候，带上这个！"尹全安将一枚木制令牌交到小二手上，令牌上写着一个"武"字。

"得嘞！"接到这样的差事店小二好不欢喜，找掌柜付了驴肉钱，将剩下的银钱默默塞进自己袖中，忙不迭地办事去了。

杨宇来尹全安房间找他的时候，戌时刚过。两个人在长安就彼此相识，到了凤翔遇见故人，平添几分亲近。

"劳烦杨师爷跑一趟，如今是非常时期，请恕小弟不敬！"尹全安边说边行礼。

"哪里话？我还要多谢老弟考虑周到呢！"杨宇笑着说。"依此法叫我来这里见你，是韦师爷的意思吧！"

"正是！"尹全安说。

"那便是韦师爷知道长安的事了！"

"小弟此番就是来请示张大人，不知大人有何主张、做何吩咐？"

杨宇叹了口气道："长安乱了，襄阳被围，凤翔又何尝不是危机四伏？我此番来客栈见你也是来对了，若你这一副陌生面孔此时登门，怕是真要被人盯上。"

"哦？小弟初来乍到不了解情况，谁敢有这个胆子，明目张胆盯着凤翔最高长官？师爷您还不得将他拿办了？"

"哎！韦兄他是知道的，别看凤翔府有一万大军，要调用起来是真不容易！兵马使李楚琳看似处处听凭张大人差遣，但又有何用？他下面的将领没一个是省油的灯，个个吊儿郎当，对军务一副漠不关心的样子，将领如此，再往下走，队长、士卒也是有样学样，懒散惯了的！这不，对军队的改编从去年到今年，才改了三成。"杨宇当着尹全安的面儿诉起苦来。

尹全安也不好多说什么，安慰道："放宽心些吧，这兵荒马乱的年头，连皇上都遇上这么大难处，咱们只能咬咬牙，顶上去！小弟就带几句韦师爷的话给您，他说凤翔、陇州两处均藏逆贼，如今又到了紧要关头，若想领军护主、向东行进，对奉天施以援兵，两地的逆贼，是否该设计诛之？只有这样，陇州四千兵士、凤翔一万大军，以及周边各镇的军力，才可以协力同心。"

"韦兄说得没错！"杨宇振奋地说。"奈何凤翔情况太复杂，我马上禀明张大人，请大人拿主意。"

"是了，必须大人发话，韦兄才能部署下一步的行动。我明日晌午出城，早晨，就等您的消息了。"

杨宇当下点了头，起身告辞。

第二天上午，尹全安用过早饭边在房中候着，没等到杨宇的准信儿，只等到一小厮登门送了张字条，上面写：请武兄稍事等候，三日之后，专程差人赴陇州传讯。

一看字条上对韦皋的称谓是"武兄"，尹全安就知道这消息没出错。韦皋字城武，早早和身边的亲信定下规矩，通传信息时能不留字据便不留字据；如果一定要留，则不要以大名、官位示人。

收到杨师爷的信儿，尹全安当下就烧了字条，策马扬鞭赶回陇州。他不知道，就在前夜，当他和杨宇秉烛夜谈之时，凤翔的旧主朱泚已在泾原军的前呼后拥之下进了大明宫，登了含元殿，正欲拟书发榜、昭告天下。

4

"泾原将士，远来赴难，不习朝章，驰入宫阙，以致惊动圣驾，圣上已西出巡幸，现由朱太尉统辖六军。神策军士及文武百官，凡有禄食者，应追随圣上而去，不能往者，可到太尉官署处报到，若核查超出三天、两处均未具名者，杀无赦。为此榜示，俾众周知。"

这张榜一发，长安的官员有的赶紧收拾行囊出逃，有的则无奈之下进宫面见朱泚。而圣上离京的消息一下子传到了各州各道，一些表面平静的州县也开始蠢蠢欲动。

又到了陇州军署开朝会的日子，当地武官们依次到场，气氛和往日一样和谐愉快。只是一向借故不参加会议的特勤队队长牛云光竟腆着肚子、一摇一摆地走进来。

"牛队长，好久不见！"大家都起身打招呼，韦皋也礼貌地对他颔首微笑。

韦皋坐在上座，落座后，和平日一样招呼大家品茶。天下风云变幻，他似乎是处乱不惊。

"都吃过早饭了吧！饭后刚好，快尝尝我托朋友从剑南道那边运来的新茶！"说罢，韦皋喝了两口，大家也都附和着，说杯中新茶回甘生津。闲聊了几句，韦皋才叫杜宣、陈轲玉、王有道、牛云光这几位将领说说各自带领的军团的近况。

杜宣、王有道、牛云光都答道，日日在营地练兵，无甚异常。他们交代了平日练兵的时辰，队伍的供给，大抵是些敷衍了事的常规答复，韦皋听得心不在焉。

领兵两千的陈轲玉报告了点新情况，他说据最近一两个月的统计，军中的马匹数量严重不足。原本队伍里有六百名骑兵，配了六百匹马，可马匹却因为年内的疫病，只剩下了三百多匹。

"那练起兵来确实有困难。"韦皋说。"何不两人一组，让骑兵们分时驯马、练兵？"

"这……"陈轲玉尴尬道，"也不是不行，只不过这样一来，要么是骑兵练兵时间大幅缩减，要么是马匹过于劳顿……属下建议……"陈轲玉话说得吞吞吐吐。

"但说无妨。"韦皋说。

"最好还是能分批到关外购置战马。分时练兵是可以，但若真正上了战场，骑兵数量不足，也是件麻烦事。"

"若是寻常时候，反正我们陇州漆器、铜器多，低价购回一些，领着商队到关外换战马，当然是可以。"韦皋皱起眉。"不过现在是非常时期，京中的事，你们也都知道了。大开城门让商队来来回回地折腾，还要派军队护送，不妥。"

"但如果真打起仗来……"杜宣接话了，他是个耿直的军人，可话只说了半句，韦皋就打断道："我来陇州一年多了，周遭还是比较太平的嘛！况且此处远离长安、奉天，圣上既然派我们驻守陇州，我们就得忠君之事，本本分分守好了，那便算是立了大功。"

他说。

"是,属下谨遵留后吩咐。"陈轲玉回答。

韦皋满意地点了点头,"那就无事啦,那我们接下来就研习研习兵法!"他每次开会,总要就兵书上的领兵之策和几位部下讨论讨论,请几位将领分享心得。这一日笑吟吟地说:"今天轮到李书衍,我就来问问你,兵书著作里,今日你推荐哪一篇?"

"属下想想。"李书衍故作认真地思考起来,片刻后,答道,"属下印象最深的,当数孙子兵法谋攻篇中,对兵力强弱的判断处置。"

"说吧。"

"其实也简单,用兵之法,十则围之,五则攻之,倍则分之,敌则能战之,少则能逃之,不若则能避之。"他不好意思地挠挠脑袋,"这个,该是我们军人最了熟于心的了。"

"大家都了然的事,那你还说!"韦皋朗声笑了,周围的小吏们也跟着呵呵地乐。韦皋又佯装气恼说:"是不是最近兵书读得不够勤,脑袋一片空白了,拿这个来糊弄大家?"

"属下不敢,这是我们行军打仗最基本的章法,所以属下印象深刻,不敢忘啊。属下认为,战前做到知己知彼,判断双方的兵力,是最重要的一步。倘若判断精准,那么按照孙子的谋略,我强敌弱时,集中优势兵力,包围、进攻、消灭敌人;敌我力量接近时,设法分散敌人的兵力,果断出击,将敌人击溃;敌强我弱的情况下嘛,则回避与敌交手,能走便走。"

"遵照此法采取机动灵活的战术,没有错的。"王有道也跟着说。

"好吧,好吧,勉强算你过关咯!"韦皋笑着对李书衍说,几个人又闲聊了一阵子才散会。

牛云光和众人一起恭恭敬敬出了会堂。然而一出军署大门，他就轻蔑地"哼"了一声。"怎么样？朝会上留后怎么说？"贴身侍卫黄志赶紧跟上，讨好地问。

"他一个白面书生，能怎么说？半天憋不出个屁来！"牛云光满腔不屑。

"属下在外庭，听到堂内笑语欢声，好不快活呢！"

"那是，咱们这位大人，说起品茶、六礼、兵书，都头头是道，只别与他提什么遣兵打仗！不懂就不懂，还那么刚愎自用，骑兵没有战马，还叫什么骑兵？朝廷出了这等大事，他就知道按部就班，留守大后方。照这么待下去，我们好好的队伍都要生锈啦！"

"那队长的意思是？"

"京城里，朱大人那边势头正好，须得伺机而动。不能被这个外表体面的傻书生框死在这陇州府！"

正当牛云光紧锣密鼓地部署之时，"喜讯"接二连三传到他耳朵里：凤翔府兵马使李楚琳竟以下犯上杀了张镒，取而代之。陇州刺史郝通也提出要告老还乡，回关中乡下颐养天年。原本他要追随的旧主远在千里之外，如今，凤翔尹的同僚也已起事成功；而那鬼精的郝通离开陇州，才不是什么告老还乡，分明就是去投靠李楚琳。

朱泚、李楚琳、郝通，眼看着这阵营越来越庞大，而韦皋，则失去了他唯一的靠山张镒。牛云光在庭院中踱着方步，仔细思虑自己的去留。他叫来黄志问道："依你看，我们特勤队，现今战斗力如何？"

黄志自然知道拣牛云光爱听的说："队长，我们队的战斗力，在凤翔尹绝对是数一数二，否则朱大人也不会单单将本队从幽州带到这里！"

"这一两年来，兵士们可有懈怠？"

"报告队长，这两年懈怠确实不是没有。但大家好歹在刀剑底下拼了七八年，那股精气神儿，那排兵布阵的架势，绝非一般队伍能比。"

"或能以一当五，以一敌十？"

"属下觉得，一点问题也没有呢！"

牛云光双眼盯着院中一棵老槐树，树梢的叶片经不住秋风，风一扫就哗啦啦落了一大片。他听惯了主将的号令，本来不爱拿主意，这会儿多问几句，其实是在说服自己横下一条心：效法李楚琳，为朱泚夺下陇州，立上一功。

那一晚，牛云光登了韦留后的门。彼时韦皋正秉烛习字，见牛队长来了，马上请下人奉上茶点。牛云光却不坐下饮茶，而是帮韦皋研起墨来。

"留后好兴致啊！"牛云光道。

"哪里是兴致好？我是想为张大人写副挽联！"烛光下，韦皋神色黯然，提笔写下：三径寒松含露泣，半窗残竹带风号。搁笔之后他拂袖而坐，眼角隐隐含着两点泪光。

牛云光见状，想着，这韦皋已然一脸晦气。表面上，他却也装作一副戚戚然的样子："韦留后的忠义，真是堪比汉寿亭侯关云长，属下实在感动！虽没能与张大人谋面，但不想李楚琳竟以下犯上，当真狠戾之极，人人得而诛之！"

"云光，你和李楚琳是多年的故交，难得你能这么说……如今这世道，明辨是非的人不多啦！"韦皋斜睨着牛云光，感慨道。

"韦大人！属下是一介武夫，不过也还分得清忠奸之道，坚决不与佞人同流合污！只要您一句话，我旗下五百将士随时为您所用！"牛云光站起来，深深作了个揖。

"牛队长言重了，韦某自然不怀疑牛大人的忠心。说到底，我们都是为皇上效力。"韦皋讲话轻飘飘的，对牛云光的表述，似乎也不怎么放在心上。

牛云光此次来，是想骗得韦皋的信任，他知道韦皋一颗忠君之心从未变过，对自己这队幽州兵也不可能完全放心，干脆说："韦大人，您来了陇州，陇州这一两年都是宁静平安，我这征战沙场的大俗人，从未感受过这般静好的家园生活，不如让我在您身边做个参军吧！我那五百幽州兵，兵权，全都交给您可好？您只消抽个空来接收部队就行！"

"你看你，还分什么你我？"韦皋笑着推辞道。可牛云光执意请韦皋接管队伍，韦皋也便却之不恭。战乱年代，战火眼看就要烧到城门口，多收拢五百士兵当然是好事一桩。

两个人当下约定，五天后就进行部队的交接仪式。

这一晚，特勤队驻地灯火通明，牛云光连夜召集十名主要部将召开了紧急会议，与大家说了拜访韦皋时定下的事。

"什么？要把我们交接给韦皋？"

"别说是做武将了，便是做文官，他也没几分资历。这人不是个做挽郎的吗？"

"什么挽郎？不过是家境好，外加样貌生得俊些！空有一副好皮囊，去给皇帝哭坟！"

众将在牛云光、朱泚的潜移默化下，一直看不起韦皋这个长官，他们你一言我一语，哈哈嬉笑起来。

"肃静！听我说，咱们队伍同心协力这么多年，怎么能真的把兵权交出去？"牛云光低声道。"如今形势大好，朱泚、李楚琳纷纷起事，我们只需略施小计，拿下陇州便不在话下！"

众人齐声叫好，有人问："好是好，不过那韦皋手里不也有几千兵权？远胜于我们特勤队啊！"

牛云光得意一笑："这个不打紧，连凤翔尹的张镒都被李大人轻轻松松砍了头，张镒下面的一个师爷，成天只知道养花喂鱼下棋闲逛，懂什么兵法策略？"

"是了，他一点儿实战经验都没有，哪像我们队长，久经沙场。"黄志附和。

牛云光大手一挥，说："五天后，韦皋来接管兵权之时便是最好的时机，我会带他来军营前举行仪式，到时大家一拥而上，只管把他斩落马下！到时陇州无主，也就成了我们的囊中之物。这两天，大家依照常态将养休息，养精蓄锐！兄弟们共谋大事！"

"好嘞！共谋大事！"部将们附和着，声音虽小，却充满了杀气。

5

毕竟是心中有事，一连两晚，牛云光都睡不安生。第三晚他找来城中的歌妓相陪，灌了半斤好酒，终于换来一晚安睡，哪知道一大早就被黄志叫醒了。

"队长，队长！不好了！"黄志声音虽轻，语气却很急促。

"田舍奴！什么事？"牛云光好梦受了惊扰便骂起人来，他原打算睡到日上三竿的。

"队长！"黄志看了看侧卧在牛云光身边的歌女，牛云光没好气地推开那姑娘，"去去去！"姑娘便连忙退下。黄志这才接着说："不知为何，我们的计划竟走漏了风声！"

"啊？"牛云光一下子清醒了。"这是怎么回事？"

"探子不是一直盯着韦府的吗？有一日小将翟晔出入韦府好几次，我们就跟上他了，在他府上，亲耳听见他叫他夫人回老家避避，因为他们已经知道我们的行动，打算……在咱们起事那日，包围特勤队，将咱们一网打尽……"

"什么？"牛云光震怒！"真正拼杀起来，他韦皋能干得过我手下随便一个小卒吗？"牛云光重重拍着桌子站起来。他喘了几口粗气，喝了几口黄志倒来的凉水漱口，心中思忖着，如果韦皋的人马全体出动，自己便是以五百敌三千，还真没有百分之百的胜算。这时候，忽而想起那日朝会听李书衍念及的孙子兵法。牛云光喃喃念起来：

"十则围之，五则攻之，倍则分之，敌则能战之，少则能逃之，不若……则能避之。"

黄志不明白，小心翼翼地问："队长您说的这是……"

牛云光依旧自言自语："少则能逃之，不若，则能避之。我们的队伍人数还是太少，若能出城转至凤翔，再谋后路也不迟。"

黄志听明白了，便说："是啊大人，留得青山在，不怕没柴烧。"

原本打算奋起一搏的人，却马上吩咐下人打点金银细软，安排五百将士一同出城。由于特勤队驻扎在城中东南隅，东门的守卫营恰好是人数最少的，牛云光传令给部将，午后便整装待发，无论如何也要冲出城门。

在东门附近，市集之中的望楼上，翟晔领着两名小卒观察附近的情况。大清早他已遵照韦皋的吩咐、拿着韦皋的令牌传令给东门守卫队队长曹方：如遇特勤队牛云光领兵出城，只需假意敷衍抵抗一番，放他们出去便是，尽量不损耗一兵一卒。

曹方不懂韦大人用意何在，只知道按命令行事。下午，他故意减少了五名士兵，看守城门的只余下十五人。这样守在城门口，到了申时，竟真的等到牛云光部队的步兵、骑兵，乱糟糟列队，急匆匆在东市穿行，往东门奔来。曹方心中惊愕：韦大人怎的如此料事如神！

牛云光原是混在队伍当中，一见城门防备松懈，便冲到队伍前排对曹方喊话：

"曹老弟，我们特勤队出城执行任务，请让一让。"

曹方仰头道："好说，好说！请牛队长出示令牌，我也好叫侍卫们放行。"

牛云光点点头，装模作样地向腰间摸去，左摸右寻，大声说："哎呀，这令牌我怎么弄丢了！军务紧急，老弟先让我们出去吧。"

曹方说："自打城门戒严头一天起，我们这里可从来没有不靠令牌出城的先例呢！"他朝远处看了看，队伍一直排到长街街角的拐弯处，曹方大吃一惊，问："牛队长，您这……是整支队伍都要出城吧？"

"对，连同伙房一起，五百二十号人，公务缠身没办法，今日这城门,我们出也得出,不出也得出。也请曹老弟不要阻拦!"牛云光软硬兼施,挑衅似的扫了一眼曹方十余人的小队,径直领着几名将士向城门前行。

曹方怔怔地杵在路边,眼睁睁看牛云光这么走过去,城门边倒是有一名尽忠职守的小兵抬起剑鞘拦了一下,说了声"请出示令牌",牛云光一脚把他踹倒在道旁。"不识好歹!"他叫嚣道,牛气哄哄地领着大家往外走。曹方则赶紧去扶那跌倒的小兵,和侍卫们说:"大家让了吧!"

特勤队终于陆陆续续出了城,在他们背后,城门紧紧合上。

市集中的望楼高达七丈,蹲守在这高亭之上,翟晔将城门口发生的一切瞅得清清楚楚,下了楼,他赶忙策马回韦府汇报。"韦大人,牛云光一干人等已出了城门,朝东去了。"

"好。"夕阳西下之时,厅堂里还未点灯,韦皋静静坐在黑暗处。

"今天那牛云光出城时硬闯,下狠手伤了我们一个小卒。这人如此暴虐,此番离开陇州,也不知日后会不会成为后患。"翟晔忧心地说。

韦皋听了这话,冷峻地反问:"不放走他,又能如何?"

"他们愿意走,自然是省事了;若他们不走,属下协同王有道王校尉,也能灭了他们这支居心叵测的特勤队!"翟晔显得信心十足。

"为了灭掉他们五百人,我们或许同样要折损五百名士兵,甚至更多。而且是那些训练有素的精兵强将。"

"那倒是。"翟晔挠挠头,"大人料得好准,昨日设了计放出风去,今日他们就慌忙出逃……"

"岂止昨日，之前朝会上的兵法，也不是白说的。一开始，就没想把他逼到绝境，须知，鸟穷则搏、兽穷则噬。"

"不错，困兽犹斗，若将他这莽夫逼急了，他会领着五百将士和我们拼命！"

"我们拼尽全力才能灭掉牛云光，队伍势必元气大伤。到那时李楚琳如果来一招马后炮，强攻陇州，又当如何？怕是你我，都得葬身于这陇州城内。"韦皋顿了顿，站起身，阔步走到厅堂外望了望天边的下弦月，说："现在开始才是最重要的时刻。是倒下还是坚守，五分在人事，五分看天命。"

6

牛云光出了城，行军五六里后发现韦皋并未发兵来追，心情一片大好。他放心大胆地率领五百名将士走官道，眼看就快到汧阳，迎面遇到几名骑兵护卫着一男子，向西策马飞奔，扬起阵阵沙尘。牛云光仔细一瞧，那人不正是自己的旧相识——朱泚的家奴苏玉嘛。

"苏兄，苏兄，我是云光啊！"牛云光高呼着，喜笑颜开。

"原来是你们！"苏玉勒紧缰绳停下来，问："拖着大队伍赶路，是要到哪里去？"

"我们打算先去凤翔府找李楚琳，然后一起投奔朱太尉！哦，恐怕不能再称呼太尉，而是要改口啦！"牛云光咧嘴一笑。

"那是自然！太尉已登皇帝宝座，我现下就是拿着诏书去任命韦皋为御史中丞的，走，咱们一同到陇州找他去！"

"这……我们特勤队是硬闯城门出来的，如果中途返回陇州怕是不太妥当……"牛云光不想丢了颜面，并没将设计韦皋、计划败露的事对苏玉挑明。

"不必多虑！韦皋已经没了张镒这个靠山，若是识时务，应当会接受我们的任命；若他不接受，我们再想法子便是。他一个文人，终究是好应付。"

牛云光一听，觉得在理。他原本就觉得从陇州撤离有些灰头土脸，这下有了苏玉的怂恿，立马调转旗号，和苏玉一同奔赴陇州。

第二天晌午，牛云光率部重新回到陇州城门前，只见城门紧闭，城楼上守备森严，虽看不到角楼和箭楼有什么异样情形，但城墙之上，必定藏着不少弓弩手。韦皋向来谨小慎微，既然致力于守城，一定会做足防御工作。一旁的苏玉见这阵势，便高声吆喝，自报姓名，请城楼上的守卫队队长传韦皋来见。

不消多时，韦皋登上门楼，远远见到苏玉，他恭恭敬敬地作了个揖，清了清嗓子："听闻朱大人的家臣苏兄到了，有失远迎！有失远迎！"韦皋倒是一点也不生分，仿佛真把朱泚当作自己人。

"韦大人，久仰！初次见面，不知大人可否让小的进城说话？"苏玉仰着头提高嗓门，看着高高在上的韦皋，对话着实不便。

韦皋道："仁兄远道而来，韦某太想与仁兄促膝一叙，奈何……"他苦恼地摊摊手，"仁兄身后是前几日贸然冲出我陇州城门的牛队长，还有他的队伍！"

牛云光正欲插嘴，苏玉对他摆了摆手，又说："云光先前唐突出城,也是因为不明情况,要知道,如今朱泚朱大人已经顺天而行,统领六军,改立国号为秦。这不,我是持当今圣上的诏书,来任命韦大人做御史中丞的。"

听了苏玉一席话,韦皋忽而面色大悦,喜出望外地行礼:"果真如此?臣下谢过仁兄!谢过圣上!"他感激得就差跪下接诏了。

苏玉笑吟吟地想,这个韦皋果然不出他所料,知道李唐气数已尽,在陇西也没了靠山,甘愿投靠新主。他对着牛队长得意地使了个眼色,说:"所以啦,韦大人,快开城门接诏吧!"

韦皋却又面露难色:"苏兄,牛兄,咱们特勤队出城那天,骑马提刀的将士们途经东市,撞烂了不少商户的铺子,吓得那些小老百姓心惊胆战。他们可是一朝被蛇咬,十年怕井绳,牛队长的兵要是再来一次,老百姓们该怨死我这个行营留后了。不成,不成!"说罢,韦皋摇了摇头,"牛兄,您是最通情理的,不如想个法子,不让苏兄为难,也不叫韦某为难。"

"韦大人,您是想让我们队伍退避三里,只迎苏兄进城么?我们也是希望跟韦兄一起建功勋、共进退呀!"牛云光说。

"当然当然,韦某早就跟牛兄交过底的嘛,咱们不分什么你我!不如这样,南边不是有片杨树林吗?"韦皋指了指南方。"牛兄的将士们可先将战马、武器置于那一处,我再命人开城门相迎,这样城中百姓也可免去畏惧。可好?"韦皋微笑着说。

在牛云光看来,韦皋一向胆小怕事,他觉得韦皋此话可信,料他也不敢主动挑起事端。再加上苏玉又在一旁催促,牛云光当下便爽快地答应:"就依了韦兄!"随后令士兵们卸掉战甲兵器,列队进城。

特勤队安安静静进了城,韦皋也欢欢喜喜受了诏,他又接苏玉在府中住下,命下人在城里的好馆子备下菜肴,当夜,就要在郡府大摆宴席,给苏玉、牛云光接接风。

"去,把珑翠坊最漂亮的姑娘,都给我请来,今晚我和苏兄、牛兄不醉不归!"当着苏玉、牛云光的面儿,韦皋吩咐秋生。牛队长一听这话,立即来了兴致,吩咐手下将自己珍藏的美酒搬十坛来。

赴宴人数真不少,约莫有三十余人。郡府的大厅宽达八九步①,秋生带着下人们打扫布置,勉勉强强辟出三十多个席位。可这样一来,歌姬们用于表演的空间就十分有限。好在这一日秋高气爽、夜里无雨,秋生依照主人的主意,在连接大厅与二门的长廊两侧挑起八杆大灯笼,猩红色的灯光映着院内树木,让这延伸出的舞台显得影影绰绰,别有一番风味。

转眼到了开宴的时辰,牛云光和众将换了便服,苏玉也更衣换上一身青衫,和韦皋共同赴宴。

"苏兄、牛兄,这些天赶路辛苦了!今日在陇州不必拘谨!大西北都是粗茶淡饭,喝酒吃肉,只管随心随意!"韦皋拍了拍苏玉、牛云光的肩,朝秋生望了望,菜肴便一道道端上桌来。

陇州流行的是胡人饮食,这天的菜肴也是颇具胡风,肥鮏②、烤全羊、胡麻饭、胡饼、蒸牛犊,一应俱全。

"河西吃肉、江南吃鱼,陇州的肉食果然名不虚传!"苏玉吃着一桌子的大菜,觉得甚是新鲜。这时侍女又适时奉上各色鲜果,给宾客解解腻。

---

① "步"为唐代尺寸标准,规定三百步为一里。一"步"的五分之一为一尺。唐代一尺合现在0.3米左右。

② 一种面点。

待侍女们端上油旋饼和饧粥，牛云光喊起来："苏兄快尝尝，这些才是陇州的特产呢！"苏玉吃了口饼，只觉入口又酥又脆，喝一口饧粥，却皱眉表示不习惯。"怎么里边竟有甘苦之味？"

韦皋笑着介绍："那甘苦是杏仁的原味。陇州的饧粥，是将面发酵饧后稀释制成粥，又加了杏酪、麦芽糖，味道确实怪些，我也是花了半年方才习惯！"大家都笑起来。

苏玉从前不是没在凤翔待过，但他是一个家奴，从未享用过这般精美的食物，更是从未受过如此礼遇，几杯酒下肚，便已飘飘忽忽。牛云光却不怎么满意，只想着，这韦皋说好叫歌妓的呢？怎么还不来？

韦皋当然知道牛队长在盼什么，但他直到酒过一巡，才示意让乐师们姗姗登场。乐师中两男一女，皆静坐于厅堂最外侧，男子击筑，女子弹琴。这女子年纪轻轻，样貌普通，朗朗月下轻唱起来，声音却甚是动人。

　　杨柳袅袅随风　西楼入梦
　　星河迢迢弄月　欢娱不终
　　秋风吹皱一池　明夜相思
　　绿樽盛满玉液　不道珍重
　　……

歌声一起，厅堂内外相连的舞台似乎跟着摇晃起来，小曲还未唱完，稍远处，从舞台左右侧各上来三位娘子，朗朗月光下，她们披相同的白色薄裳，踏着相同的舞步，都是纤腰一束、仪质温丽。宾客们的目光纷纷投向这几位舞女。

有舞曲美人助兴，宾客们又是半斤酒下肚。舞罢一曲，只听得乐声由缓转急，一名穿火焰红露脐装的女孩忽地跃上长廊，转起圈来，她虽脸上笼着轻纱，但那面纱薄如蝉翼，遮不住她的高鼻深目；面纱下面，一段粉颈有如凝脂一般；登台的竟是一位迷人的胡姬。

牛云光大声喝道："好！"他那些粗枝大叶的部将也跟着鼓掌起哄，喝得更酣畅了。只见那胡姬从院中舞到厅前，向诸位官爷使了使眼色，勾勾手指示意让大家跟着她舞蹈。

见此情景，牛云光按捺不住，看了看韦皋，韦皋顺水推舟地说："牛队长，不妨帮我们揭开伊人的面纱，一睹美人真颜呀！"牛云光连忙起身，酒杯都来不及放下，就兴冲冲地朝舞女奔去，谁料那舞女欲拒还迎，将牛队长引到院中的长廊上，幽幽暗暗的灯光下，牛云光亦是乐在其中，几度伸手去掀女子的面纱，都没有成功。

正当此时，忽听得"哐当"一声，正席上，韦大人的玉樽掉落在冰凉的地面上，浓香的美酒洒了出来。这一声脆响仿若信号一般，只见廊下十几条黑影瞬间跃出，好几柄利剑同时向牛云光心口刺去。牛云光前一刻还咧嘴讪笑，后一秒便中剑倒下，鼻孔喷血。更有一人手持大刀利落地割下了牛云光的脑袋。

苏玉这时虽喝得迷迷糊糊，但意识还算清醒，见此状况，连忙大呼"来人"，而他的几名侍卫早被带到后房享受美宴去了，哪里能听见他的号令！待他醉醺醺地站起身，拔出腰间的短刀向韦皋怒斥"大胆贼人"，韦皋双眼似笑非笑地斜睨着他，眼中并无半点畏惧。苏玉还未冲到韦皋身前，韦府两名士兵已将长剑刺入他的胸膛。他低头只见剑已穿胸而出，嘴里涌出一股黏稠的鲜血。再抬头，亦是恶狼一般盯着韦皋，"你……你……"他支吾了两声，整个人眼看着萎缩下去，却拼尽全力，出其不意地将短刀向韦皋掷去。

韦皋原本觉得大功告成，天不怕地不怕。忽见刀尖冲自己而来，一下子也着了慌，他第一念便是"糟糕"，因为似乎已躲避不及，却见突有一人从旁跃起，将自己扑倒！韦皋推开这人起身一看，原来是一名府中士卒护住自己，他见此人脸熟，却不知道名字。而这兵士问了一句"主公可无事"便重重倒地，他的右肩，正插着苏玉投来的那把利刃。

此时王有道已带着陇州兵士们围在韦皋左右护卫，而酒席上喝得浑浑噩噩的特勤队部将们也反应过来，他们也都被韦皋的兵团团包围。

霎时间，大厅之上，充斥着酒香和女婢的呼号声，还有混杂在牛羊膻气里那股腥浓到化不开的血浆味。

韦皋呆立在大殿中央，周遭的士兵、下人、侍女惶惶乱乱、来来回回，他却仿佛看不到任何人。

过了一刻，秋生来报："大人，事情遵照您的安排办妥了，特勤队的主将已经全部处死，明早，牛云光和苏玉的首级便会挂在高高的城门之上。翟晔和王有道领兵到特勤队的驻地劝降游说去了，韦平韦大人连夜出发去往奉天，将陇西的局势禀报圣上，刚刚快马加鞭出了城。一切都依大人的神算行事！"

"嗯，好。我也可以歇息了。"韦皋呆呆地应道。秋生纳闷，怎么不见大人兴奋高兴，却头一次见他如此颓丧。韦皋又说："刚才帮我挡一刀的那个士兵，叫什么名字？过几日治好了伤再带他来见我。"秋生答："是！他叫刘辟。"

秋生跟着韦皋默默从大厅正门走出来，韦皋正欲转到后院卧房，突然回头看了看前廊，长廊两侧的灯笼还没撤下呢，殷红的血液渐渐在木质地面上凝固。他交代秋生："去，找几个人，把走廊擦干净，仔仔细细地擦！"

大事已成。但韦皋心里知道，这绝不是一次落幕，而是一个开场。国家多难，逆臣乘间，当一介文人终成武将，加官晋爵、平步青云之时，也便是他双手沾满鲜血之时。

走上这条杀戮之路，不论是站在正义这一侧还是邪恶那一端，他是再也回不了头了。

第二章

雨暗江水流

1

三年对更事不多的孩子来说，是一眨眼的工夫。院门上标记身高的记号蹿得老高，孩子的心智也不见得跟上个头。人生的鼎盛时代往往短得像一天。

洪度的三年，却长得像一辈子。

贞元元年，又是初夏夜，戌时刚过，思齐在刺史府门前踱来踱去，他算好时辰过来的，府衙门口的守卫早已不觉得奇怪了，但凡府中举办盛宴，这位少年便来此等候，偶尔也为门卫捎来些瓜果，打探盛会何时开始，约莫何时结束。

这一晚，听着室内笛声刚歇，仗鼓声又响了起来。踩着鼓点子，洪度快步跨着门槛走出来。

见到思齐，她点了点头，面无表情，也不放慢自己的脚步拐弯走在街边，思齐连忙跟上。"怎么样，今天？"他切切问。

"老样子。"

"可曾吃过饭？"

"吃了。席间案上，总是茶汤饮浆不断。"她有气无力地应答，这一整晚听多了也说多了，此时完全不愿多言。

然而思齐并不怎么懂得察言观色，兴奋道："那是那是，今天听父亲说有朝廷的钦差查访到眉州，总要招待周全，难不成叫你们像考学究科的科考考生一样，饮砚水解渴饮到满嘴墨黑么？"他夸张地指了指自己的嘴，挖空心思逗她笑。而洪度听了，只是默默抿了抿嘴，仍旧面无表情。

思齐看洪度一脸茫然的样子，又问："那么，今日作了几首诗？"

"三首。"

"越发厉害了！念来听听吧。"

"写完便随即抛开、忘掉了。"

"好可惜，下次携诗稿回来，我给你多抄一份留存才好。"

"几首打油诗，不过为了换点银两，贴补家用。"黑暗里，她消沉地说。连张口说话都好似多费了气力。

两个人一前一后，终于沉默了。洪度忽然慢下脚步，踩着石子路，一步步挨到巷子口。平时，她应该毫不犹豫地右转朝南走。洪度的家就在南边不远处。这一天，她却偏偏向左拐。思齐也不敢再说话，只是老老实实地跟着。

"今天，想逛逛主街。"洪度道。

"好啊，去哪儿都行，我都陪你。"思齐连忙应和。

原来又到五月初三了，十五岁生日后的五月初三。

这一天，洪度满怀期待地盼了两年多；自打十四岁那年起，她便不再盼望了。父亲莫名因公案入狱，家宅无端被抄，父亲在狱中含冤离世……一桩桩悲恸之事让她应接不暇。

她只当那年暮春时节遇到元衡，是做了一场大梦，不敢想，更不敢见。但若后面的遭遇都是梦境，那才好呢，这样一觉醒来，自己便还是那个依傍父亲的庇护宠爱、不知愁苦为何物的明朗少女。

可是心里难免还是会惦着这一天啊！洪度思忖良久：不知元

衡会不会赴约？她从小便对自己的判断很笃定，这两年来，渐渐对人世之事失了信心。但洪度想着，元衡断不是轻易食言之人。她明知道依现下的境况，自己绝不会去赴这场约会，可心里隐隐的、还是想要走过诗墙，走上主街，在灰扑扑的街道上、在墙根底下望一望那灯火通明的酒楼，只远远望一眼也好。

不知不觉，就这么惶惶然走到主街。思齐看"绿娘子绿豆酥"的铺子还开着门，又知道洪度的母亲好这口，便跑去买一些给洪度带回家，洪度则自顾自地向前走。走到朔风酒楼，抬眼看去，这会儿筵席大多已散场，一楼大厅里，坐着两三桌醉汉；二楼呢，她仰脸，只一眼，便看到临街的包间里那位倚窗而坐的男子，正是元衡！

他还等在那，等久了，掩不住满脸落寞。建中四年他已经金榜题名，位列进士榜首，任华原县令，本应春风得意才是，此刻却露出一副小儿女情态。冥冥之中，他像是感受到楼下投来的目光，忽地低头朝街道看。洪度心中一惊，明知道自己这三年变化不小，他多半是认不出的，但还是低头紧赶几步，眼泪也珠串儿似的落下来。父亲出事后，她狠哭过一阵，只因日日见母亲以泪洗面，于是打定主意，不在人前流泪了。他们一家人的泪已经流得太多……可这一天，眼泪怎么也止不住。

快步走了一路，思齐也追上来陪着她走，见她哭成那样，木讷的男孩也不敢问。一直到家门口，洪度才狠狠抹掉泪痕，谢过思齐的绿豆酥。一进院子，便让堂屋里的母亲叫住了。她还未休息呢。

"母亲，我带了绿豆酥做宵夜。"洪度应声道。

"又乱花钱。叫我说你什么好！"

"是思齐买的时候，顺便给我们捎了些。"

薛夫人打开油纸包装，两只手指拈起一块点心，送到嘴边，小口地尝了尝。家境窘迫，她还是维持着原有的风度，哪怕搬进最普通的小院，只留了一个丫鬟，她也是家务活丝毫不沾，全靠女儿和绥玉服侍。

吃着点心，薛夫人眼角扫了扫破败的四壁，又瞧了瞧扶桌站着的女儿，"啧啧"两声，念叨道："你也是不知道争气，十五岁，正是好时候！难得你像我，从小相貌就为人称道，莫说青坪街，就是拿到整个眉州，那不也是数一数二？偏偏整日里套着个男人衣衫，瞧瞧你这身！不好好梳洗打扮，天天不玩不笑死气沉沉，就知道抱着你爹那几本旧书闷在房里，少了饭菜钱，你娘我难道能少了你的脂粉钱啊！就说今日，出门赴宴这样好的机会，偏不悉心打扮放出眼光挑个好的！家境如此，你也要破罐子破摔不成！"她说了一大段话，说急了，粗粗喘上几口大气。

"母亲莫动气，对身体没好处。上回梁大夫说了，您这气喘的毛病，就是因为成天不动，若不愿做家务，出门活动活动也是好的。"

"我如何活动？我还能跟以前的朋友们走动吗？不是万不得已，我都不好出门的。现在还怎么跟以前的朋友赏花，游玩，上裁缝铺？人家不嫌你，你自己也要知趣！都是因为你那个苦命的爹啊！连累我们成了罪臣家眷！"说着说着，她眼圈一红，举袖抹泪。

"娘您不要乱说，爹何罪之有。"洪度原本左耳入右耳出地听着母亲发牢骚，懒得插嘴，忽而听她埋怨故去的父亲，禁不住双目圆瞪。"四年前,眉州轻徭赋的政策颁布后,父亲明明很是欣喜,一板一眼照章办事,又怎么会因税赋受贿?再说抄家的时候那些官兵们搜出了什么?除了母亲陪嫁时带来的几盒子首饰细软,家中哪还有值钱的东西?"

"哎,你可怜的爹啊!谁知道当初是怎么回事!"薛夫人哭得更厉害了。

洪度也红了眼圈,"现下爹爹已故去,哭也无益,若有机会,我必要翻案讨个说法!"

"你忘了你爹临走前怎么说,他说女孩儿家,要好好往前看,若天天活在仇怨里,怕是没法开开心心过好这辈子啊。"

"我记得,我都记得。娘你放心,我们总不会过得比现在更糟,最好最想要的东西都已经放弃了,现在,是跌到谷底还被踩两脚。以后又能怎样?我一点也不怕。"她从腰间掏出一个小钱袋,薛夫人打开一瞧,里边装着五两银子。"这几次的诗稿钱,您且收着吧。"

生活的窘迫碾尽一个女人的温厚从容,看到银两,薛母宽慰了些,洪度只道自己累了,说一声晚安,默默回房。

2

"娘子,刺史那边传话过来,若得空,请您去饮茶。"午后小憩了一阵,洪度正在窗下习字,便听见绥玉在绿纱窗外说。

"知道了。"这样的午后茶歇,洪度原本懒得抽身,可眉州的父母官郑汝元和自己还算投缘,他又即将离开眉州去别处赴任。临走前,洪度不好驳了人家的颜面。

依旧着一身灰色男装,洪度带着绥玉悠悠然到了府衙,门口的小卒见了她,立即迎她入后院。院子里茶香沁人,郑刺史端坐园中。"刚得了一包寿州产的霍山黄芽,实属难得,闻着茶香,便想着佳茗须得配佳人。"

看似不经意地,洪度余光打量着这男子,他嘴上略略有些轻浮,但仍保持着一副正襟端坐的姿态,想来并无冒犯之意。洪度这才静静坐在刺史桌对面,"多谢刺史,处处想着小人。刺史何日离任?上次刘校书还张罗着给您饯行呢。"

"也是,离别之日将近,当真舍不得眉州的这些好朋友。"

"那又何必调任?留在眉州多好。"洪度这句话七分客气、三分真心。她自己在眉州颇有才名,已然成了眉州文人墨客、府衙官员们聚会之中的座上宾,有郑刺史这样一位踏实端方、识人爱才的地方官罩着,游走于盛会筵席,一来可以赚取礼金贴补家用,二来自己还可来去自如,不被不入流的公子哥儿叨扰。此次父母官一换,不知将来是个什么情况。

"四川好地方,不过,我是待不得啦!"郑汝元呷了口茶感叹。

"刺史何出此言?"

"只因为,上次赴成都述职,得罪了一位随军。"

"这……您素来最是谦恭谨慎,就算和一位随军闹出点什么误会,想来也不妨事吧。"洪度心想,随军官阶并不比刺史高,郑刺史多半是因升迁机会,才同意离任。哪知郑刺史摇摇头,满面苦闷:"非也。这位刘随军乃是太尉身边的人。上次到成都,各地官员都去他府上行了礼,偏我只顾着和昔日的故人摆宴席,疏忽了这桩要事。这不,今夏通知各地召选官妓入幕府,梓州、雅州等都接到召选令了,独独眉州,无人通知、无人理会。"

洪度与眉州的文人官员交往这一年,对四川的局势了解个七八分。川蜀属边疆要地,天宝年间便设立了节度使。年初,在平息"泾原兵变"叛乱中立了大功的韦皋接替岳父张延赏任成都尹、御史大夫、剑南西川节度使,成了新任川主。郑刺史若果真得罪了他的亲信刘随军,那这位刘随军想必也是心胸狭隘之人,连区区官妓之事都做得如此刻薄,往后,还不知怎样给郑刺史穿小鞋,难怪他调离得如此匆忙。洪度安慰道:"不妨事,山路不通走水路,大唐又不止剑南道这几块地方,好前程总在前头。"

"嗯。"郑刺史沉吟了一声,转而问:"洪度你接下来有什么打算呢?虽然一直把你当孩子,也已到及笄之年了吧。"

唐代寻常人家的女子若及笄,家人族人便开始忙着筹措其婚配之事。洪度了解刺史的言下之意,干脆大方又直白地回答:"及笄,是啊!不过刺史知道,寻一门好姻缘对奴家来说,是难上加难的事。"眉州的官员待她不薄,但人人都知道她是罪臣之女,名门望族根本不敢娶她进门。

郑刺史却说:"哪里,依娘子的相貌、才学、名望,不知多少媒婆要踏烂薛家的门槛呢!只是嫁作人妇,可惜了娘子的诗文之才。"

洪度笑了笑,默不作声,心想官场之人说话曲折,这郑刺史聊及自己的婚姻之事,也绝不是为了给自己寻一门好亲事。且听他到底要发表怎样的论调。

"郑某倒是有个冒失的想法，薛娘子有没有想过，做大唐官使，入乐籍？"

乐籍制度始于北魏，原是指罪臣、战俘的妻女及其后代世代从乐，被迫参与声色歌乐表演，身份低贱。在唐代，乐籍人士的"低贱身份"已有弱化，许多姿容美艳、精通音律的才女也会因生活所迫入乐籍，且乐籍中分化出"官妓""营妓"，由国家财政供养，收入稳定，前者负责官员的公务接待、娱乐活动；后者，服侍军旅中的将帅士卒，负责鼓舞士气。

一年来，薛涛常常赶赴官府大大小小的筵席，对乐籍女子并不陌生，此时故作无知状，只淡淡说："哦，乐籍？"

"对，大唐幅员辽阔、人心通达，如今的乐籍不同以往，倒是一片听凭女子发挥才干、研习专长的净土。况且依娘子的辞令见识，必能艺压群芳，直通剑南道最高府邸。"

郑刺史说完这番话，又小声与洪度说："而且，你不是一直让我打听你父亲的案子吗？我虽未能查探个究竟，但听熟识的官员们讲，你父亲为官素来清廉，他这桩案子，大伙儿都觉得匪夷所思。"

毕竟才十五岁，听旁人这般评价自己的父亲，洪度鼻子一酸，快掉泪了。她拼命抑制住自己的情绪，把那眼眶里的泪水忍了回去。这时家丁进门通报："大人，余司户到了。"来者正是余思齐的父亲，余遥。薛父蒙难后，余司户也兼任了司仓之职。

余司户也算是眉州的雅士之一，比郑刺史年长几岁，性情爱好也和郑刺史相投，两人有事没事就聚在一起品茗饮酒。进院内见了洪度，他赶忙关切地招呼："小洪度也在呢，怎么样，最近好不好，你娘好不好？我那夫人近日不知忙些什么，也有日子没去府上拜会了。"

"谢谢伯父挂念，我们都好。"余司户是看着洪度长大的，也曾为薛郧的案子奔走过好一阵，洪度待他是亲切之中怀着一份感激。

"余司户来得好，正和薛娘子谈起她父亲——薛司仓，他为人正直，好像也没得罪过什么人。"余司户一来，郑刺史便不再提起乐籍之事。

"是啊，薛兄的人品，天地可鉴，为他分辩半句都是多余。岂料这般好人却遭遇当年的祸事……当真让人摸不着头脑。洪度这两年来操持家事、照顾母亲，真是好孩子。"

"这么好的姑娘，你是不是考虑收作儿媳啊？"

"哈哈，求之不得！不怕刺史笑话，齐儿六七岁的时候，我就向薛司仓讨要过这位儿媳啦！可薛兄多宝贝他的独生女啊，到底是没松口！"两位长辈说笑起来。

听人道出父亲的往事，洪度哪还有心情赔笑脸。父亲被带走那天，梅子季的雨落个不停，母亲晕倒在门廊下，父亲则是一步三回头，眼中含泪、心急如焚。街坊邻居们都在围观，唾沫星子能淹死人，而洪度则什么都顾不得了，只管冲过去抱住父亲，却被一位平时待她不错的小卒狠狠拉开，摔到泥泞地里，浑身沾满泥污。

她拼命哭，但似乎流不出像样的眼泪，雨水把泪水冲了个干净，哭也无力。她大声号啕着，总觉得不会那样仓皇地失掉自己的爹爹，可还是失去了。

入乐籍，洪度不是没想过。父亲去世后，家中就剩下洪度和母亲二人,茕茕无依,坐吃山空。母亲的陪嫁首饰快卖光了,参加府衙聚会领取些许赏银虽能解燃眉之急,终究不是长久之计。若靠诗文和音律入了乐籍,就可以领到月钱,至少保一家人衣食无忧。

薛涛心中暗暗想着郑刺史的提议,听着余司户和郑刺史客客气气说些无关痛痒的家常闲话。小小年纪,她已懂得察言观色,生怕自己在此处碍事,便推说出门时未向午睡的母亲禀明,需得回家去,这才恭顺地向二位告辞,出了府衙。

然而是嫁人还是入乐籍,是安安分分做个宜室宜家的小女子,还是搏一把,努力靠近权力中心,为父亲查明案子洗脱冤屈,她一时想不明白。

3

不出五月,说媒的人真的上门了。

韩婆婆是眉州最常游走于官吏之家的媒婆,听绥玉说她登门拜访,薛夫人乐得赶紧起身相迎,并吩咐丫鬟奉上今年的新茶。

"薛夫人,好久不见!你看你平时大门不出二门不迈的,叫我们街坊邻里诸多挂念!"韩婆婆一脸堆笑,三两句话拉近和主人家的距离。

"我这身体不争气,也不敢多出门,怕受了风……韩婆婆一直是老样子,好得很呢!"薛夫人按捺不住心中的欢喜,客套地说。

"我啊,我是劳碌命,比不得夫人你,啧啧,是享福的命。"

"婆婆这话说的,你也不是不知道我家老爷的事。"

"不提这个不提这个!"韩婆婆边安慰着,边隔着桌拍了拍薛夫人的手。"两个眼睛长在前面,自然要朝前看,咱们以后都只聊快活的事,今天就是聊聊你家小娘子!"她顿了顿,端起茶碗喝了口薛家的茶,"不错啊,今年的昌明茶我还没喝到,在夫人这里倒是尝到了!"

薛夫人含蓄又得意地笑了笑。"这是涛儿在集市上买来的,她不爱喝茶,却挑剔得很。"

韩婆婆想,薛家遭了祸事还能过得如此体面,喝新茶、穿新衣,看来这薛涛真能以诗文换银两,本事不小,倒是棵小小的摇钱树。她心里叹服余司户的眼光,嘴上说:"薛家的小娘子,在眉州绝对是出了名的,人漂亮,又有才!听说在我之前也有几位来说过媒的,都被夫人回绝了?"

"唔,不瞒您说,薛家虽不是大富大贵之家,但几代都是读书人,可怜孩子的爹爹命不好……这孩子,我还是想给她选一个门当户对的好人家。"

"眼前就有了一个门户相当的好人家!余司户家,夫人瞧着如何?"

"余司户家呀,那是熟得不能再熟了。"薛夫人笑逐颜开。她明白,凭着自家如今的光景,女儿嫁到余家算是高攀了。

"余司户是眉州的地方官,家里还守着几亩良田,宅院也是眉州数一数二的,夫人若能应允这门亲事,日后可就跟着女儿享清福啦!"

"唔,以前我们两家一直是邻居,思齐这孩子也算是知根知底,我家涛儿天天和他玩耍呢。"薛夫人毕竟是嫁女儿，不好太过主动，只略略点了点头，表示赞同。

"那就好说啦！这门亲事就算是定下啦！"韩婆婆转了转眼珠说。"两个孩子青梅竹马，是天作之合。余家也说了，洪度虽是作为妾室，但这纳采、问名、纳吉、纳征等等的婚姻六礼，一样也不会少。"

薛夫人恍然大悟，余家和薛家这么熟络，余夫人不自己上门提孩子的亲事，却请了媒婆来说媒，原来是想叫女儿作侧室。她立即收起笑容，眉头紧锁，一向没耐心的她想要发脾气，却不知如何开口。

过了一会儿，韩婆婆见薛夫人仍是不发一言，便试探着问："夫人，那，咱们，就这么说好啦？我这就去回了余家，请他们择吉日、办喜事！"

"呵,韩婆婆,您怕是会错了意吧！"薛夫人语气凌厉起来。"我们家虽然是孤儿寡母，日子过得苦了些，但也是正正经经的人家，我也从没让我家姑娘受过半点委屈。如果是她喜欢的人，怎么都行，若是她不喜欢的，我也半点不会逼她。她的婚事，我们自会从长计议，韩婆婆今天就先请回吧！"薛夫人原计划好好骂骂这不知天高地厚的媒婆，却又想着，怎么也得给余家留点转圜的余地，言语才缓和了些。

韩婆婆得了结果，自知再待下去也是看人冷脸，只好起身告辞。薛夫人命绥玉将这媒婆送出门。

正当韩婆婆抬脚跨门而出，厢房里，重重地传出器皿摔落之声。必是有谁狠狠砸了一只花瓶，可这个家里，干这事儿的还能有谁？

"洪度，你过来。"薛夫人朝着在屋里的女儿喊道。

洪度走进屋时步子轻轻缓缓，却握拳锁眉，生着闷气。

"母亲，给我回绝了这门婚事，女儿不嫁。"

"你别闹，故意砸东西还得了？在哪儿学的悍妇风气？一点不像个大家闺秀！以后怎么为人妻？"母亲训斥得变本加厉。"母亲还不都是为了你！这余思齐打小见了你就像见了主人似的，比那看门的土狗还要忠心！别看我现在回绝了余家，我算准了，他断断舍不下你，而他爹妈也拧不过他。娘这么做，就是为了让他们明媒正娶地求着你，迎你进门啊！姑娘家可不能一开始就放低了姿态！要不吃亏在后头呢！"

"母亲，连我的婚事，您都要掐算得清清楚楚，试问，我若就这么嫁了，余家能对我实心实意吗？"洪度挑着眼角问母亲。

"当然了，余思齐还敢不真心待你？以你的聪明劲儿，还怕他那个娘，和他老实巴交的爹爹不成？你连诗都写得那样好！"

"我嫁过去，从此相夫教子，三从四德，一个人过上快乐的生活，好啊！那就再也不用管我爹的冤案咯。"

"若你是个男儿，自然可以考取功名走仕途为你爹申冤！可谁叫你是个女儿家！怎么管？"薛夫人说着说着，又抽泣起来。

"我自己会好好想想的。"洪度喃喃说道，旋即掉头回房，她不想再听母亲多言。家中已是一贫如洗，低微得还不如一介平民。以这样的境遇嫁了人做了妾室，就只能永远以色侍人，命运落于旁人之手，没有任何退路。

与其这样在一棵树上吊死，还不如心一横入了乐籍。虽说这意味着自己要投身到迎来送往的日子里，但至少自己能做喜欢的事，能把实实在在的银钱抓在手中。

多年后回想起来，洪度只道那时年纪小，将人世、人心勾勒得过于简单了。可是于绝境处，官妓之路对她而言，又是唯一的路。若真如寻常女子一般将一辈子草草托付了人，她心中便会有一万个自己跳出来大喊：不可以。一颗赤子之心，就是没法不保有自己仅剩的那点坚持。

4

当薛夫人看到女儿取出官衙乐坊招录令摆在自己面前时，差点没背过气去。第二天，女儿便带着写诗攒下的几贯通宝，背起行囊独自奔赴眉州乐坊，那情状，像极了奔赴战场的少年，前途未卜，全凭一个勇字。

眉州的乐坊离官署不过两条街的距离。乐坊分左右两坊，左坊中人长于歌舞，右坊中人研习鼓乐，由刺史直管。

郑刺史和薛涛的关系自然是没话说，他既准许薛涛应了官身，自然为她安排下了当地乐籍人员中最高的俸禄，又特别嘱咐分管乐坊的王司马：若官妓出席酒宴，薛涛不必参与歌乐表演，只需与入席的士大夫们比肩而坐，应和赋诗，如往常一样即可。郑刺史还把话挑明，几个月后，这位娘子便是要提拔到节度使府下辖的乐营去的。

反正快要调任了，郑汝元对眉州政事已心不在焉，这天索性领着王司马陪薛涛一道进乐坊。刺史大驾光临，坊中的姑娘、杂妇等人纷纷侧立恭迎。负责乐坊具体事务的林妈也慌忙从内屋迎了出来。

"原知道今日是薛家娘子入坊的日子，却不知两位大人也一同前来！都是小人的疏忽，该掌嘴，该掌嘴！"

薛涛望着这位林妈，她生得大眼睛大鼻子大嘴，一脸堆笑的同时，又抬起手，装作一副真要掌嘴的模样，令人忍俊不禁。薛涛从未见过这般人物，心里觉得稀奇。

"不碍事，不碍事！"王司马祥和地说。"快，领着薛娘子四处转转，给我们介绍介绍这坊中情形。"

"是，郑大人，王大人，还有这么俊俏的小娘子！"林妈眼珠子转得灵，嘴皮子耍得溜："我们坊中的左右两坊，不知娘子乐意去哪一坊呢？薛娘子声名在外，咱整个眉州无人不知，想必是既善歌舞，又工琴乐吧！"

薛涛有些不好意思，正欲开口，只听郑刺史说："哪里是寻常女子通晓的歌舞音律那么简单？薛娘子最擅长的事，连我们这些为官多年的大男人也甘拜下风。她的诗词堪称一绝！"他原意是想夸夸薛涛，不想却把这院里的所有人都贬了一贬。

"正是，正是，下官也有幸听姑娘作诗吟诗，那真是，妙不可言呐！"王司马心中不满，表面却附和道。

林妈也说："小人见识浅薄！让大人见笑！不过，我们的厢房都在左右坊中，请姑娘挑选一边来住。"

"林妈妈，哪边都好，辛苦您帮晚辈拨出一间空闲的就成。"薛涛柔声说。

"那就右坊吧！最近，我们刚好腾出一间阳光充足又僻静舒适的，请娘子过来看看。"林妈妈心里早有数了，将薛涛和两位大人请进右坊，只见一进门的庭院里，有两位姑娘在练筝，再往里一个小院，是一个身材娇小的女孩，抱着大鼓在树荫下休息。

最里边小院的东厢房，才是薛涛新住处的所在，房中装饰颇有些浮夸，推开窗，绿油油的葡萄藤满满挂了一面藤架。

"谢谢林妈妈，这里真是静谧！"薛涛看着这新环境，样样都比不上家里，不过她还是笑着应道。

王司马看了看薛涛的住所，向林妈点了点头，又说："薛姑娘还有什么需要，尽管跟林妈说。晚点，我叫她再给你拨一个丫头过来，照顾你日常起居。至于这坊中例行的训练嘛，娘子就用不着学了，我已经把娘子的原户籍材料上报教坊司，一切都安排妥当。娘子尽管好好歇着。"

薛涛生怕搞特殊，不急不缓地说："王司马的好意，薛涛感激不尽，不过既然到了乐坊，小女也不好坏了乐坊的规矩，多学学乐器也是好的！"

"哦？"王司马没有想到，名震眉州的才女一点也不摆架子。"那好啊，娘子想学哪一样乐器？"

"就击鼓吧！"对于自幼练习的箜篌、筝，薛涛早已精通。这会儿，她对击鼓产生了兴趣。

"听见了吗林妈，安排下去！"王司马吩咐着，林妈点头点的像鸡啄米。

上差发了话，下面效率果然高。当日下午，薛涛身边已有小丫头束雨相陪，第二天，惜春院的顾长颐也亲自登门教授薛涛击鼓的秘诀。须知这惜春院是民间著名的歌舞演出场所，顾师傅是常驻那里演出的知名乐户。

和师傅行了礼，又请束雨奉了茶水，薛涛道："束雨，我昨儿见到前面院中一位姑娘也学击鼓，今日咱们迎来名师，你说，我们请那位姑娘一起来学习、切磋，好不好？"

"咱们坊中的姑娘统共才九位，击鼓的，一定是柳荷！奴婢这就去请。"她快活地跑了出去。来薛涛这里伺候，她便用不着干粗活儿，也不必被那些婆子们使唤来使唤去，这两天脸上常常挂着笑。

束雨刚出院子，两名小役便抬来一面坐鼓，一把筝，摆在室内。顾师傅又命他们去后厨取几只碗和一桶水过来。

"需要木碗和水桶？这是什么讲究呢？"薛涛好奇地问。

"待会儿娘子就知道啦。"顾师傅故意卖了个关子。

不一会儿，束雨和柳荷走了进来。顾师傅便说了起来："鼓乐分为僧、道、俗，僧派悠扬敞亮，道派淡然雅致，俗派就热闹许多，想必几位姑娘也是听过的。无论哪一派，都分了行乐和坐乐两种，今日我们先在室内学一曲基础的《鼓段》。"

顾师傅捉起两支鼓棒，双手虎口紧握着木棒，示范给姑娘们看那握棒的方法，说："切记，击鼓，站姿也好坐姿也罢，一定要保持腰部用力，身姿英挺，脖子笔直，头部不能晃。"

"不管做什么动势，身子前倾还是后斜，脖子都要直立，对吗？"薛涛问。

"对，即使脚步挪移，也要保持头不动。"顾师傅取出《鼓段》乐谱，交给薛涛。"谱子我已熟记，你且拿去翻看吧。"顾师傅身材颀长瘦弱，没想到锵锵锵击起鼓来，霎时间声势逼人。

师傅教了一小段，学生便开始学。薛涛也仿着顾师傅的样子，步子站稳当了,开始照着谱子敲打起来。她本就通晓音律,跟着谱子奏出正确的节奏韵律,也不是什么难事,练了四五遍,竟也将这段曲子掌握个七八分。

"好!姑娘真是好悟性!"顾师傅见到好学生,打心底里高兴。对束雨说:"你去取一碗水来!"

束雨纳闷地看了看薛涛,犹犹豫豫倒了一碗,递给顾师傅,师傅却摆摆手,朝薛涛指了指。"将这碗水,平放到你家娘子头顶去吧,平置即可。"

薛涛这天恰巧梳的是低髻,要放一只碗,也不是放不得。她蹲下身子,鼓励束雨把碗放上来。

"好,姑娘便依这个姿态,再来击打一次吧!"顾师傅说。

薛涛的脑袋这下子可是半点都晃动不得,不免惴惴不安,害怕给这凉水浇了头!但她眼里净是兴奋,心想,真是越来越起劲儿了。

5

东厢房这边练得正热闹,西厢房的姑娘却恼了。

"接连好几天了,大早上起来的,打哪门子鼓!真真是扰了清静。"西厢房里,丫头小金正在帮房中的姑娘萧红玉梳头。萧姑娘是这坊中数一数二的红人,她此时正嘟着嘴坐在镜前发呆。

听了小金的话,萧姑娘嘴上也不客气,道:"那间上好的东厢房本来是我要搬进去的,都收拾妥了,结果让这罪臣之女捡了便宜。"

"姐姐说得在理！不过这薛娘子是刺史眼前的大红人，怕是也不能得罪了她呀！"

"呵，刺史就要调离了。再说这薛涛，姐妹们又不是没见过，以前，我们在筵席上拨琴奏乐，她偏偏坐在宾客席吃饭聊天。都是奴才的命，却偏当自己是主子。"

"日后就好了，大家都是平起平坐，她一个女子，竟要去学击鼓……这多半是男人们干的活儿啊！"小金哈哈笑起来。

"谁知道葫芦里卖的什么药！恐怕她觉得与琵琶、琴、筝比起来，击鼓简单得多咯！"

"正是，姑娘就是现在，手指也还是留着习筝的伤呢！奴婢看了都觉得心疼。"小金切切地说。

"哼！"萧姑娘不屑地哼了一声，梳好头，便站起身子："走，去前院的刘姐姐那儿说道说道去。"前院研习琵琶的刘姑娘、郑姑娘都算是这院子的老人了，也都对穿男装的薛涛看不惯。几个姑娘凑到一处，刚好一起说说闲话，图个嘴上快活。

人与人之间本无情分，都是你哄我我哄你敷衍度日；可一旦出现了共同的敌人，他们之间的友情便立即馥郁浓烈起来。

同样是一大早，余司户急急忙忙朝官署奔去。和门口的侍卫打了招呼，他就直奔中堂找郑刺史。

"余司户，早啊！"郑刺史正在堂中读书。

"早！郑刺史！"余司户行了个礼。"还有不到一个月，您就要离开眉州了，兄弟们都甚为不舍。下官特来请示，咱们是不是该好好筹办一次宴席，为刺史您饯行？"余司户还没坐稳，便匆匆说道。

"那是自然，干脆等接替我的刘刺史来了，一起摆酒，你们还可以好好贺一贺新上任的官员，联络联络。"

"嗯，是。"余司户颔首道。

"您这么早来找我，就为这事？"郑刺史眼睛一转，知道余司户一定另有目的，故意问。

余司户面露难色，不过还是开口说："刺史，属下还有一事，也算是私事……我就不跟您绕弯子了。是以前的薛司仓，薛家的夫人，来拜托我的。"

"哦，那必定是关于薛涛薛娘子的事。"

"正是！我与薛司仓共事几年，两家还是邻居。薛姑娘忽地自作主张投身乐籍，连她母亲都不知晓……这不，就来找我家夫人帮忙。"余司户吞吞吐吐地说，"这姑娘虚岁才十五，不知为何忽然这么有主张！"

郑刺史听了，丝毫不透露自己对薛涛的劝说，只道："这……我也不知，不过你明白的，我一向欣赏薛姑娘的文才，她来求我帮这个忙，我便帮了，根本没多想！"郑刺史摊摊手，又说，"而且薛姑娘入了乐籍，对你我来说，又何尝不是一件好事呢？"

"怎么说？"余司户诧异道。

"这位薛姑娘原是想去到节度使府任职。凭借她的才学容貌，帮她这个忙，完全是顺水人情。她若得了咱们节度使韦大人的恩宠，到时随便帮咱们美言几句，咱还用受制于韦大人身边那些虾兵蟹将吗？"原来，郑刺史还指望靠薛涛扳回自己在西川的颓势。也难怪，剑南道是富庶之地，且郑汝元在此地深耕细作已有多年，谁不愿意在这里获得进一步晋升、讨到一个肥差呢!

听说了薛涛那投身幕府的志向,余司户脸色更难看了,可郑刺史还在兴头上,他又不好驳了刺史的想法,只说:"这……道理是这么个道理,不过,属下听说,韦大人平日也不怎么好美色……"

"这又是何人造的谣?"郑刺史喝到。"天下文士,哪有不好美色之理?这位韦大人更是风月中人,前段日子,听说还有一桩官司牵涉到韦大人多年前喜欢的一位婢女。"

"是吗?还有这等事?"

"此事不假!可见韦大人并非不爱女色,只因他本人生得周正,再加上位高权重,那些庸常女子便不入其眼罢了。"郑刺史呵呵笑起来。

余司户也勉强跟着笑笑,后又蹙眉道:"刺史此举确实英明!不过,不瞒刺史您,我家犬子早已属意薛娘子。简直是非她不娶,叫我这个做父亲的实在是难办!"他搓搓手,试探着问,"我就这么一个独生子!不知,薛娘子的事,是不是还有转圜的余地?如若可以,上上下下需要打点的地方,属下全都会顾好的。"

"原来如此!"郑刺史叹道,"余兄,你怎么不早说啊?现下薛娘子的户籍材料已经被王司马上报至教坊,转至乐籍。为官多年你也是知道的,姑娘家一旦入了乐籍,就再难将这乐籍撤销。她的任书都快下来啦!"

"原来如此!"余遥自知郑刺史主意已定,此事再难挽回,也不与郑汝元多说,只恭恭敬敬谢过刺史。走出官署时,亦是掩不住的满面忧思。

6

　　七月中旬的一天，天降微雨，潮热难当。郑汝元的饯行宴和刘刺史的欢迎宴就安排在这一晚。

　　薛涛早早接了邀约，黄昏时分，她换上一身浅色男服，绾起头发，饮一杯绥玉新沏的红茶漱漱口，然后干净利落地出了门。入乐坊一月有余，她还从未参加过什么正式的宴请活动，每日只是读书、练鼓，日子过得充实舒坦。绥玉则是在两周前被薛夫人送到薛涛身边伺候的，也难怪，一想到从未离家的女儿独自在乐坊度日，做母亲的是怎么都放不下心。

　　到了官署大门外，薛涛见到眉州的文人刘员外迎面走过来，赶紧打起招呼。

　　"刘员外，好久不见！"薛涛开怀一笑。近来她见得多的都是乐坊中的女孩子。在院子里遇到时，也会跟她们攀谈几句，但女孩子的谈资多半是香粉衣饰，实在不是薛涛所喜。

　　刘员外曾与薛涛多次应答酬唱，和气地说："薛娘子，多日未见，越发神采奕奕啦！"

　　"员外莫要取笑小女。"

　　"还未开席，我们去后园里走走吧！"

　　两人踱到园中的池边赏荷，刘员外见近处无人，叹口气说："郑刺史终是要离开了！"

"对啊，大家一起游园、赏花、作对吟诗，着实开心。不知日后刘刺史会不会加入我们？他还是您的本家呢。"小小年纪就经历了不少波折的薛涛，还是习惯凡事向好处看。

然而刘员外无精打采地回答："新来的刺史？不敢指望。"

"为什么这么说？"薛涛追问。

"我与刘刺史素未谋面。不过说来也巧，我有个旧相识与刘单是同乡；这刘单是信州永丰人，家境还算殷实。他的出身是明经，据说，是个买来的明经，后来补上县尉这末流的官阙。如今调任刺史，也是花了银子捐来的。"

"真有此事？早在玄宗时期，圣上不已经开始严惩卖官鬻爵的行径了吗？"

"对，不过安史之乱后，军用匮竭、常赋莫充，不少商贾资助军队以求官。这风气便渐渐抬了头。"

"噢！"薛涛轻轻点头，心想，新刺史原来是一介商贾。正当这时，一名兵士前来通报，说是可以入席了。

进了大厅，只见郑刺史正和一名矮小的男子推让着，两个人均要请对方坐大厅正中的主席位。薛涛与刘员外对视了一眼，原来这位便是新来的刘刺史。

刘刺史表现得十分谦恭，甚至有些强拉强拽，硬要让郑汝元坐上座，郑汝元拧不过他，只得拿捏着坐下。待刘刺史在郑刺史旁侧的席位坐下，众人皆落了座。

郑刺史开口说道："今日，各位眉州的同僚、好友欢聚一堂，一来，是大家赏光，为郑某饯行，二来，那便是迎接我们眉州的新刺史——刘刺史！欢迎，欢迎！"话音一落，大家齐齐鼓掌，目光齐刷刷地望向这位面庞黄瘦的新长官。

刘单摆了摆手："不敢当，不敢当。"大家看他，他则有些不好意思，并不直面大家的眼光，而是双目低垂着说："初来乍到，对眉州一切都比较陌生。这两日，向郑刺史请教咱们府衙上上下下、大大小小的公差事务，当真是受益匪浅！在座各位辅佐郑刺史也有不少日子了，也请郑兄为我这个后辈一一引荐！"

"那是自然！"郑刺史顺着席位介绍到。"左手边这位是欧阳司马，下来是余司仓，也兼任眉州司户一职，这位是刘员外，还有这边是眉州丝绸织染作坊的张兆鹤张公子……"介绍了眉州的官吏和商户，他笑吟吟地说："这一位，我要隆重介绍，这是我们眉州的雅士，薛涛！"

刘单那一双眼睛溜溜地扫过来，他早就注意到这位坐在末席的年轻人了，也已猜到此人是女扮男装，一听名字叫"薛涛"，心中反而又生出几分疑惑。"薛……公子？这么称呼对吗？"

郑刺史朗声笑起来，"刘公，这位是薛家娘子，才被收入眉州乐籍，别看她年纪小，诗文之才可真是了不得！"

"噢噢，幸会，幸会！"刘单时不时打量一下这位女子。且不说什么诗文之才，她的相貌确实秀逸动人，惹得席间不少男子侧目。

每个人和新刺史打了招呼，酒菜也端上了桌。大家先共同举杯，欢饮了三杯，又各自提杯，去向新旧两任刺史单独敬酒。酒过一巡，郑刺史招呼大家静一静："各位，各位，我们现在开始行酒令吧！"这是眉州官署宴会上的老项目了，郑刺史接着说，"刘公，您看，是从拆字令开始，还是添字令开始呢？"

"哦。"刘刺史闷声道。"行酒令……您方才不是说薛娘子才学过人吗？何不让娘子即席作诗一首？"

听了刘单的提议，大家纷纷说好。这时薛涛走上前来，道："郑刺史谬赞，小女真是羞愧。不过刘刺史既说了想听新诗，不如您就为小女拟一个题目？"

"嗯！那就，作一首送别诗吧！"

郑刺史吩咐下人铺好纸砚，备好笔墨，薛涛凝神望了望窗外淅淅沥沥的雨，提笔写：

雨暗眉山江水流，离人掩袂立高楼。
双旌千骑骈东陌，独有罗敷望上头。

待薛涛收了笔，大家都凑到案前来看，频频点头称赞。薛涛高声吟出这一首，然后说："小诗拙劣，刺史请赐教。"她微微抿了抿嘴。

刘刺史看人人都称赞薛涛写得好，想了一想，也夸赞道："好诗，好诗，娘子果然才思敏捷。依诗中所讲，娘子对郑刺史也是情真意切，不愧是眉州的罗敷啊！"

众人本来是轻轻松松赏诗，听了刘单这话，个个尴尬地杵在原地，接茬也不是，不接茬也不是，心里道，这刘单难道是在说笑话吗！稍对诗文有些研究的人都会明白，薛涛这首诗，全然没有新刺史口中所述的那层意思。

薛涛张了张嘴，心下满是不屑，又觉得被刺史这样说，十足受了嘲讽。她还只是个不通男女之情的小姑娘呢！明知道可能会得罪人，但她就是想为自己辩白几句。说，还是不说呢！犹豫了几秒,她慢条斯理地道:"哪里,哪里,是小女语句有疏漏,表意不清,让大人见笑了。小女原意是将郑夫人比作罗敷,郑刺史和夫人伉俪情深也是大家有目共睹的。小女断断不敢僭越!"

刘单脸上一阵阵发烫。好在他皮肤蜡黄,难堪的脸色不会被人察觉。他自己好不容易进了官场,第一次在眉州亮相,竟被一个小姑娘弄得露了怯,心中怎能不气恼,对这薛涛又怎能不厌恶。

郑刺史不怎么会看人脸色,这时候跳出来解围。"哈哈,不管怎么看,这横竖都是一首好诗!薛涛,你这首送我可好?"

"当然。"薛涛双手将诗稿呈递到郑刺史面前。

郑刺史接过诗稿收下,向王司马使了个眼色。他知道行酒令这类娱乐是不适合新任刺史了,索性叫王司马安排歌舞表演。

"刘刺史,郑刺史,各位大人,咱们乐坊的姑娘又新排了两个舞蹈,不知各位可有兴致?"

"好!好啊!"余司仓连声称好。

王司马吩咐下去,四名着绯红薄衫的女子入了大厅,她们后头有拍板、横笛、笙、腰鼓相随,乐声一起,一曲软舞便飞飞扬扬地跳起来。此舞甚美,可入席的官员们,无人不心系刘刺史。这位长官究竟是欢喜还是恼怒呢?他一直面无表情,真让人猜不透。

在这当口,郑刺史亲亲热热地过去敬酒。他小声道:"刘公,薛娘子写得一手好诗,真不是一般凡俗女子。过两个月,节度使府会招募各地官妓入成都,到时候,您可否将薛涛报上去?若她到太尉面前给我们眉州长了脸,您也是立了一功,晋升有望!"

"好!就依郑兄所说!姑娘之才,确实要到节度使府好好展露一番！"刘单满口答应，咧嘴一笑。

伴着轻快的曲调，众官吏、商人开始两两敬酒。对他们当中的大多数人来说，这一晚的重点不是莺歌燕舞，也不是才女诗文，更不是送别郑汝元，而是借这大好机会和刘刺史套近乎；不论是求官还是谋利，他们总是得打通通向官署的路。

薛涛已经不再上前凑热闹了，她知道，她与这新刺史是道不同不相为谋，也不屑于学那些眉州官商苦心钻营。况且入了乐籍，这眉州就不再是她的舞台。她只想赶紧熬过这两个月，然后便可头也不回地奔往大唐最热闹的城市：成都。

7

织染大户张府坐落在城南丽水湖畔，厚重的大门打开，张兆鹤骑着马，带着一名随从打府里出来。自结识刘刺史之后，他已差人陆陆续续送了几匹上好的丝绸到刘府，刘刺史也不推辞，大大方方收下了。可见这位刺史比前任好伺候。而张兆鹤这会儿要去刘府，不是求官，也不是谋利，是为了一个人。

到了刘府，报上姓名，刘家的下人忙着将张公子迎到堂屋。刘大人和张兆鹤统共不过打了两三回照面，但因为一来二去的礼物，再见面，情分便格外不同。

"刘大人，第一次入府拜谒，小人真是荣幸之至！"张兆鹤笑眯眯地行了礼。

"哪里的话，张郎光临寒舍实乃刘某之幸！"

张兆鹤请随从捧上两只精美的礼品盒,说:"这是父亲近来得的两幅字画,都是东晋时期的名士之作,恭贺刘大人乔迁之喜!"

"贤弟,太客气啦!"刘单对字画没什么鉴赏力,并未开盒赏画,只命侍从接过了礼品,心想着张公子出手阔绰,必定有事相求。他问:"贤弟这一向可还好吗?我看贤弟最近在城中的筵席上甚少露面啊!"

"还好,还好,只不过最近家里正在忙账务的事,父母年纪大了,我又是长子,不得不多帮衬着。"

"那就好!我还想,自打上次查看商会状况之后,就再没跟公子碰面了!"刘单笑着拍了拍张兆鹤的肩。"有什么用得着老哥的地方一定要说!"他知道张兆鹤三番两次送礼必定有事相求,自己能满足的会尽量满足,如若不能满足,也不会把礼品退回去。

"嗯,一定,一定!"张兆鹤抿了口茶。"小弟最近未能和大家一同欢聚,不知,有没有错过什么盛况呀?"

刘大人眼睛一转,嘿嘿一笑,说:"酒筵上嘛,天天都是盛况!"

"是啊,以后必定紧跟大人的步子,绝不离队!"张兆鹤笑了笑,话锋一转,说道:"大概光是薛娘子,就又吟诵了不少好诗吧!"

绕来绕去,张兆鹤原来是想询问薛涛的事。刘单听到薛涛的名字,心头烦躁着微微皱了皱鼻子。不过这表情一闪而过,他故意眯眼说:"薛娘子,我也是许久不见了,最近她身体抱恙,在乐坊歇着呢。"

"她病了?严不严重,什么病症?想必是请了郎中帮忙调理身体吧!"一听薛涛生病,张兆鹤马上急了。

刘单想,这公子哥儿竟对薛涛有几分真心,他宽慰他说:"放心吧，不过感染风寒，现下应该痊愈了。只不过薛娘子架子也大，若是差人请她赴宴，她总说要再休养些时日，不愿出门。"

"是了，她原本是官宦人家的小姐，总要娇气些。而且向来说一不二，任性了点儿。"

刘单斜睨着张兆鹤，笑道："张郎对薛娘子很了解嘛！"

"我比她年长几岁，算是同龄人，从小就认得她这位小才女，这两年聚会上也常常见到。她如今出落得这么标致，可真让人想不到！"

"是啊，薛娘子着实生得俊俏。总穿一身男装，不像寻常官妓，一股子娇媚气。"刘单道。

"不瞒您说，我对薛娘子倾慕已久。还提过两次亲，都没成。她反倒入了乐籍！现在，是不是也脱不了这乐籍了？"

"虽说乐坊分置于各州县，但每位官妓的姓名材料，都是在长安教坊记录在册的，我也管不到长安去。脱籍确实不太可能。"

"那可怎么好！"张兆鹤皱眉跺脚，焦虑得不得了。"眉州的姑娘，没有一个不愿意嫁入我们张府的。她倒真是傲气！"

"公子莫着急啊……"刘单顿了一顿，说，"这姑娘经常出入官府酒宴，但所有公子士人对她都恭恭敬敬，以礼相待，从未有过半点轻薄，严守男女之大防。公子喜欢她，我便做个人情，请薛姑娘在公子身边侍奉个一年半载。这也不是没有可能。"

"当真？听说她过不久就要去成都了！"

"现下，她不还挂职在咱们眉州乐坊吗！"刘大人轻佻一笑。"只不过，公子不是官府中人，这难度，真真是太大了……"

"在下明白！在下当真有十足的诚意，还请刘大人成全！在下也绝不会让刘大人难做的！"张兆鹤起身作了个揖。第二天，便将这"诚意"送达刘府。

8

暮鼓敲过，乐坊的晚饭便由坊中的老妈子们分别派送到各院各房。右坊最后一进院子里，绥玉立在门前等，却见后厨的伍妈妈端着一大盒膳食，往西厢房那边去了。她在门口高声问："伍妈妈，我们这边的饭菜呢？"

"姑娘稍等，厨房人手不够，一个人拿不了那么多！"

"最近饭菜甚是寡淡，薛娘子胃口不好，劳烦妈妈多取些好吃的！"

过了一阵子，伍妈妈端着薛涛房中的饭食来了。比起方才往西厢房送的饭菜，这一盒貌似少了许多，只有一碗清汤时蔬，一碟咸菜，两碗糙米饭。

"伍妈妈，薛姑娘大病初愈，饭菜没营养可不行啊。"绥玉念叨着。

"正因为大病初愈，才更得吃点清淡的，况且娘子病了这些时，一直拖着不去宴席上侍奉，领的俸银还是最高的。可知旁人都比腊九的狗还忙，姑娘闲着，有吃有喝就算不错啦！"伍妈妈奚落道。

薛涛在内屋桌边，也不露面，轻轻说："绥玉，斟上茶水，我们吃饭了。"

"是。"绥玉狠狠瞪了伍妈妈一眼。待送饭人走了，两人围桌坐下，发现饭菜已经凉了。

"坊里的妈妈真是欺负人。这种饭菜要怎么入口？"绥玉气呼呼地放下筷子。

"不碍事，夏天吃热的也是难受。"薛涛咽了口米饭，说："你也犯不着跟她们生气，她们不过是个传声筒罢了。"

"难道，是林妈妈故意针对咱们？"

"应该是新上任的官老爷的缘故吧！"薛涛轻轻捂嘴笑了，小声说。

"反正咱们都要去节度使府那边了，忍两天就忍两天。"绥玉给薛涛加了点热茶。"咱们就着热茶吃饭。"

一口茶一口饭正吃着，林妈妈不知不觉进了薛涛的屋子。"薛娘子，吃饭呢！"她如往日一般热情，只是笑容里少了几分谄媚。

"林妈妈，有失远迎！快请坐。"

"薛娘子，身子可好些了？在乐坊还待得习惯吗？"

"多亏林妈妈照顾，乐坊里清清静静，我觉得很好。身体也好些了，不知顾师傅什么时候能再来教我们击鼓？"

"顾师傅啊？顾师傅暂时不过来了，一来他忙得很，二来，请他教学也是要花钱的，乐坊开销大，银钱上很是吃紧！"林妈妈摆出一副愁眉不展的样子。

薛涛心想，原来前些日子请来顾师傅，是做做样子给郑刺史看的。如今自己的地位已是一落千丈了。她凝视着林妈妈，答道："唉，都不容易。"

"姑娘，既然身子好了，明日就参加惜春院的宴席吧。刺史明日要在那边大宴宾客。"林妈妈一副下命令的姿态，由不得别人讨价还价。

薛涛知道,再推辞实在是说不过去,于是说:"小女学艺不精,不知怎么在宴席上表演、侍奉,还怕丢了我们乐坊的颜面。"

"娘子这是哪里话,没关系,明天,薛娘子能赏光出席就行。"林妈挑眉道。下达了命令,她吩咐薛涛早些休息,还说第二天晚饭前,乐坊的侍卫会来接她乘软轿赴宴。

没想到第二天午后,林妈妈便差人送来一套女服。绥玉抖搂开一看,这衣裙上身是白色轻薄短衫,领口和袖口均绣了花与蝶,下身长裙则是亮丽的明黄,绣了与小衫类同的花纹。"真精巧,好漂亮啊!"绥玉拿起衣衫,在薛涛面前比了比。

薛涛触了触衣裙,说:"此裙衫真是质地优良,织锦料子华美,刺绣也精致细腻。"

"也不知林妈妈安的什么心,平日饮食上克扣,却舍得送这么美的衣衫。"绥玉撇了撇嘴。"娘子今日穿上吗?"

毕竟是十几岁的女孩子,薛涛怎能不爱美丽衣饰,她想了想,只说:"先不穿。今日我且去敷衍敷衍,吃顿饭。裙子,留待以后有重要场合再穿。"她依旧着一身浅黄色男服出去。

在惜春院门前下了轿,瞧着熙熙攘攘的人流,薛涛倍感亲近。自打入了乐府,她就再无法随便出门、在大街上走走逛逛。她轻快地移步至大堂后边的宴会厅,一进门,却发现这里已然是个完全陌生的世界。

如今的筵席与以往郑刺史筹办的筵席,风貌大相径庭!

一眼扫过去,入席的人当中,除了刺史大人、余司户和两位认识的员外是文人官吏，其余人皆是眉州商界富豪。而每个男子身边，均有一位女子旖旎相陪，她们之中，两三位是官妓，形貌装扮还算端方得体，余下的，全是惜春院的歌舞伎，正肆无忌惮地跟身边的男子饮酒笑闹。

　　薛涛心中一惊，她何曾见过这样的场面。入乐籍竟要应对如此局面，郑刺史怎么从未提示过呀！无奈她人已经入了厅堂，只得向刺史行了个礼。

　　"薛娘子来了，坐，坐！"刘大人笑眯眯地，朝末位的一个坐席指了指，薛涛一看是自己独坐，便勉强过去坐下。

　　"薛娘子好！"薛涛左边坐的正是张兆鹤。她瞧着这位公子一脸笑容，一张大嘴都要咧到脸颊两侧了，身边那位娇小的美姬则紧紧靠在他肩头。薛涛不屑多看他，也只能对他礼貌地笑笑。

　　酒宴已正式开始，一位歌女和着音乐唱起来，一时间珍馐罗列，举筷飞觞，男人们一面敬酒，一面两两私语，似乎谈的都是什么不得了的事。女人们则斟酒夹菜，卖弄风情，如同筵席上的另一道好菜。

　　薛涛呆坐在座位上，庆幸自己没换女服出门；她又满腹狐疑，不知刺史叫她来赴宴到底是何故。她望着熟悉的尊长——余遥伯伯，余伯伯昔日何等庄重慈蔼，一向谨言慎行，此刻竟也搂着美女饮酒言欢，满脸猥琐神色。如若换了自己的父亲出席这种场合，也会这般模样？

　　不！他绝不会和余伯伯一样的做派。

　　在惜春院最华丽的厅堂，薛涛仿佛一个局外人，飘飘然遁入另一世界，遁入与父亲秉烛读书的少年时。

父亲说，道也者，不可须臾离也，她便说，可离，非道也。

父亲说，莫见乎隐，莫显乎微，她便说，故君子慎其独也。

父亲问，熟读《中庸》，知不知晓其中的意思？

她说，读多了便知道，心中有天地，不为外物欺，不受周遭环境影响，也不因他人的行径改变自己的行事作为，那才是真君子。

想那时，父亲年逾不惑，目光仍澄澈简单，看上去比同龄人年轻许多。他望着窗外，园中那棵梧桐总是安然静立，风雨摇撼不得。父亲说，君子慎独，最难做到的是慎心，慎心便是为人诚挚，人前人后绝不两样；面对酒色财气，做到吾心有主，面临物欲诱惑，方可不为所动。

薛涛记忆力太好，多年以后，她依然记得父亲口中的字字句句和他说话时的神情。午后，清晨，他们喝茶、论道，那时她还未真正看过人间冷暖，父亲便把天地间的事理说予她听。她一直以为普天下的大多数人都怀着与父亲相同的意念和信仰。

直到这一天猛然发现，现实并非如此。

她根本分不清眼前种种，哪些是假面，哪些是伪装。

发了一会儿愣，张兆鹤忽地来搂她肩膀，她本能地往旁边一闪。

"你，你干什么？"从未有人对她如此轻薄。

"害什么羞啊，薛家妹妹！"张兆鹤笑呵呵的。

"你……"薛涛看张兆鹤挤到自己身边，他怀里的姑娘在一旁落了单，觉得甚是蹊跷，只说："快坐回你的席位去！"

张兆鹤却不理睬她，问："你怎么不穿新衣裳，那身花蝶刺绣衫？那可是我选了一上午的。"

薛涛一听，明白过来，原来并不是林妈妈大方。她满不在乎地说："那套衣衫，林妈妈午饭时拿给我了，我赏了我家侍女，多谢您。"

张兆鹤猛地探过头来，重重呼了口气，"你！"他满嘴酒气，已然半醉了，又说："也罢，也罢，你穿什么都好看！"

薛涛受不了他这副醉汉模样，正色劝他："请张公子快回原位坐好。小女的衣饰怎好叫您多费心呢！"

哪知这张公子不依不饶，叫道："别这么见外嘛！过两日，你就要到我府上伺候的！早晚是我们张家的人，害什么臊！"他又往薛涛身边凑了一凑。薛涛浑身一抖，闪电一般迅疾地站起身来。心里道，他在胡说什么？都是哪门子鬼话？听了这话，薛涛一句也不想多说，恨不得立刻夺门而出。

这么一站起身，大家目光倒是都集中在她身上。刘刺史说："娘子，做什么？要唱个曲儿吗？"众人皆笑起来，有的商户喊道："好啊，表演一个！从前只听闻薛涛的诗句，还没听过薛涛唱歌呢！"

薛涛站在厅中，坐也不是，不坐也不是，窘极了，这时候竟有乐坊的姑娘道："薛娘子是眉州才女，在乐坊，有什么乐器是她没练过、不晓得的？今日，就来一段琵琶曲，给大家解解闷！"说话的，正是薛涛同院的萧娘子。她笑吟吟地坐在刘刺史身边。

薛涛抿了抿嘴唇，怒气直冲头顶。她从未在乐坊习乐拨琴，也从不着女装，就是不想在酒宴上以声色侍人，这萧娘子与她见面向来是客客气气，何以在此刻火上浇油？她难道料定自己不会乐器，想要出自己的洋相不成？薛涛压住火气，定了定神，昂首朗声说："琵琶曲也不稀罕，就请院中管事，取筌箜一用。"

就这么坐在大厅中央的软毯上，薛涛素面素服，奏起一曲《听蝉》，起初是柔调，高潮处大气磅礴，曲终收尾干净利落。一曲作罢，萧姑娘张着嘴一句话也说不出了，门外庭院中，不少客人、乐匠驻足聆听，只不知这一曲是何人所奏。经这一曲撩拨，室内那些男人们更是心弦一颤。薛涛见张兆鹤被拉回原位，也便回到自己的座位去，这时两三名眉州商人不谋而合地站起身，和刘刺史商洽起来。他们都对这含苞待放的妙龄美人兴趣浓厚。

"不急，不急，薛娘子的事儿，我们回头慢慢细聊。"刘刺史忙着打哈哈，笑着起身。为躲过这几位半醉的财主，他急着喊贴身家仆陪他去茅厕，一边走一边口中嘟囔，"都喝醉了，和我说什么说？要谈，清醒的时候再来谈。"穿梭于惜春院后院僻静的长廊，家仆道："薛姑娘今日的演奏，真可谓是艳惊四座！那几个金主动心了吧？"

"呵，我原是小瞧了她！"

"那您还是要筹备着，送她去成都？"

"我又不傻！守着这么一棵摇钱树不好么，干吗送她去成都？"

"不也是为了大人将来的仕途吗？"家仆看看四下无人，轻轻说。

"仕途？咱们费了多少银两才捐得这个官儿，总得先把本儿捞回来！"刘单撇了撇嘴，"再说了，到如今，这薛涛跟我不过打了两三次照面，次次话不投机。"

"还真是，您刚才没看见她那张哭丧脸！"

"我跟她，不说结下交情，不结梁子就算不错了。送去成都，岂不是称了郑汝元的心？若这姑娘一朝得势，攀上达官显贵，能有我什么好果子吃？"

"大人说的极是，过两日，先将她送到张府，好好调教调教，也好把张兆鹤应允的那些布帛，攥到手里。"

"啧啧，说话可得小心！"刘单又看了看四周，说道。

待刘大人重回宴席，张兆鹤忙不迭地过去敬酒。大家又吃吃喝喝了一阵，惜春院安排鼓乐大家顾长颐前来表演腰鼓。伴着鼓声，刘大人唤薛涛到前面来。

"薛娘子，今天箜篌奏得不错！回去了我跟王司马说说，有重赏！"刘单居高临下地说。

"谢大人！"薛涛拜谢道。

"大后天，丽水河那边的张府有宴会，你也去表演吧！到时候他们会派人到乐坊接你。"刘大人说。

薛涛只觉晴空雷动，刺史大人居然提出此等不像样的要求，难道，真如张兆鹤所说……

薛涛连想都不敢想，她努力理理思路，小声道："为何……大后天？大人，小女可否告个假？"

刘大人沉下脸，他身边的家仆先发话了，"怎的，区区官妓，还要跟大人讨价还价不成？"

"欸，怎么说话的，吓着小娘子了。"刘大人转脸向着家仆，然后又对薛涛说道："薛娘子，到时候会有人按时接你，请你预先准备妥当！"

薛涛原地站着，垂头揉搓衣襟，眼泪都快掉下来了。她不是生在大富大贵之家，却从未受过这样的委屈，此时只想冲回家去闷头大哭，但是自己已应了官身，哪里有后路可退！一时间身子一软，跌在地上。

这时鼓乐停了，顾师傅不再击鼓，而是上前几步，在刘大人面前拜了一拜。

"大人！小民在乐坊也教授过几位姑娘，只知道乐坊中人都是官家的人，怎地还要去商家侍奉？"

"这奴婢简直……刘大人说话，有你一个贱奴插嘴的份儿吗？"刘大人的家仆越发猖狂。

"大人息怒，小的心中好奇，只想问个说法。"顾可颐仍无退缩之意。

刘单霎时间，整张脸都垮了下来，凶相显露。不过瞬间他又变了脸，佯装平静地瘪了瘪嘴，笑了。"这位师傅，张府引了活水，园林甚美，我们要在那里接待梓州来的官员，请娘子过来表演，有什么不妥么？"这时，薛涛虽颓然坐在地上，却捕捉到了刘刺史方才那细微的表情，她打了个寒战，又觉可憎，又感害怕。

刘单则又向家仆望了一望，那家仆道："来人，这儿都是些什么不懂规矩的闲杂人等！快快拉下去。"

顾师傅也不等人来拉，鼻子"哼"了一下，腰鼓一甩，皱眉看了看伏在地上的薛涛，无奈地退出大堂。

明白多说无用，薛涛恢复了点力气便站起身来，贮泪回座。而在座众人都明白顾师傅触了刺史的霉头，无人再为薛涛申辩。只有余遥，他这会儿已经是醉酒微醺、目光闪烁，但仍欠了欠身子，道："薛涛诗才甚佳，箜篌并非……非她所长。与其表演，不如让她在闺中多写些词曲！"

而刘单哪肯退让，他眯着双眼瞅了瞅余遥，冷冷道："余司户喝醉了。来人，送司户到偏厅歇一歇！"

余遥忧心忡忡地望了望薛涛，一屁股跌坐在自己的座位上。有人上来搀他退下，他却不肯，只趁着醉意将膀子一甩，醺醺然喘了几口粗气，自斟自饮又干了一大杯。饮罢酒，便一头趴倒在身前的案子上。

此时，大厅之上，四面八方投来的都是冷冰冰、看笑话的眼光。薛涛目不斜视地端坐着，掸了掸衣袖，从一大桌美味当中捧起白瓷碗盛的白米清粥，心无旁骛，吞下一大口。不发声，亦强忍着嘴角的抖动，只有泪珠啪嗒啪嗒滴落碗中。流泪的时候大口吃饭，那是提醒自己，无论多难都要撑下去。

她永远牢记这一天，牢记这一天深陷暗穴的绝望；父亲在狱中，定是比自己此刻更觉悲凉，他定想讨个说法，除去莫须有的罪名，可惜天不假年，未能如愿。

这些有形、无形的目光中，到底哪一道是刺在父亲心口的那把利刃？

她发誓要把那隐藏在暗处的假面败类揪出来，还父亲一个清白！

第四章 素手赠芸香

1

"九天开出一成都,万户千门入画图。"

马车驶过府河桥,开进李白笔下仙俗并举的成都,薛涛感到一股扑面而来的温润之气。从踏入帝国最繁华的都城的第一步起,薛涛想,官署府衙所有男人皆不是她的目标,坊间巷弄所有女人亦不被她放在眼里。她抱定决心赢过的,唯有一人。

薛涛没料到带她进城的会是刘辟,刘随军。从眉州到成都府,刘辟领着薛涛和绥玉一路悠悠而来,对她们处处照顾、考虑周详,态度也十分谦恭和善;他中等身材、眉眼疏淡、衣着普通,穿梭在人群里是极不突出的那一类。这斯文形象,和郑刺史口中所说那睚眦必报的一介狂生,相去甚远。

"两位娘子,进了城,就快到节度使府衙了。"刘辟说话声音不大,他生怕姑娘们听不清,故意令自己胯下的马儿慢下脚步,跟在马车旁边走边说。"若薛娘子没什么异议,刘某今日便安排二位住到衙内去。"

"谢谢刘随军!"薛涛道,"成都的乐坊设在衙内吗?"

"不不,不把仆役杂妇人算在内,咱们乐坊就已有五十多号人,衙内怎么住得下!大家自然都在官署附近的聚赏院住着。衙内,只有学艺最精的官身娘子方可去住,如今也不过安排了七八位。"刘辟笑嘻嘻地说。他两年前在陇州立过功,从那时起便被韦皋带在身边。如今在成都府做个随军，除了公务，也要帮韦大人处理身边杂事，乐坊就是其中一项。

薛涛一听，低了头说："那小女怎好居于衙内呢？"

"不妨事，不论衙内、衙外，乐坊事宜都是刘某在为大人操办着，刘某是想，衙内刚好还有上好的厢房，比聚赏院环境好得多。再说薛娘子是韦大人钦点入城的，委屈了谁，也不能委屈了娘子啊！"刘辟算盘着，他这番话既讨好了新入府的小娘子，又能叫她知道自己与韦皋的关系非比一般。来日薛涛承宠，自然记得他的用处和好处。

薛涛听了这话，连忙谢过刘辟。不过她想到自己在眉州初入乐坊时便招人冷眼，无端引来一堆怨怒，这会儿便跟刘辟说："刘随军的好意，小女铭记。只是初来成都，小女对时事风俗不甚了解，生怕入府衙行差做错，丢了韦大人的颜面。不如，小女先学好礼数规矩，随军以为如何？只求随军在聚赏院拨一间普通厢房即可。"

刘辟一想，也有道理，于是点点头，领着车夫往聚赏院去。

乐坊毕竟是女子聚居的地方，这聚赏院上上下下也由一位中年女子管事。刘辟和薛涛到时，她静立在门前恭候，身穿一套点缀米白绣花的素色长袍，妆容和仪态如着装一般得体。刘辟称她作常夫人，她则将刘辟请到内厅。

"刘随军旅途劳顿，还未归家就上我们这儿来了！"常夫人亲自端上茶水，态度不卑不亢。

"我的分内事，不辛苦！都是应该的。"刘辟饮茶，并说："此次去眉州是韦大人的意思，这不，把薛涛薛娘子接到咱们坊中来了。娘子诗文弹唱堪称一绝！"

刘辟又对薛涛说:"薛娘子也累了,喝点茶!以后在聚赏院有什么需要,随时跟常夫人说,也可以派人直接告知我。常夫人曾是长安教坊里一流的乐师!日后,二位也可以多切磋切磋!"

他把薛涛和绥玉交给常夫人,急匆匆回官署向韦皋复命。

刘辟策马赶到节度使府,未时已过。议事厅内,韦皋正和几位僚佐军将论及川蜀的军力军情,他坐在高位上,眉头深锁。

将领董勔说道:"岁初至五月,剑南道的兵力增了一成。如今蜀地管兵四万六百人,马三千疋,衣赐七十万疋段,军粮八十万石。近来吐蕃的滋扰也已经减了近半,众将依指示积极练兵,一日也不敢怠慢,相信可保巴蜀无恙。"

"哦?这么说,情况很乐观,我也可以随时抽检军队?"

"没有问题。"

"嗯。"韦皋大声应了一声,依旧拉长着脸,在座部将心中均有几分畏惧。沉默片刻,韦皋说:"王有道,你再对照地图,说说我们剑南道的情况。"

"是。剑南西川南面是南诏,西边有吐蕃。两国均是我大唐心腹之患,又均与蜀地相邻。"王有道答。

王有道是随韦皋从陇州调来的新人,而董勔则是戍守剑南道多年的老将,听了王有道的话,他呵呵一笑,道:"王将军,你介绍的情况,本就是我们成都街坊百姓都知道的小儿科,说来何用。"

王有道不做声,韦皋则扫了扫端坐于厅内的各位部将,自顾自地说:"各位脑子里想的都是被动镇守,有没有想过,吐蕃许久不来滋事,是在谋划一次大事?"

董勔回道:"吐蕃频频向大唐发难,我们不是不想破敌。无奈驻守西南,一旦出兵就是腹背受难。回想这西南的征战,天宝十载,鲜于仲通率大军六万进攻南诏,在南诏、吐蕃的两面夹击之下,全军覆没;天宝十三载,大唐征天下十万兵马进攻南诏,仍是埋骨当地,主帅葬身水底。"

听董勔一番话长别人志气,灭自己威风,韦皋"砰"的一声拍了桌子,大声道:"既然在边地,就不能整年整年地无作为。无作为还能在蜀地平安度日,那是福气。可并不代表你我一直有这样的福气、运气。"他暗指上一任节度使张延赏偏安于西南边地,六年内从不主动发兵出征。就因为张延赏的做法,川军也渐渐产生了惰性。

这个张延赏,不仅是世家子弟、朝中重臣,还是韦皋的岳父。

一见长官发了脾气,众僚将都不吭声,只有刘辟带头表决心:"大人说的是,为了威慑蛮族,让他们不再进犯……长久的安宁是要靠我们实打实赢回来的。"

才发了怒,韦皋继而又苦口婆心地说:"既然知道是腹背受敌,就必须破除这样的局面。既然吐蕃次次进犯都用南诏打前站,咱们能不能想想,怎么分化两方,然后各个击破?"

原来韦皋想的是这一出,众将纷纷点头称好,一时间却无人献计。董勔是个实诚人,他想了想说:"韦大人,分化蕃诏真是一条良计!如今想来,大历十四年吐蕃、南诏合兵二十万分三道攻川,妄图窃取成都。这一役,李晟大将军领着我大唐精兵,把蕃诏联军赶到大渡河以南去了。就因为此役败北,吐蕃迁怒于南诏,将南诏王异牟寻从原来的封号,什么赞普钟南国大诏,下降到普通王的臣属地位，仅封了个日东王。听说异牟寻当时便恨得牙痒痒，蕃诏生出了裂隙。不论先攻弱，再攻强，还是反其道而行之，我们都有机会！"

"嗯！"韦皋点点头，"在座各位都是韦某初来成都最信任的人，都要像董将军一样熟记以往的战况，多了解敌方情报。如有这一类的信息、谋划，韦某愿随时听取各位的高见。大家都是忠良之士，都听过谁怜枯骨卧黄昏，年年被白吊忠魂！我们唐人讲的是魂兮归于故土。只有今日努力肃清军纪、勤于操练，来日你我之魂，才不会被埋在那蛮荒之地！"

韦皋一席话字字恳切，又于不经意之间提出他的领兵志略，受他的鼓动，众将神色肃穆，领会了他的意思，又细细汇报了各支军队的情况，过了申时才散去。此时刘辟上前小声道："大人，眉州那名官妓，属下已经接到聚赏院安置妥了。"

韦皋脑子一时没换过来，问："什么官妓？"

"就是那位诗才极佳的，薛涛啊。大人何时要赴宴便随时吩咐属下，属下带她前来侍宴。"

"哦……"韦皋一副满不在乎的样子。"近几日没什么外客，我要启程去松州巡查。这个薛涛，你跟正贯侄儿说一声，就说已调到成都了，筵席之类，让他瞧着情况自行安排吧！"

"是。"刘辟笑着作答。心中却想，接薛涛来城中原来是韦正贯的意思。也罢，找人去传个信儿给他便是。

2

聚赏院门庭不大，内里却别有洞天。薛涛居于院中的南曲，这一处堂宇宽静，厅事三数，厅前厅后栽种了芍药、修竹和石榴树，左右两个盆池边，还堆砌着些大大小小、形貌各异的丑石。这恐怕就是太湖石了。

进院第二天，夜深人静之时，薛涛在房中想着父亲的事，忽听院中传来喃喃语声，声音细嫩，却也听不清具体话述，只觉得这女子吐词咬字说不出的古怪。她吓得浑身打了个寒战，还好有绥玉在，两个人牵手挑帘去看，只见前庭里，一个着绯色衣衫的姑娘在盆池边，双膝跪地，朝那丑石嘟嘟囔囔不知说着什么。细细听来，她仿佛说的是异族话，薛涛和绥玉完全不明其意。

两人当下轻手轻脚移步院中，凑近一看，这姑娘肤如麦色，眼瞳深圆，一张小脸生动漂亮，浓茂的秀发直垂腰际。见到有人过来，她也不认生，动人的双眼忽闪忽闪，眯成月牙状，仿佛会笑一般。

"太好了！见到你们真好！"她用那稚嫩的声音说。

"什么……怎么好？"薛涛不解地问。

那姑娘凑到薛涛和绥玉身边说："你们的身段，真好！益州这边的女娃儿都是胖胖的、壮壮的，咱们院子里的娘子也是如此，好像就我一个瘦子。这下好啦，你俩也是轻巧细薄的身材。再不会有人笑话我啦！"

薛涛认真看了看，这位姑娘确实身子偏瘦，个头不高，站起身时她行动矫捷麻利，说话的语气和吐词的方式则不同于常人。她一定不是汉人。薛涛问："夜深了，娘子为何在此跪拜丑石？"

"哈，你以为我是跪拜石头呢？我分明是拜这竹王。"

绥玉走到那片小竹林前，指着生得最高的竹子说："这竿竹又高又粗，就是竹王？"

只听姑娘叹了一声："是了，寻遍聚赏院，就数这一处的竹多一点、高一点。不过跟我家乡的竹海比起来，啧啧，差远了。"

"竹海？想必是美极了吧？姑娘是哪里人，又怎么会到聚赏院来呢？"绥玉好奇地问。

姑娘挑眉打量绥玉和薛涛，说："你们是新来的，难怪不知道！这院子里的人个个都知道，我本是南诏商人的舞姬，第一次跟着主人来成都，便觉得南诏无趣，这大唐、成都样样都好，光是各色面点就够我馋的！我就偷偷溜出客栈，留了下来。"

"你家主人难道不来寻你？"

"他一定寻过，不过寻不着的！"姑娘嘻嘻一笑，露出洁白的牙齿。"他是凭一纸伪冒的官牒入蜀的，又不能久待，寻一阵子，大约便出关了。经过几番周折我才到了这乐坊，人们都道这里是成都最好的乐坊，谁知道……"她眼泪忽然扑簌簌地掉下来，模样甚是让人心疼。

"怎么呢？"薛涛拍拍她的脑袋，安慰着。

"大唐的糕点好吃，衣饰好看，可大唐的女人怎么都是笼中之鸟？聚赏院再精巧也不过是个大鸟笼，你们还没我们南诏的歌奴自由！连出去见个心上人、寻个好吃的也都不成。一个月，只能接受两次家人的探视。可惜了，连个来探我的人都没有。"她抬起袖子将眼泪一抹，嘟了嘟嘴。

"姑娘，你在这城中竟还有心上人？"薛涛惊诧地问。

"当然，哪个女儿家没有心上人？成都俊俏的少年这么多，可我独独喜欢他一个。可我还不知道，我是不是他的心上人。我祝祷能早日见他，问个明白。"姑娘抬头看了看那轮明月，又虔诚，又倔强。

这姑娘约莫十四五岁，年纪和薛涛相仿，但行为想法似乎比薛涛、绥玉更简单直接。薛涛见了她，倒是有几分喜欢。而那姑娘又说："太渴了，你住这一处的厢房吧？我到你房中讨杯茶水，行不行？"

"好，好的。"三人当下便进了屋，薛涛这才发现，这姑娘竟然光着脚，连双鞋袜都没穿。赤足想必也是她家乡的风俗。

喝了水，姑娘抖抖腿，快活地哼起一支歌谣来，曲调欢畅，让绥玉和薛涛也忘了近日的愁苦。绥玉问："娘子方才提起的心上人，说与我们听听啊？"

姑娘也毫不介意，兴奋地道："我呀，一半是为他留在成都的！那日在闹市的诗墙附近见到他，他年纪轻轻穿一身白衣裳，正挥毫写诗，我仅是瞧见他的侧颜就按捺不住地喜欢他！"

"这……你难道要去诗墙天天候着他吗？"绥玉说。

"当然不是啦！虽然是小地方来的，但我也知道，会写诗的男子都是官员、是名士！这聚赏院的女孩凭着歌舞表演，就能见到不少名士！进了聚赏院后，我确有一次在酒席上见到了他，还知道，他是一位姓韦的公子。"

"真了不得，还真让你撞见了！"薛涛掩面笑道。"后来怎样？他也知道你吗？"

"我想，他一定也是记住了我的！只不过后来，我因和院子里的一位姑娘口角惹了常夫人生气，夫人就好久没叫我们去侍宴。自然，也就见不到韦郎了。"

"嗯！不妨事，你只需表现好一些，等过阵子，常夫人总还要安排你当差的。"薛涛安慰说。

"是啊，可我讨厌等等等。"姑娘跺脚道。"今日我们聊了这么久，也是朋友了。若你有机会见他，可否帮我问问韦公子，还想不想看知芸的踏歌舞了？"

"你叫知芸，是哪两个字？"

"汉名叫这个，这还是我家主人起的呢，知晓的知，芸是上边做草字，下边是天上白云的云。"

"好！我记住咯！"薛涛呵呵一笑，心想，一个外族女子能识汉字，又晓得些大唐的官制，这个姑娘不简单。

过了几日，常夫人真的通知薛涛在九月二十那日去侍奉官府的筵席。不过这位夫人自始至终不露面，只请了一个侍女前来通报。薛涛心下疑惑，筵席上究竟有哪些人，该行些什么样的礼仪规矩，这位夫人还未一一告知呢。于是九月十八一大早，用过早膳后薛涛便寻到内厅。她早早打听过，常夫人每日朝早都在内厅用茶。

经过通报，薛涛行至内厅，厅中陈设古雅，常夫人正坐在主位，左右两边的椅子上，则坐着五位女子。她们姿容有高有低，衣饰却都精巧缤纷。薛涛礼貌地向大家笑笑，说："叨扰夫人饮茶了。

小女接到通知，后天便要去府衙参加晚宴，不知这次是个怎样的筵席，赴宴的共有几人？"

常夫人不经意地说："不过是寻常筵席，赴宴人数嘛，那就得看各位官爷带几人同去了。后天，姑娘只管到场作陪就好。会有小厮领你们一起去。"

"谢谢常夫人告知。小女初来乍到，深恐礼数不周，不知这官府酒筵上，有什么需要格外注意的吗？"薛涛又问。

此时，常夫人睨着双眼看着薛涛不发话，倒是旁边一位紫衫娘子机灵地说："有什么可注意的，遵六礼而为即可。难道，你们眉州不晓得？"

薛涛也不理她轻慢的态度，照样向着常夫人说："习俗方面呢？譬如酒令，小女真的不知在成都时兴哪几种。"

"那你说说，你晓得的有哪几种？"紫衫女依旧接话。

"除了拆字令、添字令、断章取义令、征经史令这些律令之外，还有就是骰盘令和抛打令。"薛涛不急不缓地说。

一听薛涛这话，紫衫女子鼓掌道："了不得，了不得，看来你们乡下比我们成都玩的花样儿还多！还来请教做什么？怕是专程来显摆的！"

薛涛不知她讲的是真话还是假话，仍不与她作答，蹙眉认真道："那么，若想调入幕府，需要何种资质？"

常夫人这下才定睛注视着薛涛，这小女孩想要的，原来是侍奉在韦大人旁侧。旁人若有此心思都会藏着掖着不说，她却表达得如此直露，难道脑子缺根筋么！她说："你年纪轻轻，入乐籍三个月，就能从眉州调到成都，要从我们聚赏院调到幕府还不容易？"

"小女……小女不明白。还请夫人明示。"薛涛咬了咬牙道。她可是豁出性命才到了成都、进入这聚赏院的，日后每行一步，她都打定主意绝不浪费时间、畏畏缩缩。

眼前常夫人歪嘴一笑，道："这还不明白？世上的男子双手握权，世上女子若非名门贵胄，便只剩下年轻美貌这一项本钱。"

夫人身边，几位女子纷纷掩面笑了，紫衫姑娘站起身，绕到薛涛身后，一只手忽地从身后捏住薛涛纤细的下巴，吓得她浑身一颤。"你以为，他们会看上你什么？"那姑娘另一只手指了指案子上一盆鲜艳的果子，道："前几日衙内送来南诏的果子，人人都道新鲜、稀奇，吃了一两日，如今，便觉得腻味了。要知道，人无百日好，花无百日红。"

薛涛摇了摇头摆脱那姑娘的挟制，轻声道："娘子，受教了。"她早就感受到厅内众人对她的敌意，自知多说无益，便恭恭顺顺告辞，返回自己院中。

刚迈入后院，薛涛便看到绥玉和知芸两人荡着双腿、坐在房前藤架下掰石榴吃。

知芸一脸灿烂地道："姐姐这么早出门，做什么去了？"

看见她们，薛涛才卸下紧绷的心弦，笑着说："你怎么来啦！"

"我得了几颗石榴，恐怕这也是深秋前最后一茬了，得跟两位姐姐一起吃才好。姐姐去做什么啦？"知芸嚷着。

"我去找常夫人了。过两天不是筵席吗？"

"听说啦！这次夫人又没有通知我！"知芸一脸愤然。

薛涛上前抚抚她的脑袋，说："不知益州的筵席是怎样一番景象，有什么特殊的规矩没有。"

"管他京城也好，益州也好，扬州也罢，酒筵还不是一样的。喝酒、劝酒、行酒令、看歌舞、唱唱跳跳。大唐胡姬、突厥人，还有我们南诏歌姬那么多，若要求人人都按着礼数接物待客，统一了言行技艺，又哪能看到大家各自的天性和长处呢？姐姐只管去吧。见到韦公子一定要提我，切记切记！"

"韦是大姓，若席间有好几位韦郎，怎么知道哪一位是知芸的心上人？"薛涛故意调侃知芸。"这个简单。"知芸凑到薛涛耳边，将韦郎的样貌细细说了一遍。

着一身绿褥绿裤的知芸，这张小嘴太灵巧，真不像南诏的乡野俗人。说罢，她抓起一把晶莹鲜红的石榴籽儿，往口中塞去。

3

听说九月二十日筵席在幕府中举办，薛涛暗暗庆幸，自己这么快便能见到西川之主韦皋。谁知道，主座上却坐着一位风度翩翩的美少年。原来，这场宴席的主人，竟是知芸心心念念想着的韦公子——韦正贯。

一开始，薛涛也不知这位少年的身份，只觉得他小小年纪就在节度使府主持宴席，在座的官绅还个个敬他重他，频频举杯恭维这位"韦校书"，神秘得很，校书郎不就只是个九品官职吗？

恰好薛涛和聚赏院的二位姑娘坐在末席，看表演、行酒令之时，她轻声问身边一位名叫吴梅的娘子。一提韦正贯的来头，吴娘子便爽快地聊起八卦："这个校书郎可不寻常，他是我们韦皋韦大人的亲侄儿。韦大人的兄长也就是韦校书的父亲去得早，家中只留下这么一个儿子，这不，韦校书就成了当今都督宠爱的后辈。"

薛涛打量了良久，认准了，这一定就是让知芸芳心暗许的韦公子。她正寻思着找个机会去给韦正贯敬酒，韦正贯却先走到她身边。

"薛涛，薛娘子，早就听眉州的郑刺史说起你，久仰久仰！"韦正贯和和气气地说。"吃得急了，我们到院中走走吧。"

薛涛见韦正贯彬彬有礼，与眉州刘单、张兆鹤之流截然不同，又是郑眉州的朋友，二话不说，起身随他踱步园中。

"今天酒令着实无趣。好几位好朋友都缺席。"韦正贯道。

"几曲歌舞真是让小女大开眼界，一曲经典的《回波乐》，一曲异域的《高丽舞》，足见成都之风雅奇突。"薛涛感叹。

说到舞蹈，韦正贯扬了扬眉道："不夸张地说，成都的美人奇景比长安城要多。我今年才入蜀，发觉这地方，真不愧是让英雄甘心老去的地方。"

"是么？怎么呢？"薛涛轻笑着问。

"连我叔父这样勤励刻苦的，以往每日只知读诗书、忙公差，到了四川，竟也得闲摆起龙门阵、侍弄起乐谱来。我也是来了益州才知道，他竟最喜音律。"

"所以，也招揽了不少人才。你可知道，我们聚赏院有一奇，那便是南诏娘子的南诏舞。她赤足跳舞，样子灵动极了。"

"哦哦，我见过的，一个瘦小的女孩子，跳起舞来却拂云唤雨，叫人目不暇接。名唤知芸，对不对？"

"正是！看来，韦校书是记得她的舞蹈。什么都逃不过您的法眼。"薛涛睁大眼看着韦正贯。

"何止记得，有一次做梦，我还梦到了呢。你这么一说，我是真想起了她。那就是个鬼灵精怪的小女孩。"他眯着眼，一副如沐春风又若有所思的样子，看样子对知芸印象深刻，很有好感。

薛涛见韦正贯一副痴痴的模样，她那少女的顽皮心思抬了头，打定主意撮合撮合这对男女。正欲接着说说知芸，韦正贯却说："聊这么久，都忘了正经事，你父亲的案子！这件事郑兄几个月前便托了我打听，咱们得仔细聊聊。"这时忽然有位公子朝院中喊道："韦兄，快来，好戏开始啦！"

韦正贯一听声音，含笑说："这个段文昌，他就是看不得我陪你多走走！"他回头向大厅那边大声说："就来，就来！"又对薛涛说，"今天我们就算是朋友了，找一天，我单独请你到茶楼饮茶，到时再详谈。"

进了大厅，果然大家都等着韦公子归位。适才放肆喊韦校书的段文昌说："终于回来了，我们还等着主人家玩诗文令呢！"

韦正贯说："怎么个玩法？"

段文昌不答话，倒是看着在座各位大声说："韦大人出远门已有数日，节度使府也冷清数日，韦校书让我们欢聚一堂，我们该不该好好谢谢他！"众人直呼应当。段文昌又道："那我就不见外了，先来发令，抛打令、诗文令一齐来，就递上……这串葡萄吧！"他指着隔壁桌的一串晶莹完好的葡萄说。"韦校书负责侧身击鼓，鼓声一停，收到葡萄的那位，就得念一句诗文来赞一赞韦兄！"

听了规则，韦正贯当下推托起来，可是大家不依，还将一面小鼓送到他面前。韦正贯也便不得不从了。只听他敲起羊皮鼓，段文昌右桌的男子把葡萄传给他,他又一颗不落地传到左边那桌。

鼓点子越来越急,绵绵密密,陡然间停了下来,那串鲜嫩的葡萄正落到一位参军桌上,参军道:三更灯火五更鸡,正是男儿读书时。诗句平平过了关。

抛打令继续,第二次轮到了武将王有道。王有道面露难色,大叫:"我一个舞刀弄枪的,真是难为死我了!"他左想右想,众人起哄叫他喝酒,他却灵机一动说:"宁为百夫长,胜做一书生。"杨炯的《从军行》是他难得能背全的几首诗之一,这一句又最为铿锵有力。虽然韦正贯从文不从武,但以此句形容书生的保边卫国之心,也不为过。

第三次接令的,是成都尹的江司户。他一开口,一句"仰天大笑出门去,我辈岂是蓬蒿人",引得大伙儿笑声不断,纷纷嚷嚷着要罚酒。韦公子明明谦恭有礼,怎么看也不像诗仙那般狂傲霸道!众人都道这句说得不妥当!无奈之下,江司户只得将一盏酒饮尽。

鼓声起起落落,那串葡萄终是到了发令人段文昌手中。韦正贯身边有人提醒,他便在此刻故意停息下来。段文昌大笑:"你们舞弊!不过我也不怕,就说一句!韦郎只应天上有,人间能有几回识!"一句更替了字词的《赠花卿》让在座各位不禁捧腹。

敲敲打打之间,葡萄抛打到薛涛手里,薛涛正心惊胆战地往外递送,却见一颗葡萄没挂住,掉落在地,她一慌,鼓声恰好也停住了。

"新来的薛娘子,轮到你啦!"到底是不熟,段文昌说话不似之前那般放肆,语气较为温和,怕吓着这位小娘子。

薛涛环视众人，将葡萄稳稳放在桌上，道："芸香误比荆山玉，那似登科甲乙年。"

筵席上，人们愣了一愣，这句并不是什么知名诗作啊！大家尚未听明白，段文昌则反应极快地点头道："将荆山玉这么珍贵的玉璞比作韦校书，赞他才华不输给科考第一名，夸得好！但也夸得太过了！此诗是否还有下句？"

薛涛感激地望着段文昌，他不仅读懂了，还给自己解释出来。有段、韦两位在，她便大胆念出已想好的后句："淡泡鲜风将绮思，飘花散蕊媚青天。"

韦正贯早就回过身来，听着薛涛吟诗听得津津有味，"薛娘子，这首，莫不是你的即兴之作？"

"小女一时找不到什么贴切句子，就胡诌了一首。"薛涛低头浅笑。

大家一听，纷纷鼓掌称好，他们只道这首诗曲意逢迎、文采斐然，却不知道，薛涛是在为知芸表白心意。只有韦正贯对着薛涛说："有趣，一个芸字用得巧妙！"韦正贯眼含深意，看来，只有他一人真正读明白了。他又举杯走到她近前："我择日单独请薛娘子吃饭，可否？"

"那我赴会的时候带个人，可否？"

"哈哈！只要娘子带的是自己人，觉得方便，韦某没意见！"

两人碰了碰酒杯，将杯中琼浆一干而尽。

而在外等候薛涛的绥玉，听到这首诗，心下也明白了几分。回到聚赏院的路上她问："娘子今天说好不作诗，怎地又写了？"

薛涛笑了笑，心想，大城市就是大城市，懂诗之人颇多。她之前还生怕再碰到几个像眉州刘刺史那样的人物，看来是多虑了。一场宴席下来，她发现节度使府的一众官员、幕僚，都是有真本事的。她嘴上说："想到了就说出来，也没什么大碍。"

"那，娘子诗中可是暗指知芸？"

"你真聪明！我嵌入知芸的芸字，将知芸比作山野间自由生长、可用于藏书辟蠹的七里香——芸香草，也好映射整日与藏书为伴的韦校书，他不是曾做过太子校书郎嘛！"

"那后两句呢？"

"后两句，一面夸赞韦相公的淡泊鲜风引出少女绮丽的相思；一面诉说知芸流落成都如飞花散蕊，只盼像面对青天献媚一般，想要取悦韦郎！"薛涛掩嘴笑道。

"妙哉！妙哉！不知韦校书会不会喜欢上知芸，往后的事，就要看知芸的造化了。"绥玉抿了抿嘴。

薛涛狡黠地眨了眨眼："我猜，他已经对知芸有意了。"

4

两只细瓷茶碗送上桌，瓷色似白银、似新雪，鼎鼎大名的邢州瓷果然名不虚传。世人都道邢瓷白而茶色红，这碗中的茶，却仍显出绵密松嫩的一抹新绿。

"小小一碗茶，气味喷薄而出，染得满室皆香。是什么茶？"

"神泉茶。"

穿靛蓝扎染布衣的奉茶女捧着茶托立在一旁，轻声答。

寒蝉鸣泣的秋日里，韦正贯和薛涛在小楼中对坐、捧茶，嚼其味、嗅其香。要说在成都的市井之中，不论误入哪条街巷，都数得出三五家装潢一新、招揽顾客的茶楼酒楼，韦正贯和薛涛所在的茶苑却坐落在沿江的一处竹林内。

"清冽甘甜，至淳至真，饼茶碾磨成香末，还要配以小娘子击拂搅拌的好手法。此种神泉品类小女可真是从未尝过。"薛涛道。

"这原本是皇宫里的贡茶，也是叔父新近得的皇上的赏赐。我也是第一次尝。"韦正贯谦虚地笑笑。"对了，薛娘子不是说，要带个人来的吗？"

"这个人呐，难得从聚赏院出来，上西市买簪花、换布料，在小吃摊上一饱口福还来不及！"薛涛笑道。"过半个时辰，绥玉自会和她一同过来。我是想先问问，韦校书早知道我父亲的案子了吗？"薛涛单刀直入地说。

"嗯，我和郑兄早在长安就是至交。郑兄托我，我必须帮忙查起来。"

"谢过韦校书了。"薛涛道。

"你先别忙着谢我，我对蜀中的人、事，都不甚了解；两三个月来，能打听到的消息也不多。你父亲他只为官、不经商，更未与乡绅恶霸有往来，没听说跟谁结过仇。听说，他又历来是宣扬德化、关心百姓疾苦的，不想竟遭此厄运！"

见韦正贯句句恳切，薛涛抱拳道："本不是您分内之事，却劳烦您为此事奔走！"

"娘子这么说就见外了。同为朝廷命官，薛司仓若是被冤，我不知道便罢了，既然知道，就应当尽一份薄力为他洗清冤屈。出事是在哪一日？当时是怎样的境况？娘子不妨细细与我说说。"

薛涛双目直视韦正贯，韦正贯的目光中没有丝毫避让闪烁；他年纪轻，一副热血满腔敦朴厚道的模样，并非贪吝苛猾之辈；况且依自己的情况，也没什么可给人贪慕的。一旦选择相信此人，那便开诚布公地把事情说出来吧！不管事情成与不成，韦校书的慈心，她必当铭记终生。

"父亲出事的时间是在去年五月初八，那日他像平日一样，完了公事，下午从衙署回家后饮茶诵书。忽地有官兵砸门，待下人一开门，十余个官兵就直冲而入，不由分说将父亲扣下押走。我追出门想要跟住父亲，官兵却把我推到泥泞中，不许我跟！乡邻说，他即刻被押到衙点去了。现下想来，事发之前并无半点征兆。"

"这件案子是谁举劾的，又是何时对推、如何对推的？"韦正贯问。

"举劾？对推？这些小女未曾听说。"薛涛一脸茫然。

"不对，不对。"韦正贯摇了摇头，"依大唐律法，贪污一类公案须得有人举劾、投告。举劾有其款状，款状有其定式。要么，是由监察机关的官员呈牒举劾，要么，就是其他官吏纠举你父亲，提起诉讼，此案才可成立。"

"这……小女着实不知。"薛涛揉着自己的衣袖。"我是独女，家中没有兄长，几年前父母带着我从长安搬到眉州，一家人在川蜀亦无亲无傍。出了事，倒也问过与父亲相熟的官吏，他帮我们积极奔走，却并未提及款状、对推之事。"薛涛说的便是余司户。

韦正贯望了薛涛一眼，心想，薛父犯了事，平级官吏若求自保，自然不会掺和到案件中。他不忍直言，只说："没关系，你年纪还小，又是女子，对诉讼之事不明了也是情理之中的。我们且一点点来梳理。"他将诉讼之制细细说来。

贞观元年，太宗分天下为十道。开元二十一年起，又分天下为十五道，三百六十州（府），眉州即其中之一。按律法，大理寺是全国最高审判机关，始设于北齐，唐朝沿用。文武百官的罪案及京城徒刑以上大案，皆由大理寺审理。地方上，据《唐六典》载，地方行政机关兼有审判权，却并未设立专门的审判机构，在州一级，仅设立了司法参军事一职，与刺史一同协管律、令、格、式，鞫狱定刑，督捕盗贼，纠遴奸非之事，以究其情伪而制其文法，赦从重而罚从轻，使人知所避而迁善远罪。

薛涛第一次接触唐律，她用心默记，道："刺史大人主管一州行政与司法，所以我父亲的案子由眉州刺史察冤滞、听狱讼，但是只有大理寺才能定案？"

"是！第一，大理寺才能对官员的罪案下定论；第二，我大唐在审级管辖上，采取基层初审、节级判决制。所有案件，不论其重要程度，均是先由基层司法机构立案、审理，再根据罪刑轻重，分派到不同级别的司法机构作出生效判决。"

"如此说来，我竟不知道父亲的案子是否得以终审……父亲入狱一月有余，便染上疾病过世，说不定，还没能等到判决生效……"

"你父亲，原本可患有什么顽疾？"

"家父身体虽不算健壮，但亦无大病，也就是每年秋冬交季时节易感风寒而已。"

韦正贯抿了口茶，眉头紧锁，思索良久，他说："整桩事情疑点重重，须得与经案人员好好攀谈、仔仔细细查探才是。看来，我们得先去一趟眉州。"

这时韦校书的家仆临安推门,请进两位姑娘,其中,那小个子的南诏女孩跑在前头,一点也不认生。她显然听到了屋内的谈话,张嘴便道:"韦公子、薛娘子,你们要去眉州?几时动身?知芸也要去眉州!"

"薛娘子去眉州是为了寻故人,绥玉厨艺好、懂得照料大家,临安一身好武艺,路上可护我们周全,你又会什么?要去眉州做什么?"韦正贯一见知芸便哈哈一乐,笑着逗她,一点也不生分。

"我……我常年练舞,在我们南诏,跳舞和习武一样。我也会一点飞檐走壁,不信,你叫临安来追我,看看能追到我不能!"知芸嘟着嘴,那样子,真是打算迈开步子逃出去,让人追。

韦正贯边笑边招呼茶室的侍女奉茶。"别逃了,你们逛了半天,就歇一歇吧。这飞檐走壁的三脚猫功夫我也不必看。若真遇着危险,你恐怕也只管自己速速溜掉,半点护卫的法子都没有,没什么用处的!"

"哼,是校书郎就瞧不起人!我本还有一门绝技,现下也不与你多说!"知芸仰起脖子,将一碗茶一口饮尽。韦正贯沉住气,笑嘻嘻地不去问她,薛涛倒好奇起来。"咦,知芸妹妹还会什么独门绝技,或习得什么奇门遁甲之术不成?说来听听嘛!"

"我说了,你们可要带我同去?"知芸念叨着。

薛涛看了韦正贯一眼,韦正贯说:"带你也成,只要你说得在理。"

"哼,我藏着一种灵药,保管你们听都没听过。"知芸说着环视四周,从腰间取出一个锦囊,又从锦囊中取出一个鎏金刻花的铜盒子。

"这香盒着实精巧。"薛涛靠近赏玩,只见盒面装饰着一只形貌怪异的兽头,兽头四周辅以海米图案,带出一股灵域之风。

"娘子小心,盒中装的可不是寻常的香粉。待我试给大家看。"她小声说,然后踱步到屋外檐下,抬头看了看吊笼中两只灰背蓝斑、活蹦乱跳的翠鸟,又取出自己的厚手帕,围在脸上,将口鼻捂得严严实实。"韦校书,薛娘子,大家都离远些,再远些。"见他人退得远远的了,知芸才转动盒盖,打开香盒,取盒子边沿挂着的小镊子沾了些粉末,向空中鸟笼一撒,紫金色粉末在阳光下扫出一条金影,两只翠鸟沐在细腻的金粉中,前一刻还啾啾啼鸣,不消几秒,便倒头栽到了笼底,蹬了蹬双脚,一动不动。

"啊!你你,弄死了两只翠鸟?"绥玉禁不住直跺脚,张皇地叫起来。

"那怎么样?不就是为了演给你们瞧瞧么?"知芸昂着脑袋,坦然道。

"两个小生命呢!鸟儿太惨了……"

知芸见绥玉真生气了,连忙解释:"哄你玩儿的啦,绥玉姐姐,它们只是晕过去而已,过半个时辰自然会苏醒,保证鲜活如昔。不信你且等一等。"

"真的吗?"绥玉半信半疑,却也不敢靠近察看鸟儿的状况。

韦正贯道:"这到底是什么东西?快说来听听,从哪儿得来的?"

"这是我们南诏的奇药,若想制作这药粉,一来你们汉人不懂工序,二来,就算明白工序也采不齐这些原料。"

"什么药粉，明明就是毒粉嘛！"韦正贯依旧打趣她。

"是毒粉，那也是最珍奇的毒！"知芸掸了掸香盒以及那只铜镊，收回锦囊中，说："这个叫做嗜百香，是南诏毒师在山林深处的大剪刀树下，取足一百朵终年不见阳光的殷肌花碾制，又汇入黑蟾蜍的毒液，金环蛇、竹叶青的蛇汁，汲正午时分毒日头下的林泉泉水熬制九九八十一日，才能萃取而成。"

薛涛默默关注着知芸，听她说得神乎其神，问："集合这么多湿毒之物萃取的汁液，即便研晒制粉，应该也藏不住一股子腥臭味儿吧！这毒若用在人身上，岂不是太明显了？"

"薛娘子说的是，不过，知芸还没说完呢！若只用以上几种原料，那原料便是极稀罕难找的，而且粉末也研得太浓了。于是这里头又加了几十种鲜花花粉调制，使得药粉气味与寻常脂粉并无二致。用法嘛，只要轻轻蘸一点嗜百香香粉，拍到旁人肩膀脖颈处，待它略略进入鼻息，顷刻间便能致人昏厥。"知芸挥挥手，看空气中粉末已散，便解下手帕，示意大家靠拢来。

绥玉、薛涛仔细一瞧，竹笼中的鸟雀闭了眼，但身子仍有一丝微弱的起伏，应当还活着。两个女孩对视一眼放下心来。

韦正贯在一旁道："我当是什么了不得的东西，原来是迷魂散，这在中原，大街小巷的摊贩每一家都会卖上几种！"

"迷魂散怎可与我的嗜百香相比！韦校书，你可不能找借口，说话不算话，知芸的本领还多着呢，也带着知芸去眉州吧！"

韦正贯念她是贪吃贪玩的小孩子心性，看着薛涛说："带去就带去吧？"薛涛也觉得她不会误正事，点了点头，只是一想到这南诏奇毒，仍有些后怕。她拉拉知芸的衣袖道："知芸到底是从南诏哪里来的？是你们的都城羊苴咩城吗？"

"羊苴咩城是我家主人的居所。我家不在小城中，我的家，在光珠遍地的大山，卧佛山。"

5

卧佛山，形似一尊坐卧的大佛，那里的孔雀天天开屏，上树的猩猩能张口说话。那座地处滇西、毗邻怒江的灵山还有一个名字，叫哀牢山。

哀牢又称哀隆，它既是一条山脉，也是一个族群、一个古老庞大的王国。

公元前五世纪，距薛涛出生约1200多年前，支系庞杂的哀牢夷在怒江中下游崛起。族人身形精悍矫捷有力，负重百斤亦可赤足飞奔，又常以山中珍惜野植为食，族中多有长寿康健者，有的老翁年逾百岁，还能翻山越岭、如履平地。他们居住的地方土地肥沃、水源充足，宜五谷蚕桑，产铜铁铅锡，黄金、玛瑙、琥珀、水晶等珍奇宝货取之不尽，又有犀、象、轲虫、食铁貃兽一干神兽出没。

酋邦制的哀牢国东起哀牢山脉，西至缅北敏金山，南达西双版纳南境，北抵喜马拉雅山南麓。直到东汉永平十二年，缓哀牢、开永昌，哀牢依附汉王朝设立永昌郡，中原的制度和文化才迅速浸入南国的山河。

知芸的故乡就在这片肥沃丰沛的土地上，从老祖母的故事里，她勾画出古国的幽幽古貌：那时男女野会随宜、不嫁不娶，孩子们仅识母亲，不知父亲是何人；族人傍水而居、捕鱼为生、满身刺刻龙文图腾、衣后拖上十尾为饰。而刺青和以羽为饰的习俗，直到知芸这一辈还留存着，她还将小臂上的蛇纹图案展示给薛涛、绥玉来看。绥玉说，这小蛇蛮好看，若不是哀牢人，而是大唐人，在手臂上也刺一个，不知使不使得。知芸哈哈一笑，问她是不是想刺图腾，绥玉脸一红，说，我可不要，我是帮我家娘子问。三个姑娘去眉州这一路上，说说笑笑好不热闹。薛涛则在知芸口中第一次了解到南诏的情貌，她仿佛看到大唐以外、经书以外的另一个世界。

到了眉州，韦正贯、薛涛一行五人住进谷雨客栈，开了四间上房。薛涛此次是秘密回访，只为查探父亲的案情，因此不住家中，不见故人，上街行走也戴着帽纱，低调行事避免节外生枝。从熟人处着手，薛涛首先要找的，是余遥。

午后，司户大人依惯例该在衙门办公，这时候，临安携韦正贯的亲笔信，到衙门去拜访余司户，想要约他到茶楼与薛、韦一叙。刚赶到衙门门口与当差的侍卫说起，侍卫便说司户并未来衙门。

"司户大人去了哪里？"

"这就不知道了，反正今天是告假了。估计，估计是在家，养病！"侍卫吞吞吐吐，拿养病这万能理由来推搪，看来他并不知道司户为何告假，而且官员告假恐怕也不是一天两天的事儿，侍卫们都习以为常。

即如此，临安只得寻到余司户的家里去。司户家中院子不小，陈设却简朴老旧，院子里，一名老仆弯腰扫地。待临安道明来意，说自己的主公在节度使府谋事，与余司户是故交，经过眉州，想与司户大人叙叙旧。老仆头也不抬地道："大人不在家，若要找他，便去城南马棚道顶东头的那一户，找找吧！"

回了茶楼，临安如实向韦正贯汇报。韦正贯玩笑道："他不在官府，也不在家，你们眉州的官员过得真逍遥，难道在马棚道那边的宅子里，金屋藏娇？"

薛涛说："瞎说！马棚道那边住的都是佃农，再往南连接着大片耕地。不过余伯伯怎么去了农户家？"

"我们就直接找过去问个明白。"说着，韦正贯领着薛涛一同下楼牵马，留了绥玉、知芸在客栈中。

刚行至马棚道，恰有几位佃农扛着锄头挑着担，刚从田间下来，面色晒得黑红。薛涛见此处人烟稀少，便撩开面纱下马问："大叔，这条道里头，可有户姓余的人家吗？"

几位佃农平日都没机会和官家娘子打交道，这会儿猛地见着一位肤白娴静、举止端方的美人，他们一个劲儿地笑着看，同时又腼腆地往后缩。只有一位中等个头的佃农世面见得多些，道："余家，有，有，顶前头那家就是啦！余胜乾余老爷家！"他回过头和另一个佃农说："我们还常去他家做农活儿的，是不是？"

"就是这家，没错了。余胜乾爷爷就是余遥伯伯的父亲。"薛涛扭头和韦正贯、临安说。几人走到小街最靠里那户人家门口，只见门楣上张贴着一副对联：

大川既济惭为楫

报德空思奉细涓

农户屋前贴对联贴门神，祈愿五谷丰收、祈愿一年无灾，是常有的事，而余家到底是读书人，一副对联也文绉绉，寄以家国之志，简直像是七律中的一联。见大门敞开着，临安便敲门问："有人吗？余司户在不在？"

正说着，一位四十岁上下的村妇迎了出来。"在，在，几位大人是来寻我家老爷的吗？快请进。"

余家这几间茅草顶的土坯房和其他农户家没什么两样，跟着村妇绕到后院，只见院子连着一大片田畦，在田间弯腰除草的余遥直起身子，擦擦汗道："薛娘子来啦！"

"余伯伯，好久不见！余伯母这一向好吗？思齐哥哥可还好？"薛涛经历了这么多事，忽地见到看着自己长大的邻家伯伯，忍不住激动起来。

余遥也眼泛泪光，答："他们都好，思齐天天嚷着要去找你！倒是你，在成都好不好？"

"我一切还好，叫思齐不要记挂我。对了，这位是成都的韦校书、韦正贯，这位是临安。"

余遥认真打量韦正贯说："幸会，幸会。"混迹官场多年，他未曾见过韦正贯，却也听说韦正贯是韦皋的侄儿，但他并不点破，也不和这位官家子弟套近乎，转头对薛涛说："这次回来是找我有事？"

薛涛道："对，我想再问问我父亲当时的情况。这不，刚好去了成都嘛，就想着，能将父亲的案子再深入查一查。"

"好！薛兄的事，余某必定知无不言。"余遥语气铿锵，毒日头底下，他取汗巾擦了擦汗。

"小女先谢过余伯伯！余伯伯，不知父亲的案子可有在衙门上庭对推？又是何时对推的？"

"你父亲啊！并未对推。你想，若是要上庭，乡亲邻里肯定都会去围观的，你和母亲一定也会听到消息。不过当时并没有。官署当时只是将你父亲收押在眉州牢狱，没等上庭，薛兄就……"余遥说起这事，抬袖抹泪。

"当时官府说父亲是因疫病去世，不知是什么疫病？害我们到最后都没能见上父亲一面！"

"是……是瘴疫吧！反正是时疫的一种，当时狱中关押着几名逃兵，有一名逃兵在战时感染了病毒，过给了你父亲！"

薛涛心想，父亲当时出事，余遥也是这么对她母亲说的，现在，似乎也问不出更多信息。她接着道："去世的时候，既然没有上庭，是否也没有下判决？"

余遥虚着双眼想了想，说："对，当时还没有判决，不过经我当时奔走查探，才知道案子已经由当时的崔刺史上报了大理寺。"

"后来呢？大理寺一直都没回应吗？"

"不，判决生效书后来也下来了。不过都是由刺史亲自审理处置的，我区区司户，不能得见。况且，那时候薛兄已过世，朝廷怎么判，也都无济于事。"

"奇怪，没有对推，凭什么下判决？父亲不在了，为何连我们这些家人都未被通知！"薛涛越说越气。

"我记得，当时是刺史体恤你们娘儿俩。斯人已逝，再做判决通传，只怕会惹得你母亲更伤心的。"

"崔刺史倒是好心！"薛涛气呼呼地道。"那么，又是谁举劾的父亲呢?"

"这我就不知道了,此事是刺史大人领着当时的司法处理的。情节似乎比较严重!我们这些做下属的,如若平时处理的事务与刑案无关,便不敢多插手啊……今日说来当真是愧对薛兄了!"余遥娓娓道来,满面和善。

"哎!"薛涛握拳道。"也不知判决书是怎样判的!"

"这……我倒是听刺史说过几句,大体上,是判了薛兄利用公职贪贿,罪成。"余遥低声道。

薛涛听得此言,心下一片怅惘。而韦正贯忽然插嘴说:"司法大人和刺史大人,现在都还在眉州吗?"

薛涛叹息道:"司法胡一舟是在眉州的,不过这件案子本是经他之手,若是案情有冤,他为了一己私利也不会如实陈述此案吧!崔刺史则是已经离开眉州了。"

"还是可以试着找崔刺史问问情况!"余遥说。"老刺史已年逾六旬,几年前就告老还乡了,他一走,年轻的郑刺史才被分派到眉州。现下郑刺史也走了。这几年,官员变换也是频繁得很!"

"现在又能去哪里找崔刺史?"韦正贯道。

"他是范阳人,若娘子能去范阳寻一寻,花些时日走访一遭,也许能有收获。"余遥说。

"唔,是,谢谢余伯伯相告。"薛涛勉强笑了笑。"只是我在益州并不自在,来趟眉州已经跟上头说尽了好话,还多亏韦公子相邀,才能成行。若远去范阳,不知得有多周折。"

"再周折,为了薛兄,也得去啊!不过,你也别光记着给父亲查案,有空,也要去看看母亲才是。"余遥说。

"母亲怎么了？"

"你母亲啊，近来请了一位老妈子照顾她饮食起居，你也知道，她身子一向较弱，以前有你在家相陪好歹热闹些，现下你也远去成都，留她独自在家中，一天天的憋闷坏了！"

"是啊，她也不愿意出门。要能像余伯伯这样就好了，身子康健，都能到田地里劳作！"

一聊农事，余遥开心地打开了话匣子。"看看这几块地！这一片是韭菜，这两块是菘菜，一年能收两茬呢……这人呐，真真切切地抓着泥巴黄土，心里才踏实！"

"真好！伯伯这片地真不小，有多少亩啊？"薛涛随口问道。

余遥扭过脸来看着薛涛，道："哈哈，没多少，五六十亩的地，平日里也就我和老父打理打理。思齐这小子也不爱来。对了，洪度今晚回家吗？我叫思齐找你一叙，你俩也好久没见啦！"

"不用，不用，余伯伯，我不住家中，这次就不惊扰老朋友啦！"薛涛连忙摆手道。问完了想问的话，又拉了几句家常，她便向余遥行礼告辞。

出了门，薛涛问韦正贯："余伯伯这个人，你觉得怎样？"

韦正贯答："人是老好人，不过关于你父亲的案子，他知之甚少。"临安则说："简直是一问三不知嘛！"

薛涛道："是了，以前真以为他卖力为我父亲做了疏通，他也曾带我进大牢，探望过父亲一次。现在看来，父亲出了事，他其实很是谨慎，不敢与此事有过多牵连，把自己摘得干干净净。"

"这也可以理解。毕竟他也还有一家老小要照料。你看他一个司户，日子过得也是相当殷实。一般的八、九品官员，每户才二三十亩地,他竟有五六十亩。"

"所以怎么肯牺牲这么好的生活!"临安补充说。

"是了。"薛涛说。"他们家境况不错,这是我打小就知道的。要不我妈妈怎么还想让我嫁到余家去!"

"哈哈,那你怎地不愿意?当个余夫人,养尊处优的多好!"韦正贯笑着打趣她。

说到此,薛涛圆脸上露出几分红晕,咬牙道:"父亲的案子不了,我怎能光顾着自己?再说,嫁人,也不嫁到他们家。没意思!"

6

每日酉时一到,公廨对面的凉粉铺便热闹起来。官员小吏们自一大早画卯开始工作至日入之时,放衙后,他们常常三三两两到铺头嗦一碗凉粉,解馋又提神。

薛涛已是接连两日于酉时守在这凉粉铺了。她取来勺子心不在焉地搅动碗中的吃食,面纱下那双眼睛,则紧紧盯住公廨大门,只盼能早些找到父亲关押时那狱中当差的小卒。

父亲被带走的一周后,余司户带着她入过一次大牢。穿过阴森冷晦的牢狱过道,两侧牢房中常年不见女子的男犯们见了她,纷纷敲打铁锈斑斑的牢门,发出的呼号怪异且恐怖,惹得引领他们的狱卒几次三番回头催促她快些走。那狱卒一张脸圆中带方,脸色蜡黄,眼窝深陷,她一眼望去,便想起官兵们将父亲押走的那天,这狱卒当时也混在队伍中。

夕阳西斜，官吏兵士都散尽了，薛涛仍未寻到那名小卒。回客栈的路上她忽而记挂起母亲，于是吩咐绥玉先回客栈，自己一人抄小路走到家门口。她并不打算进家门，只想在院墙外默默听一听人声，看看母亲是否安好。只听院中炊具叮哐作响，家中正在烹制晚饭。

"好啦，今日来点儿汤饼就好，再剥几颗栗子。我也吃不了什么！"薛涛一听，是母亲的声音。而另一人操着眉州方言道："是的夫人，少做一点。免得吃不完剩下来！"

"洪度爱吃栗子的。晚饭时候到了，也不知道度儿在外乡，吃得怎么样，睡得安不安生。"

"儿女大了，总是要离开的。小娘子去的是益州，那地方好得很、富得很！不愁吃喝！"

"益州再好，也没有家里好！"薛夫人声音中满是惆怅。"家里头，她的床榻上一半都摆着书，去益州只挑了几本带走，哪儿够读。还有，度儿临的最多的《张猛龙碑》和她喜欢的《九成宫》字帖，都忘了拿。"

"这小娘子去益州，被夫人说的，倒是跟家中公子赴京赶考一样！"那女人爽朗地笑起来。

薛涛立于门外不知不觉泪盈于睫。她一边取手帕拭泪，一边匆匆逃开，生怕听多了便后悔自己当初的决定。她混混沌沌地往后巷走去，心中一片悲戚，想着不知何时才能将母亲接到成都团聚，脸上的泪还没擦干，忽觉两只粗糙的大手伸过来，掐住自己的脖子！她一颗心简直要从嗓子眼跳出来，而紧接着塞进口中的是一团腥臭的汗巾，那臭烘烘的气味熏得她直作呕，她想呼救，喉咙却发不出声。手足无措之时眼前一黑，好似被一个厚厚的布袋罩住，又有人从布袋外面将她绑了起来，拖上一辆板车。

薛涛被困于布袋之中，动弹不得，无助得只想哭，却连哭都哭不出声。她听那拖车发出骨碌碌的行进之声，转了几个弯整个人便已晕头转向，全然识不得方向。兜兜转转约莫二十分钟后，车子停下来。她感到有两人正抬她下车，其中一人不慎将她的脑袋撞到了车板上，另一人道："小心点！把人碰坏了，仔细大爷不扒了你的皮！"

那人默不作声，貌似"嘘"地吹了口气，示意另一人莫要说话，两人将薛涛运到某处放了下来。不论是被抬起还是被抛下，薛涛都静静在袋子里，一动不动。她听见那两人进进出出好几趟，似乎是把板车也抬进了院，又过了一阵，听到大门闩上的声音。

终于，四周围只剩下了两人粗重的喘息声，他们大概是坐在角落休息。那个说过话的男人又说："这么累的活，主人家也不给一口吃的喝的。连口水都不给，小气鬼！"

"少说两句！他们叫我们别说话，别露了行迹。"另一个小声警告。

"怕什么？这女的一直都没个动静，怕啥子？"

"倒也是。"另一个男子舒了口气，过了一会儿，突然又紧张起来。"坏了，布袋子又厚又重，该不会把里面的人给捂死了吧？"

"啊？赶紧打开！"两人手忙脚乱，袋中薛涛则又怕又喜：她不动声色，就是想要吊起歹人的好奇心，可一旦这二人上了当，她又怕亲眼见到这些虎狼之辈，无法应对。而这两人机警得很，并未直接给薛涛松绑，只是从布袋上面撕开一个裂口，让薛涛探出脑袋。

　　一伸出头，薛涛迅速眯眼观察周遭环境，发现自己处于一间茅屋中，屋子四壁空空，应该是个清理过的货仓，而那两个歹人一个蓝衫、一个黄衫，正如观察小动物一般警惕地看着她，两个人看起来只是寻常店家的小厮，并不见得有多穷凶极恶，相反，面容上还露出些许不安。见到薛涛瞪大眼睛看着他俩，着黄衫的那个嚷嚷起来："看什么看！不许看！给我老实点！"

　　薛涛连忙低了头，心想，满街狂吠、耀武扬威的向来不是真正的恶犬，害怕心虚者才冲人一通乱叫。可绳索紧紧缚住了自己的腰背，若脱不了身，不知这些歹人又会如何处置自己？想着想着，她忍不住抽泣起来，身子也跟着抖动。

　　见女孩小小年纪，哭得可怜兮兮，两个男子面面相觑不知所措。黄衫那个说："这，好好的，她哭什么呀？"

　　蓝衣的则凑近黄衣的耳边小声说："会不会，是内急？"

　　"嗯……我们且问问她，若她喊叫，再把她的嘴堵上。"

　　商量好了，蓝衣男子便把薛涛口中的汗巾取了出来。而薛涛没有大喊大叫，眼泪却仍旧止不住。

　　"哭什么哭！"蓝衣人道。薛涛抬了抬头，不搭腔。

　　"小娘子，不哭！我们可不是坏人，雇我们来请你的人，是要接你去过富贵日子的，你还哭！"黄衣人歪嘴一笑。

　　薛涛听了他的话，哭得更凶。边哭边说："还有什么日子比我现在的日子更富贵的么？没有什么人，比我家主人对我更好了……"

　　"那是你没见识过真正阔气的！"蓝衣人道。

薛涛心想，这两人在眉州这地界绑了自己，显然是眉州本地雇主下的令。在此处与自己结怨的，再富富不过张兆鹤，再有权势，也敌不过刘刺史。刘张二人从前胁迫自己不成，难道现在还不放过自己么？她想了想，说："也许吧，我家主人也算不得什么权贵，只不过给我穿的是苏绣锦缎，给我骑的是西域进贡的汗血宝马，给我喝的，是圣上御赐的神泉茶，如此而已。"

看来这姑娘真是见过大世面的！她说的物件，两个绑匪听都没听过，于是吃了一惊。黄衣人道："你家主人究竟是何人？"

薛涛道："那绑我来的又是何人？"

"敢套老子的话？你说是不说？"

薛涛故作犹豫，片刻后才说："我是入了官籍的，是节度使钦点进成都的，我家主人是剑南西川节度使，管着川蜀所有州县，也是当今大唐的御史大夫，金吾卫大将军，坐镇成都的韦大人！和圣上说得上话！"

绑匪一听，哈哈一笑："说什么傻话？满嘴胡说八道，就你这么个小丫头片子，哪能是那大官儿的身边人？"

"信不信由你们！成都的乐籍女子都住聚赏院，只有最得大将军喜欢的才能赐住节度使府，不信，你们去问问，成都是不是有个聚赏院！是不是有个名叫常夫人的管事！是不是刚把一位名唤薛涛的官家女调入府衙！你们若将我送了别人，那也无妨，韦大人一定会到处寻我、寻到底的！"

两个绑匪看薛涛说得理直气壮，又听她将成都乐籍、府衙的情况描述得清楚详尽，信了她七八成，当下小声耳语、商量起来。薛涛见自己已唬住这二人，又哀声说："你们这趟差事可不是好差事，闹不好要丢命的，收多少银钱也不值。上头一旦追查起来，雇主狗急跳墙，还不知会把你们怎么样。不如放了我，我还能卖个人情介绍你们到成都当差，那儿银钱比眉州好赚得多！若救了我，我立即回去先取绫罗布帛当谢礼！"她脸上带着泪，爽快地开好了条件。

"别说了，废话这么多！老老实实待着！"蓝衣男子又冲着薛涛说，这一次他语气明显客气了几分。他拍了拍黄衣男子的肩，要拉上他一起到院子里议一议。

不料两人出去没多久，便连说话声都听不见了。屋门先是打开一条缝，之后一个姑娘钻进屋，正是知芸！知芸怎么进来了？薛涛登时看到了救星，大呼，"知芸，快帮我松绑！"

知芸轻手轻脚过来解绳索，"姐姐，这两个坏蛋，他们是什么人，为什么绑了你？"

"他们就是两个受了差遣的小厮，不知是谁派他们来的！"

"此地不安全，我们快跑！"

薛涛点点头，可她一站起身双腿便一软，原来是绑的时间太久了。知芸拉着她的手出了屋子，推开院门后，她惴惴不安地回头看了两个绑匪一眼，发现两人倒在院中，石板地上竟有些许血痕。薛涛吓得起了一身鸡皮疙瘩，扭住知芸的手腕便问："你……你不是，只是将他们迷昏了吗？"

"我害怕他们醒过来，万一嗜百香药性过得快呢？只是拿匕首捅了他们两下，死不了。"知芸拽着薛涛出了院子。

回到热热闹闹的市集中，薛涛一颗心久久不能平复。她一边猜测着歹徒的来历，一边想，日后便要拿知芸当亲姐妹相待了。

"没王法,简直没王法!"知芸扶着薛涛进了客栈,直奔二楼韦正贯的房间。还没等推开韦校书的门,她就大声喝道。

"怎么?你们怎么才回来?不是说好半个时辰就回来吃饭的吗?"韦正贯笑吟吟地坐在屋内。

"好端端的在大街上,薛娘子竟被人绑了去了。好在我下午无聊,一路尾随着薛娘子解闷,看到那两个歹人的行径,又略施小计,制服了两个臭男人!"

"啊?你们没事吧?是什么人干的?"韦正贯正色问。

"谁知道啊!"知芸鼓着腮说。

薛涛受惊的心也渐渐安宁了些,道:"不知是受何人差使,但这两个绑我的,都是眉州本地人。我离开眉州之前,确实得罪了一些人。这二人的相貌,我也记得清清楚楚了。"

"谁?"

"还不就是本地的权贵。"

"那就胆敢当街绑架妇孺,视王法为何物?当我们官府衙门形同虚设?"韦正贯刚直地咆哮道。"走走,我们去找你们眉州的刺史去!你还记得当时被关在哪里吗?能找回那个地方吗?"

"还是先吃饭吧!"薛涛说。"这刘刺史是怎样的人,我也不是不知道,他奸猾得很。"

"笑话,难道怕他不成?"

"如今毕竟是在他的地盘,而且,从现在开始,我们还是一刻都不要分开的好,尽早回成都,再做打算。"

薛、韦一行人简单用了些餐食,便收拾行李,启程回成都去了。

第五章 空斗画眉长

1

用过早饭，常夫人坐在铜镜前整理妆容，侍女乐吟则在首饰盒中为她挑选发饰。"夫人今天梳的高髻，用这支凤蝶镶玉金钗还是翠翘银雀钗呢？都很合宜！"乐吟在钗盒中挑出两支花样繁复的发钗，握在手中。

常夫人并未仔细听，她轻轻蹙眉，对镜寻出两根白发，道："上了年纪了，眼看就两鬓如霜，还是选个简单的款式。"

"夫人哪里话，夫人肌肤丰润，去年戴的银钏今年用都嫌窄！再说，咱坊间也没有哪一位女子比您的夫家更阔！这区区白发算得了啥，待奴婢来给您挑了去！"

一曲箜篌震长安的年岁早就过去了，年过四旬的常夫人，如今最拿得出手的便是自家商号的生意。她的丈夫是成都常记商号的继承人，主营茶叶、丝绸和纸张。而她也是常人口中的"旺夫命"，嫁到常家十余年，夫家商铺日益增多，货品销路越来越广，她亦可享"终朝美饭食，终岁好衣裳"的富足生活。

只不过，商妇自有商妇之怨。丈夫常年往来于水陆之间，东去江南，走岷江长江水路，北通长安，骑马赶车取官道而行，西经松茂古道通汶川、阿坝，如此浮游四方，少不得寻花问柳、另纳新人。久而久之，两人便是"三年不得消息、各自拜鬼求神"。尽管家中吃穿不愁，她也得寻点事情来打发时间。恰好，上一任节度使张延赏在长安便识得这位才貌俱佳的常夫人，于成都重逢之后，他索性聘了她来乐坊主事。

聪明的乐吟终是拿起那支华丽的凤蝶金钗，为夫人佩戴，此时，聚赏院歌姬司马娘子的婢女华儿登了门。

"夫人早安！夫人气色真好！"华儿一进门，先行礼，手中呈上一件柔色花鸟纹坎肩。"我家娘子昨日从绣庄里得了件绣花坎肩，乍一看花样寻常，难得它竟是双面绣花、两面形色各异，如今秋风渐起，恰好呈给夫人披戴。"

常夫人叫乐吟接过坎肩，倒也不细看，笑眯眯地说："谢过司马娘子，真是有心了。"她瞧着华儿不像平时那般得意欢快的样子，又说："华儿脸色可不怎么好啊！一大早这是怎么了？有心事？"

"夫人，对不起，华儿不该喜怒形于色，可是想想真觉得气不过。"华儿鼓了鼓腮帮子，"司马娘子也是奉夫人之命，闲时组织院中姐妹们一起活动活动，谁知道那南曲新来的小娘子，次次不给面子。"

"说的可是薛涛？"乐吟问。

"正是！她刚来那几日姐妹们一起插花，我好心叫她，她推说午觉之后是习字时间，且那日日头毒辣，她身体不适，不宜多走动，我们娘子也便体恤她了。前几日够凉爽吧，一早我就去请她和我们到北厅为新到的披风选刺绣花案，想不到，她那侍女绥玉在院子里就把我打发了，说什么薛娘子早上念经书，披风花案随便选哪个都成。瞅瞅人家端的这副架子，简直比那些正经官爷的夫人还大呢！"

常夫人神色愠怒，却不指责，只说："她可能真的不计较衣服饰品吧。"

"再不计较，也不能不把规矩当回事。那不是不把夫人，不把成都的官府当回事吗？"华儿伶牙俐齿地说。

"是，仪容外表关乎乐坊的体面。"常夫人一脸严肃。

华儿见常夫人表了态，挺直腰杆道："更可气的是，那日，我正预备走出院子，丫鬟绥玉也进了屋。我见她们南院竹子生得高，又沾了朝露，驻足赏了一会儿，便听薛涛跟绥玉说，绥玉明白我，我最忌在这些琐事上花功夫。其所厚者薄，而其所薄者厚，未之有也！重视不需重视的事务，岂不是白白浪费光阴！"

"哈哈，你一字一句记得很清楚嘛。"常夫人笑了两声。

"奴婢自然记得，敢情跟我们在一起便是浪费光阴咯？奴婢回去就给我们家娘子学了薛涛的话呢。"华儿说。

"那你们今日还有聚会？还要叫上她？"常夫人问。

"就算有，这薛娘子不也跟着韦校书出去玩儿了吗？我们哪叫得动，老爷们一叫，她便跑得屁颠儿屁颠儿的。"

常夫人早就猜到，这才是薛涛触怒众位乐坊娘子的地方。她正板着脸，忽的节度使府一侍卫来报："常夫人，刘辟刘随军请您入府一趟。"

"什么事？"

"好像是节帅班师回府，发了脾气，传刘随军和您一起进府，领责罚……"

常夫人心里犯嘀咕，韦皋向来以军务公务为要，对乐坊关心甚少，近期他又一直巡游于城外，没有交集，何来罪责？她整了整衣冠，道："走吧，我们边走边说。"顺手便取了一罐绿茶，塞到侍卫手上。

听了侍卫的解释常夫人才明白,原来韦皋是因韦正贯肆意携官妓出游、迟迟未归的事大发雷霆。好好的一天,怎么事事都牵扯到这个薛涛?她果真不是盏省油的灯。

到了府衙北堂前,侍卫小心翼翼地通报:"聚赏院常夫人到。"室内传来清亮的男声:"请进来吧。"说话的正是秋生。

常夫人此前也来过府中多次,这次却感到从未有过的紧张。一进门,她便看到伏倒在地的刘辟,还未敢抬头直视高高在上的韦皋,膝盖便马上软了,跪地道:"奴婢见过韦大人。请韦大人责罚。"

"哈哈,不必拘礼,不必拘礼!刘随军那是知情不报,该罚!"韦皋和善地说。"请了夫人来只是想问问,我侄儿去了哪里?我这一回来就看不到他,管家只说他去了趟聚赏院接人,然后,就出城去了?"

刘辟提着一颗心,答道:"禀节帅,我们都没想到正贯兄会出远门啊。他们都出了城属下才知道的……"

"去了哪儿呢?"

"属下……不知。"

"这可就不对了,薛涛是正贯提起要召入成都的人,这没错,但人是你亲自领来的,聚赏院也是你在主理。院里的娘子出了门,去哪里,去多久,你都不知道,是你的失职!"

"是,是,属下领罪。"刘辟深知韦皋说一不二、不容反驳的脾气,恭顺地答道。

韦皋抬起手点了点刘辟:"你呀,罚你两个月的俸禄。常夫人知晓这其中的情况吗？"

"奴婢有错，这事怪不得刘随军。他们走得太急了。"常夫人一直跪着不起身，说："薛娘子从眉州到咱们聚赏院，一直不怎么合群，直到韦校书办宴席，她一听说有她的份儿，立即跑来问我怎么能调入节度使府之内。赴宴回来没两天，韦校书找她出门喝茶，再隔两天，又邀她出游，而且连一盏茶都不喝就要动身，叫人拒绝不得。一时情急，我也没细问他们到底去哪里，见他们带了侍女、侍从，还有一个南诏的舞姬，想着应该没什么大碍。"

"哦？看来薛娘子很厉害！"韦皋一耸眉，挑高声音说。

"可不是……他们大概早约好了一起出游，薛娘子事先却不与我透露半个字，只等着韦校书来，才背着行囊出来。心思真真是缜密。"她眼睛一转，挑明了说薛涛有心机。

韦皋自然明白她话中的用意。"哎，正贯侄儿也长大啦，我这个当叔父的是琢磨不透啦！待他回来我教训他，你们且去忙你们的！"

"谢节帅！"刘辟和常夫人异口同声地答。

退出北堂，刘辟和常夫人才背过身来。刘辟作揖道："今日，多谢夫人帮我说话。"

常夫人摆摆手："应该的，本来我们也是背锅。韦校书发了话，我们也拦不住他们呀。"

"正贯的父亲已故去，正贯又是唯一一个跟在节帅身边、颇有出息的亲眷。侄儿犯错，找别人出出气也正常。"刘辟定睛凝神，嘴角却挂上一抹微笑，仿佛对韦皋的处罚不以为意。

常夫人尴尬地笑笑，又说："这个薛涛，看来日后还真得留意提防着些。"

"无论是乐坊的姑娘,还是使府里的姑娘,说到底,哪一个不是节帅的人?韦校书若把薛姑娘当作自己的人,还是欠分寸了。薛娘子是我领进乐坊的,有什么动向,您及时与我说吧!"刘辟交代完,两人对视着点了点头。

而北堂内,秋生却问韦皋:"节帅为何只罚刘随军,宽待一个小小的乐坊管事?刘随军该不会多想吧?"

"刘辟救过我,也为他自己挣到了机会。若他够聪明,就该知道我一直在栽培他。至于常夫人嘛,关系再不济,我总不能驳了岳父的颜面!"韦皋说罢,干笑一声,"倒是这个薛涛有趣,才来成都不足一月就能让身边的女子如此厌弃,有点儿意思!"

2

转眼到了十月十五下元节。巴蜀乃道教兴盛之地,依道教之法,正月十五上元节,天官下凡校定人间罪福;七月十五中元节,地官释放幽冥业满之灵;下元节则是水官解厄之日,宫观士庶,处处设斋建醮,祈求消灾减厄,祭祀祖先亡灵。

过个节,秋生比平日忙上百倍。提前一天,他和两史掌书记李书衍张罗起摩诃池的彩船巡游、散花楼的斋祭晚宴,节日当天一早,又命仆役们登高扫楼、结幔帐挂灯笼。

正吩咐大家在高楼上摆席位呢,李书记匆匆上了楼:"秋生,秋生,我那边已经叫船家又撑了一回船!从摩诃池开到新完工的解玉河，兜一圈再回来，时辰排得刚刚好！"

"嗯，今儿晚上摩诃池边，围观民众肯定少不了，节帅的大轿停在萧蔷西垣，要步行一小段再登楼，我们必得先把人流清一清。这事儿，我和王有道说过了，他会派两队人马在道旁守着。"

李书记点了点头，又挤了挤眉眼，小声问秋生："今晚，节帅嘱咐赴宴的都有哪些人？"

秋生也小声卖了个关子："人可就多了，肯定少不了李书记，不是已经通知过了嘛！"

"其他的呢，我看散花楼这席位，真是密密匝匝！"

"人多呢，武将这边就有董勔董将军，王有道王将军，翟眸翟司马，薛宁薛司马，刘辟刘随军……文官这边，有您、崔佐时崔判官、段校书、韦校书……哎哟，我这迷糊脑袋，都不够用啦！记不住，记不住。"

"你可别装了，你不记得谁记得，今日有聚赏院的表演吗？"

"绕了一大圈，李书记就想问这个吧！下元节，怎么说也是祭祀祈福之节，韦大夫说了，除祭祀鼓乐之外，表演无需提前安排，若需助兴，全部即席而定。常夫人会带着聚赏院的司马娘子，知芸娘子，陈月娘子，还有薛娘子来赴会便是。"

"司马娘子会来？终于又能一睹娘子风姿！"李书衍欢喜地道。"不过这薛娘子，可是和韦校书出游那位？节帅不是为此大发脾气吗，怎么你们还敢请她？"

"嘘！"秋生转了转眼睛。"书记可别当节帅的面提起这事。几位娘子都是节帅钦点的，其中用意，我们下人可不好猜。"

"是，是，就等着看好戏。"李书衍撩了一撩嘴边的胡子。

酉时未到，节度使府门前，车马大轿已准备停当。韦皋此番乃是出席正式官宴，他身着官服，带了八名侍女、八名侍卫，由府衙正门出来上了轿。节度使出巡的队列浩浩荡荡，沿途路人见了，皆驻足行礼。韦皋不禁想起两年前陪张镒出长安、赴陇西时的情景，如今斗转星移，他心中涌上一股感伤之意。

队伍经过一小片田畦，韦皋望见几位农户在田边摆祭品，燃了香，一根根插在田埂上虔心拜祭。这是下元节的习俗之一，傍晚收工时分，农人们在田头祭水神，祈求冬日有雨水润泽，以保庄稼平安过冬。每每见到田间劳作、祈福的人们，韦皋悬在半空中的一颗心，仿佛有了着落，渐渐变得踏实起来。

轿子在萧蔷西垣停下，剑南道的军政要员、节度使府的幕僚以及即将赴宴的宾客们都已在旁恭候多时。品级较高的排在前面，薛涛和聚赏院的姑娘们则在队末。见韦大人到了，大家毕恭毕敬地俯身低眉行礼。

薛涛却偷偷抬眼，她急不可待地想要一窥节帅尊容，瞧瞧他到底是位面善的长者，还是位暴戾的谋臣。见了才知道，他完全在她想象之外。他在轿中正了正帽冕，扶着随从下轿。身为朝廷三品大员，他的官服官帽称作"毳冕"，冕有七旒，每旒贯彩玉七颗，衣上绣有宗彝、藻、粉米三章纹，裳上另绣有黼、黻二章花纹，这五章纹华服果然富贵威严，若非身材高大之人，一般身量的男子撑不起来。而韦皋恰好生得高大健硕，远远看去，也可知他眉眼深浓，鼻梁挺直，相貌竟然很好看。

韦皋朝官员们点了点头，随后沿着摩诃池河岸小径步向散花楼，官员佐将们也紧随其后。此时韦大人神色肃穆，没个笑脸，时而低头瞧着青灰色的卵石道，时而侧目望向西天。

薛涛盯着他的侧颜，英武的面庞镀上一层金影。她跟着望向西边，夕阳西下，秋日的黄昏天高无云，极宽的水域上，几对鸳鸯悠悠荡过水面，白鹭则总是仓皇地被一阵阵晚风惊起。为何黄昏是一天中的魔幻时刻？只因须臾之间，月影浮现，日月短短交会，太阳便要掉到湖那边的城墙底下了。

天与地，昼与夜，阴与阳，全在此时经历着温柔短暂的更迭。

"好久没看过这么美的黄昏了。不过怎的未见有市民在此游乐？"韦皋扭头问。

崔佐时走在队伍前列，一见有机会搭腔，忙答道："禀节帅，今日您行经此地，我们早早便吩咐着大家清场，让出道来。"

"熙熙攘攘也是好的，何必叨扰居民呢！"韦皋微微皱眉。

秋生轻声说："摩诃池一千余亩，我们只清理了这一段，待节帅到了楼下，便可见到聚拢来的人群，保管热热闹闹。"

"嗯！秋生，考考你，这摩诃池是源自何时？"

"回韦大人，小人做了功课的！隋朝镇守成都的蜀王杨秀要扩建成都子城，筑城时需要挖土，土挖得多了，干脆就凿出一个人工湖！那便是现如今的摩诃池。"

"蜀人得此湖纯粹是个偶然，那摩诃池这名字又从何而来？"韦皋接着问他。

"这……小人不知！"秋生垂头道。

"知其然，亦需知其所以然。"韦皋道。

"属下知晓。"董勔探出头来。"大湖修成后，一位西域僧人云游至此，不知怎的竟说这湖泊水广岸阔，内有神龙，梵语即摩诃宫毗罗，杨秀一听，喜出望外，命名此湖作摩诃池。"

韦皋拍了拍手，对秋生笑着说："你看看，董将军什么都知道。"继而又收了笑意对董勔说："董将军，在成都生活了快有十年了吧。时至今日，摩诃池造福一方百姓，是游宴、取乐、赏玩的好去处，不过在前朝，那可是蜀王奢靡骄纵的罪证。"

"是，是！杨秀生活奢靡追求享乐，这也罢了，竟还包藏反心，自比天子。"董勔诚惶诚恐，顺着大将军的意思往下说。

"听说还生剖死囚，取胆为乐，简直恐怖残忍！"刘辟补充。

韦皋颔首道："杨秀四十六岁被斩首，七个儿子都与他一并遭了罪。可见一个人胆气豪壮用错地方，迟早是要自食其果。如遇两军对垒，没点胆气怎可阵前拼杀！但这气魄只可用在阵前，不可用在理政。理政一要心系圣上，二要心系黎民。有两句话我很喜欢，也与诸君分享，出自杜子美的，致君尧舜上，再使风俗淳。"

幕僚、官员们听了韦皋的话，都频频点头称道。而韦皋声音洪亮，队尾的薛涛也将他的话听得清清楚楚，竟也不自觉地点了点头。在她身边，司马娘子不屑地瞄了她一眼，觉得她简直是故弄玄虚，继而偷偷趴在常夫人耳边说："群臣的事儿，她也懂？她点什么头！"常夫人也瞟了薛涛一眼，不作声。

韦皋步子大，不一会儿便来到散花楼下。排头的秋生整了整衣冠，朗声道："检校户部尚书、成都尹、御史大夫、剑南西川节度使韦大人到！"散花楼一层正门立即开了，楼上的女婢们也一一掀开各层的帘幕。刘辟向楼前湖边候着的鼓乐乐队头领使了个眼色，一曲《龙池乐》便奏了起来。

削减了钟磬的《龙池乐》，以敔、埙和古琴奏出主音调，以搏

第五章　空斗画眉长

拊和鼓打节拍，庄重兼且柔美，这是通晓音律的唐玄宗李隆基编制而成。他曾住过隆庆坊，此宅有水涌作大池。登基之后，池中水越来越大，绵延数里，竟可划船，被视作吉瑞之兆，于是他兴致勃勃编了此曲。

除了乐曲，刘辟还安排舞者十二人，头戴莲花冠，穿五彩纱套衫。领舞的女子被十一人众星捧月，她手托一朵露水未尽的粉白莲花，双臂纤细而有力，两腿则站得稳稳当当，舞姿婀娜动势迷人，领舞者正是黑里俏的知芸。众人皆欣赏美人的曼妙身姿，韦皋却只是看了几眼舞蹈便闭上眼，专注听那温润起伏的乐声。这时候，韦皋身后数步、侍卫围成的人墙外面，围观的民众中竟有哄闹之声。韦皋回头看看，问："怎么回事。"刘辟却从人墙那边赶了过来。"回节帅，有一老妇，非要吵着过来拜见您。今日是下元节，您看……"他缩起眉，一副等着韦皋做决断的样子。

韦皋道："莫不是有什么民怨？快请她过来吧。"

不一会儿，两名侍卫带着一名老妇上了前。老妇穿着粗布衣裳，还未说话，倒举着结了老茧的双手，跪地磕头，大声道："民妇谢过节帅！韦大将军神灵庇佑，福寿安康！"

见这老妪说话语无伦次，一会儿节帅，一会儿大将军，韦皋哑然。他茫然看了看刘辟和身边的官员，往后退一步说："什么情况？"

"听见节帅问你话了吗？你快把话说清楚！"刘辟紧跟着说。

老妇人不敢抬头，却说："谢韦大人！民妇前两年，当家的过了身，家里无儿无女，又无甚积蓄，每次去城郊挑水，没钱雇人去，去一次就是要了民妇半条命！若不是个把月大夫开了解玉溪，我……我都不知浣洗衣物如此便利，估计，估计头发衣服上早爬满了虱子……"妇人说着说着，竟老泪纵横。

老妪这样一说，外边围着的不少市民竟也跪了下来，你一言我一语地道："谢韦大夫！谢韦大夫引水凿渠！"韦皋忙着摆手，请老妇起来说话，又让大家不要跪。

崔佐时这时赶紧去扶老人起来，然后道："禀大人，这妇人所言极是！子美说城中十万户，说的就是咱成都人多啊！那么多人吃水洗漱，开了河，就有好日子啦！"崔佐时也聪明，立马就用上了杜子美的诗。

韦皋道："应该的，应该的，没什么可谢！来了益州，不为改善百姓的生活着想，岂不白来，岂不枉为朝廷命官。"

"日后的益州，只会越来越好！解玉溪和摩诃池打通，解了居民用水之忧，且为咱益州新增一大美景！咱们不如现在登船？"李书衍笑吟吟地说。

"先登楼吧，晚上来赏河岸夜景，岂不美哉！"韦皋提了提衣衫，稳稳步入散花楼。

3

"风清月明之夜，难得外出赏玩，怎么还在吵？备笔墨纸案！薛涛上前，来作首诗！"

酒过三巡，董将军和王将军又就南诏和吐蕃的边患争得面红耳赤。韦皋听二人吵了一通，突然冒出这么一句，让坐在末位的薛涛手心出了汗。韦皋与她第一次见面,一句话未说,叫起她的名字却仿佛像呼唤熟人一样。

位高权重的川主命一个名不见经传的小丫头即席赋诗?太阳底下难得出了这档子新鲜事,两位将军立即住了嘴。这时,四个侍从在宴堂中央配齐桌案和笔墨,薛涛饮了口茶,起身走到桌前。

席间众人全都屏息注视她。他们发觉在座女宾均身着浓墨重彩、宽袍大袖的钿钗礼衣,脚踩云头锦鞋小步挪移,薛涛却着了一套素淡的藕荷色男式袍衫,腰系革带,脚蹬靴子,身轻如燕,婀娜爽利。桌案离韦皋的主席不过三五步的距离,薛涛恭敬地跪拜行礼,道:"小女薛涛,请问节帅,诗赋以何为题?"

"今日登高,月朗星稀之夜,能望见远山的山影,蜀中名山甚多,想来这巫山县的神女庙老夫还未曾得见,就以这巫山庙为题,赋诗一首可好?"

题旨一道明,坐在两边的大小官员纷纷咧嘴讪笑。韦皋出的这道诗题用于调节席间气氛再好不过!崔佐时道:"襄王无意,神女有情,以神女庙为题,节帅好主意!"

董勔更是不知轻重地笑道:"姑娘莫不是得大书特书朝云暮雨之欢呐!"

几个人的话让薛涛闹了个大红脸,但凡有些常识的人便不会不知,巫山庙亦即神女庙,始建于上元三年,址在巫山县神女峰。相传天帝未出嫁的小女儿媱姬亡故后葬于巫山,化作巫山神女,她爱上战国时代的楚襄王,奈何仙凡相隔,便潜入襄王梦中与之相会缠绵,相约清晨是"朝云",相约夜间是"行雨"。渐渐的,巫山云雨便代表男女两相欢好。

韦皋此题分明是带着轻薄之意，且看刚满十六岁的薛涛如何接招。只见薛涛环视周遭那群装腔作势、各怀心思、哄笑作一团的官吏，又看了看缤纷钗带加身的侍宴女，闭眼凝神，提气深呼吸，仿佛一己之身从乱糟糟的厅堂内抽离。再睁眼，她只聚焦于面前一方浅褐色麻纸，提笔润墨，扬起阵阵清绝墨气。

乱猿啼处访高唐，路入烟霞草木香。
山色未能忘宋玉，水声犹是哭襄王。
朝朝夜夜阳台下，为雨为云楚国亡。
惆怅庙前多少柳，春来空斗画眉长。

一首七律写罢，她最后才紧扣题旨，大笔一挥写了诗名：谒巫山庙。

在她对面，韦皋端坐，秋生则迫不及待地将诗稿揭了去，呈送到韦皋面前。韦皋当下捧稿纸、品墨香，极轻声地吟诵起来。诗文在旁，这位节度使从高高在上、西南霸主的神坛走下来，虔诚如一介少年书生。而他看着看着便嘴角含笑，这小女孩竟写得一手笔力峻激的行书，全然没有半点含花带草、莺莺燕燕的妩媚。读过一遍，他摸摸下巴，仔仔细细又看了一遍。

众人都瞪大眼睛，等着韦皋发表看法，他却始终不提这诗作的优劣。惹得薛涛心中直打鼓，她想，自己果然是太过任意妄为，写了这么一篇针砭时弊的诗文，怕是完全在出题人意料之外。而韦皋将诗稿递给秋生，说："你看看，好不好。"

"大人，奴婢哪里读得懂！"秋生憨笑。

第五章　空斗画眉长

"文昌有诗才,拿给文昌看。"

"是。"秋生又将诗稿呈给段文昌,韦正贯坐在段文昌旁边,忍不住凑过去,官员中有一些也围了过来。你一言,我一语,议论起来。

"首联落笔在实处。乱猿啼处访高唐,路入烟霞草木香。巫山之上,祭祀爱神神女之处香火不断,行人经过,犹如闯入烟霞地。"

"山色未能忘宋玉,水声犹是哭襄王。此联是虚望巫山,一实一虚,妙得很!"

"朝朝夜夜阳台下,为雨为云楚国亡。讥讽沉溺女色的亡国楚君……"说到第三联,人人觉得错愕,直到读完全篇,大家便声音渐弱,不太敢发话了。

就连段文昌口中的评论也算不得什么评论,他只不咸不淡地说:对仗工整,别有韵致。

而韦皋这会儿才见到薛涛那张光洁如珍珠的圆脸盘抬了起来。她已经不看那读诗的人,也不关注他们的评语,一双眼睛如小动物般怔怔地望向韦皋。这眼睛澄澈透亮,眸子宛若明灯,直直照着,照得他肝肠通透。古怪的男服少女,打算就这样长袍斜曳素手提笔,走到他心里去么!

对视的须臾,亦是心神恍惚的片刻,韦皋先挪开了目光。对秋生说:"加个席位,让她坐我边上。"

大家听了这话,更觉惊奇:命这位清瘦俊秀、打扮古怪的女孩写巫山,原以为会收获一份风月之作,不想她竟反唇相讥、借古寓今,暗暗道出当权者纵情声色、沉溺于情爱的后果,反讽当朝权贵,长此以往,国将不国。诗作好坏不重要,这等觉悟,叫堂上的官吏们无不嗟叹，她毕竟是个不谙世事、不知深浅的乡下小姑娘啊。

怎么韦皋竟要赐她上座？

韦正贯坐到段文昌身边，轻言轻语地说："叔父向来不叫女子在身边侍奉，想必他也觉得薛涛写得好！我就说嘛，随便挑一首写巫山的诗，巫山望不极，望望下朝雾。莫辨啼猿树，徒看神女云。再读读薛娘子这一首，是不是好多了！"

段文昌道："好坏倒另说，你看这满室官员，哪一个不是唯唯诺诺、卑躬屈膝、阿谀奉承，唯恐没凸显自己的能力，不能献媚于节帅。一场下元节之宴，从湖边到楼上，你可都瞧明白了？"

"瞧得真真切切的！就数那个刘辟最能演，如同跳梁小丑似的！"韦正贯掩嘴笑起来。

"这时候，若冒出一个果敢的小姑娘，只因接到一道轻佻的题目，她便赌气了，便敢桀骜不驯地对当权者作一番委婉批判，把看似轻佻的命题解得全无轻佻之意，你说，你叔父会不会对她另眼相看？她真可谓是另辟蹊径！"

"不过这也是一步险招！她算是歪打正着咯！"

"呵呵，又怎知她不是为人精明、化繁为简，捏准了你叔父的性子呢？"

"他俩第一次见面，再说薛涛妹妹涉世未深，怎么可能？"

"若不是她把准了韦大人的脉，那就是说……"

"什么？"

"他俩真是灵性相通，是天作的一对！"

韦正贯见段文昌越来越没正形，笑闹起来，举杯用美酒堵他的嘴。

而薛涛听了韦皋的话，恭顺地坐了过去，也不靠近，只坐在韦皋右侧，盈盈一笑。

韦皋也礼貌地笑了笑，说："他们没讲完，惆怅庙前多少柳，春来空斗画眉长。这是我最喜欢的一句。琴音已尽，余音绕梁，似是楚人亡国后的一声嗟叹！"

"韦大人，您记诵下来啦！"薛涛探着脑袋，目光闪烁。

韦皋点点头，道："安可不默记？这一句句的，不正是在敲打理政治蜀的成都尹、御史大夫吗？"

薛涛赶紧伏地："小女真无此意，小女有罪！诗文有它自己的属命，一旦提笔，字字句句便源源不断地涌出，不受小女控制！韦大人海纳百川，莫怪莫恼，小女重新写一次，好不好？"她又抬起状如叶片的晶莹双眼瞧着他。

"无需再写，诗由心生，你的诗大有怅惘怀古、凭吊山河、喟叹沧桑浮世的兴味。这本该是老夫的心声，怎么却由你写出？小小年纪，怎会有如此感悟？"

薛涛听了韦皋的话，知道这首诗成功引得了他的共鸣，肃声道："禀韦大人，家父遭遇冤情，小女这几年的日子，活活像过了几十年。"她的回答如眼神一般直白。

"所以，你就急着依靠你诗中所写的那些沉溺女色的权贵，入乐籍不到数月，便从眉州爬到我案前？"韦皋忽然厉声说。

薛涛听了这话，一股火冲上脑门，气得嘴唇发抖："大人这么说，小女承认便是。总有人嚼舌根子，说我是靠了眉州的权贵才走到这里。我是靠了他们，但靠的是我的好朋友，倚仗的，是我们一年来积攒的情谊。关于这件事我可不想白白蒙了冤屈。"

"哦?所以,你来成都,是正正当当来的?"

"何谓正当?何谓不正?有人讲闲话,说我不知道凭什么本事能谋取高俸,在眉州,大家这么说,到了益州,她们还这么说,我也不解释。还是那句话,我不把时间花在无谓的争辩和无用的事情上。"

"那你今日为何在我面前,解释,争辩?"

"因为,韦大人是小女尊敬、在意的人。"她忽然撸起衣袖,露出手腕,粉白的腕子上一道深红疤痕十分醒目,尚未完全愈合。"您看!"

薛涛自顾自说道:"一年多以前家父冤死狱中,为支撑家中的开销,小女还未入乐籍便常常出席眉州官署的筵席,以诗作换点银两,渐渐与郑刺史相熟。刺史快要调离眉州的时候,便劝我入乐籍,还答应调我到益州。唯有这样,才有可能查清父亲的冤情。再说,我也愿意入乐籍,入了乐籍;至少不用草草嫁人、将就着定了终身!所以我心一横入了官籍。谁知道郑刺史离任后,新来的刘刺史偏要将我送给眉州首富之家,这背后,又不知他们有怎样的勾当!眼看着他们就要逼我去那一家赴宴陪酒,我想着,便是豁出性命也不能入了那虎狼之穴!于是我在席间趁机割伤手腕,失血过多,被送回乐坊,昏睡了几天几夜,等到伤势好些的时候,刘随军恰好就来召我到益州了。"

"刘随军接你接得是时候啊!你得好好谢他才是。"韦皋歪着脑袋说。

"不瞒韦大人,那会儿我是掐算着时间送出书信给郑刺史的,想来是郑刺史帮我在益州疏通了,刘随军才及时来接我。"

"又得给郑刺史记一功,不过说起这郑眉州嘛,我也见过。怎见得你们之间就是真情谊?又怎知他不是在利用你?"韦皋大手一挥,说:"你看看,官场之中,多数人都只求利己,只求自保,没有一件事是枉做的。他为何劝你入乐籍,又为何拼命保你来益州?"

薛涛瞬间猜到了点什么,回答:"就算是为了他一己私利好了,那也证明薛某一介女流,于官宦士族而言,还有点利用价值,总好过一根无用的朽木。能被利用,是小女的荣幸,也是小女的筹码。"

"你拿着这筹码,来成都目的何在?"

"这……大人还不明白吗?"薛涛反问道。

韦皋哼笑一声,是了,自己是明知故问。而薛涛冲韦皋甜甜一笑,碰了碰杯。

看韦皋和薛涛相谈甚欢,刘辟默默笑了起来。他身边,喝得恍恍惚惚的李书衍念叨着:该去乘船了。他便马上端起酒杯,跑到韦皋面前:"敬节帅一杯!节帅,李书记说,这会儿是登船的吉时呢!"

"你这个人精!"韦皋抬手指了指他。"今天请的那帮民众,演技不赖,亏你想得出来!"此时薛涛就在身边,他也毫不避讳地说。

"节帅……哪儿的话?属下不明白!"刘辟低了低头,然后将杯中酒饮尽。

韦皋也饮了一杯酒,说:"你带了薛娘子来成都,这件事,我要记你一功,想要点什么赏赐?"

"属下都是奉命行事,哪有资格领什么赏赐!属下只盼咱们蜀军兵强马壮,早日大破吐蕃,拿下区区南诏更是不在话下!"

韦皋眯眼一笑:"嘿嘿,就数你会说话!"他摆了摆手,"走吧走吧,登船夜游摩诃池去!"

4

成都城南,面向眉山的大片山林林深树密,时至正午,树荫下的动物们丝毫感受不到午间的暑气,一只小鹿闲步林间,俯颈嗅一丛殷红罕见的红豆杉。它不知道,自己已成了旁人眼中的猎物。数十步外,一身胡服的韦皋骑一匹膘肥身高的良驹,举弓瞄向它。他身后十余步之外,是几位随行的幕僚和侍从。

正欲发箭,忽地身后冒出一声清脆欢喜的呼叫:"韦大人,阳棚搭好,野猪烤上了,酒饭已准备妥当!"薛涛笑嘻嘻纵马,马儿一路小跑而来。

经她这么一折腾,小鹿惊得竖直耳朵跃进林中,韦皋气呼呼地回身将弓箭对准薛涛,抱怨道:"来就来,居然弄出这么大声响!故意的对不对?"

"大人,不知者无罪!"薛涛举起双手,摆出一副可怜相。

李书衍道:"可真是,今天好不容易遇上一头鹿,又让它给跑了。"

"鹿?犬吠水声中,桃花带露浓,树深时见鹿,溪午不闻钟,大人既已偶遇麋鹿,便可知世外高人就在不远处,咱们且平心静气,再往林深处走走!"薛涛睁大眼睛。

"你呀，巧舌如簧，当我不知道是你捣的鬼！"韦皋收起弓，策马朝薛涛来时的方向驰去。"真是饿了！"

"今天收获颇丰，打了几只野兔，几双鸟雀，还有一头大野猪，能不累吗？"薛涛紧紧跟在韦皋身后。

韦皋头也不回，道："白马和你很相称，这匹马就赏给你！"

薛涛道："多谢大人，小女还想求一匹马。"

"什么？"韦皋想，这姑娘还真不拿自己当外人。他说："还要谁的马？"

"小女前年卖掉了自己的小黑马，那是父亲在眉州的市场买给小女的，现在，小黑被卖到眉州王员外家，韦大人可否帮小女寻回？"

"这个简单，不过，你也得答应我一件事。"

"什么事？"

"下次筵席穿女服，可否？"

"这个简单！"薛涛模仿韦皋的语气。两人你一言我一语，把其他随从甩在后头，不一会儿出了密林，便下马钻到简易的麻布阳棚底下。

用汗巾抹抹汗，又端起茶碗喝了几大口茶水，秋生吩咐家丁从铜锅里盛出滚烫的蕨菜汤，又切了焦香的猪肉，取了面饼端上来。"大人将就着吃……"他话音未落，韦皋就大呼："闻着就香！"他也招呼段文昌、李书衍、韦正贯、刘辟几个上了桌。在座众人知道，日常生活中的韦大夫为人谦逊随和，所以即使是围坐在一处大家也不见外，个个闷头大吃。

这时秋生走到韦皋近前："大人，小的刚看到有位黄袍道士经过帐前，喏！"他朝北指了指，"大中午的，咱们要不要分他一口饼吃？"

"当然，快叫住他。"韦皋看着薛涛道："你是不是懂占卜？还真遇上高士了！"薛涛狡黠地笑了笑。

说话间，秋生跑上前与道士言语了几句，两人一同回到阳棚下。离得近才发现，这道士脸庞清瘦，胡子拉碴，赤足着草鞋，拄着一根干树棍，捧一个小小的包袱，很有些不修边幅，不过一身姜黄色道袍倒是干干净净。秋生本想给他在阳棚边上另支一张凳子，韦皋却请他在身边坐下。"先生歇歇脚吧。野外没什么像样的酒菜，一点菜汤，一点饼肉，先生请自便，莫要客气。"

"谢过节帅，荤腥不必了，讨一口热汤就很好！"道士操一口官话回答。

听到道士一口乡音，韦皋不由得问："先生可是关陇人士？"

"小人早已移居西蜀，只不过，听节帅说的是官话，便也以官话应答。"

"怎么……您难道晓得我们大人的身份？"薛涛眼睛一亮点出这句。原来这道人一口一个"节帅"，大家却都没在意。

道人却也大大方方，低眉说："小娘子好耳力。这位便是成都尹韦皋韦大人吧。"

"先生才是好眼力。我的身份您是从何处得知？"韦皋知道，秋生是不会对这陌生道人多言多语的。

"一片荒地上，能置起如此一张麻布大棚，有仆役赶车牵马、烹肉煮汤，有这么多风雅之士相陪，况且您又穿了一身紫袍衫、束金玉带，眉清目正，气度不凡，在益州，若不是朝廷派来镇守西蜀的韦大将军，还能是谁！"

韦皋听这道士说得头头是道，心想，川蜀的经术之士不在少数。他们大多隐居乡野、游历名山大川、研习炼丹之术、品析道法自然之理。这个道士不同，他说得一口地道的官话，对时局的动态、仕宦的洞察亦十分准确。

历来仕、隐两途代表着截然对立的价值观，只不过自魏晋以来，其间界限日益模糊。大有读书人通过"归隐"以达"求仕"之目的，虽隐反显。眼前这个道人，难道是其中之一？韦皋一边嚼着硬邦邦的面饼一边想。咽下口中的食物，他问："先生知我是何人，我却不知先生的名号！"

"小人大名胡潜，古月胡，水替潜，无字无号。"

"先生出游，是要去往何处？"

"从来的山中来，到去的山中去。"

"从此山到彼山，道袍崭新，轻装上路？"韦皋说完，斜眼瞅了瞅胡潜小小的背囊。

"几本经书随身带，足矣。"

见韦皋想要一探这道人的究竟，薛涛在一旁歪着脑袋帮忙引话："胡先生可知，今天遇到您是我的大幸么！"

"怎么说？"

"韦大人在林中射小鹿，小鹿被我惊跑了，我生怕大人怪罪，连忙说有鹿之处必有高人。哈哈，您现在来了，可知我说得没错。回去之后，不用领罚啦！"

"哈哈！"胡潜笑起来。"能为娘子所用，小人也不虚此行。"

"先生，小女还是第一次偶遇山中真隐士，那些经书，借我翻翻如何？若有没读过的，我也要回去找来读读！"

"小娘子言过了，随意翻看吧！"胡潜将包裹递给她。

薛涛双手接过包袱，打开看到《道德经注》《周易注》《黄庭经》几本，还有一本手抄的小册子，第一篇，便是朱桃椎的《茅茨赋》。

"这本里边的文章，像这篇朱桃椎的小文，小女真未见过。现下读一读，可以吗？"薛涛扬起簿子道。胡潜在一旁点头默许。

此时韦皋已用完午饭，擦手漱口后，他清了清嗓子："我们只出来狩猎半日，便又累又饿！想那戍边的战士几天几夜的征讨下来，不知可有这样的热汤喝、可有烤肉吃……"

崔佐时一向机敏聪明，他赶紧答道："川西自古被誉为天府之国，丝绸、米粮、井盐等各项商贸、税赋收入中，拨出的军费逐年上升，仅今年下半年，军费已经比上半年增加了一成半，想来将士们的日子总是越来越好过的！"

"将士们的日子好了，百姓的日子呢？"韦皋锁眉道。"两税法始试行时，西川这种富庶之地的百姓自是无忧。但经历这些年内忧外患，钱价、布价都被本地豪强操纵，他们知道农民没有钱，要将实物折换成钱额，还要缴收布帛，便让钱价上涨、布价下跌，从而牟取暴利。我们要多拨军费，军费从盐商、茶商那儿出，商户们自然又将这压力转嫁于百姓。"

"这还不算今年增收的户税和青苗钱，没办法！连年战事，财务吃紧！"崔判官一脸苦楚。

"不过，王将军、董将军提议征讨吐蕃和南诏，也是在所难免。现下正是用钱之时，西川近三万兵士，人吃马喂的，也怠慢不得。"李书衍轻声说。

李书记不提还罢，一提，正戳到韦皋烦闷处。出兵还是戍守，他无时无刻不陷于两难之境，只见他霎时间脸色突变，大吼："在所难免？这是谁的指示？你们说话做事，只管张嘴，不带脑子的吗！有没有详细查证、仔细推敲？"

　　李书记连忙伏倒在地说："节帅恕罪！"心里却想，从陇州到成都，王有道、刘辟这些人都官升几级，自己却原地打转，依旧是个两史掌书记。韦皋的脾气也是越来越臭了。

　　阳棚下，气氛瞬间比官署的政事堂还肃穆。薛涛在旁边一面翻书，一面听，那落魄道人这时候开了口："众位都知道西南连年战乱，这些年来，财物、人力均虚耗了不少，是学学魏徵的时候啦！治蜀如治国嘛！"

　　"大胆，先生怎可僭越？我等乃是为圣上效劳的朝臣，国，只由圣上来管治，岂可胡乱作比？"韦皋大声呵斥。

　　道人不屑地说："我一介流民，天天云里来雾里去，爱上哪里上哪里，爱说什么说什么！况且圣人云，修身、齐家、治国、平天下，不论是管治一己、一家、一国，还是天下，遵循的道理是相通的。"

　　韦皋板着脸，默不作声，其他人也不好发话，此时薛涛猜着韦皋的心思，忽抬起头，道："先生，是何道理？小女愿听其详！"

　　胡潜对薛涛说："好！小娘子可知道贞观之治？"

　　"自然知道，太宗皇帝仅用四年实现天下大治，使得户户丰衣足食，人人安居乐业。"

　　"对，当时也正值大乱之后，魏徵劝谏圣上，要治天下，需行仁政，休养生息。乱世之民，反比久安之民好治理得多。好比我今日行至此地,又饥又渴,能喝到一碗热汤便心满意足,感恩戴德,哪里还会有其他要求!"

薛涛俏皮地说:"依胡先生所说,要治乱世之民,需持怀柔之法,待百姓宽厚仁义,方能使得大家安居乐业?"

"娘子悟性极高!"胡潜摸摸下巴道。

薛涛与胡潜应对着,双眼则时不时望向韦皋,见韦皋没有打断他们的对话,神色渐渐缓和,她便想,韦皋的心思与这道人的论说十之八九是相同的。

而李书衍又不知趣起来:"人人都想安居乐业,这安居乐业的前提却还是防御外敌。如外敌入侵,烧杀抢掠无恶不作,百姓可能连一亩三分地都留不住。"

见韦皋横了李书衍一眼,薛涛故意打岔:"大家听听,这篇《茅茨赋》有趣得很,若夫虚寂之士,不以世务为荣;隐遁之流,乃以闲居为乐。故孔子达士,仍遭桀溺之讥;叔夜高人,乃被孙登之笑……吾意不欲世人交,我意不欲功名立。功名立也不须高,总知世事尽徒劳;未会昔时三个士,无故将身殒二桃。想来,朱先生也是隐匿于山林,又能知天下事的诸葛孔明之才吧。"

胡潜听到这里,感慨道:"关于这位朱先生,他确实被三顾茅庐。他原本官至国子监祭酒,却义无反顾地弃官回乡、归隐山林,编织草鞋与乡邻们换米换茶。他编的草鞋草质柔细,环结促密,人人都争着穿。"

"生活简单纯粹,不为取舍发愁,能过上这样的日子就是福分。"薛涛叹道。

"人人都得过上这样的日子才行,咱们西川不是没有富民之本。"韦皋斩钉截铁道。"崔判官，段校书，回去拟令，先在益州撤回户税和青苗税，吩咐司仓，一定要监督商市维持钱价、布价。其他州郡，等益州这边出了成效，再来推行。"

崔佐时、段文昌纷纷应声点头。李书衍则在一旁生闷气。他才是陪着韦皋一路打拼的旧人，现下连说几句话都被呛得连连吃瘪。只盼长官减税归减税，千万别削减军费开支。五六月间大家极力谏言，好不容易才劝韦皋应下增加军费之事。这里边的利好，董将军也是预备了自己那一份的。如果自己在节帅面前说不上话，日后谁还会把他放在眼里？

饭毕，韦皋一行人牵马回府，道人也自顾自上了路。薛涛和段文昌、韦正贯走在一起，段文昌低声对薛涛说："真想不到，平日你话不多，今天句句说得恰到好处。"

"你们都不说，我不能让韦大人的话没着没落啊！"薛涛四两拨千斤地答道。

"哪儿敢说，看看李书记说一句错一句，便知道韦大人心情欠佳。你也知道韦大人的脾气了……"他那意思，谁也不敢往枪口上撞。

"哈哈，李书记这个人……不提也罢。"薛涛掩嘴笑说："《礼记》说得好，上有所好，下必其焉。幕僚佐臣最不该的，不就是揣度不定主公的心意么？"

段文昌看着眼前这位娇弱的姑娘，禁不住佩服地"啧啧"两声。韦正贯在一旁道："下元节娘子初露头角，近日几次宴饮又得体从容，看来过不久便可为你父亲讨个说法！"

"也未必，你且看看今日之行，韦大人心情未必舒畅顺达！"

她看韦皋纵马驰骋，跑在最前面，心里嘀咕，这个男人简直像戏台子上的生旦净末丑，喜怒哀乐着实叫人捉摸不透。她扬起软鞭，策马朝韦皋的方向疾驰而去。

"韦大人回府啦，有封来自京师的急递！"韦皋交了马，正欲领韦正贯、薛涛等人到前厅饮茶，管家荆宝急匆匆跟过来，躬身呈上信件。

刚下马，韦皋脸额脖颈泛红冒汗，他边走边拆，读了信，脸色变得越发红了，将信件向旁边随意一递，薛涛只得伸手接住。

"你们看看！"韦皋没好气地道。韦正贯、段文昌和薛涛一起看了看，信上写："圣上钦令新州司马升任吉州长史。给事中已草诏书。请示下。"

韦正贯看叔父正生闷气，不解地说："新州司马，区区一个低微虚职官员的调动，全安兄何以专程报叔父知晓？"他也瞧出这笔迹出自尹全安。泾原兵变平息后，尹全安依旧留在京中的上都进奏院任职。

"既然官阶低微，何以是圣上钦点？"薛涛一语道破关键问题，倒让韦皋刮目相看。韦皋皱着眉点点头说："现在的新州司马，是卢杞。"

"就是那个曾官居宰相、相貌极为丑怪的卢杞？"韦正贯大惊。

韦皋冷脸道："呵呵,在新州时他也到处宣扬,说自己有朝一日，会再次升任宰相的。"

"泾原之事他不是脱不了干系么？再说他现在也不过是升任长史而已。"韦正贯道。

"这次是长史，下次，难道便是刺史了？"段文昌说。"这个卢杞，我也听长辈们提起过，真不知有什么过人之处。"

韦皋喝了几口茶，沉思良久，他叫道："秋生，给我找刘辟过来。其他人回去休息。"

5

亥初，薛涛已沐浴更衣，正准备睡下，院中忽然有男子唤她的名字。"薛涛，薛娘子，请出来说话。"

薛涛听出是刘辟，忙披了外套出门。只见刘辟站在廊下，脸涨得通红，一身酒气。

"刘随军深夜到访，有什么要紧事吧？"薛涛离刘辟保持三四步之距，站定说。

"好消息，给娘子带来一个好消息！"刘辟笑眯眯道。"我刚才，已经跟常夫人说过了，明天她便领你搬家，搬到官署去。"刘辟向前走两步，咧开嘴夸张地笑了笑，说："怎么样，还不谢我？"

"谢过随军。不过搬到官署之事，还得通报韦大人吧！"她见刘辟此时的气度与平日不同，此刻是醉醺醺跑来邀功，一脸轻浮相。

"还要通报什么？你入府就是节帅亲自提起的。我明日出远门，今日自然要将节帅的命令交代下人办妥了。"刘辟说。

薛涛呵呵一笑，心想果不出自己所料，自己入不入府，刘辟根本无法决定。她也不想跟醉汉多说，只又谢了几句，便要回屋休息，哪知刘辟拦住她说："别这么着急嘛，你也不问我，明天出远门是要去哪里。"

"那，先生明天去往何处？"

"乃是远赴京师，帮韦大人办理机要之事。"刘辟双手抱拳，得意洋洋。

"恭喜先生！千里之行，山高路远，先生请珍重！"薛涛谦恭地行礼，同时往后退了一步。

而刘辟又向前一步，说："小娘子，你老离我这么远干吗？我不也是想早点办好你的事儿，才……才特地来内院寻你？你放心，办好长安的事情我便立即回来，你可知，我是帮韦大人挡过刀的，我跟他求什么，他都会应允……"

刘辟张大嘴说话，酒气一阵阵呼到薛涛跟前，令她厌恶之极。她敷衍地说："是么？"

"当然！这次去京师，大人还给我三个锦囊，进长安城，拆第一个，见到尹全安，若一计不成，再拆第二个。还不成，便拆第三个！我记得清清楚楚呢，你看，你看……"这醉汉说话便向腰间摸去。"咦，我的腰袋呢？腰袋呢？锦囊……可在那腰袋里。"

刘辟忽然摇摇脑袋说："不对，明明挎了腰袋在这里的，许是，方才在李书记家喝酒，遗在他那里，我去找找！我去找找！"说着他便跌跌撞撞跑出院子。

他一出去，绥玉就探出头来。"娘子，听他说话我都快气死了！"

"我刚准备叫你的，打算跟你说，绥玉，快给刘随军端碗茶水过来！"薛涛捏着嗓门，笑着说。

"那我就准备一杯凉水，不小心泼了，泼他一脸！"

"听说，酒后见人心性，这话果然没错。"薛涛想到刘辟所说的三个锦囊，这锦囊一定跟白天提及的卢杞的调任有关。如此重要的物件，刘辟竟然丢在李书衍府中，可见刘辟行事狂妄肆意，不足以担大任。只是这件事，她要不要立刻对韦皋禀明呢？

第六章 白鹭识朱衣

1

长安的初雪来得正是时候，小雪节气过后不足十日，雪花就赶着寒气、趁着夜色缓缓而至。

大明宫，长生殿，李适侧卧在软榻之上，脑袋一片空白。这晚他未召嫔妃侍寝，原本也不知道下了雪，却听到外间宫女裙钗轻响、步履匆匆，于是唤道："小骆子！"一个圆头圆脑、二十岁上下的小太监立即弓着身子移步到李适床榻前。

"陛下，还没睡呢！可是渴了？"小骆子声音醇厚温和，他本名赵骆勇，进宫五年，简直快忘了自己的原名。这一年，是他升任御前太监的第一年。

"外面吵吵闹闹，怎么回事？"

"回陛下，天降瑞雪，宫女们正忙着添大殿里的暖炉呢，保管明早雪停，殿内还是暖洋洋的。"

"下雪了？说下就下！"李适起身要去看雪，小太监则为他披上织锦厚棉袍。

走到外间，大殿门一开，一股冷冽之气夹杂着细雪扑面而来，李适裹得厚厚的，但还是不由自主地打了个寒战。"这雪来得急啊！"风正往殿内吹，李适索性迎风走到廊下，看漫天漫地的雪给院中的草木山石镀上薄薄一层晶莹，又感到一粒粒雪籽直逼自己的发梢、眼睛，整个人越发清醒。他望了望周遭，院内的宫女侍卫都弓身缩在廊下、门前，站在近处的，只有小骆子一人。他想起了小骆子的师傅——俱文珍。宫中那么多太监，就数俱文珍侍奉得最妥帖、办事也得力。有他陪着，想喝茶的时候，案边便闻得见茶香，想散心的时候，喜欢的妃嫔女婢便笑盈盈候在门外。服侍人绝对是门学问，比起俱文珍来，小骆子还差得远。

"你师傅近来可好？"

"回陛下，师傅近日来信说汴河那边一切都好，他日日为陛下祈愿，愿陛下身体康健、心想事成呢。"

"也该多抽空回回宫的！宣武军那边的事情，他派个靠得住的人盯一盯不就好了！"李适说罢看了看小骆子，这孩子却没有一点反应，一提起朝中事，他便像个闷声闷气的呆瓜，只顾低头在一旁候着。李适说："也罢，你帮我去请一位嫔妃过来吧。"

"今日请哪一位？惠妃娘娘吗？"赵惠妃年方二八，进宫不久，青春活泼，很能讨皇帝欢心。

皇上却摇摇头，迟疑了一会儿说："王淑妃吧！"

"是。不过，淑妃娘娘还病着呢……"

"也是，朕去看她。"

李适冒着风雪来到两仪殿，进门时特意嘱咐侍卫勿要传报、以免惊扰了淑妃，哪知道进殿一看，王淑妃还没睡，正静坐在床边绣一条帕子。

"这么晚了，怎的还不休息？"李适问。

"陛下！"王淑妃一见李适，连忙起来行礼，却被李适阻住。"今日天降瑞雪，臣妾方才还想着，皇上又该高兴了！"

"我一向喜欢雨雪天！可惜，长安雨水不丰沛。"李适一和淑妃聊起来，立马变得神气十足。

"下雪，臣妾睡不着，干脆起来寻点事情做。"

"爱妃可也是兴奋、高兴得睡不着？"李适看着薄施粉黛的淑妃，又欢喜又心疼。自去年诞下小公主、小公主又夭折之后，淑妃便大病不愈，一张鹅蛋脸越发清瘦。此刻说起雪，大眼睛却又神采奕奕，哪怕在病中，她也带着一股天然的活力。

淑妃温柔地张嘴道："嗯！明早起来，宫苑里就是一片雪白啦！"

"朕大概是人到中年，方才一人在长生殿，竟觉得有点冷清。人少便觉冷清，人多的时候，又更觉得孤单。见到你，好多了！"

王淑妃听了这话，俏皮地嘟嘴道："皇上若是人到中年，臣妾便是中年老妇了！臣妾只小皇上两岁呢！比不得惠妃妹妹、王才人她们，小皇上二十岁。"

李适瞧着王淑妃的娇俏狡黠的神态，和少女时的她并无二般。他忍不住心神荡漾，搂着王淑妃的纤腰说："你一点也没变，如你愿意，朕就像诵儿刚出生时那样，天天来你这儿，再不见那些惠妃、贤妃、才人，可好？"

王淑妃攀着李适的脖子，柔声道："不要，陛下若天天宠幸臣妾，朝臣们又不知该如何劝谏陛下。又要说，君勿忘汉室外戚之乱啊！"王淑妃压着嗓子，模仿大臣的口吻说。

"他们敢说什么？兵变时城中大乱，我们离宫，他们之中有几个来护卫过朕？连玉玺都是爱妃系于衣中带来给朕的。没有爱妃，哪有现在的朕？以前还有卢杞统领众臣，事事为朕着想，如今朝中能为朕所用的朝臣，越来越少！"

"泾原之变后，总得有人出来认个错，领个罚，卢相国甘愿为皇上分忧，这般不念私利之人，太少了！"

"这些事情，你不懂才好！泾原军一场叛乱，有朝臣说追究卢杞的责任，朕也是纳闷，边境来的队伍藏了反心，难道要归咎于朝中一介文臣？他与泾原军又没有勾搭，还陪着我们去了奉天呢！"

"那皇上若觉得此人可用，把他再召回来不就好了？"

"若事事如爱妃所想的这么简单，就好了。今年天下大赦，我刚升了卢杞一个小官，朝中已有人面色沉重，出来劝谏。"

"陛下放宽心！陛下乃天下之主，真想用他也没人敢拦。只不过陛下心里拿定了主意，就好。"

李适握着王淑妃的手说："幸而有你在！朝廷没了卢杞，后宫里，俱文珍这家伙也去宣武军那边监军，朕都不知道找谁说话。没办法，漕运那边我只放心俱文珍去监察，他得踏踏实实顺顺利利地把地方的钱粮布帛运入京师。否则银库没钱，如何维持高昂的军费，如何保天下太平呀！"

汴州一向不是安宁之地，建中三年，淮西节度使李希烈谋反，攻陷汴州，后由刘玄佐率军收复，被委任为汴州节度使、宣武军统帅。但刘玄佐办事并不得力，军队时不时生出点事端，三天两头闹兵变，搅得汴州人心惶惶。而汴州恰好又是江南、西南物资输送至关中的枢纽。米粮、布帛等赋税全赖漕运经汴河从南方运到洛阳，然后再送至京师长安。这样的军事、经济重地，唯有俱文珍守着，德宗才如同吃了一颗定心丸。

淑妃虽说不问朝政，但她家中为官者不在少数，儿子也是当朝太子，对皇上口中所提之事自然是了然于心。她缓缓道："我听父兄说，现在上上下下，个个都是朝钱看。泾原军闹事，还不是为了几个钱？"

"就是啊！"李适不知是因受了寒气还是怒火攻心，身子竟微微颤抖起来。王淑妃见了，连忙紧紧搂住李适的肩膀，在他后背轻抚了几下。"别生气，陛下。陛下仁厚，体恤百姓，所以以前一直未加多赋税。若是早早增了税收，以保宫中钱粮充足，泾原之事时，又怎会少了战士们的一点点犒赏？时逢乱世，陛下已经做得不能再好了！"

"有钱能使鬼推磨，民间的俗话用在那些庶民身上，真是没错的。"

"有俱文珍确保汴河漕运安定无虞，他又同时在汴州替皇上看着那些地方藩镇，钱粮方面，皇上便无须忧心啦！"

李适点了点头："唔，还得找卢杞回来。做事情，就得有能使出霹雳手段，又待朕一片真心的人在身边，才最牢靠。"他暗下决心，而后又牵起淑妃的衣袖到窗前看雪。重回大明宫以来，他许久没有享受过如此温暖的夜晚。

2

由启夏门进长安，笔直行至皇城城墙下，路过邸舍扎堆的崇仁坊，再往前便是尹全安所住的永兴坊。刘辟进城后没走一点冤枉路，他想起自己初次来京师时的样子，那时候自己只是个参加殿试的乡下书生，看到其他读书人一进城便急不可待地奔赴平康坊，到秦楼楚馆寻花问柳，他一方面洁身自好，另一方面也确实是囊中羞涩、不敢同去。

重临故地，刘辟感到吐气扬眉，风月场合他已见得多，自己也是堂堂朝廷大员，颇得一方节度使赏识。他很听话，遵照韦皋的吩咐，直到进城前才拆开第一个锦囊，见字条上写着：

见全安，稳袁高，赠名画；如杞复又升任，必使高阻之。

依大唐官制，尚书、中书、门下三省分工制衡，组成最高政务机关。中书省具有出令权和勘议权，门下省则署颁制敕、裁决庶政，在日常政务的处理过程中处于枢纽地位。

袁高官居给事中，这个职务是门下省的重职，负责审议、封驳各项诏敕奏章。给事中们对诏敕如有异议，可直接批改、驳还，阅览百司奏章后，也可驳正其违失，且常事皇上左右。论官秩虽只有五品，却手握参政议政的谏权，深受倚重。

刘辟心想，此行背了一路的画轴原来是要送给袁高的，可见自己的长官对这位正值壮年的给事中很重视。他亦不敢松懈，整了整背囊，直奔永兴坊东南隅横巷左数第二间。北边的坊内建筑密集，这一户人家与小巷中的每一户布局都相仿，府门不大，未挂门匾，夯土墙墙头盖着色泽浅淡的碧鳞瓦，墙后苍松植得密，露出树梢。一看便知，这座宅邸有年头了。刘辟上前拍了拍门环，开门的是一位老仆。问明来者身份，他赶紧把刘辟请进内堂。

此处，便是韦皋的老部下尹全安居住的宅子。

尹全安见了刘辟，看了来信，当下便引刘辟往袁府去。袁府也在长安城北区，刘辟见尹全安轻车熟路，东绕西绕，抄小路到了袁府，且与袁家管事的很熟，心想，这尹全安怕是与朝中居于要职的官吏都有往来，真不愧是韦皋在长安城安插的眼线。

一见袁高，尹全安便亲热地呼道："公颐兄！"他毕恭毕敬行礼。

袁高也回礼道："全安来了！这位是？"

"这位是节帅身边的随军，刘辟刘随军，自己人！"

"幸会，幸会！"两人客套地打了打招呼，袁高单刀直入地问："全安可是为朝中用人之事而来？"

"正是！韦大人身在西南，心有余而力不足，这件事，还劳烦公颐兄多上心。韦大人猜测，卢杞很可能继续升迁呐！"

袁高皱眉道："正是，朝中有不少卢杞的旧部，都伸长了脖子等他回到相国之位。断断不能让他们如意！"

刘辟道："韦大人的意思，和袁公不谋而合；韦大人说，卢杞谪贬之时就曾叫嚣，宣称自己一定会回京师。若真有一日回到天子旁侧，一定会变本加厉混淆圣上视听。"

"那巧舌如簧的小人回来，朝中恐无人能与其制衡。"尹全安望着袁高的眼睛说。"现下卢翰卢相国、刘从一刘相国耳根子都软，也都怕惹是非，不顶事。卢杞的同僚关播虽丢了相位，却也还是朝中的刑部尚书，卢杞在朝中势力本不弱，再一回来蛊惑陛下，那还了得？"尹全安一番分析，尤其是最后那句话，让袁高一颗心震颤不已。

"一定要把这种事情扼杀在摇篮里！"袁高道。他想起自己的祖父袁恕已为人刚直不阿，却遭奸佞所害，忍不住握紧了拳头。

尹全安又轻声说："好在公颐兄的话，圣上还是愿意听的。时至今日，圣上也不得不顾及臣下们的上疏。"

"我必不能让姓卢的得逞！"袁高信誓旦旦。他年过三旬，为官数年，行事作风却还有股少年郎的莽撞劲儿。

尹全安又道："公颐兄也不必太心焦，刘辟此次依韦大人嘱咐来京，还有一件重要的事。"袁高疑惑地望了望刘辟，刘辟便双手奉上两卷画轴。

"这两幅画，是大人送……"刘辟话刚说到一半，尹全安赶紧接过来说："这两幅是极难得的，我们也不懂。说起书画，韦大人和公颐兄是知音，这画呀，大人特地嘱咐刘辟捎过来，请公颐兄赏鉴！"

刘辟小心翼翼地将画铺展开来，袁高惊呼："竟是顾恺之的山水画，《庐山图》《雪霁望五老峰》，六朝战乱不断，顾恺之的山水画早已遗失，怎地竟辗转落在韦大人手中，大人当真厉害！"袁高细细瞧着画作，笔法细腻如丝、气韵隽秀澄清，应该是出自顾氏之手没错，他边看边叹。

尹全安和刘辟对视一眼，知道名画送对了人，尹全安道："那小弟先告辞，就不扰公颐清静，这两日，我们随时联系。"袁高看画没个够，说："这么快就要走？"

"是啊。这画作就留在先生雅宅，慢慢品鉴！告辞！"尹全安说着，袁高则笑吟吟行了礼。

出了门，刘辟问："怎么这画作，先生还要取回来吗？"

"当然不用。韦大人准备的礼物，令袁公很称心。只不过，袁家虽不是大富大贵,也是名门仕宦之家,必不会轻易收礼。我这么说,是让他顺理成章地把画留下。"

刘辟点了点头,把这层巧思记在心里。

当晚袁高到宫中夜值,他最担心的事就发生了。掌案太监安启怀到值房传话,说圣上请袁高草拟一封委任的诏书。

"什么诏书?"袁高问。

"卢杞!陛下即将复用卢杞为饶州刺史,这事儿,下午已经跟几位大员商议过。先生文采斐然,措辞行文,就有劳先生费神!"

袁高哑然,巴巴地问:"此事,可还有转圜的余地?"

安启怀看着袁高,拂了拂袖子,道:"陛下的旨意,有什么可说的,先生常侍陛下左右,掌驳正政令之事,对陛下的心思不会不知。辛苦!"安启怀抛下话便借口脱身。

在灯下,袁高却怎么也提不起笔。他想起白天尹全安的说辞,心一横,不打算拟诏书,却写起一纸拜谒书信来:

卢杞作相三年,矫诈阴贼,退斥忠良。朋附者咳唾立至青云、睚眦者顾盼已挤沟壑。傲很明德,反易天常,播越銮舆,疮痍天下,皆杞之为也。爰免族戮,虽示贬黜,寻已稍迁近地,若更授大郡,恐失天下之望。惟相公执奏之,事尚可救。

袁高写完一封,又快笔抄了一封,封好信,命人连夜呈给卢翰、刘从一两位相国。他想,自己言辞恳切、直抒己见,两位相国就算不赞同自己,也会择日再议此事。万万没想到,这二位和圣上是一个鼻孔出气。一个时辰后,同一间值房里,中书舍人程乘接到了复用卢杞的拟诏之命。袁高不肯执笔,自有人替他接了这份差事。

第二天午后，袁高就登了尹全安的门。尹全安在正厅道："正在等公颐！"袁高急得像热锅上的蚂蚁，说："这可如何是好！程乘已拟了诏书，看来卢杞就是爬，也要爬回京师的！"

"公颐兄，我们也一样着急，好在只是草拟诏书，事情尚未落到实处。我家主公的意思，兄台明日上朝，继续上奏即可。"

"我一人上奏，仍是势单力薄，卢、刘两位相国，是不会站在我这边的。"袁高锁着眉头。

"还有其他谏官呀。"尹全安宽慰道。"陈京、裴佶、宇文炫、卢景亮、赵需，这几位均可为你所用。"

袁高听了这话，低头搓搓手说："这……我一个闲散之人，一心当差做事，全安也是知道的。我和你说的这几位走动可不算太多。在这当口儿，如何能劝得动他们？"

尹全安拍了拍袁高的肩膀，道："公颐兄放心，今日我已接到俱公公的信，今晚平康坊，你我，外加刘辟老弟一同去赴宴，如何？席间，该到场的人都会到场，上朝奏表之事，大家也会通气的。"

尹全安笑着掏出一张邀帖，交到袁高手中，上面写着：

前夕新雪至，月明风露散。昼短苦夜长，何不秉烛游。平康安景楼觅得佳曲，文珍命家仆扫雪备酒，恭迎公颐赴宴。

袁高双手捧帖，望着尹全安，渐渐明白了韦皋的用心。

3

卯时刚到，天还没亮透，长安的官街鼓准时敲醒了散居于城内的官员们。五品及五品以上的官员作为常参官，除节假日外每天都要参朝。他们早早便洗漱更衣，到大明宫外挑个舒服的地方倚坐，只等五更时分开宫门，这样的等待叫"待漏"。

大冬天的，待漏时，不少官员都免不了睡意绵绵打个小盹，连续熬了两夜的袁高却异常清醒。宫门开启后，他和大家一起跟着监察御史进宫，待核对了门籍，又在五倍子树底下作了监搜，才列队进入含元殿。这一天，无论大家在朝上议论什么，他都有点心不在焉，只默记着脑海里翻腾了一整晚的说辞。一旦朝上有人提及卢杞之事，他便要立马奏对、脱口而出的。

忽而听得中书侍郎卢翰上奏："昨日，中书舍人程乘已起草关于吉州长史卢杞任职饶州刺史的诏书。"

按规矩，中书舍人拟好公文，要呈给圣上过目，圣上如觉得事由清晰文辞妥当，便提笔蘸朱砂、画日批复，再发到门下省审核。这一天，大殿之上，既然这道黄纸诏书已经送到御前太监小骆子手上，小骆子便朗声读起来。

门下 授卢杞刺史诏 处事为公 道德宽大 清劲温敏 以刑为名 肃整朝纲 公允奏效 自隋至今 常有离乱 绸缪护驾

诚心明鉴 可刺史

宣读诏书的太监声量都大,朝臣们一字一句听得清清楚楚。他们之中,自然有人窃喜,有人不满,有人浑身寒战,一时间却无人发话。李适提点道:"对此诏书,众卿可有异议?"

堂上百官仍是都等着别人先开口,队伍中的袁高也不例外,他一双眼睛死死盯着前排的刑部侍郎关播,想看这位卢杞的同僚到底能撑到何时。这当口儿,却发现关播迅疾地朝刘从一递了个眼神,刘从一也会心地瞄了关播一眼。

官至中书侍郎的刘从一是刘林甫玄孙,他先表态说:"臣以为舍人所言公正恳切,不过不失,臣无异议。"

刘从一居然和关播暗通款曲?当年卢杞官居相国,他可一直是卢杞打压的对象,好容易翻了身,怎么反而替宿敌说话?袁高好生纳闷。不过刘相国话音刚落,尚书右丞裴佶立马拱手对刘从一说:"圣上仁厚,大赦天下,可卢杞拜吉州长史不过数日,短短时日内再授刺史,不知妥否?"裴佶说话做事向来是打开天窗说亮话,直接得很。

御座上的皇帝皱了皱眉,而袁高好不容易等到裴佶的一番铺垫,他顺着裴佶的话往下说:"臣赞同裴右丞之意。卢杞为政,穷极凶恶。三军将校,愿食其肉。百辟卿士,嫉之若雠。"袁高这一篇铿锵之辞发自肺腑,在场官员中,不少人侧目看他,暗暗佩服。

站在前列的刘从一气得牙痒痒。他出自名门,又是堂堂相国,却被裴佶、袁高这两个三十啷当岁的小官当朝驳斥,颜面何在?

圣上在前，他轻声清了清嗓子道："袁公言过其实了吧，卢杞好歹曾官至相国，岂会如此不堪？"

刘从一才说一句话，袁高可有十句话等着他："卢杞为相前后三年，弃斥忠良，附下罔上，使陛下越在草莽，皆杞之过。犹忆及汉朝时，日、月、星三光失序，雨灾、旱灾频繁，一概由宰相请罪领罚。汉朝相国，过失轻者免官，过失重者招致刑戮。卢杞之罪是死罪，如今能免于诛杀，只贬黜官职，且迁往近地改授吉州长史，已是受了宽宥。若再让他升任一州之刺史，天下人皆会大失所望！"

袁高声音沉郁，他的论调是汉唐盛行的"灾异天谴论"：朝中有贤明的相国佐政，则政治清明、天下太平、风调雨顺，反之，如果朝中相国行奸恶之事，辅佐不当，则天灾横行，人祸不断。唐代名相李岘、张滂，以及权宦高力士等都是在这样的舆论下遭到贬黜，被政治对手攻击得体无完肤。因此朝臣们听了袁高的陈述，一时间竟无人跳出来驳斥，就连关播、卢翰等人也三缄其口。

皇上听了这番言辞，心中不忿，却又无计可施。他赌气扶额叹道："好！好！如此说来，卢杞为相三年的过错，亦是朕之过错。"

袁高连忙屈膝跪地，奏曰："卢杞是奸臣，为人狡猾诡诈，欺瞒君王！这怎么可能是陛下的过失？都是归咎于他一人啊！"

"可是，朕已宣告大赦天下。"李适道。

袁高伏地不起、哀声谏言道："陛下隆恩浩荡,赦免了他的罪行，可是万万不宜再授他刺史之职。且赦文意在优待黎民百姓。饶州为大郡，若命奸臣管治，则一州苍生都会遭受其害。臣在此恳请各位常参官听取民意、搜集民愿。若民愿与微臣所说相左,臣愿万死谢罪!"

此时,陈京、裴佶、宇文炫、卢景亮等谏官争相上前附议袁高,皇上苦笑着摇了摇头,退一步道:"若与卢杞刺史太优,与上佐可乎?众卿觉得如何?"

裴佶带头说:"陛下英明!"

如此,一番争论才算是落下帷幕。

袁高心想,平康坊一晚欢宴,将谏官的力量拧成了一股绳,困局也迎刃而解。他思忖着,韦皋人不在京中,却在长安用人如神,甚至能驱得动深居简出的俱文珍,难怪旁人送他小诸葛的名号。下了朝,他便差人给尹全安和刘辟送去这个好消息。

宅院里,尹全安和刘辟正坐在院内喝茶。接到消息,刘辟喜出望外,"节帅果然料事如神,才拆到第二个锦囊,事情就顺利解决了!"他兴冲冲地说。

"你可知道第三个锦囊装的是什么妙计?"阳光刺眼,尹全安眯眼问他。

刘辟想,尹全安该不会是替韦皋诈自己的吧,这个当他可不能上。他说:"我怎能知道,节帅嘱咐了,拆了第二个锦囊若不能成事,才拆第三个。"他当下从腰间掏出三封信封,摆在桌上。"现在事情办妥,这信笺,就请尹兄烧掉了吧。"

"欸,韦大人也没说不能看嘛!"尹全安突然调皮地拿起第三封信笺,脸上浮过一丝诡谲的笑意,这个细微的神态,竟和韦皋不经意时流露出的神色有一两分相似。

第六章 白鹭识朱衣

4

"空白。我在第三封锦囊里,什么都没写。"

节度使府的思远亭内,韦皋牵动嘴角、似笑非笑,对面前的两位后生韦正贯、段文昌说。

正值初冬时节,长安艳阳高照,成都晦雨绵绵。段文昌刚办完汴州的差事,他冒雨策马进蓉城后直奔节度使府,第一时间向韦皋汇报情况。入了节度使府乌头门,又在阁室里坐等片刻,侍卫便传报说,韦皋请他到内庭竹林的思远亭说话。

段文昌急匆匆赶过去,见亭中只有韦正贯和韦皋叔侄两人,他行了礼便说:"节帅,汴州的事办妥了,属下此行顺利见了俱公公,把您的话原封不动地告诉他。他也点头说,立即差人回长安,就按您说的办。"

"嗯。"韦皋捋了捋胡须。"他答应得可还爽快?"

段文昌忆起见俱文珍时的情形:"属下见他时,他正在码头点货,那会儿抽空出来听了节帅的建议后,他想了一想,随后才答应下来。说话做事很是干脆!"

韦皋呵呵一笑,说:"这倒符合文珍的做派,他轻易不答应人。一旦应允的事,都会做到。"段文昌接着说:"这么说来,京中那件事,必能保顺利无虞的!"

见段文昌一脸肃容,韦正贯忍不住笑道:"昨日已有飞驿进城,圣上确想升任卢杞为刺史，不过那诏书，已妥善撤回了！"

"太好了！"韦正贯兴奋高呼。

韦皋道："卢杞虽说大势已去，我们仍不能掉以轻心。我不是封给刘辟三封锦囊吗？这第一、第二封的内容，都已经与你们说了，第三封，知道我写了什么？"韦正贯兴冲冲地道："方才正想问叔父呢，是什么？"

"空白。我在第三封锦囊里，什么都没写。"韦皋说。

"空白？什么都没写？"段文昌睁大双眼疑惑地问。

"你们两个猜一猜，这空白到底是何意？"韦皋盯着两位小辈，这对好兄弟则面面相觑。

此时雨势骤然变大，雨珠滴滴答答密密地砸着亭上碧瓦，林中忽有人步履匆匆朝思远亭奔来，是薛涛。到了近处，她抬眼见了韦皋三人，迟疑片刻，韦正贯忙唤道："愣着干吗，快些进来！"

"欸！"她答应道，而后灰溜溜地躲进檐下，双脚鞋袜均已全湿。"见过韦大人，见过韦校书，段校书。"

韦皋眼睛一亮，道："薛娘子，搬进使府也有些时日了，怎地一直不见人影？忙什么呢？"

薛涛心想，这段日子，明明是韦大人忙得不可开交，不赴宴也不巡游，他反而先问起自己来。薛涛道："既进了使府，又不能轻易出门，只好研究研究府中的山山水水、花花草草。不想，今日却遇到这场急雨，便来避一避。"

"哈哈，我们正在猜谜，你要不要一起试试？"

"什么谜？"薛涛双目圆睁，饶有兴致。韦皋遂叫韦正贯跟她道出三封锦囊和一位官员调任的事。刚说完，韦正贯又道："这张白纸，该不会是要用显影液显影，方能读取吧？"

"你这孩子，打哪儿晓得的这些奇门异术？"韦皋说。

薛涛嘻嘻笑了，说："空白，难道是指,回天无力,便由得它去？"

"娘子此言可有何根据？"

"小女不谙占卜，但知易经中有一剥卦。剥也，柔变刚也，不利有攸往，小人长也；顺而止之，观象也，君子尚消息盈虚，天行也。"薛涛知道韦皋对经书有研究，也特地挑了经书来阐述。

"你是说，叔父的第三封信，意为知难而退，任由事态发展，不再劝谏圣上？"韦正贯道。

薛涛摇摇头道："非也。方才不是说了，小人势力增长之时，君子唯有顺势停止自己的行动，静观其变。如若前两封锦囊已将良策用尽却达不到效果，便只能顺应事物生灭盈亏的规则了。"

韦皋拍手道："这段经文，娘子解得好。"他开怀地笑起来。

"空白，难道真是这意思？"段文昌疑惑着。

"一道谜题，本没有什么标准答案。薛娘子所言并非韦某本意，深谙经文奥义，却并不了解我。"韦皋道。他原是坐着，这时却站起身来朝北望去，亭外，一竿竿翠竹在寒风密雨中，更显出那一分向上攀升的力道。他忽然回头问："薛娘子，对自己想办成的事，你真的会顺而止之吗？"

"当然。"薛涛直面韦皋说，"正如此刻，我以官家人之身居于使府，囿于高墙之内，没有法子为父鸣冤。既如此，我只能顺而止之，不是停止努力，而是等待时机。"

韦皋哈哈笑起来，"有趣，有趣！但若是我，哪怕遇上什么回天无力的事，也要放手一搏。世间万物，天地五行，时时变幻，人们说不撞南墙不回头,依我看,就是撞到南墙也要凿墙而过!"

薛涛挑眉道:"不过,若圣上一意孤行下了圣旨,恐怕就真的回天无力了吧!"

韦皋道:"圣上的旨意改不了,这被委任的官员难道动不得吗?"

一听这话,薛涛眼中闪过一丝恐惧,她看着眼前这位志得意满、毫不收敛的韦大人,突然觉得有点陌生。段文昌说:"韦大人说得对,即便不为官,为国除奸亦是每一个大唐子民当做的!"

韦皋又道:"我早已经猜到,事情自会圆满了结。这给事中袁高浑身上下一股子淡泊书生气,不过在劝谏皇上扫除奸臣的这件事上,他一定会以命相拼。"

"何以见得?"段文昌问。

"你不想想,他的祖父是怎么过世的。"韦皋惋惜地摇了摇头,"袁恕己是中宗时候的中书侍郎,却遭韦后、武三思等佞臣排除异己,流放到环州,含冤被虐至死……袁高深受祖父影响,从小就见不得奸佞当道,如今他不做除奸的利刃,谁来做?"

"可这个袁高若上朝奏对过于激昂,惹怒了圣上,岂不是招致杀身之祸?"薛涛心急地说。

"丫头,你下不下围棋?要圈地,是不是得舍弃几个棋子,割让几块地盘?况且皇上大赦天下,杀身之祸不至于,若袁高真因此事被谪贬,我也能想法子慢慢再让他挪回京师。"

"可大夫大费周章、不惜一切,就为了阻止一个县城小官晋升,是否值得?"薛涛追问。

"小人比贤人可怕得多!一个小人,能揣度圣意、深得君心,若还长伴圣上左右，那便是拥有不可估量的力量！"面对薛涛一系列的疑问，韦皋的语气变得渐渐凝重。

而段文昌孩子气地补充说："娘子不知，卢杞这样的人，大大有碍于天下太平，有碍于群臣对圣上的辅佐。"

听了这话，韦皋沉郁地吼道："不管他是忠是奸，他都害死了我的恩师！我就是要死死地把他扣在京师之外，让他大志不能酬，生不如死。"

没想到平时喜怒不形于色、叫人捉摸不透的韦大人，也有重情重义、快意恩仇的这一面，薛涛听他一席话，不禁念及父亲，眼睛一红，心下悲戚。同在小小雨亭下，离她仅数步之遥的韦皋亦察觉到她细微的情绪变化，生出哀怜之感，这女孩的仇怨，又该向谁申诉呢？

他看着她低垂的脸，缓缓说："薛娘子天资聪颖，日后除了筵席与出游，每日朝早的议事，也跟着幕僚们一起听一听吧！"

"啊？"听了这话，不光是薛涛，韦正贯和段文昌都大吃一惊。

"就这么定了。"韦皋抿嘴笑道。

5

"京师传令下来了，请大人到议事堂领令。"十几天后，韦皋收到这样的通传。在此之前,圣上颁给他的诏书几乎都是封赏之诏，两年来他可说是顺风顺水，朝野上下谁也不敢得罪这位天子幸臣。此次诏书传来，韦皋心里暗暗揣测，不知圣上又有什么赏赐。

伏地接诏的韦皋，却听到了这番说辞：

　　门下　告剑南节度使令　安史至今　连年征战　物力耗竭　国用不足　剑南州县　物资富裕　仓禀丰实　理制妥帖　特追加常赋百三　杂赋百五　以充国用　望早日征讨蕃界　平定南诏　另各州道都督切忌杀伐肆意　沉溺酒色　斗志涣散　中饱私囊　如有此行　查实不赦

　　韦皋和颜悦色接了诏，三拜九叩谢恩。等荆宝领着送诏书的宦官去东厢安置，他才攥紧了拳头。"僚佐们还有谁在府中？叫正贯和洪度来内堂！刘辟、段文昌若在，也叫过来。"韦皋吩咐秋生道。

　　几位僚佐来得早，薛涛到得略迟些，还不等进屋，在内堂外的走廊上她便听韦皋怒声道："看看这纸诏书，你们看看！刘辟，不是说京师办事一切顺遂？不是说全安那边，各司衙打点妥当？"

　　薛涛进了屋，站在段文昌身后，只见段、韦二人捧着诏书，刘辟已经俯首跪地，默不作声，她也凑过去读那诏书。速速读完，她便明白，这哪里是诏书，分明是有人告状告到上头去了！

　　厅内一时鸦雀无声，一声咳痰不闻。韦皋冷冷道："薛涛，看来这几个七尺男儿都没胆子讲话，搞不清状况……你来说说，圣上诏文什么意思？"

　　"禀节帅，依字面看，其意有三，一是增加剑南西川道的赋税，二是催川军征讨吐蕃南蛮，三是劝谏各道长官。"薛涛声音平缓柔和，也让室内气氛舒缓了点。

　　"三层意思，哪一层不是床底下关鸡？"韦皋"啪"的一声，一按桌子，愤愤然踱了几步。他一发飙，厅内几人便吓得面如土色，哑然失语。

薛涛跟着僚佐们议事也有段日子了，她明白韦皋一心想减轻川蜀赋税，使百姓专于生产劳作。关于西南的战事应对，他迟迟没个决断，旁人也猜不中他的心思。不过诏文一下，前两条旨令便让与民休养的政策难以推行，最后一条，表示圣上对西川之主生了嫌隙，急于要他表忠心。

"行！"韦皋紧锁眉头，踱了个来回，渐渐按捺住性子，一字一句地说："既然有人背后捣蛋，那便看谁硬得过谁！刘辟，明天就启程到京师，亲自告诉尹全安，从天而降的诏令缘何而起，必须给我查清楚，谁，在圣上耳朵边吹了什么风！查好了让全安来成都见我！"顿了一顿，韦皋厉声道："还有，别的旁门左道就甭想了，若出去捅了娄子，谁给你们擦屁股？叫全安从俱公公那边入手、打探！"

刘辟点头如捣蒜，而后又抬头问："俱公公远在汴州，他不在京师啊！"

"屁话！尹全安难道这点法子也不会想？有什么是内官们不知道的？内官们的耳朵，就是他俱文珍的耳朵！"

薛涛听了韦皋一席话，觉得他说得又有道理又好笑。韦皋本是长安文人，说话文绉绉，近几年跟陇西大大咧咧的兵士们混熟了，偶尔夹带几句粗话，现下来到四川，又张口闭口南方俚语。情急之下他口不择言，言谈中掺着好几种调调，显得不伦不类。不过，他口中的俱文珍既然这么厉害，又为何会唯远在边地的节度使马首是瞻呢？

第二天朝会，薛涛故意穿了件不起眼的衣裳，挑了个不起眼的角落。她想，韦皋盛怒之下定会大发雷霆，逮谁骂谁。没想到，这天的议事却比平日更和乐。韦皋完全改换了态度，一见众佐将便轻松笑道："昨日，京师传来一道诏文。圣上百忙之中，还能记挂我们这些远在西南边陲的臣民，鄙人深感皇恩浩荡，现下便宣读诏文。"

韦皋亲自展开诏书读了起来，言辞恳切、情意拳拳，和前一日相比，简直判若两人。

念罢，他眼中竟微泛泪光，道："见诏书如见圣上，一字一句，我们都须牢记，扎扎实实依诏书行事，方不负圣恩！"

薛涛撇了撇嘴想，韦皋莫非是学过变脸么！又听他道："各位，现下就议一议，常赋增加百三，大家有何高见？"

崔佐时道："常赋单指田赋一项，咱西川平原耕地连片、土地肥沃、河渠纵横密布、一年两熟到三熟，产粮条件本是有利。不过因为多年战乱，不少农人流离失所，田地不说荒了三成，至少也荒了两成。如此看来，常赋增加百三亦不是小数。"

另一位判官顾淼补充道："大历年间闹灾荒，川蜀米价曾高达斗米五百钱，建中年间均价一百二十钱，兴元元年年底，今年年初又涨到一百五十钱。节帅入蜀后，耕种生产均有恢复，米粮产量提高，粮价也控制在每斗八十钱。依属下粗算，如今若涨至每斗九十钱，必能满足诏令，也不算苛待了百姓。"

韦皋点点头："此法尚妥。除了完成诏书上的指示，也可充实西川的营库。不过日后粮价万不可随意再涨。咱可不能对百姓敲骨吸髓。"

"是了，米商那边的米粮售价必须要严格监管才行。商人重利，一有机会就要捞钱的。商会加了价，受苦的都是百姓。"

韦皋道："这件事，就由顾判官和刘辅凌刘巡官负责，李书记拟令，下发川西各州县。"

"属下领命。"顾淼满腔正气地答道，李书衍也出列拱了拱手。

崔佐时又说："常赋解决了，杂税也无非是盐、酒、茶、关四项，关税、茶税较为固定，而西川多县与东川一样，有盐井、盐池，只不过许多盐井尚未采掘、开发。至少，咱们的财税报告是这么显示的。那就是说，仅盐务这一项就大有可为。"

"倒真是条取税的正道。"行军司马翟晔接着说，"池盐、井盐原是由官府、百姓自行采集。开元六年起，每斗盐收税十文，税钱微乎其微，乃是象征性收一点。直到乾元元年经济一落千丈，盐铁监才开始对盐业实行专买专卖。只有官府能从制盐者那里收盐，且每斗加价一百文售出。到如今每斗三百钱啦！若把这盐井用好了，杂税增长不在话下！"

听了翟晔一番话，韦皋对他刮目相看：一个武官却对经济知之甚深，平时不吱声，关键时刻分析问题还头头是道。他赞许地看了看翟晔，说："翟司马分析得是。崔判官，盐井、盐池的勘察和闲置盐井的采集事务就由你组织，多费心，先从邛州、戎州、维州、绵州、雅州开始查。地域繁多，段校书协助你同办此事。"盐利巨大，他必须派出一位百分之百信得过的自己人。

这时候，韦皋眼光一扫，见堂中有人迈了迈步子，似乎想要出列说话，正是推官白继中，韦皋一双眼睛便直直盯住他。白继中抬头和韦皋对视一眼，目光一斜，赶忙出列道："禀节帅，关于盐井，下官近日读到一张状纸，不知对整顿盐业有无益处。"

"尽可直言！"

"上月月末，一纸弹奏邛州司法的状纸，就是因火井县东郊亭场盐井的开采事件而起，状上说，此事搅得当地民怨颇深……"亭场，便是指采盐之地管理亭户的场子。

韦皋摸了摸胡子，说："真有此事？我怎么没听说？"

辅理政事的判官顾淼、崔佐时对望了一眼，按例，各州县诉状文书投递到成都尹官署，经推官、校书们分类过目，第二层的裁决便由他二人做主。

崔佐时想了一想，不紧不慢地说："噢，想起来了，好像真有这么个诉状，因当时只道是民众纠纷，不是大事，便打回去请刺史审理。"

韦皋一双眼睛盯住了崔佐时，见他老老实实眉目低垂，面上没有一丝表情，韦皋道："民怨四起，不是大事，那便跟我说说你心里的大事！"

崔佐时一听这话，袍角一撩，扑通一声跪地。

只听韦皋降了降声音，道："罢了，亭场的事都还没引起大家重视吧！不过大家须记住，百姓之事无小事。"

崔佐时一迭连声答应着："是是是！下官想起来，当时状纸上是说有座亭场发生了火爆，死了两名场工，结果场工家属和好些工人不依，和场子的监事推搡起来，双方又死了几个人。这么一件事，告的却是邛州的司法！整个过程陈述不甚确凿，下官才叫当地刺史查清再报！"

"嗯。"韦皋应了一声。"既然继中提起这事，那就劳烦继中你跑一趟邛州，将此事查个究竟，正贯，你挑一位巡官，一起配合继中查实详情。"

韦正贯正欲回话，哪知崔佐时又说："下官奉命组织邛州等地的亭场筹措和开采，不如，由下官同去查证，也好将功赎罪。"

"欸，何罪之有？你呀！"韦皋说，"难得崔判官主动请缨，不过你已肩负重托，那便是速速查明各州盐井数量以及目前的开采状况，帮着官署把该取的税、该收管的场子收回来。大家分头行事吧！"

诸事安排妥当，众人从议事厅退下那会儿，已临近午饭时间。韦皋出了厅堂往后院走，薛涛默默跟上去。韦皋问她："有什么事？"

"没事，就是觉得今日，众僚佐议事有趣得紧，尤其是崔判官，奇怪得很。"

"怎么？"韦皋饶有兴致地问。

"他平素不是个爱揽活儿的人，今日却将案子往自己身上揽。"薛涛眨了眨眼。

"你觉得，这是什么缘故？"

"您才把盐业的差事拨给他，他的下属白推官就要在中间插一脚，崔判官怕是面子上挂不住。"薛涛微笑着说。世人莫不如此，最忌惮旁人动了自己碗中的肉。

"说得不错。"韦皋转脸定睛看她，说："薛娘子聪慧，学得比堂上那些男儿快多了。"

薛涛一双圆眼也大胆地注视着韦皋，冷不丁说了一句："瞧着大家一搭一唱，议事厅可都快变成戏台子了！"

听了这句话，韦皋突然收敛笑容："哦？你当旁人不想时时刻刻直抒胸臆，快意人生？可是想要料理麻烦，心里就得装得下两个字。"

"什么？"

"耐烦！"韦皋边走边说，"逢大事，须得有静气，如若自己失了方寸，那可就破绽百出了。就像今日，堂下正有人等着看我失仪发脾气。我便是装也要装出一副欣欣然的样子才行。"

"小女受教了。"入府这段日子，薛涛越来越懂得察言观色，此刻便是乖巧地低了头。

见薛涛低头的样子柔顺可人，韦皋忍不住心生爱怜，道："如你这般的女子，本不该学什么俗世人情，只不过世道险恶，要时时懂得保护自己。"

"是，薛涛知道。"薛涛屈下身子行礼，她着实感念韦大夫的善意。

"洪度，是你的小名？"

"是啊，小女小名洪度。"

"那以后我便也叫你洪度。"韦皋摸摸她的脑袋。"对了，和正贯同去邛州查探案情，你可愿意？正贯这孩子太过耿直，我身边也没剩几个放心的人可供差遣。"

"小女谢过节帅！"

"谢什么？这趟出去可不是游山玩水。"

"谢节帅把小女当作自己人。"薛涛抬眼一笑，明媚天真。

韦皋亦是又喜又怜，想着，这女孩孤苦无依，还要为父申冤，处处不易。他柔声说："自然当你是自己人。有的人，看一眼便知道心性，何况我还见过你的字，读了你的诗。此次去，你要盯紧白继中，还有那边的刺史，等办完事儿回来，也可开始跟着两位判官，还有校书郎他们，去阅一阅日常的文牍诉状。"

"是！"薛涛高兴地应道。两人边走边说，已到了后院，韦皋就邀薛涛在亭中落座，一起用餐。

6

茶马古道第一站，便是紧邻益州的邛州，邛州统管七县，其中临邛、临溪、火井、蒲江等县均有盐井……前往临邛县的路上，白继中一直在介绍邛州的情况，他是地地道道的临邛人。

薛涛显然对"文君当垆、相如涤器"的佳话更感兴趣，正听白继中介绍卓府的地理位置，韦正贯一盆冷水扣下来："你怎不提，那司马相如显达后，日日耽于享乐，要纳茂陵女子为妾，引来文君写一首《白头吟》？才华横溢如文君，最终也落得怨妇之名。"

"再年轻的女子，总有敌不过岁月侵蚀的那一天，色衰而爱弛。文君与相如的故事，好是好在用情至深，坏也坏在用情太深。"薛涛说。

"可见不能用情太深！"韦正贯道。

薛涛一脸坏笑："哦？这话等我回成都去，告诉一个人！"

一路笑笑闹闹到了临邛县，三人连同两名侍卫住进官办的客栈。第二天，白继中就手执节度使官署的令牌，和韦正贯一起到官署找上了临邛刺史成贵平。薛涛因是女子，故意扮作侍卫模样，挽了发髻，还贴了两撇胡子掩人耳目。

一见面，两队人马先打起官腔。白继中是临邛人，早前回乡也和成贵平打过交道，两个人互道别来无恙。随后，白继中便给成刺史引荐："这位是大将军身边侍奉的，韦校书！"

搬出韦皋的侄儿韦正贯之后，成贵平表现得更谦恭了。他紧赶慢赶差下人奉上好茶，才和白继中说起盐场的情况。

"临邛县自古便有盐井，乃是在城西七十里开外，快到临邛与火井县的交界处。盐井共六口，由两家制盐作坊管理，先前出事的便是其中之———金汤亭场。"

"事情闹得沸沸扬扬，具体是什么情形？"韦正贯问。

"如今，该安置的已经安置妥了！之前确有几人伤亡，哎，无论是场子的监管队，还是制盐的场工，大家都不容易，都太意气用事！事情难断呀！"

白继中不依不饶，又问："确实，一个巴掌拍不响。可凡事总能理出个是非黑白来！纵使双方都有错，也得分谁起的头，谁要的诈，谁挑起的事端。难道就不用分说分说？"

"很多事情，讲不清楚，当时那状况就是打翻了的田鸡笼——一团糟。"

韦正贯说："所以，您是各打五十大板？现在连命案都全部平息了？"

"平息了，平息了！目前亭场都已经正常开工，伤病的场工那边，我们也尽力安抚了。他们不敢多说什么。"

"既如此，怎么还有百姓给他们抱不平？"

成贵平轻轻捶了捶桌子："真是看热闹不嫌事大，总有刁民，唯恐天下不太平！"

白继中吃了口茶，道："可我还听说，传到成都的诉状告的是邛州司法枉法坐赃呢！"

主座上的成贵平一脸镇定："哦，是这样，煮盐时两名场工因操作不当一不小心被烧死了。官署司法令超带着衙役去问询时又不知轻重和场工发生了一点小误会。此事刚好传到巡察邛州的御史王首一耳朵里，王御史便递了诉状。"

"王御史呢？可还在邛州？"

"不巧，一周前，他刚迁调回长安。临走前，所有事情已解释妥了。"成贵平见白、韦二人仍面带狐疑之色，又道："不如，两位大人明天一起去亭场视察情况，有什么疑问可找场工问个清楚，也好回益州交差！"

"如此甚好！"白继中顿了顿道。他与韦正贯目光相接，还若有所思地瞥了薛涛一眼。

"就这么说定了。二位使官一路奔波也辛苦了，今晚城中玉醉苑，我给二位接风！"成刺史一脸愉快。

韦正贯却摆了摆手，"这些俗务能免则免，我们自己在临邛转一转。"薛涛因站在韦正贯后头，听韦正贯这么说，她连忙戳了戳他的后背。韦正贯即刻明白过来，见白继中已在帮他推辞，又说："这样吧，小酌两杯，简单吃个便饭可好？"

"没问题，两位在府城什么珍馐佳肴没见过？今日我们就备几样乡野家常菜！"成刺史喜滋滋地说。

办完事，几人回客栈休息。薛涛和韦正贯说："晚宴我就不掺和了，我怕这么假扮侍卫，反而露了馅儿，你们去了吃好喝好！"她摸了摸嘴上粘的假胡子，生怕它没粘牢。

"怎地你不去？我还以为你想尝尝这临邛特色菜呢！"韦正贯笑道。

"你当真是去吃饭啊？一顿饭，正可摸摸这刺史的底细！"薛涛严肃道。"看看他拿什么招待你，什么吃食，什么餐具，什么侍女。若是饭后还有小礼物，一律收回来再说。"

"呵呵，好，好！"韦正贯笑道，"难怪叔父叫你来，姑娘家，脑袋里就是鬼点子多。"

"是吗？都是跟知芸妹妹学的。"薛涛冲他扮了个鬼脸，笑道。

酒席后的早晨，韦正贯下楼走得不利索，差点摔了个跟跄，前晚他必是酩酊大醉。薛涛坐在楼下用早膳，微笑着看他一路走下来。

"白继中呢？"待韦正贯坐下，薛涛边吃边问。

"他呀，他酒量更不济，估计现在还呼呼大睡！"韦正贯端起碗，喝了口面汤。

"昨天怎么样？"

"还好，还好，吃的都是些寻常饭菜，侍宴的姬妾虽美，却也没什么特别。唯有那葡萄美酒夜光杯，真是一绝！"

"好不容易见到韦大将军的亲眷，刺史大人就没拿点什么稀罕物件招待你？"

韦正贯听她这么说，眼睛一亮，道："葡萄美酒夜光杯，欲饮琵琶马上催！"

薛涛笑了，说："难怪醉得走不了直线，原来是喝多了葡萄酒。"

"不光喝了葡萄酒，还得了一组夜光杯哩！"韦正贯不以为意

第六章　白鹭识朱衣

地说。"我本不想拿,是你叫我拿的……"话音未落,薛涛放下碗筷,站起身便拖着韦正贯的袖子。

"走,上楼去看看。"

"干什么?我还没吃完呢!"韦正贯被薛涛拉着,匆忙间抓了个馒头便往楼上走。

夜光杯一组八只,由一个镶金箔、裹软缎的盒子装着,杯子个个光滑晶莹、碧光粼粼,薛涛取出一只摆在日光下细看。韦正贯说:"也没什么稀罕的吧,昨日喝酒,成刺史便说叫我和白推官把自己用的两只带回去。结果送我回来的侍卫,又给我拿了一盒。"

"玉石细滑易碎,纹理天然,若要制得这么薄巧,还是不容易的。"

韦正贯呵呵笑道:"传说中,西周国王从西王母处得来的夜光常满杯,自然是稀世珍宝,因为那是在传说里嘛!如今酒泉早就有作坊专产此物。搞不好这成刺史家也有人开夜光杯作坊呢,否则他怎么这么多杯子,随随便便就送人!"

薛涛边把玩杯子,边说:"开作坊生产这个,怕是要赔钱。这东西只有王公贵胄用得起,寻常老百姓哪里买得起、用得着?需求量本不大,加上如今这时局……制作这等奢侈品恐怕要输光老底,卖点家家户户离不开的物件儿才是大买卖。"

"欸,我也拿来给你看了,咱们要不要还回去?"韦正贯怯怯地说。

"不忙,这组杯子应该不是酒泉玉制成,酒泉玉的杯子较为常见,色泽苍翠,在眉州我曾见过一次。这一组用料净透纯粹、鲜亮欲滴,说不定用的是和田玉,上面还镶着足金鸟兽,栩栩如生。"

薛涛把杯子摆回盒中,道:"一个州县的刺史比你叔父还懂享受,价值不菲的器皿也能随随便便送人,是该说他聪明,还是该说他笨呢?我可真是领教了。"

韦正贯在一旁道:"确实,叔父若得了这样的器皿,一定会作为贡品献给陛下。"

"那我们就把这组宝贝收好,借花献佛,回头献给大将军,然后献给陛下!"薛涛机灵地眨了眨眼。

7

巳初,邛州官署来了位小吏,接白继中、韦正贯奔赴城郊的亭场。两位大人策马在前,侍卫薛涛、临安跟在后头。韦正贯问小吏:"你们刺史呢?"

"他早早就去盐场那边候着二位了!"那人说道。

一路上快马加鞭,大家在午后赶到了亭场,场子周边几里地有竹林、有水渠,却杳无人烟。作坊以土坯墙围成,占地不小,几个人沿着围墙一路过来,见墙上还张贴着几幅粗糙的告示,上面写着:急征场工,月俸优厚。

韦正贯说:"这作坊真大,快赶上长安城的半个坊咯。"

成贵平早已等在亭场门口,他身边站着邛州司户周昌,身后则是两个膀大腰圆的汉子和一个中等身材的中年人,高个儿汉子均穿着款式相同的棕黄色布衣,中年人穿的黑色绸罩衫款式则很是讲究。见客人已到,几个人纷纷行礼。成贵平介绍:"这位是周司户，两位大人昨日宴饮时见过的，这几位是坊中监事，这位是监事总管姚重山。"成贵平指着那位黑罩衫说。

黑罩衫满脸堆笑迎上来："韦校书好！白推官好！几位官爷好！天气凉了，咱们赶紧进屋喝口热茶！"一会儿工夫，他将大家的名号记了个清楚。

进大门拴马后，大家进了二门，迎面便看到一间正堂，韦正贯对制盐比较好奇，稍坐了坐，便要去里头观瞻。只见第二进院子再往后是一个极宽敞的大院，西边立着一排简陋的夯土房，房外有衣物晾晒，看样子是厢房。东边则是一条挑高的长廊，廊下架着八九顶锅炉，其中四顶炉下柴火烧得正旺。院子中间，是一个四面无墙、高阔开敞的大厅，几根柱子撑起顶棚。大厅内，一前一后排布着两口井。

"这就是盐井？"韦正贯指着一口井说，他凑过去，见几名男女正在汲井水。普通水井均在户外，这盐井却是安排在室内，碗口粗细，深不见底。他问道："这得有多深啊？"

"足足有两百五十步深呢，韦校书！他们从井中取了卤水，然后一担担地挑到旁边的锅中煮，煮干了，盐就出锅了。"黑罩衫说。

"原本，刘晏大人建立四场、十监、十三巡院，是要从长安盐铁监开始，统一监管全国盐池盐井，好在我们西川属边境屯兵之地，不受这层监管，盐业便自产自销了。"成贵平喜滋滋地说。

"这些场工们原来都是亭户吗？"白继中问，"这些年，是不是已经没有亭户这一说了？任谁都可煮盐做场工？"

成刺史竖了竖大拇指，说："行家呀，早在第五琦大人提盐税改制初期，那会儿啊，必须是亭户才能采盐。后来不是改民采商贩商销了吗,渐渐就没了这么多限制,现在干活儿的,都是场子里聘来的杂工。不过金汤亭场的主人原来还是有正经亭户户籍的!"

韦正贯犹疑地看了薛涛一眼,又问:"咱们的盐销往哪里?"

"官署收盐当然是谨遵国策,从盐场收回,卖给商贾之家,然后由盐商在剑南道就地消化,或者走官道、水路西去、北上。"

"产量都还好吧,卤水出得旺不旺?"白继中追问。

"这个,姚监事,赶紧把管事簿呈上来给两位大人过过目。"成贵平道。黑罩衫赶紧移步后院,取了个纸簿子交到韦正贯手上,白继中也关切地过来看。

"九月,出盐九百一十五石,八月一千零二十一石,七月九百八十三石……月出盐都在一千石左右。"韦正贯念道。"照这么算下来,一月能有一千两银子呢!"

"扣除部分官盐及运送路费,每月大概能有八百多两银子的税钱。加上这样的盐场还有一座,岁税便是一万九千多两银子。"成贵平对答如流。

韦正贯心里盘算着,来之前他仔细看过该县的盐税岁入,和这个数值不相上下。他又问了问制盐的工人,工人们个个朴实,都说在此地干了三五年。韦正贯和白继中便也说不出什么。倒是薛涛不知什么时候绕到后院转了一圈。用过晚饭,几个人便就近宿在驿馆。

到了驿馆,临邛官署的人刚散,薛涛便去敲韦正贯的门,两人到驿馆的院中说话。

韦正贯说:"我看,成贵平是做好了万全的准备,叫我们查不出破绽。咱们这趟可谓是拐子捉贼——越追越远！"

"他想一杯水酒赶神送鬼，没那么容易。跟白推官打听打听，另一家盐场叫什么名字，我还是觉得此事有蹊跷。恐怕，大家得再住些时日。"薛涛拧着眉毛道。

第七章 飘弦唳一声

1

　　远郊听不到暮鼓晨钟，天刚亮，驿馆的人们还在熟睡中，薛涛已牵了马，往南直奔金汤亭场。她没穿骑马时常穿的胡服，也没穿官署侍卫服，而是着一身土色粗布的农服，一张脸看起来又脏又黄。这身衣服是从邻村农户家借来的，蜡黄的面颊则是涂上些和了水的烂泥。她一口气飞奔到亭场附近，胯下的白马浑身是汗，这便是韦皋赠予她的那匹良驹。

　　薛涛将马儿系在院墙西南面的树干上，抚了抚它的脖子，轻声道："先乖乖吃草，待会儿正贯兄自会来接你。"她取出包袱中的铜镜照了照，对自己的扮相颇为满意，随后就行至亭场正门。

　　大门虚掩，门口无人。她将门推开一些，敲了两下，试探着问："有人吗？"

　　院内左侧屋内走出个老翁，木讷地道："找谁？"

　　薛涛笑着道："听说你们场子招工，是吗？"

　　"招倒是招。"老翁打量她一番，领着她走到第二个院子的堂前。

　　"场子好冷清啊！"薛涛嘟囔了一句。

　　"呵呵，现在又没到运盐的时候，每日下午那会儿才热闹呢！"老翁又说："你且在这里等等，别乱走动。我去找总管的大人过来。"

　　正如薛涛所想，来人是昨日见过的黑罩衫——姚监事。姚重山这时却不认得没贴胡子、改了性别的薛涛。他只是上下打量，眼神挑剔，说道："一个女子，怎么把自己搞得这么脏污。"

因一路骑行，薛涛头发乱了，脸上除去那层黄泥，还沾了不少尘土。这形象当然让打扮干净光鲜的姚总管极为不悦。他昂头道："是哪个县的？"

"西边小眉村的，天不亮就启程过来！家中郎君入伍未归，父母又年事已高，都得我一人供养着……大人这里可有差事，奴家不怕苦！"薛涛垂着头，尽力模仿村妇的态度说。

姚监事嘴一歪，轻蔑一笑："你能吃苦？我们这里，除了睡觉吃饭上茅房，所有时辰全都要劳作、汲水、制盐，能吃得消吗？"

"没问题，没问题。"薛涛憨憨一笑。

没想到这村妇笑起来竟有几分俏丽，看着还算顺眼，姚重山对老翁努了努嘴，"领她去最后那间厢房安顿下来，让李姐她们教教她怎么干活儿。争取明天就开工"。

驿馆里，韦正贯睡到日上三竿，简单洗漱后便在后院用早餐，见前院饮马的小厮忙前忙后，他问："我们队伍里那位个子小小的侍卫，见着他没？还没出来？"

"您说的，是那名女侍官？"小厮偷笑，"天刚亮就见着啦！她穿着女服，牵着马出去啦！"

"啊？她出去做什么？"韦正贯惊呼一声，一拍桌子，冲到二楼薛涛住的厢房，只见人走房空，桌上茶碗下扣着一张字条：

> 亭场疑点颇多，或不似刺史所述那般。涛今起扮农妇潜入，做亭场场工。五日后，日出之时，请兄备马到

亭场西南墙外大榕树下相见。另请即刻在树旁将白马牵回。感谢！勿念！

韦正贯顿时是又担心，又气恼，气的是这女子任意妄为、自作主张，完全不把他和白继中放在眼里，但更多的还是担心。他将字条揉在手里，饭也不吃就往前院走。此时白推官也刚落座，看见韦正贯便喊道："韦校书，要去哪里？不吃饭了？"

"不吃！气都气饱啦！"

白继中也放下筷子跟上去说："怎么，怎么回事？"

"白兄你看看！"韦正贯将手中纸团塞到白继中手里。白继中展开看了，说："别着急。薛娘子许是夜里想到这么个计策，这才一大早赶赴亭场的，她也是办事心切。我也觉得，整个案子没那么简单。"

"可这多危险，有什么计策不能商量商量再决定？"

"她或许就是料到你会像现在这样……这样发狂……"白继中眼含笑意。

"只身去盐场做工，亏她想得出，太危险！"

"不至于的，韦校书，亭场里劳作辛苦归辛苦，倒也还安全。再说每个亭场都有十几个护院看护着，一切有保障！"

韦正贯看了看白继中，奚落一句："你怎么都知道？"

白继中道："实话跟你说，临邛的另一家亭场，其实是我姐夫家开的。金汤亭场的问题，应该不只是刺史他们交代的那些状况，偏偏关键人物一个都不在。不觉得蹊跷吗？"

"疑点太多了！可那也不能让一个小姑娘深入虎穴啊！你别忘

了，她是我叔父很器重的！"韦正贯气呼呼地说。

"我也不希望她出事，昨天你也看到了，现在的亭场工人有男有女，女工还不少呢！我们先去看看白马在不在树下，若在，代表薛娘子顺利进了亭场，那我们五天后，再顺顺利利把薛娘子接出来，可好？"

韦正贯迟疑了一会儿，看着白继中的眼睛，说："也只能这样了，先去将小白马牵回来吧！"

2

我到底为何而来？

我因何忍受这一切？

夜不能寐，薛涛躺在"东厢房"简陋的通铺上，思绪万千。她盖着不敢盖实的旧棉被——那被褥散发着一股潮湿的霉味儿。她将自己随身带来的织锦披风偷偷垫在棉被内侧。

窗外，红灯光、白月光照进屋，房梁上不知是老鼠还是田鼠，影大如拳、吱吱作响，她所在的这间尾房仅睡两人，另一个女工大概是白天太疲累，上了床倒头便睡，鼾声不绝。

薛涛想，自己今日经受的这一切，若叫母亲和余思齐知道了，必定会大肆嘲笑：容易的路不走，偏偏要选择难的路。无论是母亲、眉州的街坊邻里，还是艺绝京师的常夫人都这样定义女子的天职：靠美貌和年轻委身于一位郎君，依附于他的财禄权位，把日子过得华丽繁盛、老有善终。

反之，一个女子若不是以色侍人，就断断无法往上升、往前冲？她的人生，便是令人厌弃的一生？便只能悲叹红妆易改、生死凄凉？

使府和使府的主人让她看到另一种可能。

她心中念起李太白的诗一首：

东海有勇妇，何惭苏子卿。
学剑越处子，超然若流星。
损躯报夫仇，万死不顾生。
白刃耀素雪，苍天感精诚。
十步两躩跃，三呼一交兵。
斩首掉国门，蹴踏五藏行。

今时今日，已不只男子能征战沙场、立于朝堂。纵使身为王孙贵戚、官家少女，其身份不也如缒器悬丝，只消父兄僚党惹上官非，又或经历王权更替，繁华贵盛便可在一夕之间轰然崩塌，或堕入风尘、为奴为婢，或身陷牢狱、生死难测。显赫威仪如太平公主，其势力亦会遭到铲除清扫，得天子厚宠如杨玉环，照样香消玉殒于马嵬坡。衰草凄凄，掩不尽世间哀怜之魂。

因此，只要手握一丝可能，即便要忍耐以往想都不敢想的伤痛，她也要竭力向上攀。薛涛在暗夜里默默地想着：她倒要看看自己不假旁人之力，能走多远，能爬多高。前路未卜，但至少是一片新鲜的未知之境。饱读经文诗书，难道不是为了有朝一日能如男子一般，践行济世之法，阅遍天下大美吗？

昏昏沉沉一夜浅眠，第二天鸡鸣之时，院子里，起床的锣便"哐哐哐"敲起来。薛涛依稀知道院中工人干活忙碌了一整晚，她问李姐："怎么，制盐都是通宵达旦的吗？"

"当然，卤水涌出来，又不分什么白天晚上。我们每天有人夜值，下周也会轮到你！"这位四十出头的妇人习以为常地说。

薛涛起先被安排到井边汲卤水。寻常的水井是澡盆大小，盐井她已见过了，粗细充其量如汤碗，打井水的水桶放不进去。于是打卤水便离不开专业器具——竹水桶。这种水桶由两根打通关节的粗竹竿连接制成，又细又长，中空无底，下端套着一块牛皮圆活板。

旁边的工人教她操作："把水桶插进深水井，入了水，盐水冲开活板，就进到竹筒中，然后把水桶向上面提，盐水将活板压实了，竹筒底子也就封上了。"

"这法子可真聪明！"薛涛拍手叫好，对民间智慧大为佩服。

"这……有什么的，这活儿又要用力气，又要用巧劲儿！现在提水桶，用这个盘车，踩着盘车一轮轮地转，这不，水桶就上来了。"看工人边说边做，薛涛仔细观察，这里每个盐井上头都支棱着一个高高的木架，木架中央又绑个又细又长的篾笼。水桶一经提出，上端马上穿进去篾笼里，倒不下来。原来木架是有这个功用。

"水桶提到地面了，再用这个铁钩把活板顶上去。"工人示范着，只见盐水哗啦啦全倒入槽中。

"妙得很！"薛涛忍不住也来试，可是看着容易做起来难，她怎么做都不顺当，不是提水桶时使力不匀让水桶滑落，就是提上水桶后发现里头水量不足。旁人一次能汲半担水，她却只能取浅

第七章　飘弦唉一声

浅一点，不得要领。

　　提了几桶，李姐过来骂道："笨丫头！这活儿干的！"她凑拢来说："旁边陈四儿也是新手，这里大半的人，都只来了不足一月，没见过一个你这样儿的。"她愁眉不展地看着薛涛僵硬的动作，压低声音说："你这样待会儿被护院看见，是要罚的，要赶出去的！而且今天咱们任务根本完不成。这样吧，稍等会儿，去那边看火得了。"

　　薛涛点点头，忽然想到了什么，问："大家都是新手？看起来却熟练得很。不过在这院子里，一年四季日头底下来来回回，她们皮肤倒不见晒黑。"她憨笑着。

　　"对啊，她们来的时间短，我来的时间长，我就比她们黑得多啦！"李姐惋惜地撇了撇嘴。在巴蜀，大家都是以白为美。

　　"咱场子里，姑娘家真不少！"薛涛说。

　　"可不是！姑娘家酬劳低，干起活儿来眼里有事，手脚勤快。况且这年头，男人们动不动得充军，脾气也都大着呢！用男人不如用女人！"

　　"场子不是开了很久了吗？我记得，此处一直是盐场啊！怎么大家却是新手？"

　　"一直是盐场，不过这一区，人都换了一轮啦！"李姐叹口气，"说不得，说不得啊。别问了，你先干活儿。等两个时辰后，那拨夜值的睡醒了，我叫他们替你，你去看火。明日怕要开始取井火熬盐，正缺人手呢！"李姐朝煮盐的锅炉那边指了指，然后朝邻院走去，剩下薛涛站在原地，自言自语道："好玩儿，井火，井火又是什么……"

旁边教她提水的工人搭茬儿："井火，就是火井的火啊！那可不是什么好玩儿的东西。"

3

守着盐灶做个看火丫头并不轻松。卤水黄浊，须得过滤后才能上锅熬出白花花的雪盐。锅下的火昼夜不息，又须不停地添柴加料。

薛涛看着明晃晃的火光，她打小便最怕火。七岁那年有一次秉烛夜读，一不小心伏在桌子上睡着，任烛火燃着了自己的衣袖，好在守在一旁的绥玉及时泼熄了火苗。自那时起她便轻易不进柴房，夜读时打起十二分精神，而且总惦记起传说中的一种异草，名为"荧光芝"。据说此草果实如豆，花开艳紫，夜视有光，潋滟生辉。食一枚，心中一孔明，食七枚，心则七窍洞彻，可以夜读书。若得此草七株，岂不妙哉！

没想到，此番她终日与火为伴。晚饭后又熬了两个时辰盐锅，待护院敲起夜班锣，她才能回房上榻休息。这一天下来，她浑身酸软，深知自己一躺下就站不起来，才坐片刻又要起身出门。同屋的女子诧异地望着她，薛涛说道："干一天活儿，浑身都僵了，我去院子里溜达两圈。"

院内灯火不明不暗，薛涛先跑到大院南门口瞅了两眼，只见大门敞开，门口的护院困得在地上打盹。这扇门连着第二进院子，院子西头的厢房黑灯瞎火，门上了锁，这里，就是姚主管的居所。

薛涛看了看，又闲闲地溜达去了大院北门连接的后院。前日陪韦正贯来时她便发现这后院的北墙比前院垒得高出许多，院中一方小井，无人汲水，周遭厢房也没住人。整个院子有西北东北两扇门，门开得不小，上头均挂着大锁，禁止常人出入。

薛涛一想，这亭场外围的围墙又长又阔，内里绝不仅只前面几个院子的面积，两扇门内，必定别有洞天。她立在幽暗的荒院中，忽地看见北墙后面，有几缕青烟升上来，暗夜里显得尤为诡谲。

"你在干什么？"身后有人问。薛涛吓得浑身一颤，回头看看，原来是李姐。她马上挤出笑容说："姐，我错了……我睡不着。"

"怎么我发现你格外娇贵些呢？睡不着，要不要找点活儿干？"李姐道。

"干了一天活儿腿脚麻了，来舒展舒展。"薛涛走到李姐跟前道，"姐，你看看，那边怎么冒烟？难道是什么东西烧着了？"

李姐白了她一眼，说："你就别瞎操心了，那属于正常作业。"她说着朝东北的角门走去，到门边开锁。门开之后，回身一看，"你怎么还在这儿，还不快回房？"她语气决断，不像有商量的余地。

"好嘞！"薛涛爽快答应，佯装回房，却又偷偷回头瞄，只见李姐进了门，又从另一边把门给锁上了。

亭场秘密这么多，薛涛深感五天的查探时间不够用。第三天早晨起来，她发现李姐前一晚出入的那扇门彻底打开了，门口多了个满面红光的护院看守，她试图若无其事往里冲，却被那护院拦住。"干什么？"那护院吼道。

"怎么，不能入内吗？"薛涛一脸懵懂。

那护院上下打量她，瞧她那身装束，说："你不能。"

自己不能入内，那就必定有人能通行。薛涛仍去炉边看火煮盐，观察到同屋的女工小红和另外三个女工，今日都在衣服外边套上一件红罩衫，推了两个板车往后院走。一盏茶的工夫，她们又推着车子回来，车上多了几个并排陈列的大竹罐，罐子外层密密匝匝裹上漆布密封。竹罐子难道很沉吗？怎么几个女子全都是脑门直冒汗？

　　薛涛找旁人帮她看火，她自己则取了茶水给几人送去，问："几位，你们辛苦啦！这是什么呀？"

　　几个女子接过茶，笑了笑，小红说："不怪她不知道，她刚来没两天。这个是火气。火井里的。"

　　"火气拿来做什么？看把你们累的，这很沉吗？"薛涛说着，想要去推推那板车试试轻重。两个女子连忙将她拦住，厉声喊道："危险！你一个新来的会处理吗？"

　　小红也劝道："说了这是火气，动不动就会烧着的！东西不重，但得要人推得极小心平稳才行！"

　　这时候李姐走过来，对薛涛说："怎么又是你？就你事儿多。想干这活儿得耐心细心，等我来教你。"

　　薛涛看出来了，人人道这罐子里的气体危险，自己是新人，初生牛犊不怕虎，李姐便吩咐自己来分担这份差事。只见李姐让人灭了最角落的盐灶，把罐子推得离灶台近些，但其间也还隔着四五步之遥，她命人取来竹导管，导管也是一节节碗口粗细的斑竹制成，中间去掉内节，每一段竹子的间隙由漆布紧封。李姐将导管一头接到竹罐上面的活盖，另一头对准盛满卤水的锅子底部，示意让小红去引火。小红拿纸引了火往锅底一放，锅底瞬间冒起蓝色火苗，毕毕剥剥地烧起来。

闻所未闻的取火之法惊得薛涛瞪大了眼睛，李姐解释道："这就是火井的火气，可以直接煮盐，不过点燃时一定要小心，火势一旦太大，就必须立即浇灭。还有，万不可剧烈撞击竹罐，或者将灯油火星什么的沾上去。否则是要爆掉的！"

薛涛凑过去学着李姐架好竹导管，也引火烧起另一锅盐，想不到这看不见摸不着的火气，竟能绽出如此炽烈的火焰。不消半日，几罐大竹罐的火气就燃没了，小红站起身，打算再去取两罐。她却一个趔趄，扶着腰，还好没摔伤。

薛涛唤小红过来，关切地说："你怎么了？"

"没什么，月信，肚子疼。"小红有气无力地说。

"这可不行，你这样万一摔着罐子可怎么好？我替你吧。"

小红感激地看了薛涛一眼，帮她看好盐灶。薛涛正欲去推车，小红马上除下身上的罩衫抛给薛涛说："穿上，穿上才能入后院那扇门。"

果然着了红衣，便在这院子里畅通无阻。门后边究竟是什么？薛涛速速推车进去，走上一条不长的甬道，甬道尽头又过了一扇门，她看到一个开阔的院子。院中有四个前院那样搭着木架的细井，几个男丁从井里汲水出来。另有两口大井，井口纵广足有四尺多，有导管从井内导气到大竹罐中，另有几根，直接导气到不远处的灶台上。灶台也在煮盐。只是盐锅是特制的，比自己那院的锅大上两三倍。

"嗨，愣着干吗，还不快来装桶？"一个中年男子冲着站在院墙边的薛涛说。

"哦,哦,来了。"她推着车绕过去,那男子便将竹罐轻轻搬到车上,再来捆扎绳索。他手脚正忙,边上还有一个二十五六的男子问:"喂,你新来的?"

"对啊!"

"这么俊俏的姑娘都来这里做工了,啧啧!"男子咂咂嘴。薛涛突然意识到,上午洗了脸,她没来得及在脸颊上抹太多泥灰。

薛涛干笑两句,问:"这院子里也是盐井?怎么还有四口?跟对外说的不一样啊!"

"噢?对外说是几口井?自打我来这场子,便是有七口井。"他漫不经心地踩着盘车,脸上还有一道清清楚楚的疤痕。

想来这里的工人并不知道场主对官府是怎样的说辞,薛涛看着刀疤脸,问:"你脸上的伤口,好像是新伤。"

一句话戳中刀疤脸痛处,他狠狠地小声道:"废话,我姐夫枉死,我不得跟这些混账们拼了!等养足了精神,还得跟他们拼!"

"他们是谁?"

"还不就是那些护院!之前我姐夫日夜干活,疲得不得了,装气的时候一个不小心烧着了气罐,罐子都把人炸了……"刀疤脸紧紧皱着眉。

这时旁边的中年男人插嘴道:"牛二,别说了,娘子,车装好了,快回去吧。"

"噢!"薛涛只好小心地推了车,见牛二还想讲话,便跟他使个眼色撇撇嘴,走到院子一角等他过来。

牛二放下手里的活儿,走过去跟薛涛说:"总之,都是这气罐子,还有管事姚死鬼害的,出了事还不赔偿,让我姐和我侄儿去喝西北风吗？我们一气之下就跟那帮护院拼了。"

"结果呢？"

"结果能怎样，他们人多势众又操着家伙，最后两败俱伤。"牛二叹了叹气。"后来就把我们关在院子里，我们不干活，就不给饭吃，这帮恶人，给老子等着！"

"这么大的事情，难道没人报官？"

"有什么用，据说钦差大员都上奏了，最后场主给了死人的家属一笔抚恤金，简简单单就摆平了！不过我们不甘心啊！这么危险的活儿，非得瞒着人，日夜开工，还不给加工钱！这个黑心场子，你能逃赶紧逃！"

薛涛点了点头，说："你们也得想法子逃啊！"她举头看了看四周加高的围墙，又觉得他们无法可逃。"火气煮盐既然这么危险，干吗还要用它？"她问。

"哼，还不是有暴利！"牛二答道，"同样一锅卤水，井火煮比普通的家火煮盐巴多出两到三倍，那姚死鬼能放过这样的发财机会？"

薛涛又点点头，原来这里头有暴利。她安抚了牛二几句，说："那我先回去，我怕前面他们等久了，我们回头再聊！"说完，她仔细地推车进了来时的甬道。这一回，甬道里不知从哪儿跑出个小孩，正蹲在墙边，身上挂了个小竹筒，手里还捏着个小竹筒，墙边燃着一根蜡烛。孩子四五岁，嘴里有腔有调地唱着一首童谣：

天上有星星
地下有火井

人间有孔明

孔明来火井

去看六角井

六角井 火又大 水又清

熬得盐巴亮晶晶

"你在玩什么？爸爸妈妈呢？"薛涛问。

小男孩睁着晶亮的眼睛看着她，见她生得甜美，开心地道："快看，我要炸蚂蚁窝。"墙根下果然有个蚂蚁窝，周围的蚂蚁一团团爬来爬去。男孩擎起那一截短蜡烛置于蚂蚁窝上，然后推开薛涛，将竹筒盖子揭开，轰的一下，蚂蚁窝便烧了起来。

"小心点儿，可别烧到自己！"薛涛大声说，还好她将推车停在远处。她猜测，这个孩子应该就是院里哪户工人家的小孩，而竹筒装了火气，如同一个小炮仗，威力不小。她从腰间掏出三颗彩色小球，问那小孩："你看，好玩不好玩？"

"好漂亮！"小孩跳起来要去夺她的小球。

薛涛手一收，道："那我们交换，用这个，换你的一个竹筒。"

孩子愣了愣，想，小竹筒又不是什么稀罕物件，立马答应。

干完这趟活儿回到煮盐的原位上，薛涛便开始盘算，三口盐井变七口盐井，产盐量至少翻一番，不分昼夜用火井煮盐，再算增加一倍，粗粗估量，无论是盐产还是售出的银两，实际数字都和那日姚管事呈上的账簿记录有出入。售出利润不可能才一万两，而是最少三万两。这个数儿不光是在邛州，就是放在整个西川，也是不可忽视的数目。而亭场管事压榨工人偷用井火的事，更是

第七章 飘弦咴一声

罪不可赦。

4

又是一个清晨,鸡未打鸣,天也没亮,厢房里的人都还睡着,薛涛便爬了起来。她从随身带来的包袱中摸出一个小包裹,塞进袖子里,轻轻地出了门。她直直跑进第二进院子,院中的东厢房门上依旧挂着大锁。薛涛见四周无人,跑到门前仔仔细细端详那锁孔,犹如手握纸笔一般,在心里描了几次那锁眼的形状,然后又跑进了第一进院子。

院门果然已锁住。每日下午运盐车来时,这门才会大大敞开。薛涛见旁边值房里亮着灯,便知道看门的老伯已经起来了。老人总是醒得早。

"阿伯,阿伯,您在吗?"薛涛敲门道。

老伯一边问"哪位",一边打开门,只见是新来的小娘子敲门,有些诧异。

"阿伯,有个事儿想求求您,您看这两天,姚管事不是也不在吗?"

"是啊!"

"您可知道他几时回?"

老伯呵呵一笑,说:"一时半会儿怕是回不来的!他最近的差事办得顺,估计又到花柳巷,接了许家娘子到城中别院住去了。"

"阿伯,您也知道,奴家家中父母无人照顾,老人家又病着,想回家看一看。"

"哟，这可得等姚管事回来，看他放不放你的假！"

"我夜里回去，不耽误白天干活儿。"薛涛可怜兮兮地说。

"连夜回去？哪里吃得消！"看样子，老伯是不打算通融。

薛涛取出袖中的一包东西，塞到老伯手里，说："这是贡茶，渠江薄片，专程带过来孝敬您的，您可是咱院子里的尊长！"她见老伯也没推辞，又说："奴家想着，趁夜里赶回去，再看看父母，天亮前肯定就回来了。您若能把门虚掩着……"

"唔，也不是不行！你可别叫旁人瞧见！明夜我不锁门便是。"老爷子叨叨着。"可娘子你从何处得来的贡茶？一般人见都没见过呢！"蜀人爱茶，也都听过湖南名茶渠江薄片的大名。

"也是我家一个远房的阔亲戚，来我家留下的，谁知道他怎么得来，要不，您这就尝尝？我也还没尝过呢，先孝敬您老人家！"薛涛咽了咽口水。

"欸，我这就去热水，你也喝上一口？"老爷子大方地说。他请薛涛在值房里坐，自己去院中煮开水。

老伯一背过身，薛涛赶忙环视他的屋子。这屋子里陈设不多，仅有两张凳子，一张圆桌，墙边横着两方长柜。她连忙开柜找寻，很快就在一个柜门背后找到一排钥匙，从大到小排列着。姚管事厢房上的锁，是较大的锁，薛涛依照脑中印着的锁孔图案，竟很快翻到了两把和那图案相仿的钥匙。"就它了！"她心里默默念叨，听着院中老伯走动的声音，赶紧抓了这两把钥匙，别进腰间。老伯端着茶碗走进屋，她刚好坐回原位。

吃了茶，薛涛本想偷偷到姚管事房中一探究竟，奈何天已经亮了，她只得先做工，晚上再来。到了四更天，她觉得这个时候最为安全，便携包袱偷偷顺着墙角溜进第二进院子。她小心翼翼试了试钥匙，轻轻松松开了门，进门后，又缓缓将门合上。屋内一片漆黑，她有点害怕，点上蜡烛才看清房中格局。厢房正中间放着桌椅，靠南边有一排百子柜，靠北边，两个小立台一左一右地安放着，立台旁是黄绿色纱幔，纱幔后面就是高床软枕。

　　她将蜡烛架在高高的立柜之上，先去搜那华丽丽的百子柜。柜子抽格太多，她发现有些抽格中空无一物，有些抽格中放置着稀罕的药材，还有两格放着银票，终于找到一个放账簿的，薛涛翻了翻，只不过是那天姚管事拿给韦正贯翻阅的那本。

　　搜来搜去没见到什么像样的证物，只见到一柜子奇货珍宝。薛涛心中焦躁不安，她想着，银票也许算是证据，反正都是些亭场的脏钱，管它三七二十一，先抄过来再说。她将银票裹进包袱里，紧跟着，又向北看了看，这姚管事贼精贼精，他应该不会把真正的账簿随身携带，如果在屋子里，就一定在私密之处。薛涛掉头到床边搜寻，被褥翻便，没有！却一眼看见床边的一个唾斗，污迹斑斑。

　　姚管事平时从头到脚都干净亮丽，房中器物也是不染纤尘，怎的会将这么一只讨人嫌的唾斗放在床边？薛涛忍着恶心劲儿，拨开那唾斗，里里外外看了看，也没什么异样。她突然发现斗下的这块地砖似乎有些松动。她拿手一扳，竟轻易将地砖揭开了，里头是三本装订在一起的厚簿子。薛涛蹲在地上翻阅着，盐场的每一笔进账、出账，都好好生生地记在里头，新近的出账竟然是给成贯平成刺史和令超令司法两笔。正当她瞠目结舌之时，只听"吱呀"一声，门被推开了。

猛一抬头，薛涛便与门口的姚重山四目相接，两人皆惊诧不已。薛涛赶忙将左手背在身后，想藏住那本刚到手的账簿。

"是你！干什么？"姚重山已经看到移开的唾斗和翻开的地砖，他盯着这位不请自来的闯入者，瞪大了眼睛，眼中藏有一丝胆怯。

薛涛咬牙不吭声，脑袋里仿佛有一万种想法呼啸而过。

"你到底是何居心？想干什么？"姚管事歇斯底里地吼叫起来。

薛涛右手忽地从包袱里掏出一沓银票，向姚管事狠狠撒去。银票散得满地都是。

姚重山这一下着了慌，他蹲下捡了几张银票，又定定神说："原来是场子里进了女贼！快给我把簿子拿来！"

薛涛仍旧哑然无话，僵着一张脸，睁大了双眼。

姚重山正欲出门喊人，忽然像发掘到了奇珍异宝似的盯着薛涛，幽暗烛光下，她的五官轮廓显得格外精致，虽表情怪异，却仍是楚楚动人。姚重山道："几日不见，才发现娘子生得这般俊，你既然都到姚某床边了，姚某只好明早再将你交官。"他猥琐地干笑几声。

薛涛皱着眉，方才双方僵持之际，她已将账簿塞进包袱内。这会儿她机警地看着姚重山道："你……你别过来……"

这当口儿，姚重山怎能听劝，他一步一步往床边逼近，吓得薛涛一下子瘫坐在床沿。只见那姚重山快走到帷帐处，薛涛心一横，手一挥，万分迅疾地从背后掏出个小玩意儿朝火烛那边扔了过去。这一扔，扰得屋内顿时荧光四溅，火花绽开来，高台边轻薄细软的帷布顷刻间着了火。当然，被烧着的还有姚重山的袖管。只听他吓得"啊啊"几声，惊慌失措地回头找桌上的茶壶。

薛涛趁此机会夺门而出，她冲着内院高喊两声："走水啦，走水啦！"虽然隔着院墙，她还是害怕火势太猛蔓延到火气桶和火井那边，燃爆火气。喊完几嗓子，听见院子里有动静，她也就顾不得那么多了，径直朝大门狂奔。守门阿伯果然守信，门真的没锁。她迅速在马厩牵了匹马，一出门就策马飞奔，冲进漫无边际的茫茫夜色。

5

仿佛一直策马驰骋，身后又似有人在追，看不清后头的人影，也辨不得前路的方向……奇怪，自己从不会不辨东西……薛涛一颗心绷得越来越紧，猛力攥了攥拳头，攥到一只软绵绵的手掌。

她睁开眼，眼前浮现的竟是韦皋的脸。

原来自己是睡着了。她已不记得自己是如何跌跌撞撞回的驿馆，又是如何到了成都，只想知道自己到底睡了多久，韦皋恰好开口说："终于醒了，昏睡一天两夜了！醒了就好！"

薛涛迷迷糊糊地揉了揉眼睛说："您一直守在这里么？"

"我是白天处理完公务，现在黄昏，来看看你。"

薛涛窘红了脸，看绥玉正在不远处斟茶，又发现自己还抓着韦皋的手，连忙撒开手，清醒地叫道："绥玉，绥玉！"她生气蹙眉，嗓子一干，咳嗽起来。

韦皋站起身，退到一米开外的帷幕后面，说："别着急，你好好休息,在邛州的差事办得漂亮!事情我已经着手处理,回头再细说。"

屋外,忽有一女子道:"韦大夫,宾客已入座,乐工们也已到齐,就等您宣布开席,他们排了许久的《凉州曲》盼您赏鉴呢。"这女子音色沉着浑厚,偏偏挤出一种甜腻的腔调。而《凉州曲》属于燕乐,乃是宴会饮馔时所用的传统大曲,融合歌舞、器乐、歌谣于一体,讲究器乐之间的韵、律配搭,演奏起来热闹又气派。

韦皋简短应了一声,也不忙走,对绥玉说:"小心伺候你们娘子,她现下醒了,又还病着,人手不够。我叫秋生从外间调拨一个小厮和一个老妈子供你们差遣。"

绥玉行礼谢过韦皋,韦皋又朝薛涛的床榻瞅了一眼,方才离开。一出门,门外那女子自是尾随其后,叽叽喳喳说着什么,边说边笑,欢快活泼。薛涛问绥玉:"我怎么病了?"

"娘子病了,自己都不知道!若不是出门办差这么久,又加上淋了夜雨染了风寒,何至于让这个颜直溪调入府中,在大夫身边侍奉。"绥玉不平地说,"而且这趟差事,你也不知遭了什么罪!送回来的时候整个人大变样,吓死绥玉了!"

"原来是着了风寒,发烧烧糊涂了,我说我怎么一直昏昏沉沉……"薛涛像是说旁人的事情一般。"颜直溪又是谁?"

"娘子这些时不在使府,咱这院子里来新人了!原以为从聚赏院搬到使府来,是大将军天大的恩德呢!没想到猫猫狗狗也能来。"绥玉瘪了瘪嘴。

忆起初进使府时,两个姑娘站在外门门口望着两侧的夯土墙,一左一右不见边际。朝里头走,过一重乌头门,再往里才是飞檐重楼的粉墙朱门；大门两边的戟架内，分别各立着六根长戟、绑有幡旗；风舞旗帜，却不及那屋顶悬山式、顶覆黑陶瓦、三间房之宽、五架梁之深的二层门楼气派。推开这座巍然方正的朱漆大门，里边的四合院则是正中一套、东边一套、西边一套，院子一进套一进，其间牵连着楼台轩廊。薛涛的居所便在内宅左厢第二进的西厢房。

薛涛见绥玉因院内搬来新人而不悦，打趣她道："现在发现了吧，搬过来也不过如此。本来嘛，搬进使府，不过是住所离当差的地点近一些而已，没什么可得意的。"

"娘子你也不问问直溪是何许人？她也是聚赏院的，听说擅长编舞编曲，前几日宴席上以一曲箜篌技惊四座，再加上扮相也美，韦大夫便夸赞有加。这不，常夫人顺水推舟，把她送进使府来了。就住在我们院东厢。"

"哦。"薛涛淡淡说。此时绥玉端来茶碗让薛涛漱漱口，薛涛一低头，瞧着床边的青瓷渣斗，即刻想起姚重山房中那只脏兮兮的唾斗来。她皱眉道："哎呀呀，我竟拨弄了一个粗鄙男人房中的唾斗。太恶心！"

绥玉道："还说呢！回来的时候可把我吓坏了，从头到脚都是泥污，额头滚烫、衣衫褴褛！娘子素喜洁净，又不是什么久惯市井之人，以后这种差事，看你还去不去！"

绥玉说话一点客气都不讲，不过薛涛知道她是为了自己好，于是抿了抿嘴，没吭声。她心想，一切都是境遇所迫，况且这次若真能助韦皋把作奸犯科的谋私奸商、贪官污吏揪出来，也不枉她冒此奇险蛇鼠窝里走一遭。她起身梳了梳头，坐到桌前习字。

过不久，果然听到府中北苑传来乐音，琵琶起头，继而有笛、箫等器乐合奏。

"一首《凉州曲》好不热闹！"绥玉在一旁嘟嘴道。

"是，今日这编排很是闹腾，却少了几分原歌该有的异域之味。"

"欸？难道这不是咱大唐的宫调么？"

"起初，此曲是开元中由西凉府都督郭知运进献的，是由凉州民歌改编而来。"薛涛道，"其实凉州曲应是一面热闹、一面寒凉，王翰不也是填词两首嘛，除了欲饮琵琶马上催这等热烈场面，也有秦中花鸟已应阑，塞外风沙犹自寒。夜听胡笳折杨柳，教人意气忆长安！"

"啧啧，可惜了。"绥玉一边收拾房中的盆栽一边说，"娘子这一等一的诗才、乐才，可惜只能在闺房中对牛弹琴。要是去宴席上和士大夫们切磋切磋，可就轮不上颜直溪之流上蹿下跳。"

"玉姐姐又不是什么不识风雅之人，比那聚赏院里的女子可强多啦！"薛涛瞧着她这一日怨气重，哄她道，"能让玉姐姐这么看不惯的人，肯定有问题！"

"我还不是怕她分了韦大夫对娘子的恩宠。人人都道她艳绝益州，我才不甘心。"

薛涛挑眉道："我何时觊觎什么男子的恩宠？管他是刺史太尉也罢，千古帝王也好。今日能到节度使府，我是全凭手中一杆笔，你最知道的呀！还有这个！"她用手指了指自己的脑袋，"若要如寻常女子一般以色侍人，我还来什么成都，又去什么临邛？姐姐放心，我好好筹措，总有一天我们能靠自己过上安稳日子。"

绥玉无可奈何地看着薛涛，似有些明白，但又心有隐忧。她叹气道："好好好，你说什么就是什么！养好身体最重要。"这时屋外传来"砰砰砰"几声巨响，窗户被映得透出红光，原来是几朵烟花升空，点亮了夜幕。

6

一连几天，薛涛每日在屋内默诵经文，新来的老妈子便在中庭煎药。小小一包药材下了药盅，满院都飘散着苦涩之气。

这一日的朝早，三千下晨鼓响彻蓉城后，一身红衣的颜直溪才打着哈欠回到院中。一进院她就埋怨起来："我的天，怎么还在煎药？苦死了苦死了，什么时候才能撤了这药炉子呢？"

老妈子木木的不知如何搭话，绥玉则从内堂探出头来，说："娘子，我们这也是没办法，韦大人吩咐下人们，严格按药方给薛娘子凑的药包，里头又是什么川贝母、南沙参，又是什么枇杷叶、茯苓、甘草的，二十几味药材，多得我记不清，都是为了能让娘子早些降火调心，止咳润肺。"

颜直溪心想，薛涛房中的小丫鬟都这么伶牙俐齿地怼自己，必定是主子的授意。她还拿名贵药材来唬人，仿佛显示她们多受倚重似的。颜直溪一撇脸，道："自己病恹恹就罢了，怎能将旁人也熏得霉里霉气。"

"您不是刚回来吗？恐怕这药味也遮不住浑身酒味儿。"绥玉浅笑道。

"你……我是陪节帅歇在晚照阁，比不得你们，日日闲适。"

说罢她便拂袖回房。晚照阁乃是韦皋一人独居、秉烛夜读的休憩之处，又藏着不少案牍资料，除了秋生，从不放外人进入。

绥玉气不过，想再还嘴却又不能，一扭头，只见西北角小门门边，韦皋和秋生站在那里，怕是已站了片刻。她想起方才自己与颜直溪斗嘴的情景，一时羞红了脸，转念又想，自己并没做错什么呀，赶紧道："给韦大人请安！大人这是找……哪位……"

秋生说："自然是来看薛娘子。"

绥玉一听，欢欢喜喜将韦皋请进堂屋，薛涛也闻声迎了出来。她病未痊愈，穿一身浅灰色常服，脸色发白，瘦了不少，一张小脸更显精巧。

"洪度身体还没好呢！"

"已经好些了，谢谢韦大人关心。方才绥玉在外头，真是失礼，让您见笑。"

"绥玉所说句句属实，何错之有？倒是直溪，许是昨夜和僚佐们喝多了，醉得厉害，信口开河！我昨日都未歇在晚照阁，她倒进去了！"

面对韦皋这番莫名其妙的解释，薛涛掩袖一笑，韦皋见她笑了，自己耳朵一红，连忙道："秋生，快把为娘子裁制的新衣，给绥玉检查检查，洪度也快去试试吧。"

薛涛早看见秋生手中托着一小叠衣物，仍笑着说："您今日不必会晤僚佐？"

"今日？今日是假日，洪度忘了？"韦皋答。

薛涛旋即起身进厢房，绥玉也陪她更衣，留韦皋在厅内饮茶。再等帘帐揭起，少女粉妆翠饰、旖旎而出，韦皋惊得放下手中刚刚端起的茶杯,蓦然站起身来。

只见薛涛脚踏金色软缎鞋,覆到鞋面的白绫银线织绣长裙隐隐绘出满幅花蔓,从腰际垂坠曳地。纤腰高束,是由浓得化不开的雾紫色束腰系成,上身套的夹衫子则着了淡而至纯的朝霞紫,前襟以同色绫线绣着鹏鸪与缠枝花,正是"罗衫叶叶绣重重"。

瞧着这位容颜清绝、玲珑剔透的仙子,韦皋顿感冬日阴霾尽扫,昏暗的内堂仿佛霎时间叫她给点亮了。他亦自觉周身有如烟霞缭绕,一时语塞,秋生在一旁叹道:"好看啊!"

韦皋补充说:"何止好看,简直太美了!"

薛涛孩子似的张开双臂,抬起袖子:"好看吗?那我得赶紧把这身裙衫换下来,省得这新服染上药味儿。"她说着就要回房。韦皋连忙牵起她的右手道:"走,带你去个地方,保管药味儿尽除。"他拉着薛涛朝外走,绥玉紧赶慢赶地追上去送一件银白泥罗毛披风。

一大清早,这是要上哪儿去?做什么去?绥玉满腹狐疑。然而薛涛一句也不问。不知怎的,她任韦皋温热的手掌拽着自己的手腕,心中便是一万个踏实、安然。她尽力紧跟韦皋的步子,也丝毫不顾忌旁人的眼光,从西厢厅院穿过正堂,又穿过东厢那一进接一进的院落,从最北边的院子北门出去,经过一小片竹林,到了使府北苑的镜湖边。

镜湖是使府内的人工湖,原本只有小小一片水域,张延赏驻守西川时命工匠们开凿扩建,从北面引入解玉渠的活水至此,此湖才有如今轩朗开阔的景貌。薛涛向来只在湖南侧的小道、竹林散步,她说:"我还从未到另一边,不知道湖那边是什么光景。"

含着笑,韦皋点了点头,说:"跟我来。"只见湖边小码头泊了三艘船,两大一小,大的是供将军幕僚在湖心宴饮所用,韦皋和薛涛上了小船。船家摇起船桨,韦皋则为薛涛裹紧披风。

下船后沿木质栈道往前走,又是一片竹林,竹子不密,却混着些大树大石。往林中走,不一会儿便可看到一座如梦似幻、木质基底的纱帐小屋,这小屋的形貌薛涛从未见过。她欣喜地往前冲,回头看了看韦皋的双眼,又寻宝似的跑到屋子近前,屋子四周的木质墙基有半人高,散发着阵阵繁复的芳香,似有椒花粉、荷叶、莲心、牡丹、樟脑几种,但究竟有多少种花草之味混杂,她也辨不清。墙基上,则是几层薄纱连着天顶,这天顶最为有趣,全赖屋子四角几根原木大柱支撑,天顶竟是一大片透明的琉璃!色如寒冰,闪着清冷冷的光。

"太妙了!"薛涛站在屋外观望,韦皋在她身后,为她挑开纱帐门帘。一进屋,薛涛便发现里面温暖如春,香气扑鼻。在初冬这草木万物凋敝之时,屋内却开满了各色鲜花:芍药、牡丹、扶桑、月季……一丛丛一叠叠、错落有致,簇满了整个屋子。

"此处如何,是否浸得你满身花香?还有药味儿没有?"

"岂止是花香,简直是奇香!我简直已经词穷了,人间竟有这般境地,这不就是太虚仙界么,洪度真是领教了。"薛涛笑吟吟地摆了摆衣袖。

韦皋听了这话,哈哈一笑:"嗯,和我见到你的感觉一模一样。才疏词穷,陷入痴傻状。"

薛涛眼睛一转,道:"我可不痴傻,我还要吟诗呢!"

"哦?快说来听听!"

此时恰有一阵风，穿透琉璃帐房，薛涛才思如风般迅疾，吟诵道：

紫阳宫里赐红绡，仙雾朦胧隔海遥。
霜兔毵寒冰茧净，嫦娥笑指织星桥。

韦皋听罢，说道："好一个仙雾朦胧隔海遥，好诗，好诗，回去就得提笔记下来！"

薛涛面露羞怯，低了低头，见花丛中有一架木质秋千，旁边立着几个小花架，花架上不光摆着花盆，还有几本书和一些瓶瓶罐罐。她见到秋千，玩心大起，便坐了过去，轻轻荡起秋千。

"大人平日在此处读书？"她笑眼弯弯，瞧着他问。

"嗯，你想来，也随时可以来。这里除了一个栽花的老翁，任何人都不会打扰。"

"嗯！"薛涛点点头。"这所花房怎的如此暖和呢？"

"蜀地人杰地灵，起初，是有人贡上了大片琉璃，琉璃甚美，我便想着拿它做房屋的顶棚，只不过看起来太过寒凉了。恰好这片竹林中有温泉泉眼，地表比别处都热，我便命人在此处起了一座椒香木房，墙上涂刷的椒香粉能保暖，这几层纱布织得密，也可御寒。当然，我还有一位非常厉害的园丁，能让这些花花草草在暖房内悉数盛开、四季不衰。"

"了不得呢，传说武则天命百花齐放，唯牡丹花仙抗命未放，遭贬于洛阳。今日在阴冷潮湿的蜀冬，您竟用暖房哄得牡丹花开。女王的花圃叫群芳圃，您的暖房又叫什么名字？"

"唔，这可得好好想想。"韦皋从架子上挑拣那些瓷瓶，将瓶口的软塞依次拔开闻了闻，最后选了一只递给薛涛。薛涛疑惑道："这是什么？"

韦皋不说话，横过瓶身在空中挥出半个弧圈，瓶中有细密的香粉撒向半空，这瞬间，他便拉着薛涛站起身，让她整个人沐在绯色的粉末中。薛涛嗅着一股混杂又和谐的异香，觉得稀奇，开开心心地转了个圈。

幽幽绿竹掩映，银白裙裾飞旋，衬着琉璃天顶折射的光影，这一幕让见惯大场面的韦皋顿觉自己置身琼玉天宫。他说道："南国这方天地有了你，便胜似浮屠塔雪、长白山雾，我们将此处叫做雪雾阁，如何？"

"好名字，好意象！"薛涛颔首道。

韦皋携薛涛在秋千处坐下，道："以后，像是亲自跑去亭场做细作这么危险的事，千万别再去了，遇着危险，更不能莽撞行事。"

"事有缓急，我也是想快点查明真相。您不知道，初到邛州我们便发觉疑点重重。"

"你聪明，但是胆子未免太大了。去之前我们不是没看过税簿，知道四川有巨额盐利的，世间之事，利益有多大，里头的水就有多深，也就有多凶险！"

"明白。您既然派我到邛州彻查盐井之事，我必不辱使命，何况……"薛涛低了低头，表情深邃、认真起来，"何况此事上系国事，下关百姓。若大人能收到应收的盐利，轻轻松松保西川财税无忧，满足了朝廷所需，也不至于将苛捐重税之压转嫁至百姓，这也是大人所愿、西川之福。"

韦皋摇了摇头，道："话是没错，但是你，不可以冒这个险。"他又指着薛涛的鼻子道："当时，你是怎么判断这家亭场一定有问题？"

"一方面是亭场，一方面是邛州官署，发生亭场爆炸的事件，这两处一处也脱不了干系。"

韦皋微微点头，听她说下去。

"第一次到金汤亭场，那天的前夜下过雨。中午时分我们骑马经过亭场外墙，这外墙非常长，可是进入亭场后，却发现院内的进深不及外墙长度的一半。因此，我还趁人不注意到亭场最后一进院子里转了一圈，察觉到靠北那堵墙墙根下除了黄泥，还混着不少白色黏土，比起其他几面院墙，这一堵墙明显是新造，造了没多久。我就猜，墙后的院子肯定藏着什么不可告人的名堂。此其一。再说院内的仆役工人有男有女，他们干活儿尚算熟练，但却不麻利，亭场内的管事看了，不由自主地直撇嘴，显然不甚满意，而且那里的女子皮肤白净，并不似长久从事户外劳作的，后来我进亭场后向一个女领队打听，她验证了我的想法，大家都是新换的一批工人，而且人手还不够，这也是亭场在外墙贴告示招工的原因。若是运作成熟的亭场，怎可能时不时大换血？其中有蹊跷。此其二。"

"还有其三么？"韦皋虚着眼睛问。

"正是。方才也说，去亭场那日前夜下了雨，而前一天白天并未下雨。中午我们抵达时，地上的雨水已经干了，但亭场大门外的地上印有深深的车辙。这就奇怪了，依照亭场姚管事的说辞，运盐的车每日下午来收盐，若是前一日下午来，地上的泥土干硬，不应有这么重的车辙,必是亭场出盐量大,夜间才需要加运。而这加运一事,又被那里的管事刻意隐瞒,真是此地无银三百两。此其三。想着这三条,再加上邛州刺史动不动便拿奇珍异宝贿赂人,此行去,也压根儿没见到邛州涉案的司仓,一个关键人物都不在,我就更觉得此事有诈。"

"嗯。一是亭场瞒报产量私销井盐,二是官署与亭场的连接,我正顺着这两条路子往下查。"

"还请大人明查!亭场爆炸及工人死伤之事,明显是因火井制盐产盐量高,管事又盘剥工人,致使他们疲劳赶工才出的事端!"

韦皋摸了摸胡子,说:"关于火井,我略有所知,不过至今未能亲见。据说诸葛孔明治蜀时已利用此井制盐,西汉时扬雄的《蜀都赋》也提到,火井莹于幽泉,高焰飞煽于天陲,取井火煮卤水,一斛水得五斗盐,功效远超家火。"

"是,火井制盐,小女此次亲身见识了一番。但更叫小女触目惊心的,是大恶奸商一见利益便无孔不入的嘴脸。"

韦皋道:"商人重利,这便是他们的习性,金汤亭场的商户实在做得过分了。可正所谓商不出则三宝绝,有些事情还得他们来办。"

"当然不是说要将所有商贩一棍子打死,但揪出一个,便该处置一个,严惩不贷,以正视听!"许是体会颇深,薛涛说起这话来还气冲冲的。

听到这里,韦皋蹙眉,似乎有话到了嘴边,将说未说,末了只道:"嗯,放心。"他拍了拍薛涛的肩膀。"你立了大功,想要什么奖赏?奇珍异宝还是心仪的书稿?只要世上有,我都设法替你取来!"

"我……我只想要一个奖赏。"薛涛忽然支吾起来。

"只管说。"

"希望有机会到密阁,看一看旧年的案牍。"她低声说。

韦皋低头想了想说:"密阁内存放的都是西川旧年的财税、案件资料,是不能供外人翻看的。这一点,你也清楚。"

"是!正因是头等的难事,才只能拜托您!"薛涛直视着韦皋的双眼说。

"此事,容我想一想。"韦皋知道薛涛是要以公谋私,着手调查父亲的案子,却无法顺理成章地拒绝。他看着满室繁花,心中所思所想全是身旁这女子。

他已很多年没有过这样的体验:如此想念一个人,而此人分明近在咫尺。

第八章 人世难自降

1

大中午的,薛涛和绥玉到东市的饭馆里打牙祭。酒足饭饱,两人溜达着到了聚赏院东北角的院墙外,见到忙前忙后、一脑门子汗的韦正贯,两个女孩不约而同地笑出声来。

攀在梯子上、手里攥着一根长竹竿的,可不就是韦郎吗?而长竿末端则落在临安手中,他正往竿上缠一个包囊,缠紧了,便喊道:"好了,好了,韦郎快挥竿过去吧。"

韦正贯使出巧劲儿甩那根竹竿,奈何绑的物品太沉,竹竿又长,他人站在梯子上重心不稳,竿子倒是甩了过去,人也颤颤巍巍、摇摇晃晃地快要跌下来。他大叫:"临安,来扶我!"只听哗的一声,便从梯上跌落地,临安赶紧扶他起身,口中喊着:"哎呀!还好爬得不算高!"

只听院内传出银铃般的笑声,一个女子在墙内道:"谢谢韦郎,真的有萝卜糕桂花饼!"说罢,这女子便欢快地唱起歌来。

  北山生雪莲,莲心若初雪
  白头归来揽众花
  星河遍寻月色稀
  藤蔓如故,烟水长新
  一饮一忱求自醉

一俯一仰天地清

这首小曲音韵直白简单,姑娘也唱得不带任何技巧,不露斧凿雕琢之感。墙根底下,韦正贯听得津津有味,他刚摔脏了衣衫,索性一屁股坐在一棵枣树下,不知不觉听得呆了。

薛涛走到近前,拍了拍韦正贯的肩膀,道:"嘿,韦校书,怎么坐在这里发起痴了?你叔父找你!"

"啊?找我干吗?"提起叔父,韦正贯既害怕,又愤怒。他站起来拍拍袍子上的灰尘,真打算回府里复命。薛涛又道:"哄你的!"

韦正贯道:"你怎么知道我在这里?"

"我去你院中找不到你,你院子里的小厮说,你是来聚赏院外,私会知芸姑娘了。"

"谁说的,谁这么多嘴?"韦正贯皱眉道。

薛涛掩嘴笑了笑,说:"哦,难道他说错了,你是来会别的姑娘不成?"

韦正贯退了两步,靠着树干自顾自地说:"薛娘子,我也不瞒你,我已经两日没见着知芸了,娘子若是能唤她出来一趟……"

薛涛狡黠地歪了歪嘴,道:"这……正贯兄大可自己去请啊!或者,去聚赏院看看她?"

"不行!前段日子我去得勤,不知怎的让叔父知道,他吩咐常夫人,一个月不准我踏足那院子。知芸又出不来。她最近心焦上火,都病了。"

"奇怪,歌儿还唱得好好的,怎么就病了?"薛涛道。她见韦正贯面露难色,觉得也是可怜,又说:"我们可是拉钩说定了,我只今日帮你请她出来，可不能日日帮你。"

薛涛先回了使府，禀报韦皋说自己身体已无大恙，想活动活动身子骨，学学灵动的南诏舞。而这舞蹈只有聚赏院的知芸跳得最好，盼知芸来使府教一教。韦皋眼睛一眯，当下便知她打的什么鬼主意，不过也不说破，只是点头应允。得了韦皋的首肯，薛涛欢欢喜喜吩咐绥玉接知芸过来。

知芸带来了家乡的南诏舞袍，随她来的还有几名乐师。和薛涛换上袍子，两人便到镜湖湖畔的西楼下学起舞来。这一日是入冬以来难得晴暖的一天，惠风和畅、水波漾漾，知芸命乐师们应景地奏上一曲《相府莲》，一段段地教薛涛舞蹈。才练过两遍，两人的面颊粉颈便微微出汗。

韦正贯自然也寻着他的南诏美人而来。一见他过来，知芸就欣喜地跳了起来。"韦郎！这个送你。"她从腰间摸出一个锦囊，上头的一对鸳鸯绣得歪歪斜斜，针脚粗糙。

韦正贯珍视地接过去，握在手心喜滋滋地瞧着，又说："了不得，知芸都会绣锦囊了！"

"正贯，你们使府真好！有山有水，不光园子里有大湖，连前面的院子里都有溪流流过。"

"我那间院子里没有溪流，不过，有一个分外有趣的假山，一会儿领你瞧瞧去。"

"好啊好啊！"知芸拍起手。"府里这么好！我也想搬到府中住下！"她兴致勃勃地提了要求。可是韦正贯说："这恐怕不行，我叔父肯定不同意，会骂死我的。你又不是不知道，连去聚赏院找你他都不许。"

"为什么呢?你叔父不让你找我玩,让你做什么?"知芸一副不谙世事、天真无邪的表情。

"自然……自然是让我多念书、多做事。"

"那你便说,没有我在旁侧,你心思不定,做不了事,念不好书。"

"哈哈哈,世间竟有你这样的姑娘,好不害臊!"韦正贯听到这里,笑了起来,伸手去捏知芸圆嘟嘟的脸颊。知芸却道:"说到底,你就是不够喜欢我,所以不敢去说。薛娘子来了使府,我在聚赏院一个说话的人都没有。我也要来!你堂堂七尺男儿,这点事也不敢做吗?"

韦正贯知道她故意激他,但热恋中的男子,明知对方给的是当也要上。他当下答道:"好,我去说。我去求我叔父。你且在这里等我消息。"

韦正贯心一横,一溜烟儿跑到正堂见了叔父,说明来意,心想着,大不了讨来一顿骂。而韦皋并未发脾气,薛涛迎了知芸到府中,他便知道侄儿必会与这舞女见面。他踱步到门外廊下,摸着胡须道:"正贯今年也有十九岁了吧!"

"是,过了上元节,侄儿就满二十。"

"嗯,喜欢上一个女子,也不是什么大逆不道之事,只不过我答应家兄要好好照顾你,管教你,我们在你身上寄予厚望,你也知道的。"

"是,侄儿感谢叔父栽培,在叔父身边,侄儿不论是做事做人,都通达了许多。"叔侄俩均是性情收敛之人,这一天,倒说出了一些心里话。

"你喜欢知芸,要了这女子来服侍,原也没什么大不了的,由你便是。刘辟已经从京师回来。想好了，你便自己去跟他说，把知芸调到你院里来。"韦皋说罢，韦正贯顿时喜笑颜开，问道："真的……真的吗？谢谢叔父！知芸虽是异族姑娘，但是人很聪明，以后也一定会和侄儿一道好好孝敬叔父！"

韦皋听了这话，倒是皱了皱眉，说："欸，你可不要会错意，她做个通房丫头，我没意见。但你是给不了她名分的，要不要耽误人家姑娘，你自己看着办。咱韦家有韦家的规矩，要娶妻，你必须娶一个门当户对、朝中显贵之家的娘子。如此，对你的仕途也大有裨益。到那时，若你对知芸还有这份心思，收她做侧室也未尝不可。当然了，首先得查查她是否已经名列乐籍。"

韦皋一席话如同在韦正贯头上浇了一盆冰水，他气呼呼地道："我若要了她，现在便会娶她。我倒觉得，什么达官显贵之女，娶回家也没什么用。叔父的夫人也是当朝宰相之女、河东张氏之后，试问她张家对您的仕途有益处？对咱们韦家有扶持吗？"

"你……"韦皋气不打一处来。这时候院中扫地的秋生见叔侄俩吵了起来，默默跑到韦正贯身边轻声说："正贯快快赔个不是吧！韦大人都是为你好啊！"

韦正贯却也是骄纵耿直的性子，接着说："凡事都要分而论之，娶了官家之女的男儿，也不见得都能平步青云。婶婶家世显赫、富可敌国，可她的父亲张延赏却瞧不起人，让叔父受了多少委屈！叔父的功名利禄，哪一样不是在陇西边关靠自己的智谋和胆识得来的？父亲生前就常跟我说，要学便学叔父这些！"

"反正，你休想娶一个南诏的舞姬，做正妻不行，做侧室也不行。"韦皋只当听不见韦正贯的满嘴歪理，态度坚决。

韦正贯正欲据理力争，躲在门廊一角、大圆柱子后头的知芸却沉不住气冲了出来，薛涛伸手想拽她都没拽住。原来她俩一路尾随着韦正贯，来探一探韦皋的态度。莽撞惯了的知芸大步奔到韦家叔侄面前，大声说："吵什么，争什么呀！我几时说要嫁给正贯啦！我只求来使府陪他，大人方才既然答应了，可不能反悔哦！"

"这……知芸快别胡说，很多事情，你不懂！"韦正贯拉拉她的衣袖。

知芸根本不听劝，自顾自地说道："真的，我从未想过嫁娶的事，只想高高兴兴跟韦郎在一起，在成都，吃好喝好，穿戴漂漂亮亮，也许以后，快快活活生几个孩子。什么妻，什么妾的，与我何干？谁爱当谁当去。"

韦皋听了这女子爽利超脱的说辞，觉得新奇，气也全消了，呵呵笑起来。倒是韦正贯瞪着眼道："这是什么话？不嫁进我们家门，以后别的女子喜欢我，你怎么办？也不生气？"到底是年轻气盛，转过头他又对韦皋说："我韦正贯虽说才学见识不如人，但也立志做个正人君子，喜欢知芸，便一定要将她明媒正娶，天塌下来也不理，还管他什么仕途不仕途！"

知芸嘟了嘟嘴："正贯，我就不喜欢你这火爆冲动的脾气。我问你，别的男子若喜欢我，你又能挡得住吗？难道要把世间男子都杀光不成？"她反问道，见韦正贯哑然失措，又道："别人喜欢你，说明你值得大家喜欢，不枉我爱你一场。若你心思在我身上，任多少人喜欢你也无用。若你心思不在了，做你的妻妾也是枉然。"

韦正贯本是软懦性子，听到这里，竟觉得无从驳斥。而瞧着面前这爽快的姑娘,韦皋也不拖泥带水,立即拍板道:"好,知芸收拾收拾,明日搬到正贯院中的西厢房去住。府里有府里的规矩,日后要谨言慎行,不该去的地方不去,不该做的事情不做。正贯,把咱家规矩好好跟知芸说说。"

韦正贯还没来得及回答,知芸就接话道:"是!知芸晓得。"笑起来一脸灿烂。

背靠冰凉的圆柱,薛涛一颗心热乎乎的,同为女子,她怎能不被知芸这一派骇人听闻的言辞震动?果然异域姑娘比大唐女子更为果敢直白、爱憎分明、不计后果。事情过后,知芸才对她说:

"在南诏,我家主人说过,男人最需要的是权,其次是钱,不能得者,才纵情于美色;女子则终其一生追随一个情字。若以飘忽不定的情去毁掉韦郎的仕途,连累他消沉度日,这可不是我想看到的。"

提起心上人,知芸脸上便如同蒙上了一层迷人的胭脂色,薛涛怔怔看着,心想,能让自己捧心相待的男子,又在哪里呢?

2

第二天朝早,薛涛重回议事厅,刚刚在长安办完差的刘辟也参与议事。大厅之上,他对京师的情况自是绝口不提。待议事结束,大家都快散了,秋生才凑到他身边,请他到镜湖边的西楼用茶。

这时,薛涛正随着人流默默退下,忽听韦皋一声高呼:"薛娘子!"薛涛抬起头,各级官员也都纷纷屏息凝神,想知道韦皋对这位破格提拔的小娘子是何态度。而一向冷脸示人的韦皋当下眉目舒展，亲切地小声道："快找荆宝取茶铛茶盏，前几日不是新到了几样峡州碧涧、明月、芳蕊、茱萸簝么，我们西楼饮茶下棋，了了昨日残局。"

薛涛心里直嘀咕，不要说昨日了，她从未和韦皋切磋过棋艺啊！不过她仍应道："是！小女这就去找管家！"她冲韦皋甜甜一笑，眼角眉梢向上一挑，轻快地进了内院。

使府这座园子造得高妙，从内院到北苑西楼，一路循廊傍水、移步见景。薛涛和荆宝携茶具来到西楼，踩着楼梯上二楼，只见刘辟已在向韦皋汇报京中的情形。他一见有旁人上来，立即住口，飞快地瞅了韦皋一眼。韦皋摆了摆手，道："你说你的。"

"是。"他又拿眼珠子扫了扫薛涛，接着低头道，"内官递了话，确实是关播在皇上面前信口开河，参了节帅一回。皇上听了那疯子的诳语，当时没发火，只是叹气。后来……后来又召了关播和简御史，拟了发来咱们这儿的诏文。"

"拣重点！关播参我，所为何事？"

"这……"刘辟说到这里，却看了管家荆宝一眼，不愿往下讲。

韦皋心中满是疑问，有什么话是不能当着管家的面儿说的呢？他吩咐道："薛涛留下烹茶吧，荆宝快去准备午饭。"

待荆宝下去了，刘辟才说："节帅，这头一件事，就跟咱府中的管家有关系。关播说管家荆宝本是戴罪之身。因与节帅……有私交，无端端就免了罪责。"

"哦？"韦皋不屑地哼了一声，面无表情。

刘辟怯怯地说："大抵是说，荆宝本来是成都大牢的死囚，秋季便要提审行刑,而您……早年在南方巡游时便认得这个荆宝;您在江夏郡守家住过一阵,荆宝正是那郡守的儿子,又曾献了一个漂亮丫鬟给您做侍妾,因此,私交甚深。"

韦皋摸了摸下巴,稳稳道:"只说了这些家长里短?关播当时怎么说的,一字一句讲来。"

"是,那贼人关播,说您刚来四川不到一年已是一己独大,杀伐裁断全凭性子,以公徇私,从死囚名单里划掉一个人都是随随便便,置朝廷法度于不顾。"

薛涛心想,听到这种话,韦皋一定是怒火攻心。她沏了茶,滗去茶乳,斟了一碗绿色茶汤,小心翼翼摆在韦皋身边的矮桌上。只听韦皋沉住气,又问:"还说什么了?"

"关播这厮参的第二件事,是说大人在西川施行宽松政策、削减税赋、虏获民心,这也是想要独占一方的表现,是替圣上做裁定。"刘辟见韦皋泰然端坐,说起话来也越发大胆。

"还有呢?还说什么了?"韦皋眯了眯眼,又问。

薛涛瞅着韦皋这表情,便知道韦皋顷刻间就要发飙。他这一眯眼,正如猛虎见了猎物,在扑杀嘶吼的前一刻,虎视眈眈。而刘辟仍说道:"关播还说,自入蜀之后,您不明居安思危之理,只晓得以逸待劳,未曾在沙场杀一兵一卒,只想求和……"

话音未落,只听一声脆响,韦皋将手边一只梨花白的茶盏狠狠摔碎在地。刘辟吓得膝头一软,"扑通"一声跪倒道:"节帅息怒!这关播狗贼矢口诬陷,满嘴胡言,下官也觉得实在荒谬!这个杀千刀的!"刘辟骂道。

"我只问一句,我们成都使府的事情,放人也好减税也好,他关播在千里之外，如何能得知？他又怎么知道我没请示过陛下？"韦皋声音沉郁，低低吼道。这一问，把刘辟给问蒙了，他顿时张大嘴巴答不上来。一见他这副模样，韦皋更生气，接着吼道："呵，这都没查清楚就敢回来复命？蠢材！猪脑子！"

一顿痛骂让刘辟伏在地上，恨恨地握紧拳头。韦皋发怒，是他意料之中的事。他只是没想到薛涛竟这么快赢得了韦皋的信任。自己原本是对薛涛这样的妙龄美女动了点心思的，没想到一回成都，便听说了这女子在邛州的事迹，知道她已是韦皋身边的大红人。现下韦皋当着这女人的面，把自己骂了个狗血淋头，他不禁想起多日前自己酒后对薛涛的戏弄，心下又恼又怕，又觉颜面扫地。这小妮子莫不是在韦皋面前搬弄了是非？难道还说出了那晚锦囊丢失之事？他一边往深了想，一边趴在地上频频唤道："下官知罪！下官知罪！"

过了一会儿，韦皋厉声说："行了行了！磕头若有用，早叫你们把头磕破了。下去吧，京师了解的情况，切不可与他人说。出了趟远门，准你一天的假。"

刘辟这才抬起头，感激涕零道："谢韦大人！谢韦大人！"他灰溜溜爬起来，恭恭顺顺地退下，狼狈之状，如同一只乞食的乌鸦。他一走，便留下薛涛和韦皋二人在这栋小楼上。

薛涛迟疑片刻，又斟了一盏茶，柔声道："第二遍的茶汤，去了之前的浊气。"她正欲为韦皋端茶过去，韦皋赶忙说："别，别过来，地上有瓷片，仔细伤了你的脚。"他站起身，走向她，又说："走吧，让秋生差人来收拾，你陪我到湖心对弈一局，可否？"

"小女棋艺不精，哪里是韦大人的对手？"

"我让你几子，行不行？"韦皋道。

薛涛昂首一笑，点了点头。

3

两人下了楼，沿环湖小径绕到镜湖西北侧，便见到层层积石堆砌成山；移步山后，听得水声潺潺，那是人工引水造出一方小瀑布，流水由山头淌进平湖之中。湖心有两岛，前岛有滩，后岛建亭，皆以木桥相通。韦皋和薛涛踏过咿呀作响的木桥，到了不着朱漆、黑瓦白壁的湖心亭，亭子四周挂有青竹帘帷、白麻帐幕，内设木制椅榻两张，漆琴一张，搁架两个，架上摆放佛道经书若干，还有一张棋盘，两坛棋子。

"韦大人这座北苑真是别有洞天，水一湖、竹千竿，仰观云石、俯戏池鱼，光是湖心亭的配色也不落俗套，摒弃那些彩绘描金的花蝶粉饰，超脱凡俗。"薛涛站在竹帘下望向北边的瀑布、竹林，感叹道。

"也要感谢前任节度使张大人在园中引水开湖，我才能在湖上造景。且西川不比北方，北方的冬季肃杀漫长，色调单一，人们便喜欢在亭台墙面上做些浓墨重彩的装饰，粉墙绿瓦，图个喜庆热闹嘛。四川是一年四季花信不断、松竹常青的，绿树山花掩映黑白素色的楼台，才最是干净好看、野趣横生！"

经过一番讨论，薛涛见韦皋脸上笼罩的阴郁神色消散了大半，也跟着开怀起来。两人当下摆开棋盘落座执棋。薛涛提气凝神，对韦皋说："先让我四子。"她以葱白手指夹住黑子，撒了四粒在棋盘四角的星位，口中念道："四子占四方！"

听了薛涛这句，韦皋心领神会地笑开了，他不慌不忙执起白子置于棋盘天元上，朗声说："一子定乾坤。"

薛涛一双盈盈笑眼直视韦皋，叹道："知我者，韦大人也。"

原来薛涛的布阵之法，不是最优，却是效仿隋末的虬髯客张三与李世民的对弈之法。那二人第一次会面便切磋棋艺，论的不是三百六十一道棋盘上的输赢，而是天下之定数。李世民自信棋艺远超虬髯客，于是主动让四子。但他第一手把住天元，一直掌握主动，棋局中盘过后，虬髯客所占四角已被吃了三个，当李世民正欲向最后一角发起进攻，虬髯客忽地抬手拦住，道："中原大地已是公子囊中之物，山高水远的东北一隅，公子可否交托于我？"

果然，棋局定乾坤。数年后，李世民成了开创大唐盛世的唐太宗，虬髯客则亲率十万大军渡海东征，统领扶余国，当了一方新王。

与韦皋对局，薛涛便效仿虬髯客，而韦皋的对招则与当日的李世民如出一辙，显然是识得这其中的趣意。亭台中对坐的二人相视一笑，便什么都明了了。韦皋说："不是跟你说过，四下无人时，可直呼我城武的么？"

"好啊，城武兄，或者应该是，城武叔……"薛涛俏皮地抿嘴乐了。

一个多时辰后，棋局过半，薛涛懊恼地望着棋盘说一声："输了输了，败局已定，不玩了。"

韦皋道："这就认输了？我倒觉得是棋逢对手。"

薛涛作了个揖："城武兄，等用过午饭，我们再来一局！"

棋逢对手便会上瘾，午饭用罢，二人也不回各自的宅院休憩，而是到亭中继续切磋。这一次，到了中盘，韦皋仍以微弱优势占上风。薛涛提议："干下棋也是没意思，不如，我们来玩个游戏？"

"玩什么新鲜游戏？"

"以前，我和眉州县的孩子们常常玩报茶名，谁接不上了谁就认罚，今天和城武兄就来，报酒名，每落一子，报一种酒，如何？"

韦皋得意地仰头说："你先来？"

"好，郢州富水！"薛涛落一子。

"乌程之若下。"

"岭南之灵溪。"

"浔阳湓水……"

二人说遍从京城到西域、大江南北的酒名，薛涛说完"剑南之烧春"后，就再也想不起新名。她只得央求韦皋道："酒名我本不熟，城武兄帮我想几个可好？肯定难不倒您这位老江湖吧！"

"好好，帮你想一个。"韦皋搜肠刮肚地思索后，道："给你说一个蛤蟆陵郎官清！"薛涛放下一子。他又说："我自己来这个，虾蟆陵阿婆清。"他也走了一步。在薛涛面前，平日里装腔作势的节度使倒是很实诚，接着帮薛涛说："波斯有三勒浆类酒。"

薛涛问："城武兄果然见多识广，何谓三勒？"

"那是三种果子酿造的琼浆，分别是庵摩勒、毗梨勒、诃梨勒。"

"异域物件，古里古怪的。城武兄，您快接着落子吧。"薛涛不经意地笑了笑。

韦皋介绍果酒正起劲，落了子，又继续兴致勃勃地说起这波斯名酒。几个来回后，他再执棋看棋盘，却发现自己的白子已不知不觉输了阵势，连损三角。"欸？这，怎么回事？"他慌了神，叫道。

对面的薛涛笑吟吟地望着他，道："城武兄，我们也已切磋将近两个时辰咯！"她一副胜券在握的模样。

韦皋盯着棋盘看了半天，愣是没想出破解之术，急得脑门出了汗，他在人前老成持重、城府颇深，此刻却像个孩童一般垂头丧气，认真地歪着脑袋道："你这丫头，从什么时候开始占的上风？这不算！"

薛涛取出帕子，探着身子，帮韦皋揩了揩汗，懵懂地说："小女不知城武兄在说什么呢！这盘棋，不是还没下完呢吗？"

"明摆着胜负已分！你呀，可算是让我着了你的道儿！"韦皋抱憾着，不依不饶地嚷嚷，"不行，这局不算，再来一局，分明是你偷奸耍滑，叫我分心！"

薛涛心中偷乐：威震一方的节帅怎么还在自己面前耍起无赖来了？他这样的性情当真可爱得很。薛涛装作若无其事，一本正经地逗他："城武兄想一想，孟夫子不也说了，高手奕秋教二人下棋，其一专心致志，惟奕秋之为听；一人虽听之，一心以为有鸿鹄将至，思援弓缴而射之，虽同样是学棋，却比前面那位学生差远了。您且评一评，这两位学生，谁能赢过谁？"

孟子这篇小文韦皋何尝不是熟读能诵，他仔细思量片刻，开心地咧嘴笑起来，然后瞧着薛涛，眼睛一亮："是了，我必定赢不了你。只因我的心思确实不在这方棋盘之上，全在与我对弈之人身上。"

霎时间，薛涛粉玉一般的白净脸盘笼上两团绯红的烟霞色。

4

不知是否是巴蜀地区生活太安逸了，入了冬，人人都生出倦怠之意，西川使府每日的朝会议事，变成了有事私禀、隔日一议。公务之外的大半时间，韦皋决定多多组织僚佐们品香烹茶、歌乐游宴、饮酒赋诗，大小盛会都将薛涛带在身边。

没过几天，段文昌回到益州复命。邛州、戎州、维州、绵州几地的盐井情况，他已经查了一圈，查实确有多地隐瞒盐量、漏缴盐税，也一一做了记录、尽量取证。他和翟晔的下一个目的地便是益州边上的眉州，与成都相去二百里。

那日在使府正堂提起去眉州，薛涛便两眼发亮，她若有所思地望了韦皋一眼，韦皋便道："翟司马，段校书，眉州盐井不多，但听说卤水丰沛，这样吧，薛涛是自小长在眉州的，由她陪你们同去，也好速速探明那边的情况。"

翟晔早听说薛涛是韦皋身边的大红人。下臣们议论纷纷，说如今不论内务外事，但凡韦大人行经处，少不了这位以诗才见长的美艳少女。此次韦皋吩咐自己亲自带薛涛出行，他自然不敢有一丝推脱与怠慢，赶忙应声道："再好不过！我们正对眉州一筹莫展，辛苦娘子了！"

此次几位官员亲赴眉州，韦皋指派了八名侍卫贴身保护，还叫知芸随行。如此大阵仗，这可是翟、段二位在其他郡县从未享受到的。刚到眉州，翟晔他们去官府赴宴，薛涛则带着知芸回家探望母亲，第二日辰末，几人约在醉月楼饮茶、商议。

薛涛到时，翟晔、段文昌已在茶楼二层的临街包间恭候。薛涛一进屋便看到桌上的账簿，她大略翻了翻，说："二位大人，这么快就已经把账簿拿到手了，此簿上的记录，应该与成都官署的记录无异吧。"

"那是自然，刘刺史能轻易拿出手的东西，想来也不会露出破绽。"段文昌说道。

"这刘刺史，一看就是个精明人啊。我们还未去勘察亭场，他就主动供出亭场场主的表兄弟偷盗、私贩井盐的案子。"翟晔感叹着，重重突出了"精明"二字，他自己便是精明人，当然容易识破旁人耍的小心机。

"哦？有这等事？亭场是哪一户在主持煮制贩售？"薛涛蹙眉道。

"宋家，当家的名叫宋漪。"段文昌道。

薛涛点点头说："原来是眉州宋家。"

"怎么娘子与他们家相熟？"段文昌又说。

"并不很熟，宋记杂铺在眉州有三家店，卖米粮佐料、糕点瓜果、各类杂物，也算老字号了。记得前几年，逢年过节宋老爷都会备些薄礼送给街坊邻居，做事为人尚算得体。"

"宋老爷就是宋漪？"

"宋老爷都快六十啦，宋漪是他家长子。"

"奇怪！"翟晔道，"我们查访多地，发现地方官员和盐商之间的瓜葛，常常是互相勾结、利益均沾。到了眉州，官员不但不包庇盐商这样的大金主,反把人家拖下水。"

日日诵经礼佛的段文昌向来度人以善,他笑着说:"善哉善哉!如此说来,刘刺史是个不可多得的清官,秉公执法,和商贾之家界限划得清清楚楚。"

薛涛瞥了他一眼:"他和宋家的关系我不清楚,但据我所知,刘刺史和眉州好些大商户交情匪浅。他一上任,最热衷结交的,就是商贾之户。"

翟晔道:"既然如此,我们将计就计,刘单不是说宋漪的表弟杨通被收押眉州大牢了么?我们逐一查查这涉案人员,假的真不了。"

"好!我们明日便先入牢审审他,如何?"薛涛提议道。一听要去牢狱,她便起了私心。

听闻翟晔、段文昌要质询宋家私盐案的嫌犯,眉州的刘刺史心里是一百个不情愿。但劝阻无效,他只得带着两位大人和四位随行侍卫往牢狱里走。薛涛和知芸也扮作侍卫混进队伍,心神不宁的刘刺史倒也没对她俩的身份生疑。

进了官署牢院,薛涛闻到一股熟悉的潮霉之味,她浑身的每一寸筋骨都紧绷起来。一行六人纷纷卸除身边的纸、笔、金刀、文钱等物件,摆在院中的长案上,待大家走到庭院中的岔道口,刘单指着左边的一条甬道,说:"几位请走左边,宋家亭场的盗盐贼是关在左厢牢房。"

"哦,眉州有两个牢狱?"翟晔随口问道。

"是的,老规矩了。左厢这一道牢房,关押的都是些贪贿、失窃、假公徇私等案件的轻犯。"

"那么右厢呢?"

"右厢,几位大人就千万别去,那边关押重犯,都是些杀人放火的恶徒,斗殴劫舍的浮浪少年,还有边境逃兵呢!反正都是些不怕死的。"

逃兵?这两个字直愣愣戳进薛涛心里。父亲不正是被逃兵传染了瘟疫,才病死狱中么!记得她见父亲最后一面,便是去牢狱、走的左道,若逃兵囚于右厢,疫病何以传到隔墙隔院父亲身上?

这条通往囚室的路,她走得一步比一步沉重。

牢房的提审室里,一个低眉顺眼的男子蹲在墙角,瞅着光秃秃的地面发呆。听到有人开门进屋,他惊得又往角落里缩了缩,眼见六位陌生的官爷和刘刺史、胡司法一起进门,不自觉地露出畏惧之色。

胡司法对那男子道:"杨通,益州的大人来咱们眉州巡查,你还不跪下?"

扑通一声,杨通双膝着地趴下身子。

见这男子衣服污浊,一脸颓丧,段文昌生出恻隐之心,道:"不用跪不用跪,起来说话。到底是怎么一桩案子,胡司法能否简略讲讲?"

眉州司法胡一舟应了一声,急急道来。原来,半个月前的一天,看守南门的兵士例行抽查出城的商队,宋家有两架马车也在队列中。平日各大商号车来车往,小吏们只凭借一张货单,揭开车幔象征性地瞧上几眼便会放行,可巧这一天,一位老吏却看出些端倪,钻进车里上上下下翻了个仔细,发现车上的布匹米粮下面,竟藏着官署未验过、货单未标明的十石盐巴,于是将这件事情报了官署立了案。

　　后来，经官署调查，宋家一向是诚信经营，不要说藏私漏税，连与老百姓做买卖都不会短斤少两。此次的案子，乃是投奔宋家的表亲杨通伙同几个伙计干的。

　　胡一舟一席话下来，当事人杨通一直垂着眼，一副无奈又无言的模样。翟晔面对这闷葫芦横眉呵斥道："我且问你，此等勾当干了多久？"

　　屋内众人眼光齐刷刷地扫向杨通，杨通傻兮兮地愣了一愣，张着嘴，微微吐出几个字："几个……几个月了。"

　　"到底几个月？"翟晔追问。

　　"四个……噢，五个月……"杨通支支吾吾的，言语时瞄了刘单两眼。

　　"整件事都是你主使的，你在宋家是管事的？"

　　"是，是的官爷。我们是远……远房表亲！"

　　"那运了多少石盐出去？"

　　听到这句问话，杨通忽然言之凿凿道："噢，前后运了三百八十石，赚了六千多两银子！这银子我可没独拿，也分给一起干活儿的几个伙计了。"

　　这工夫，薛涛将面前的罪犯上上下下打量了一番，这个杨通皮肤黝黑，不合身的灰色丝质长袍下头露出粗布裤管，说话则吞吞吐吐、一口乡音，不像商人，却像个老实巴交的农人。他见了陌生的官员，慌里慌张的也算正常，提到运盐数量，便突然间胸有成竹、嘴皮子溜了起来，简直跟背台词儿似的。这时候宋漪向胡一舟和颜悦色地说："胡司法，他的罪证已是确凿了吧？"

"自己都认了,还不确凿?"

"其他人证物证可还有吗?"

"对!有人证,铺子里的伙计。物证就是那些私盐。"

"胡司法断案神速,翟某佩服!"翟晔向胡一舟拱了拱手,然后对刘单说:"眉州这边的麻烦事儿既已水落石出,我们回去也好向大将军禀报。明日到宋家亭场,统计一下盐产量、官税数,便可打道回府啦!"

"那么,今晚一起好好聚!"刘单舒了口长气,眯着眼笑起来。

5

眉州最繁华的街道要数东西向的新苑街,隔壁的新竹街次之,宋记杂铺的主店就在新竹街上。

薛涛领着翟晔、段文昌、知芸来到这条街,正打算找个地方吃碗豆花,看看这杂铺究竟是怎样一番光景。她若无其事地扫了几眼,发现宋记杂铺对街那家店门前排着长队,门楣上挂着牌匾,写着"程济药馆"几个大字。

"嘿,程家的铺子开到这里来了!"薛涛高兴地握拳道。她先安排同伴在一家小吃店里点了一桌子点心,然后说:"你们吃着,我去会会老朋友。"说着就跨门而出。

药馆门口排队的大多是衣衫破旧的乡亲农人,队列通向药馆正堂,程老爷正襟坐在桌案前给一个抱着孩子的妇人看诊,忙得不可开交。薛涛见状,径直进了正堂,在药材档前面兜兜转转。

堂内的掌柜、学徒因见她穿一身官署衙役的服装,都不敢主动与她说话。不一会儿,一个白衫男子从后堂出来,边走边说:"董掌柜,哪位客人说要当归的?我给你取来了。"

薛涛上前拍了拍那人肩膀:"嘿,今天又是义诊日?"原来白衫男子便是她从小玩到大的老友——程旭。

程旭呆上几秒,指着薛涛道:"洪度!你……怎么回来了!"虽然薛涛乔装打扮,他还是很快认出她来。

"这趟回来是办差的,发现程家药店开到了主街!怎么样,伯父伯母好不好?"

"还不错!你母亲身体也不错!出门这么久了,来,到后堂我给你把把脉。"程旭总是这么体贴人。

薛涛道:"不忙,程旭哥哥,我们后面说话,有点儿事情想请教你。斜对面那家宋记,旭哥哥熟不熟?"

"宋老爷我不熟,我家店铺搬过来后,宋记一直都是宋漪理事,两家门脸对着门脸,低头不见抬头见。"

"宋家最近惹了官司,知道吗?"

"啊?有这回事?"程旭惊得一哆嗦,说:"完全没听说,他们宋记开门营业一日未歇,未见异常。"

"那你可知道,他们家有个管事叫杨通,主管亭场和杂铺货物运送的?"薛涛又问。

"开玩笑的吧,管理亭场和杂铺货运?一个人怎能兼顾这么重要的两头事?什么杨通,我也从未见过。"程旭哼了一声,说。

"为什么不能同时管两头?"

"洪度你想想看,眉州就一处亭场,在东郊城外十几里,宋家是因为祖上买了那片田地，亭场的开凿经营权才落到他们手里。如今连目不识丁的农妇工匠都知道，守着亭场，等于守着一座小金山，多少人眼红！这么重要的产业，他们若拨了人管理，又怎会让此人再兼顾城里铺头的运输？而且据我看，宋家少则三天一发货，勤时则两天一发货，运货装车，宋漪盯得紧着呢！"

薛涛点了点头，把这情形牢牢记在脑中，然后说："那，官署是否跟宋家有什么往来？"

"没听说啊。你知道我跟宋漪隔了一辈儿，本不是交心交底的关系。我想想啊，倒是父亲有一次说起，说是宋漪问了他，官署有没有请他老人家去赴过宴、吃过饭。"

"伯父怎么回答的？他们还说什么了？"

"也没什么其他的，父亲说他没去过，又问宋漪是不是被刘刺史叫去了，当时宋漪苦着一张脸，说确实去过一次。"

"这是什么时候的事？"

"也就个把月之前吧！我们也是饭桌上闲聊，偶然听父亲说起的。"

薛涛收了收下巴，想了一想，又向程旭说："受教了，多谢旭哥哥！洪度今日先告辞。若还有什么想知道的，我再来问？"

"好啊！只要能帮上忙。你这就要走了？不去见见家父？我还有好多话想要问你！"

薛涛抬起袖子，无奈道："你瞧我这身装扮，还是改日再来给伯父请安。"她匆匆作别，便回去找翟晔和段文昌，把探听到的信息与他们交代清楚。

翟晔说："果然，这个杨通有问题。他口中说的都是假供词，看来我们得亲自找宋漪问个清楚。"

薛涛凝神道:"大牢里,杨通根本就没能说上几句话,您想,案情大部分都是谁说的?"

"你是怀疑胡司法?"

"胡司法又是接的谁的授意?"

"对啊,还是一州之刺史!"翟晔说。"不过我就想不明白,若刘单真是清官断案,遇到宋家运私盐这样的事,他便应严惩不贷。若他们之间勾结,共享利益,便该力保宋家、包庇宋家。何以像现在这样,不明不白!"

段文昌听了半天,哀声道:"走了这么一路,看了这么多乱事,我当真理不清楚了!世道什么时候变成这样?"

翟晔呵呵笑道:"有利之处,必有脏污,老弟可别这么看不开!你就全当红尘历练,修习佛心吧!"

"两位,我看我们还是先别打草惊蛇,如果宋漪真和刘单串通好了,他必然已编好一套供词应对。我们不如明日赶早,再自行去牢狱一趟。现下刘单正放松警惕,何不避实击虚,再慰问慰问那位杨表弟?"

"娘子此法甚好!"翟晔点头道,"杨通是他们之中最老实的一个,要想撬开他的嘴,不是难事。"

惜春院的酒席可以一直摆到天明,翟晔不胜酒力,早早便醉卧席间,段文昌则陪刘单喝到了三更天。回到客栈睡了两个时辰不到,他们又被侍卫叫醒,和薛涛、知芸一起奔赴官署大牢。大牢门禁森严,门口的官兵见了四人当然要拦,翟晔却喝道:"你们不认得我？白天刘单刺史和司法亲自带我们过来的！现在，我们奉西川节度使之命来检阅人犯！耽误了时机，你们担待得起？"他从腰间摘出节度使府衙的令牌。

门卫中有人昨天见过翟、段二人，也知道刺史确实对这几人态度恭敬顺从。他们聚在一处私语几句，便乖乖放行，只派了一人去刘单府上通传。

进了大门，薛涛小声说："我们得尽快，看来刘单很快会赶过来。"

段文昌则得意地笑道："不可能，我豁出命来灌他酒，昨晚一晚上喝掉多少坛老泸州！就他，至少得缓一上午。"

几人一边说，一边除去身边的刀笔物件，这时候，从右边的甬道走出一个侍卫，他穿着下层官兵的衣裳，仿佛是醉得厉害，晃晃悠悠，走不了直线。薛涛看了他一眼，立马慌里慌张地收回刚摘下来的佩刀，迅速简短地和翟晔说，我有要事，你们去审。说着便穿戴齐备，装作不经意地跟着那名侍卫，原路折返出了大门。

翟晔也不知发生什么事，赶紧吩咐知芸："快跟去。"知芸前一秒才懒洋洋地没睡醒，后一秒便铆足了精神去追薛涛。

晨鼓未响，天还黑着，街上一派冷清萧瑟。这是一天里最寒冷的时间，大户人家门口挂着的红灯笼也照不出几分暖意，那名被薛涛尾随的官兵大概是因为喝了酒，体内一暖，身子骨就越发能感受彻骨之寒。他跌跌撞撞，笼着袖子贴着墙根往前走，走到一个拐角处，突然一个趔趄跌倒在地，继而坐在地上大笑起来。

知芸早就追上了薛涛，她问："娘子，你想怎么办？"

"我……我想把他绑起来问话！"

知芸一拍胸脯道："好说，好说。"却又为难地说："可我没有绳子。难不成，要挑断他脚筋让他跑不掉？"

薛涛听了这话，吓了一跳："开什么玩笑！"

"嘻嘻，那不如，先把他迷倒吧！"她从腰间掏出了一小盒"嗜百香"，机灵地晃了晃。

大醉的狱卒乍一醒，还以为自己遇上什么好心人。那时天已露出鱼肚白，周遭鸟雀齐鸣，他躺在一个废弃的院落里，身上盖一床破棉被，正想挣扎着起身，才发现整个人已被五花大绑。

他慌了神，警觉地朝四周围望了望，只见院子斜对面的台阶上坐着一个俊俏侍卫，正拿一双水灵灵的大眼睛瞧着他，看他睁眼，兴奋地喊道："洪度姐姐，姐姐！这个人醒了！"

薛涛从厅堂里跑出来，定睛看了看这狱卒，一股怒火蹿了上来，直问道："你可认得我？"

这两个侍卫难道都是妙龄女子？狱卒听到两句"姐姐"，已经猜到七八分。他喝道："大胆，两个假侍卫，敢私绑官府的人！"

知芸见他嚣张跋扈，也不着恼，轻轻松松拽了拽攥在手里的一根粗麻绳，这一拽，狱卒的脖子一紧，整个人被牵扯得匍匐在地。原来绳索另一端套在狱卒的颈项上。

薛涛见状，也是讶异无奈："你这是什么玩法儿？"

"姐姐，我们在家乡拴小狗拴下奴，都是这拴法儿。"

狱卒想要挣开绳索，却又动弹不得，他见这两个女子气势不凡，便开始有几分惧怕了，说："你们到底要做什么？我跟你们，无冤无仇。"

薛涛道："不管有没有冤仇，我问什么，你便答什么。"

"到底想知道什么？"

"你还记得眉州的司仓，薛郧么？可还记得三年前牵涉他的一桩贪墨案？"薛涛幽幽地问道。

"不记得。"狱卒毫不迟疑地说。

薛涛凌厉地横了他一眼："呵，你明明记得。"

"我说了，不记得！"狱卒又说。

"这么快就果决地回答了，连想都不用想，你根本就是记得！而且眉州这么个小地方，几年来也就出了一桩官员贪墨之案，你又不傻，别打马虎眼儿。"

狱卒低了低头，道："你，你是他家人？"

想到父亲，薛涛禁不住潸然泪下，狠狠咬了咬嘴唇。

狱卒见这女子如此，也微微动了恻隐之心，说："罢了，人人都有父母、妻女，你有什么就问。"

薛涛说："记得当日你领队，从我家中带走父亲，后来余司户带我探监，你也在。我知道你是奉命行事，前几天去牢狱想找你问问清楚，结果探遍了各个角落都未能寻着你。"

"哈哈，哈哈！"这狱卒可能酒还没醒彻底，大笑道，"是了，以前我自领十人的卫队，还以为这两年晋升有望，没想到几任刺史轮下来，却混成这副鸟样儿。娘子去的是左边的大牢，我啊，早被打发到右道的死牢守夜去啦！"

薛涛看这狱卒也是可怜，念叨着："地方官轮换了，府衙重用之人自然也会轮转，也没什么可怨天尤人的。我是想问问，我父亲到底因何而去世？"

"是瘟疫致死。"狱卒轻声说。

"何种瘟疫？"

"时疫。"

"那一年是丰年，又无水涝，没听说本县闹时疫。"

"哦哦。日子久了我记不清了,可能,应该是尸疫。"狱卒改口道。

看他如此闪烁其词，薛涛竖眉怒斥："还在骗我？瞒着我，对你又有什么好处？"

狱卒翻着白眼："你怎知我是骗你？"

"对，我知道，你就是骗我。"薛涛气汹汹地说，"你要这样也行，我反正没工夫跟你在这里磨洋工。不想老老实实回答我的问题，你就别想走出这院子。"说罢，她冲到门口对门外什么人说了几句，不一会儿，一个和她行头相同的高大男人提来一个鸟笼，里头有一只白毛红顶的鹦鹉。

薛涛接过鸟笼，吩咐侍卫继续在门口等，自己向知芸一伸手，知芸则将一个小盒子交过来。薛涛一言不发，走到另一个墙角将盒中粉末向那鸟儿一撒，鸟儿不消几秒，栽倒在地，一动不动。

狱卒何时见过这种毒药，他颤抖着叫道："你们把它怎么了？死了？"

知芸讪笑："看不见吗？活着不易，还要讨好主人、鹦鹉学舌，死，多容易，保管没人察觉，无声无息。"

狱卒在官府任职多年，辨得出两个姑娘穿的官服不是伪造的服饰，又见门口堵着真正的侍卫，他料到这二人身份神秘一定来头不小，若再不说实话恐怕真的自身难保，于是埋着头低声说："薛司仓，他是暴毙而死，在那天用过晚饭后。"

世界天旋地转，虽说心中已有准备，那一刻，薛涛仍觉得千万支利箭齐齐刺向自己的心脏。

6

依照狱卒的交代，薛郧去世那天，饭食是由小卒转了几手送入大牢的。饭菜异常丰盛，有鱼有肉，装在一只红漆木篮之中，据说是薛司仓的好友特地为他准备。至于这位"好友"的身份，早已无从查据。

如此看来，眉州的刺史、当时的司法，从一开始便一直在编瞎话。他们到底谁是主使？是不是故意在包庇谁？薛涛只觉一颗心重重往下一沉。

她又怒又气，吩咐门口的侍卫善后，随即出了院门跨上马儿狂奔，这时候知芸抬头看了看天上的日头，靠了过来。"姐姐，你看看几时了？已经巳初了，恐怕刘刺史也快上公廨去了。一去我们就会暴露，还是按原定计划，赶紧回客栈和段郎君他们会合吧。"知芸劝到。

薛涛不是不知道轻重缓急，抚了抚马背上了马。

到了客栈，段文昌、翟晔和侍卫一起取了行李等在前院，随行的还有一位长相斯文的陌生男子。段文昌简短介绍道："这位是宋漪，我俩在牢里唬了唬那个杨通，他就全都招了。可惜一时没法从牢里把他带出来，我们就去找了宋先生，带他一起去成都向韦大夫复命。"

翟晔在一旁冷笑:"宋先生虽然有错,不过这件事情,主要还是刘单搞的鬼,他在眉州未免太无法无天。我们赶紧启程,别让他们追上了。详情路上再说!"

匆匆忙忙脱下侍卫服、换上骑射的便装后,薛涛和知芸便随几人一路向西出了城门。策马骑行了约莫半个时辰,薛涛只觉胸闷气短,呼吸不畅,勒了勒缰绳下马来,大家见状,纷纷也停下。

"薛娘子,怎么了?"段文昌问。

知芸搀扶着薛涛,触到她的手,一惊:"姐姐怎么双手冰凉!应该是今天太累,再加上,查到一些了不得的事儿。"

段文昌关切地看了看她,指着前面不远处主路旁的小茶馆说:"没事吧,前面就是间茶肆,不如我们去那边歇息?"只见店家的旗杆上挂着帷旗,果然写着"听涛茶肆"四个字。

"你们先快快回成都,我陪姐姐休息可好?反正有我在,你们放心。"知芸说。

翟晔喊道:"这怎么行!"他生怕照顾不好薛涛,惹恼上司。段文昌却拽了拽翟晔的衣袖,说:"我们穿官服,太招人耳目,跟我们在一起恐怕更危险。"翟晔这才点点头,一个劲儿叮嘱知芸,并将一把精巧的匕首交到薛涛手上,万般不舍地带着大家继续赶路。

坐在小店外、阳棚下,喝上热乎乎的茶汤,薛涛身子渐渐暖和起来。只是一想到那位"父亲的好友"她就心气不顺,对知芸说:"你可曾被人背叛过?被自己最信任的人?"

"背叛,当然!"知芸轻描淡写地说。"我就曾爱上我们部族的一个贵族男子,我和我最要好的女伴说了这事,我女伴说她一定站在我这边。结果不到一个月,她却先和这男子好上了……算不算背叛?"

"这……"薛涛吞吞吐吐,不知如何评判,说:"世上最难理清的就是感情官司,不过作为朋友,你女伴确实不讲义气,背叛了你。"

"就是说啊,当时真是气死我了!不过现在想想,她也是做了件好事,因为她,我才能遇到韦郎啊!"知芸转瞬又天真地笑起来。

正当此时,一阵急促的马蹄声由远及近,打断了二人的对谈。十几个侍卫骑着高头大马、频频挥鞭向北疾驰,其中一个粗眉男子霸气地跑在前头,他见这茶肆的伙计忙前忙后,大声喝道:"店小二,可否看见两个穿华贵官服的官老爷领着五六个侍卫走这条路?"

知芸听了问话,急得直想替店家答话,薛涛却递了个眼神,将她的手按住了。

"确有官老爷走这边,不过侍卫只有两三个。"

"好!有劳,有劳。"粗眉男子转头对其余侍卫说:"我们再快马加鞭赶一程,这回,是要立功啦!"他们明摆着是在追翟晔、段文昌一干人。等他们一走,知芸马上拍案而起:"我去救翟大人、段大人去!"

薛涛又拉住她:"你别忙,好好想想,你打得过那十几个壮汉吗?"

"打得过要打,打不过也要打!"

"就凭我们俩,不给翟大人他们添乱就不错了,我们现在抄小路去成都。如果我们到了,翟大人他们还没到,必定是沿途出了问题，我们就赶紧找节帅请救兵。"

知芸一双眼睛还是直愣愣地望着薛涛，仿佛仍想去拦住那批待卫，又不好驳了薛涛的意思。薛涛又道："翟段二位是成都官员，一个眉州刺史，最多把他们绑回去，不能把他们怎么样。我担心的是宋先生。事不宜迟，咱们赶紧上路吧！"

知芸立即去牵马，乖乖跟薛涛走山路。

翻过两座野山坡，一路先走小道再扎进官道，连马儿都乏得乱了步子，酉初时分，薛涛和知芸总算是赶到使府大门前。只见门外门内车马喧哗，一改平日的庄严肃静。二门外停着一排大轿，仆役们则进进出出、忙个不停。薛涛拦住一个小厮问："今日府中有宴请？"

这小厮并不认得薛涛，只知她容貌美丽却一身尘土，问："姑娘也是远道来赴宴的？可有名帖待我呈给管事的？酒宴刚开始呢。"

"不必了，我们住府里，门卫都认得的。"知芸打发了小厮，又对薛涛说："看来府中大开宴席，我们换身漂亮衣装再去赴宴吗？"

"不换衣衫了，现在就去找节帅，主要是看看翟晔他们回来了没。"薛涛交了马，和知芸一道进了二门。

寻到正堂，薛涛先在堂外瞧了瞧，大堂之上，三位姑娘正扭动腰肢，跳一曲波斯舞，韦皋坐在正席，各级官员也都落座了，大家大概已经举杯开宴，这时候，个个都自顾自地吃得畅快，吃过这一轮，大家便会开启酒桌上的厮杀。薛涛粗略扫了一眼，见相熟的成都僚佐们坐在韦皋左侧，翟晔也混在其中，她略微安心了些。可是找来找去，愣是没见到段文昌，却见韦皋右侧那列官员中，有一人正是邛州刺史成贵平。

这又是怎么回事？难道韦皋还没拿下这贪赃枉法的贪官，却专为他摆了一道鸿门宴？她心中疑惑，赶紧请人通传，而高位上的韦皋一听说薛涛回来，精神一振，忙命人在自己身旁加一套餐食，请她入席。

薛涛进了大堂，却先绕到翟晔身边说话。"你们没被眉州官府的人截住吧！文昌兄呢？宋先生呢？"

"娘子别急，我们是遇上了眉州的侍卫，他们不敢抓我和文昌，但却依着刘刺史的一道指令，执意要拉宋先生回去问话。"

"宋先生就这样回去啦？"

"他当时是非回去不可……我们也怕宋先生回去遭遇不测。于是由文昌陪着一起回了眉州，我回成都同韦大人通个气，现在，我们卫队已经出发到眉州，将文昌、宋先生一起带回来！"

薛涛心想，也只能如此了。又问："今天使府大摆宴席是为的什么？"

翟晔笑道："这个呀，我也是临时过来的，韦大人近日把几个产盐区县的地方官和大盐商请到益州，这已经是第二场歌宴啦……"

众人注目下，翟晔呵呵笑着，还想与这位节度使府的大红人多聊两句，哪知薛涛眉头一皱，快步行至韦皋身边的席位坐下。有薛涛在侧，韦皋笑吟吟地介绍道："各位，今日筵席又迎来一位上宾，便是我身边这位肤如凝脂、貌若仙子的薛涛，薛娘子！其文采风流，可独步士大夫之列，老夫自叹不如。"

席间众人听了节度使一番陈述，纷纷望向薛涛，直呼"久仰久仰"，尤其是那些初来乍到的地方官们，个个摆出一副对这位美人神往已久的样子。韦正贯则说道："各位有福了，今日能看到薛妹妹即席赋诗！"

薛涛此时完全听不进那些虚浮客套的说辞，韦皋盛赞之下，她一点也不给面子，反而冷脸问韦皋："韦大人，怎么邛州的罪犯不入大牢，反而成了大人的座上客？"

韦皋当然知道她在斥责什么，回答道："你且好好吃点东西，休息休息，我再慢慢同你说。"

"不必，我饿不着。大人请先回答我，到底有没有将邛州亭场的贪腐案上奏朝廷？"

"凡事都急不得。"韦皋好言劝道。

"大人派我们去查案，那可是次次都十万火急！"薛涛挑着眉说。

韦皋自从到成都上任以来，从未见过有人如此挑衅自己，这会儿看到薛涛一脸蔑视的神情，心中有些恼怒，大声道："好，你要一个结果。邛州的成刺史，上前来说话吧！"

成贵平连忙上前，唯唯诺诺地问："大将军……有何吩咐？"

"将你们县里亭场的案子，如实报来。"

成贵平拿眼角扫了扫薛涛，显然认出了她，又不敢正眼相视，缩着脖子说："我们邛州的亭场原本一直是经营妥善，谁知管事姚重山，胆敢私自偷运官盐，压迫工人做苦役，取井火制盐而不上报，中饱私囊，其心可诛。现下小官已将他捉拿归案，三日后问斩，亭场……亭场场主管理不善，酌情罚款予以警示。"

"好，你回去坐。"韦皋冷脸对成贵平说完话，又转头轻声对薛涛说："你都听见了。"

薛涛低垂眼帘，对着满桌美食只觉胃口全无，简直要作呕。在眉州，她才刚刚探得父案的线索，到了成都，便似乎看到一个口蜜腹剑、口是心非的韦大人。面前这个男人，还是那个破格让自己上堂议事、与自己吟诗对弈谈天说地的韦皋吗？他仿佛可在人前随意切换身份，戴着一张张面具。假面之下，真正的脸孔到底是如何却无人知晓。静默片刻，薛涛说："成贵平所说的，就是大人调查的真相？"

韦皋有些心虚，柔声道："一时半会儿说不清，回头再慢慢解释，我也有不得已的苦衷啊！来，我们先喝一杯，解解乏！"他端起自己的酒杯，面向薛涛而坐。

只见薛涛慢慢抬眼，含泪不语，黯然望着韦皋，一个字也说不出。转瞬她又低头瞥了一眼桌上的酒杯，杯中美酒已经满上，她不执杯，却将袖衫一拂，"哐当"一声，琼浆玉液洒了一桌。

她不打招呼便起身离席，头也不回地朝外走。

第九章 心系不同舟

1

由崔判官主理、翟司马协理,眉州盐务的案子很快水落石出。一周后,朝会议事之时,崔判官即将案情梳理上报。

"眉州宋家乃当地唯一盐井地之地主,一直谨遵法度、合法经营亭场。刘单任眉州刺史以来,向宋家征讨盐利不成,便一再私增盐税,致使宋家亭场入不敷出,只得违法贩私盐卖往邻县。刘单以此事为由立案而不明断,背地要挟宋家、欲夺亭场之利,并怂恿宋漪令其远方表亲杨通顶罪……经查实,宋漪知法犯法、违法贩盐,念其投案自首、申报有功,罚没白银五千两;刘单欺瞒上下、徇私枉法、罪无可恕,现与其副手胡一舟押送成都府牢狱,待上奏后将罪犯移交大理寺,再行定罪问责。"

大堂上,段文昌、韦正贯两人连声叫好、表现激昂。韦皋看了看他们,又拿冷浸浸的眸子横扫大厅,薛涛仍不在僚佐之列。

自打回了成都府,薛涛便躲进后院,大门不出二门不迈,拒不参与议事宴饮。这不免招来官员们的议论,大家都说薛娘子耍起脾气,竟敢给大将军脸色看,实属大逆不道。

韦皋倒也懒得管那些闲言碎语。料理了公务,他带着秋生步行至薛涛住的院子。院门大开,西厢房则是大门紧阖。秋生在门外唤了两声:"绥玉,薛娘子可在吗?"见门内无人应答,他接着道:"薛娘子在不在?"

秋生上前推了一把门,这道门却从里头锁住了。显然,门内有人。秋生道:"薛娘子?在的吧?我是秋生。"

房内终于有动静了,薛涛在里头懒懒地说:"是秋生啊,绥玉不在,我见你唤的是她,便没搭茬。"

"娘子在就好!可否把房门开一开?让我们韦大人进屋说话?"秋生接着说。

"此刻?不太方便。"薛涛冷冷道,"还是请回吧。"

其实,薛涛早已穿戴整齐,正襟坐在桌前。砚台里的墨还未干,两支小狼毫摆在台边,桌上则铺满了素色小笺。这些小笺原是用来抄送诗文的,现下却写满了人名,一张小笺一个名字,分别写着:胡一舟、张兆鹤、祝大力、崔熙庭。祝大力是父亲案中领头狱卒的名字,崔熙庭则是三年前的眉州刺史。

见院子里没别人,韦皋忙不迭地走上前朝门内说:"薛娘子,多日未见,可还好吗?"一句话过去,屋内没了回音,韦皋皱了皱眉,索性倚着门框,一屁股坐在门前冰凉的石地上。"你铁了心闭门不见,我知道。我就坐在这里和你聊聊天,凉快凉快。"

秋生一听,连忙道:"大人,使不得,寒冬腊月的,地上多凉……"薛涛在屋内听着,心想,这二人可是在院子里唱起了对台戏?

韦皋却不单是做做样子,他对秋生摆了摆手,踏踏实实背靠着门道:"今日,眉州盐务的案子已经了了,你就不想知道结果吗?"

薛涛斜了斜嘴角,心中窃笑,盐务案的情况她已是一清二楚,前一日,段文昌就和她通过气了:官署对宋漪、杨通从轻发落,抓了刘单、胡一舟两个歹人,能有这样的结果,自然判官是得了韦皋的授意。只不过自己辛辛苦苦刺探来邛州的案情,却叫韦皋

第九章 心系不同舟

拿去和邛州的奸恶官商做交易，她说什么也咽不下这口气。

她原是心如死灰，打定主意无论如何不理此人，但看着满桌的人名，又寻思，自己还得掘地三尺地挖出陷害父亲的凶手，不依靠韦皋偏偏不行。她板着身子走到门边，无所谓地说："结果怎样，岂是我这一介庶民敢了解、左右的？不知道也罢。"

韦皋一听薛涛愿意开口了，喜出望外，连忙道："还以为，你再也不同我言语了。洪度一定要谅解我，像如今这样守着偌大一片西川，很多事情我也是一时没法左右！"

说完这话，屋内的女子又不吭声了，院中静得很，只有寥寥数只鸟雀在屋檐上跳跳停停、唧唧呆鸣。

坐在门外的韦皋也发起呆来。自己明明守着西川四十州，此刻却独独蹲在一个青春女子的厢房外，任由这女子闭门不见、话不搭腔，自己也没有半点脾气。要知道，这一年十月，他已满了三十九岁，虚岁四十，乃是到了不惑之年。活了大半辈子，他可从未对哪个女子这般用心过，一颗心仿佛劈作两半，一半惴惴不安，另一半蠢蠢欲动。

他不由得苦笑起来，絮絮叨叨地说："薛娘子，上次京中传下来的诏书，你也看了，这几个月来，从月贡，到半月贡，到现在每周均有上贡，你可明白，要花多大的力气筹措器物银两！"

薛涛气不过，道："恕小女眼拙。原以为大人坐镇成都府是要造化西川百姓，现在看来和某些官吏并无二致，是要敛财。"

"你不看看我是在为何笼财？战乱连连，国库空虚，再加上上面那些有事没事吹耳边风、煽风点火的，我若不时时表忠心，不要说与民休养了，恐怕这川蜀边陲的安定都没法保证！"

"是啊,翟判官段校书,还有正贯兄和我,这些时日出生入死为的什么,不就是为了查清税务的漏洞,让大人惩戒贪官,获利上贡?"

"你们几个与我自然是一条心,我若怀疑,也不会颁了最高的令牌,让你们放手去查。可是要知道,治理一地比攻陷一地难上万分,想治好一地,需得天时、地利、人和,天时地利非人力可控,唯有这人和二字,首先是要有人。我刚来西川一年不到,就算是身边有几个人,但放眼各州县,下面的人情况如何,愿不愿意配合,那是一个地方一个模样。你也知道的,光是查一个盐务便发现,一州一县有问题还好说,现在几乎是州州都有点毛病,或轻或重。"韦皋握紧拳头,敲敲自己的太阳穴,又仰头将脑袋搭在门板上。

薛涛在屋内默默听着,仍是不作声,韦皋接着说:"你到底还小,不懂的,水至清则无鱼。要想长治久安、官署上下齐心,要么,大家是绑在一根绳索上的蚂蚱,要么,就是手里握着对方的把柄。盐务这般获取巨利的事务,染指的人太多了!若此时便将以往之事一并追查,搅得各地官吏人心惶惶,他们岂不是都要卷家财跑路?眼下最重要的是点拨点拨他们,让他们把活儿有条不紊地落实下去,同时把该上缴的利润交上来,满足军需和上贡的用度。"

"吏制松弛、盗徒横行,如此放任,遭受盘剥的还不是老百姓!"

"等到各方均衡、内部安定了,内,可做到市民安乐;外,可做到征服悍敌,我自会来个秋后算账,慢慢将这些个蛀虫清理干净。"

薛涛思索片刻,觉得韦皋所说也不是毫无道理,又说:"沉疴用猛药,乱世需重典,不杀一儆百,如何惩治那些张牙舞爪的地

第九章 心系不同舟

方霸主？"

"杀鸡儆猴的事儿当然要做，眉州的刘单，难道不是头一个？"韦皋扳着手指，嘴角一斜。

"为什么选了他？"

"他本不是堂堂正正取的官，坏事干尽，还几次三番加害于你，我能轻饶了他？"

薛涛不屑地笑了，故意问："所以，您是为了小女，公报私仇？"

"他是咎由自取，他除了盐务，财税方面盘剥太甚，贪欲无度脑袋又笨，这种人断断留不得！"

薛涛暗想，这才是韦皋查办刘单的真正原因吧，她又道："查了一个刘单，其他官吏依旧贪鄙成性，怎么办？"

"这次请他们来，一是认清他们的面貌嘴脸，二是给他们提个醒儿，让他们规规矩矩当差。"韦皋说。"这些州县的地方官，人品自然重要，不过人品好不代表办事得力，老好人也未必能当个好官。"

"呵呵，如此恐难令乾坤清朗！"

"呵呵，看看这满世界的人，活得久了，肩上背负的恩也罢、债也罢、情也罢、怨也罢，便成了一个甩不掉的大包袱，谁不是混沌沌裹着泥沙翻滚来去？你却要乾坤清朗，好一个乾坤清朗！我能不能做到，等过个几十年，你再言说。"韦皋中气十足地说道。他正在兴头上，挥起拳头轻轻砸了砸薛涛的门框。正当此时，却见颜直溪从院门外跑了进来。她一进门就看见坐在冷石地上的韦皋，又惊诧又想笑。"韦大人，您怎么……怎么坐在这里！"她拼命憋住笑意，请韦皋到东厢房里喝茶暖身。

韦皋却如同小孩子一般,"扑腾"一下赶紧站起来,像是被人发现了什么秘密心事似的,一口回绝颜娘子,慌里慌张拍拍袍子出了院门。

屋内的薛涛透过窗纱见到这一幕,忍不住笑出声来。记起韦皋方才那番论调,她又细细琢磨了一番。转念一想,自离开眉州,她经的事、赏的景、认识的人,甚至吟诵的诗句,仿佛都与韦皋息息相关,也都在韦皋的管理辖域之内。

她不由得长叹一声,一颗心变得莫名执拗。赌气似的,想要结识与韦皋不相干的人,看看他那圈子之外的世界。

2

严冬漫漫。和冰天雪地的北国相比,西蜀翠竹常青、气候湿暖,吸引着长安、洛阳的士大夫们漫游至此。腊月十五这天,锦官城的散花楼就迎来一拨长安的新客,那便是年过不惑的大历六才子,还有他们的忘年交:不满二十岁的白居易、卢元辅。

六才子原本是十人,常被称作大历十才子。顾名思义,他们以诗博名是在二十年前的大历年间。不过这个"名"算不上是盛名,也不见得是功名。大历前后战乱频发,士人们的仕宦之路曲折多舛,这十人也不例外。他们的诗作多是歌咏升平、称道隐逸之作,常有名联,全篇欠佳。只不过他们极喜游吟于山水,相互唱和、一月一会,久而久之便自成一派。

到了贞元初,十人中仅得李端、卢纶、吉中孚、司空曙、耿漳、夏侯审等六人可依例遵守月会之约,常聚于长安城中的滴翠楼。这栋楼原取"飞红滴翠"之意,楼高六丈,楼顶耸入云端,楼北绿林掩映,楼东碧潭相倚。而秋冬之际,潭水封以薄冰,林中绿叶落尽,连鸟兽都捡尽寒枝,无处栖身。几个人便商量着,不如去绿竹成荫的成都走一遭。

年纪轻轻的卢元辅和白居易第一次游历西南。卢元辅祖上是赫赫有名的范阳卢氏,其曾祖卢怀慎、父亲卢杞都曾任宰相,身为高门之后,他从小便与卢纶、司空曙这些长袖善舞的长辈们相识。白居易则出生于世敦儒业之家,父亲只任小官,他自己却是少年成名、聪颖过人,旅居于长安一年多便成了侯门巨室的座上宾。光鲜诗名背后,十余年的寒窗苦读致使他口中生疮、少年白头。

一路南下见识过山野崎岖、松竹夹道、泉瀑交错,这一夜,桂轮初升之时,正是才子书生登楼之时。临湖的散花楼高约三百尺,共有四层,底层最高阔宏大,上三层比底层略窄秀些,每层四方,仿春夏秋冬四时之意。顶盖状如鹭鸶,黄金镶饰,势若飞翔。

散花楼如今已是一座茶楼,到了夜间,老板吩咐伙计们烹茶,同时也提供酒乐和几样小菜。底下两层是散座,上面两层,每层则以花蝶屏风隔作四间半私密的包间。大历六才子和元稹、白居易几人既到了成都,自然要登高远眺,他们选了一名歌姬,带着琴师一起直上顶层,在朝东的包间坐下,便嘱咐小二端上巴蜀的特色小菜,外加一坛上好的剑南烧春。

金窗绣户的楼阁内,珠帘已挑开,一轮圆月在云翳环绕下半露半遮,月下的锦官城灯火阑珊。几位长安客杯中酒下肚,议论时局的同时免不了要诵诗造词、歌咏一番。店小二也机灵得很,一见是文人到访，悄没声地备好了笔墨。司空曙、夏侯审各赋诗一首，名唤青莲的歌姬则在一旁小声哼着一曲《瓜州调》。

吉中孚听青莲唱曲，发觉她吐字发音与妻子有几分相似，和气地问道："青莲，你是哪里人？"

青莲看上去十七八岁，抬头便答："奴家老家是商洛，丹凤人。"

吉中孚一听，笑了，"原来果真是内子的同乡，内子是商洛山阳人。"与妻子张氏伉俪情深二十载，吉中孚举头望月，想起了家人，又道："月圆人团圆，我却身在西南，就来默一首内子的新诗吧，青莲，你可否为我唱出来？"

"先生请写！奴家一定尽力。"青莲点头道。

吉中孚正提笔写着，忽听楼下传来一串急促的脚步声，两三个人"咚咚咚"上了楼，就在隔壁包间落了座。坐了好一会儿却没人说话，吉中孚抄完一首《长歌行》，墨迹都快风干了，才听到隔壁一个男声小心翼翼地说："大人，莫喝了，今儿晚上在府里就已经喝太多！"

另一男子大声答道："也只有我，傻呆呆等着人家一起用晚餐，人家倒好，交友广得很！酉末才舍得回府，舍弃外头那些花前月下的风流才子！"这男子说话雄浑有力，听着声音，也不像是年轻男子，定是喝得大醉。

之前那位男子继续细声细气地道："娘子，你快劝劝大人吧……"说了两句，却没有女子吱声。

只听"叮咣"一声重响，有人将酒樽狠狠砸到地上，十有八九是那位醉酒的客人脾气蹿了上来。

这下子，不光是隔壁包间，就连吉中孚所在的包间里，空气也瞬间凝固。卢纶、司空曙、卢元辅几个人面面相觑，心想，隔壁三人怕是要毁了这一夜好兴致，大家原本还想着若喝得大醉，就到成都的烟花之地去醒醒酒呢。

吉中孚含笑起身，将一纸诗稿交给青莲。他年轻时曾整日守着青灯黄卷、隐居于鄱阳，后又在宰相元载家当门客、入仕做官，早已知晓人情冷暖，将世事看了个通透。这会儿虽说只听到只言片语，却也瞅准了隔壁那对男女的小儿女情怀。他端了酒樽绕到隔间，见隔壁果然坐着一对男女，女子看起来十分稚嫩，披着一件红斗篷，肌肤胜雪，一双美目望向窗外。男子气度不凡，却满脸怒气，另有一位灰袍男子侍立在旁。吉中孚行礼道："在下是长安来的，坐在隔壁包间，相逢便是缘分，想来敬兄台一杯！"

那位男子没嫌吉中孚多管闲事，反倒恭恭敬敬起身回礼，他从桌上拿起一个红泥小酒坛，把自己的酒杯满上，说："巧了，今日正好备了这坛家酿的瑞露之酒，虽不是什么好酒，也请先生品鉴。"

两人当下干了两杯，吉中孚又将青莲叫过来，吩咐道："青莲，唱一曲长歌行吧！帮这位兄台宽宽心，月色这么好，有什么可烦忧的呢？"

说罢，吉中孚便晃晃悠悠地回到自己的包间去了，留下青莲一边看吉先生写下的词，一边唱：

拜新月，拜月出堂前，暗魄深笼桂，虚弓未引弦。
拜新月，拜月妆楼上，鸾镜未安台，蛾眉已相向。
拜新月，拜月不胜情，庭前风露清，月临人自老，望月更长生。

东家阿母亦拜月，一拜一悲声断绝。
昔年拜月逞容仪，如今拜月双泪垂。
回看众女拜新月，却忆红闺年少时。

一曲轻咏浅唱，字面上唱的是"拜新月"，实则感叹红妆易老、美人迟暮。包间中的男女对视一眼，鼓了鼓掌。那女子忽地从腰间取出一个小簿子，又从簿子里取了一页纸，道："青莲，你且等等。"她也捉笔，速速抄了一首小诗递给青莲，柔声道："你也去为远道而来的客人们唱一曲吧！"

青莲接过那张纸看了看，吃惊地睁大眼望着那女子，点了点头，紧接着移步去长安客人的包间，唱道：

花开不同赏，花落不同悲。
欲问相思处，花开花落时。
揽草结同心，将以遗知音。
春愁正断绝，春鸟复哀吟。
风花日将老，佳期犹渺渺。
不结同心人，空结同心草。
那堪花满枝，翻作两相思。
玉箸垂朝镜，春风知不知。

众人一听，纷纷称赞此曲高妙。司空曙道："我在京中曾听过曲中之词，这不是首女诗人的诗吗？名字便是《春望》。"

卢元辅说:"对对,正是西蜀女诗人薛涛的春望词。诸位不是第一次来成都,可曾见过这位薛娘子?"

大历才子们茫茫然摇头,都说不曾见过。只有青莲兴奋地扬起手中的小笺道:"我知道,我们唱曲儿的姐妹们都知道!若是她亲笔写的诗稿,稿上总要印一个淡红色的梅花章,正和隔壁那位娘子的诗稿一个模样!"

3

在长安、洛阳、扬州、成都这样的大都市,永远不缺新鲜人、新鲜事。一听说东市开了间正宗的刺青铺,知芸马上就到使府东院的听雨院去通知薛涛。

阳光和煦,薛涛和绥玉在院子里晒几件皮货。知芸一进院子就被一件黑亮的狐皮坎肩吸引住了。叫道:"呀,这么好的皮子,只见过水貂有黑色,却没见过通身纯黑、不带一丝杂色的黑狐皮子!"

"这是韦大人新近赏的,也真是稀罕物件儿,娘子还一次也没用过。"绥玉道。

"是吗,还以为是下面那些县太爷、书记长史孝敬的呢!"知芸笑道。

薛涛从一件羊毛披风后头探出头来,说:"知芸,这些话都是打哪儿听来的?"

"还能从哪儿,还不是大大小小的酒宴啊,他们当着娘子的面自然不说，背后讲，韦大人都叫薛娘子住到东院内堂听雨院来了，这本应是大将军正妻的居所呢，紧邻大人的厅院！看这风向，西川四十多个州县的长官还不得差人把娘子的院门踏破。"

绥玉道："呵，他们成天送这送那的，今天几匣麝香藏红花，明天几箱念珠茗茶，可我们娘子一样都没留下，全都交给韦大人啦！"

薛涛补充道："说来好笑，若不是他们送得殷勤，我还真不知道西川的小吏们实力如此雄厚，珍宝佳品随随便便就拿来送人。这些东西干不干净我不知道，一切自然要交给节帅处置。倒是你，来找我做什么？"

"哎，看我这脑瓜儿。"知芸拍了拍脑门，"我们今天去东市吧，娘子不是说要和我一样，在手臂上刺个花案么？"她撩起袖子，露出左臂。

刺青铺藏在东市尽头一条朝南延伸的巷弄里，巷中人不多，铺子门前却有两三个闲人围着，牌匾上写着"瓦石刺青"，几个字写得甚是粗糙。

店铺里，年纪轻轻的刺青师正仔仔细细在一位二十来岁的绿衣娘子额心刺一朵五瓣花。花案刺得生动，颜色也是鲜红欲滴，真的与平日妇人们画的额妆不同。

"好看！"绿衣女举起镜子照了照，说。

薛涛在一旁道："确实显得流光溢彩。不过这个花案若看腻了，可否换一个？"

师傅瞅了瞅她，说："选就选定一个，怎么能轻易换呢？"

知芸道："是的，如果要把已刺好的图纹抹掉，可就厉害了！"

听知芸如此说，刺青师抬头打量她一番，从身旁的桌案上挪出一个簿子，"喏，你们看看喜欢什么！"

簿子里面是各式各样的图案，前半本绘满奇花异草，后半本多是动物图腾。薛涛一页一页地翻看，知芸也凑过脑袋看，翻到其中一页，只见薄纸上印着一条活灵活现的蛇，弯弯绕绕的姿态，和知芸手臂上那条仿佛很接近。

看到这里，薛涛转过脸朝着知芸，眼睛一亮："哎，这家店铺恐怕是很正宗呢……"她正打算要知芸抬手过来对比，谁知知芸盯着这绘本，眼中的慌乱一闪而过。她趴在薛涛身边说："娘子，我内急，去去就来。"说着便急急忙忙跨门而出。

知芸的态度怎么古里古怪？薛涛歪了歪脑袋，继续翻着画册，一眼就相中那蛇纹后头的一个栩栩如生的虎头。谁知不一会儿，知芸又回来了。薛涛道："你看看这个图案好不好？我想纹这个。"

知芸一笑，对刺青师傅道："如果左臂刺蛇，右臂可以刺虎头吗？"

刺青师傅一愣，连忙说，可以是可以。

"等您忙完，帮我刺上这个虎头吧，我这右臂上落下一道疤痕去不掉。"薛涛对刺青师傅举起手臂。

那师傅瞧了一眼她的手腕子，果然有一道细而深的刀疤在。他点点头："好说！这里刚好可以刺成虎口。"

花费了半个多时辰，薛涛手腕上终于烙下了一个异族的图腾。当她懒洋洋地和知芸迈出刺青铺的大门，窄巷里几个衣衫褴褛的孩子刚好飞也似的跑过她们身边，不知是不是蹲守多时，他们重重将薛涛撞到墙边，薛涛大叫："你们！你们干什么？"一瞬间，她手上挂着的锦缎包袋已经被夺了去。

知芸扶了扶薛涛，说："娘子还好吗？"

"我的包囊！"薛涛眼睁睁看着几个孩子跑到巷子口。

"里面银钱很多吗？"知芸问。

"多不多的，我都得追回来！凭什么叫他们抢去！"薛涛站起身拔脚就往前追，知芸也只得跟着跑。

出了巷子口，孩子们朝东跑，薛涛也朝东追。孩子到底步子小，加上长期流浪在外身子弱，跑不了多快，便拐进了另一条胡同。薛涛和知芸跟着拐进去，只见胡同尽头有个小院，院门破破烂烂、轻轻掩着，也根本闩不上，原来是个无人打理的废弃院落。

迈着大步往里冲的薛涛走到院门口，觉得这一处安静得异常，便放缓了脚步，倒是知芸刹不住车，将大门一把推开跨进庭院，就听那门上哗啦啦一声响，一筐枯树叶不偏不倚砸下来，泼了她一脸一身。院子里不知从哪儿冒出十来个小孩，见了她的模样，纷纷哈哈大笑、张狂不羁。

薛涛跟进去，将狼狈的知芸拉到自己身后，大声道："哪里来的一帮小泼皮？居然抢我的锦袋，趁早拿出来！"

孩子们大的十一二岁，小的才五六岁，他们仗着人数多，一点也不怕生，纷纷道："不给你！不给你又怎么样？"

"不给？不给我找你们父母理论！别以为我找不到！"

"哈哈！"孩子们瞬间哄笑起来，"你有本事倒是找啊，去阎王老子那里找去吧！"

薛涛愣了一愣，想，原来这群孩子是无父无母的弃儿。她略动恻隐之心，然而还是说："哼，找不到你们父母也没关系，我反正就住在官府里,分分钟叫官府的人,把这里夷为平地!"

这一下,孩子们便慌起来。若没个遮风挡雨的庇所,该怎么挨过一整冬?那院中的茅草棚下面钻出一个十岁左右的黑衣孩子,手里攥着薛涛的袋子扔向她,道:"拿去拿去!还你便是!"

薛涛捡起包袋,发现里头的银钱一点不剩,忽然一言不发,气呼呼地蹿到黑衣男孩面前,勒住他的肩膀就往他口袋里搜。那孩子没想到薛涛会靠近一身脏污的他,显然吃了一惊,这时候知芸也冲过去帮着薛涛扭打一阵,果然把薛涛的几两银子取了出来。

那孩子恨不过,道:"看着是大户人家小姐,却跟个泼妇没两样!小气鬼!"

薛涛道:"我的钱,都是我一文一文赚回来的,凭什么你们说抢就抢?"她握紧这几两碎银,又拽着黑衣孩子的手,说:"手掌摊开。"好不容易掰开他的手,她又取了点银子放在他手上。"堂堂男子汉,去偷去抢算什么本事?这点银子是我挣来的,送你就送你,但绝不让你抢了去!"说完话,她狠狠盯着男孩的眼睛看了两眼,便扭头拉着知芸回去。

男孩不服,道:"不过是投胎投得好,装什么本事?"

薛涛头也不回、云淡风轻地说:"我的父亲已经故去,我还得挣钱养母亲呢!"

回到使府,薛涛一反常态,主动登了韦皋的门,一见韦皋她就一句客套话也不说,朗声问:"作为西川父母官,西川困难户的生计,您管不管?"

好不容易见薛涛来访,韦皋放下手中的书卷就说:"只要是知道的,都管,都管。"他半严肃、半调侃地说。

"那好,东市闹市的背街胡同里,一个小院住着十几个弃儿,最大不过十一二,小的才五六岁,他们没人管没人顾,现在已经被逼得以偷盗为生,您可得管管!"

"这……成,成,我定期组织人送些粥饭,养他们便是。"韦皋连忙应承。

薛涛却还是板着一张小脸:"韦大人,您这也太过敷衍。养他们又能养到几时?这些弃儿、孤儿本就是官府需要帮扶照料的,若不授之以渔,他们成年后该靠什么维持生计?还是去偷、去抢?"

"明白,那就将他们收编军中,为国出力,可好?"

"又不是每个男子都是当兵的材料!再说,他们都还是小孩子。"

韦皋窘着脸道:"那你说,怎么办好?"

"想法儿找点什么活计,给有能力干活儿的大孩子做一做,一来,减轻官署扶持他们的压力,二来他们也能有一技之长,还可以给年纪小的孩子树立个榜样。"

"好,好法子。具体做什么,就你来想想!"

薛涛依旧是表情严肃地看了看韦皋,点了点头。韦皋又说:"那么,下次议事,娘子就不要无故缺席了。"

"我……我说过再不去的。"

"你不来,我怎么封你校书郎之职?"韦皋轻轻松松地说。

"校书郎?"薛涛不明白韦皋的意思,女子也可为官,当幕府的校书郎不成?不过她转念一想,大唐女子连皇帝宰相都做得,自己要做个成都官署的校书郎没准还真行。薛涛脑袋里瞬间涌出重重思绪,霎时间她又清醒地摆了摆脑袋,道:"谁要做什么校书郎？"

"你不做校书郎，如何能去密阁，帮老夫查那些陈年案牍呢？"韦皋忽然来了这么一句，狠狠将了薛涛一军。

若有顺理成章的机会进入密阁，她当然要去。哪怕知道自己是一步步走向韦皋设立的圈套，她也要睁着眼，走进去。

4

手执两年前眉州税费案卷宗，薛涛心头五味杂陈。家中的祸事，都是缘于一张薄薄的黄麻纸——那便是当时的弹劾款状。

> 自建中元年，西川各州郡推行新政，动遵法度、薄赋约事，凡贫户，均可免除赋税。遵司户之报，建中初年，眉州户四万一千三百六十一，口一十六万三千七百二十五，贫户三千九百五十四，至建中三年，贫户减至二千六百一十八户。然查司仓历年税数，税额不增反减，多与户籍不相称……

只言片语，便交代了事情的始末。薛涛默默读着这几行不怎么好看的小字，冷静得让她自己都感到意外。她满以为自己会想要将这纸诉状撕个粉碎，但到了这一刻却小心翼翼地捧着它，生怕它遭了损毁，而且将每一个字都烙在脑子里。

手书款状之人是眉州的录事，贾真。

崔熙庭、胡一舟审理案情。

判决生效书上，除了大理寺的大印，也签着张延赏的大名。

张延赏便是当时的剑南西川节度观察使，也是韦皋的老丈人。

迷宫一般的秘阁方方阔阔，室内充盈着檀香气。正中朝南稳稳当当摆了一张宽大雕花的经桌和一把禅椅，桌椅两侧几步之外，是两张低矮的曲足案，再往外则是一排排书架。在西边第三排架子上，薛涛找到了眉州自建中元年至贞元元年的税本和户籍册，果然，上头的数目和贾真状子里所述的情形一模一样。薛涛不屑地长叹一声，把几本账簿、册子拿到窗户边，在阳光下仔细端详。

约莫半个时辰过去，一出密阁，薛涛就看见韦皋还在院子里等她。半个时辰前，是他亲自送她入内的。在阁内薛涛一直冷静清醒，这下子见了韦皋，不知为何鼻子一酸，眼泪在眼眶里打转。她道："韦大人，眉州的税案，可以重提，可以再审吗？"

"不是不可以，但要讲分寸。只能私下做个局。"韦皋皱了皱鼻子，说。

"好，那我只在官署设宴，请几位客人来，叙叙旧事。"薛涛眼神坚定。

"悉听尊便。"韦皋爽快答应。他注意到薛涛执拗的眼神，心里道，这不就是几年前的自己么！

三日后，秋生在官署正厅布置宴席，主座之外，分别在一左一右各安排了三个席位。左手边坐的是韦正贯、薛涛、段文昌，右手边则是胡一舟、刘单和贾真的坐席。依照薛涛的叮嘱，厅内花草装饰一概撤去，只留下玄色低案座椅和白色刺绣坐垫，以及角落的一幅蜀绣屏风，屏风是银白底子上绘制了山间月色，题字两行：头顶明月，袖揽清风。

贾真是最后一个入席的。作为眉州不入流的小吏，他根本不可能有机会到成都的官署做客。此次受急召到益州，他已经知道大事不妙，见到垂头丧气的刺史刘单和司法胡一舟，心里更是"咯噔"一下。这二位行事一向跋扈，如今却如此萎靡！

待贾真坐下，他偷偷瞄了瞄对面的两男一女，一看到薛涛，立马低下头来。薛涛倒是若无其事地端坐在位子上饮茶，她见人到齐了便请秋生吩咐侍女上菜。紧跟着珍馐佳肴一道一道端上桌，主座则一直无人来坐。

第一道是糕点。花朵状的软软蒸糕"七返膏"，蟹肉入味的蒸卷"金银夹花卷"，红枣嵌入糯米制成的"龙凤水晶糕"组成精致的一碟，软糯香甜。

第二道是肉类。葱酥鸡酥香松脆，猪肉蒸丸子嫩滑油润，黄酒酿驴肉祛寒解腻，都是最精致的新式做法……

菜肴一道一道地端上来，左边就座的三位吃得安安静静、有滋有味，右边几位却望着一大桌美食，要么是浅尝辄止，要么压根儿抬不起筷子。

薛涛这一日胃口大开，一口接一口，不一会儿竟将盘中餐食吃了个精光。吃完了，她才擦了擦手，抬眼就问："几位大人，莫非没胃口？美食当前，可不能白白浪费了！"听她说完，刘单老老实实抓了一只龙凤糕往嘴里塞，胡一舟也动了动筷子，倒是贾真，夹了一块驴肉入口嚼啊嚼，却着实难以下咽。

薛涛又道："今日的小菜也不算家常，都是京师的厨子做的新菜品。几位大人，莫不是平素山珍海味见得多，咽不下我们使府的小菜？"

"不敢，不敢！罪奴不敢！"刘单口里还含着蒸糕，人便伏倒在地，哈巴狗似的连连求饶。

瞟了刘单一眼之后，薛涛不再理他，望着剩下的两位地方官吏说："胡司法、贾录事，既然吃不下，那我们就来理论理论，二位抬头看看咱正厅的牌匾上，写的是什么？"

官署正厅悬着的牌匾，堂堂正正写着"清慎勤"三个大字。贾真受不住薛涛逼视的目光，抬着头颤颤巍巍将三个字念出来。

薛涛点头说："正是，对这三个字，在座几位比小女熟悉得多。好像是出自三国时魏国司马昭训长吏之言，他说为官者当清、当慎、当勤，修此三者何患不治乎！当头就是一个清字。不知三位可有做到？"

对面的胡一舟听不下去也坐不住，他嚣张惯了，此时即便已身陷囹圄，也还是不耐烦地道："今日听说是韦大人设宴，怎么由一个官妓主持？还当众谈起为官之道？岂有此理！"胡一舟气咻咻地。

段文昌道："韦大人何等身份？派我们做代表同你一起吃个饭，委屈了你？"

"没有没有！我不是说段校书。"胡一舟喃喃说，然后故意瞥了薛涛一眼。

段文昌说："我们三人，都是韦大人亲自任命的校书郎，薛娘子任命的折子已经呈上去了，怎么，校书郎不配与你们同席？"

听了这话，胡贾二人都大吃一惊，而这胡一舟仍旧张狂地说："呵，就算封个女人做校书郎，这又不是什么执管法度的官儿，凭什么拿几年前已经结案的案子来审问我？"

"欸，听胡司法这话我就不明白了。今日饭桌上，几时有人说过什么几年前的案子？"韦正贯忽然插嘴问。他嘴角一斜，庄重中透着几分轻蔑。

胡一舟一拍脑袋呆住了。果然，是没有人说过这档子事，只不过他自己见到薛涛，心中便千回百转绕了无数个弯弯，想着，薛涛一定是来重提旧事的。

只见薛涛将右手重重敲在身前的桌案上，碗盘也随之震了一震。大家都望着她，她正色说："胡司法是聪明人，先前吃不下饭，现在自己又提起旧案，看来心中有事，是绝不能大快朵颐的，做不到夜半不怕鬼敲门。"她一双眼睛一动不动地盯着胡一舟，又说："既然提起了两年前的贪贿案子，那我们就来说一说。"

胡一舟受不了一个姑娘家对自己居高临下的态度，翻着白眼道："你……凭什么问我？公报私仇么？"

"哦？胡司法是承认自己断案不清，导致自己与犯人家属结下私仇？"

"你？"胡一舟恼羞成怒，发现自己每说一句，都被面前的小娘子抓着当把柄，他喊道："我不说，我什么都不说！什么都不知道！"

薛涛仍旧冷脸，从腰间取出一块黑金令牌狠狠往案子上一拍，只听一声脆响。"见此令牌如见大将军，这个，能不能撬开你的嘴？"

对面三人，无一不是老老实实俯首跪地，不敢马虎。

薛涛道："韦校书、段校书，今日这几位眉州地方官口里吐出的一字一句，劳烦两位听在耳中，记在心里，令牌前，大家不得有半句虚言、妄言。如有，那便是欺瞒大将军，到时候法度也好军令也罢，治一个满门抄斩也不为过。"韦正贯和段文昌纷纷点头。薛涛又说："胡司法，建中四年眉州薛郧的贪贿案，是由崔熙庭和你一起做的初审？"

"是崔刺史主审的！"胡一舟潦草地答。

"你参与审理没有？"

"只不过是陪着……"

"审理过程中，在场还是不在场？"

"嗯，在场。"胡一舟低声应道。

"审此贪贿案，有几样证物？什么证物？"薛涛问。

"证物嘛，大家都能查得着，就是那几年的税本还有户籍册，记录眉州的人口户籍，还有每年上缴的税款。"

"可还有其他证物？"

"没有了，也不需要。"

"仅有这一个物证？"

"还有人证，就是他。"胡一舟大手一挥，指了指旁边的贾真。"是他写的弹劾状，他是人证。"

贾真跪在一旁，唯唯诺诺。见胡一舟把矛头引向自己，他连忙苦着脸摆了摆手。还不等薛涛问，就主动说："我……我是写了弹劾状。也是……按照那几年的税数和户数的出入，陈述事实。"

"既然贾录事的判断也是源自税本还有户籍册，这便是唯一的物证。你们就是靠这一个物证，建中元年到建中四年年初的报表，定了薛郧的罪。"薛涛说完，见无人应答，接着说："贾录事，我想问你，你是什么时候到官府当差的？"

"大历十三年,小人就,就在眉州当差。"

"你的弹劾状控诉薛郧贪贿,是从建中二年开始。也就是说税数和户籍的报表从建中二年起便对不上、有出入。为何你当时没指出?"

"小人……小人当时没注意。"

"你不过是眉州佐官之一,上边有眉州刺史、司法,还有十几位佐职人员,没有一个发现纰漏,偏偏你发现了纰漏?"

"是,只有小人看得仔细,发现了……"贾真豆大的汗珠顺着脑门滴下来。

"哦?你是说,官署其他人都是吃闲饭的咯?"

"小人,小人不敢!小人只是心血来潮……一时间,算了一算。"贾真气息越来越弱,但还是咬着牙,不改说辞。

"这么多年,没人查出过问题,偏你一算就算出了错账,你有没有想过,是有人调换了原本的账目?谁让你去查这些陈年报表的,麻烦你仔仔细细,过过脑子!"薛涛大声道。

贾真咬了咬嘴唇,眼睛一横,终于直视薛涛道:"哪有什么人让我去查,下什么指示?都是我自己发现的!这官署的报表常年锁在库房,也就是韦大人调任来西川,各州县的材料才全都挪运来成都。平日怎么有人敢对报表做手脚,调换账簿?"

"呵呵,常年锁在库房里的报表,怎么跑到你的案头?让你逮着空儿把这旧账重算一遍?"

"这……崔刺史叫我整理,我一个小小录事,哪敢怠慢?"

"方才你不是说无人指示你算账吗?前言不搭后语,自相矛盾。秋生,这些细节都请以纸笔记下,以便日后禀报!"薛涛皱着眉,朗声道。

贾真听到这里，连连磕头道："几位，饶过小的吧，饶过小的吧！"

薛涛才不理他磕了几个响头，她方才说话还是暴风骤雨一般，忽而和风细雨地说："贾先生，可还记得建中三年，眉州遭遇了什么祸事？"

"什么……祸事？好几年都没水灾，也没旱灾了吧。"贾真转头看了看胡一舟。

"贾先生忘了，建中三年的春天，有一场虫灾闹得厉害。"

想起来，确实有这么一桩事情。贾真狼狈地点点头，又不知薛涛暗指什么。

"虫灾由西至东席卷眉州，导致田里庄稼废了不少。"薛涛淡淡地说。"有一日在家，父亲写公文时与我说起，说官署那一年的纸，落笔不畅。就是因为有虫洞。"

说到这里，贾真和胡一舟都看着薛涛，关切又疑惑。薛涛接着说："黄麻纸本就自带惏惏的浅黄，寻常光亮下，自然看不出虫眼，不过我把那密阁里的户籍册搁到太阳光底下这么一瞧，你们猜怎么着？一页一页对着光，真能看到细如针孔的虫洞。难怪父亲落笔写字时感到笔触不同。"薛涛瞅了瞅对面的胡、贾二人，忽然大声呵斥道："户籍册那一年的户数总计页，却是用完好无损的黄麻纸写成，一粒虫洞都没有！"

听了这话，贾真整个人瞬间瘫软下来，手脚微微抽搐，喉咙一哑，张了张嘴像是想说什么，却发不出一声。

"官署的纸向来是统一采买，囤在库房，眉州的库房在城西，如果遭了虫灾，那便没有一张纸能幸免。单单这几张与当年的其他账簿、材料用纸不同？只能说明确实有人篡改偷换户籍内页，而你，便是将偷换的内容拿来栽赃陷害朝廷命官！"

薛涛几句话如同当头棒喝，让胡一舟和贾真二人如临暴击。胡一舟愣愣地望着贾真不说话，贾真则瘫在地上，一咬后槽牙，说："户籍册被偷换，也该是管户籍的司户偷换，我不知道，不知道……"

"你的意思是，这册子是司户大人，也就是余大人偷换的咯？"薛涛紧跟着问。眉州官署谁不知道，司户余遥和薛郧是好友至交。

"没，没有，我没这么说，我什么都不知道！"贾真眼中闪过一丝犹疑。

"贾录事，就请老老实实交代！方才不还说是崔刺史叫你查账目的？"薛涛想，若贾真不知道偷换户籍内容之事，那么谁叫他查账，谁便是偷换册子、企图栽赃的元凶。她又说："当年您是奉命行事，可以理解。如今崔刺史已经告老还乡了，若您在大将军这里不说实情，恐怕，我们都帮不了您。"

贾真惨笑一声，抹了一把额边的汗，说："好吧，好吧，是我奉命找人伪冒、偷换了户籍册，再写弹劾状栽赃，一切都是我！因为崔大人交办的事情不得不办，因为崔大人上头有人指示！我们，都不过是一盘棋上的棋子而已，每走一步，哪能由自己！一朝天子一朝臣，如今这局面，我贾某认了！"

"上头下指示的人，到底是谁？"

"呵呵，哈哈哈！"贾真如同得了失心疯一般狂笑起来，边笑边说："我一个小小录事，不过谋个事情做做，上头上到哪里，我哪儿知道？我只知道，判决书上亲笔勾批的是张延赏张大人，一切得遵从他的指令!"

这时,胡一舟嘴边荡开一丝诡异的笑意。谁不知道,张延赏是当朝宰相、现任节度使韦皋的岳父呢!

5

张延赏,他绝不可能与一个下属州县的司仓结下梁子。

待眉州的三名官吏被押回典狱,韦皋从屏风后头探出头说。

听了他的话,薛涛满腹疑虑。贾真和胡一舟明明把黑锅甩到了张延赏头上,怎么韦皋提起他却轻描淡写?难道韦大人真的对岳父如此偏袒?

像是猜中了她的心思,韦皋解释道:"洪度,你不了解张延赏,这个人琴棋诗画无一不精,平生两大爱好,便是佳酿与美人。一个生在显赫宦门、入仕以来平步青云的贵公子,不缺权、不缺财,只有碰到女人问题才会跟人撕破脸。"说完,韦皋难得地笑起来,笑得和缓又放松。

"我这边紧张严肃得不得了,你怎么还笑?"薛涛不满地问。

韦皋笑着说:"刚才的你,厉害极了!你看看,有些时候,人就得扮上各样脸孔演一出好戏,才能得到想要的答案。"

夜色茫茫,韦皋与薛涛两人于廊下铺了一条毛毡席地而坐,从从容容聊起张延赏的风流事。

张延赏比韦皋大十九岁,曾当过淮南、荆南、剑南西川等地的节度使。虽说不是勤于公务之人,但他大公无私,长期为朝廷提供充足的钱粮支持,算得上政绩卓著。入仕几十载,朝中与他不和的仅有一人,那便是战功累累的李晟。

大历十四年,吐蕃常派兵在剑南西川边境扰民滋事,李晟率神策军戍守边陲,抗击吐蕃军队,胜利而归,回京时还带走了一位成都美人,名唤高苉。

这高苉原是在成都乐坊当差,因她容貌艳丽、舞姿迷人,张延赏曾派她和其他乐籍女子到边境军营为战士们表演歌舞,加油助威。谁知一来二去,却让李晟看上了。李将军班师回朝的当天,愣是拉上了这位乐坊红人一同走。张延赏得知此事,大怒,连忙差人去追,终于在成都城北十几里处的官道上以高氏录入西川乐籍为由,把她抢了回来。

薛涛笑道:"一文一武两大名臣为一个女子反目,岂不成了朝野上下的一大笑谈?"

韦皋答:"正是。张延赏虽恣意妄为,但也能看出是有几分真性情的,他没那么多弯弯肠子,也无暇顾及州县的具体事务。"

"韦大人若遇到这等事呢?该不会为了一个女子,给自己树敌吧!"

"当然不会。我们在陇西守城那会儿,非生即死,经历过生死,这淡如萤火的男女之情还有什么看不开的?"

薛涛不依不饶地问:"那为何贾真和胡一舟会把矛头指向张大人?"

"张延赏当时任成都尹、西川节度使,你父亲的案子跟他不无关系,我猜,他应该扮了个传声筒、中间人的角色。"韦皋摸摸下巴,道:"这样,我即刻去信,叫京师的人帮你查清此事。"

薛涛当下连声婉拒，她想，以韦皋的城府与心机，父亲的案子涉及他的家人，鬼知道他会不会偏袒这位位高权重的岳父！即便偏私，也一定能做到不露痕迹。她果断地说："此事，还请城武兄千万不要干涉才好。小女不想让您难做，搅得家中鸡犬不宁，而且，小女也想凭自己的本事去调查。若有了结果再与您商议，看看到底该如何决策。"薛涛想，自己若能把证据攥在手里，再找个机会在众人面前亮一亮，韦皋就算想偏袒也不能够。官儿做得这么大，怎能不讲脸面？何况众口铄金金必销之，众人推墙墙必倒之。他绝不会当众徇私，为了岳父大人牺牲自己的仕途。

但若韦皋仍要暗中作梗呢？薛涛心念一转，想着，如果要让韦皋不插手父亲的案件，只能另找一桩更要紧的事扰他心神。

薛涛问："城武兄，京中的人告咱们西川的状，您已经查明是谁捣的鬼了吧？"

"还不是卢杞、关播两个人。关播应该只是卢杞的傀儡而已。查探之前，我就已猜出个八九不离十。只不过他们是如何知晓西川的具体情形的，我想不通。僚佐之中一定有内鬼。"

听他这么说,薛涛淡淡地说道："前几天绥玉提起来,我才想到,刘辟那次进京的前一晚，曾来过聚赏院和我说搬进使府的事儿。"

"这家伙胆子不小，大半夜的跑去扰你清静？"韦皋心头掠过不快。

"他也就是为人轻浮些，来了，不过是和我说说闲话。那天话说了半截，突然慌慌张张地跑了。"

"跑了？"

"说是把什么锦囊落在李书衍家了，大概是之前和李书记一起喝了酒吧！他那会儿想起来，便醉醺醺地跑回李家，找东西去了。"

韦皋眼睛一横，道："有这等事？"他不再举头赏月，而是一低头，望着院中冰冷冷的石地静默良久。观察着韦皋的表情，薛涛心中也直发凉。聪慧机警如他，一定是顺着自己的陈述，猜出了与关播里应外合的人。

一时半会儿，他怕是无心理会薛父的案情了。

而薛涛心里想起了一个人，那便是数日前在散花楼结识的世家子弟——卢元辅。

第十章

夕阳乱鸣蜩

1

午后，紫宸殿偏殿里，阳光循着窗棂晒了半间屋。李适侧卧软榻上，打个小盹刚睁眼，缓了一缓，两个宫女随即端着盆盂过来伺候洗漱。不知什么时候起，太监小骆子也悄没声儿地垂首低眉等在帐边。李适余光一扫，问："今日又是哪位爱卿有事来禀？"他语气里透着不耐烦的情绪。刚睡醒，起床气还没消呢！李适心想，大臣们若捎来一两件棘手事儿，清静闲暇的下午又得泡汤。

"回皇上，今日是俱公公回报漕运事宜的日子了。"小骆子轻声道。

"哦，到这日子了！"李适打起精神来，让宫女帮忙擦了把脸，嘱咐小骆子请公公进来说话。

身材瘦削的俱文珍一进屋，便恭恭敬敬行了大礼。他套着一身齐整妥帖的绯色圆领窄袖袍衫，衣服显然是经过度身裁剪。一张方脸肉乎乎，脸上挂着两道疏淡的眉毛，一对长而有神的眼睛。行了礼，俱公公仍老老实实垂着头，自始至终都摆出憨憨厚厚、与世无争的态度。他这样子和宫里头伺候多年的中低品级宦官并无二致，一点儿也看不出是个率领亲兵千人、长于算计钻营的汴宋一霸。

李适开口问："小亮子这一向又瘦了。汴州那边最近如何？"原来这俱文珍最初服侍李适时尚未改名，叫刘贞亮，李适便一直没改口，唤他"小亮子"。

"全赖圣上庇佑，这两三个月，汴州一次兵变也没闹，钱粮布帛北上的北上，南下的南下，全都运送妥当、井然有序。"

"那就好。"李适满意地哼了一声。

俱文珍从袖子里取出一本簿子，弯腰禀道："皇上，此簿记录的是此次奴婢运送进京的贡品，请皇上过目。"

李适摆了摆手，道："你念念。"

"马三百匹，金银器五十件，缯彩五千匹，绢三千匹，兵械若干，另有白瓷瓯、紫石砚若干……"俱文珍声音不高，却很洪亮。

"嗯，这些还不包括平日里贡上的米粮银钱。"李适听了，频频点头。"这次的贡品是来自哪些州县？"

"回皇上，除了绢丝和部分缯彩，其余皆来自西川。"

"西川到底是富足！"

"皇上圣明！西川从每月入贡，到每周上贡，有几次，甚至是接连几天、天天上贡，船舶北上往来不断。江南、东川、西川，奴婢定会盯紧这几处要地。"俱文珍不经意点出几个富庶之地，便是暗示，富庶之处不只西川，却只有西川的贡品数量最多。

李适听在耳里，记在心里，满意地说："这个韦皋果然不负寡人所望。督查从巴、蜀、湘、赣、江南各地上来的粮食货物，你也辛苦了，只是江南和东川，也要记着多敲打敲打。"

"奴婢有幸奔走至汴州，那是皇上对奴婢天大的恩典！从清早到夜半，奴婢就是不吃不睡也要将一船一船的货品查点明白，更何况，还可以在热热闹闹的桥市水门吃上一碗热腾腾的清汤面哩！"俱文珍笑得双眼弯弯的。

"好,好!"李适前一秒笑意盈盈,后一秒却想到了伤心事。"可惜重要的地方太多,朕身边,没几个老人了。"

"皇上哪里话,总有淑妃娘娘知冷知热地陪着皇上呢!"

"哎!"李适重重地叹了口气。"王淑妃病重了。这个月,还感染了肺痨,御医说,这病不能见人,只能慢慢静养。"

只听俱文珍哀哀地道:"奴婢不能侍奉皇上左右,若卢大人在也好啊!"

俱文珍一句话直戳到李适心窝子,他深深地点了点头,叹道:"上次才说封他一个小小的刺史,不少言官就蹦出来反对,要提他重回长安,不知得到何时。"

"卢大人心系社稷,做事只顾结果,容易得罪人。若要召他回京,唯有逮着一个好由头,那便是圣上一句话的事儿啦!"

"哦?小亮子有主意了?"

"奴婢只知道汴宋二州的小事,天下大事,圣上心中才是了然。现下我大唐盛世升平,只在各州县偶有边患、纷争,卢大人因延误军机、错定军策被贬,只消稍获军功,回来也就顺理成章。"

"嗯,此法甚好。"

"朝堂之上,若论机警慧达,非卢大人莫属,如今大人任职于江南道,其下辖黔州、湖南、福建、江西、浙东浙西等地,总有事端能让卢大人在重要的位子上发挥功用,领功回京!"

李适点头笑道:"是,是,朕要好好想想。"

2

成都使府，李书衍站在正厅外等候召唤。他办事一向规矩守时，每次参与议事汇报都会提前一刻左右在外候着，这一天也不例外。不过怪得很，声音洪亮的韦皋在厅内与刘辟说话时，特意压低了嗓音，让数步之外的李书衍几乎听不清两人在说些什么，只间或听到"送信""平叛"之类的言辞。不一会儿，韦皋就唤李书记入内。

原来，限制米粮售价的令书经李书衍拟定后，已下发两个多月，各州县的执行情况却尚不明晰，此次叫了李书衍来，韦皋便是要指派他去搜集、查问各地将令书落实得如何。看着韦皋发号施令的样子，李书衍心中一股莫名的怨气又蹿上来，他想，韦大人这两年加官晋爵，脾气、架子都越来越大。可好运又能跟谁一辈子？总有他栽跟头的那一天。

领了命，李书衍和刘辟一同从正厅退下，走到二门外才聊起来。

"怎么，李书记又要出巡啦？"刘辟挤了挤眼笑着说。

"是啊，待我回去好好筹划，这么多地方，怎么个跑法。"李书衍蹙眉道。

"好说，好说！您是使府下去的，咱这又是在四川，到哪儿不是好酒好菜招待，醉卧温柔乡！"刘辟眼角一斜，朝李书衍投去一个羡慕的眼神。

李书衍却苦笑道："呵呵，刘老弟既这么说，不妨与我同去，如何？"

"我哪有那好福气，说话又得出远门啦！"

"哦？刘老弟忙的果然都是紧要大事啊！"

"哪里，不过是些上不得台面的跑腿小事儿罢了。这次去个穷乡僻壤——黔州。"

"去那里做什么？"

"奉命给黔中道的观察使许造送封信。这个许造不是大人的旧相识吗？眼下黔中的巫州、充州遇上点儿麻烦，大人打算推荐他一个侄儿，韦宁，去接了这趟平叛的差事。"

"这么危险的差事，竟差遣自己的侄儿去接应？真够拼的。"

"呵，李兄不知道，这是一等一的好差事！您也知道，当今圣上最忌讳什么……若有机会成功平一桩边境的祸事，功劳自然是大大的，一准儿能就任京中要职。"

"可这到底是险招啊，黔州自古便是蛮夷之境，上了沙场，真刀真枪不长眼的！"

"书记多虑了，虽然黔州是检查区而非行政区，许造在那边却已培植了极强的兵力，这次又只是地方民族小打小闹、寻常滋事。您想，若真危险，大人会派出自己的亲侄儿，让他枉送性命？"

李书衍缓缓点头，垂下眼帘暗暗思索不作声。到了门外，两人客气地行了礼，便散了。

一回府，李书衍立马钻进书房里。他心里有些激动，仿佛知晓了一个大秘密，然后提笔写了封短信，八百里急递快马加鞭送往长安城。

他想，盼了这么多年，总算是轮到他立功扬眉的时候了。

3

行至长安,薛涛讶异于这座城市的萧瑟庄重。她虽生于长安,却在四岁时便随父亲入蜀,对这座都城毫无印象。少女时代她想象着,长安城彩云环绕、有如幻梦,文士才子、三教九流的各色人物全都汇集于此,凑成无处可及的繁华气象。没想到,现实中,这座北方的城市远不如成都生动、热切、可亲。

薛涛是随卢元辅、白居易一起来的京师,同行的还有久未回乡的韦正贯。自散花楼偶遇后,大历六才子和卢、白二人成了使府的座上宾。这几位文人性情爽快、谈吐不俗,一来二去,他们和韦正贯、薛涛、段文昌几人结为至交。薛涛此番好不容易得了韦皋的准许,一来是长安游玩,二来是盼着能亲鉴名家字画,叫自己的书画功夫也好精进些。一听说薛娘子有这个意向,卢元辅连忙拍胸脯,要为薛涛引荐长安书画鉴藏世家——河东张氏。

休憩了几天,卢元辅领着薛涛、韦正贯上张家做客。他和张家公子张弘靖自小便同上一间学堂,吃喝玩乐常在一起,对张府也是熟门熟路。他带着大家东拐西绕,不一会儿就从朱雀大街绕到平康坊的西街。只见街北是一个极宽阔气派的院落,那便是赫赫有名的长宁公主府以及鞠场了。街南同样有几家阔气大宅,正中一家便是张府。

正是午后,张府的家丁守在院门口张望,远远认出卢元辅,他弓着腰迎上前道:"卢郎午安,我们家公子等候多时!"

张氏家族自武周长安年间迁到洛阳、长安二地,出了张嘉贞、张延赏两代宰相。张嘉贞善书画,张延赏墨迹则"妙合钟繇、张芝"。这足足显贵了七十余年的家族,递藏书画已有三世,但论及院落回廊的装饰、厅堂楼阁的陈设,却还是朴素收敛的。薛涛思忖着,果然是天子脚下寸土寸金,连中书令的府邸也不敢过于奢华造次。

跟着家仆到府内西苑正厅,厅内,一位十五六岁的少年端坐正席,他一身云青色织锦软缎长袍,肩上围了圈儿灰狐狸毛皮,见了卢元辅便起身行礼,打趣道:"人说刘禅是乐不思蜀,卢兄可是乐不思长安?去了西川这么久!"

"弘靖见笑!我这不是把四川的好朋友带来了嘛!"卢元辅立即为张弘靖介绍韦正贯和薛涛。

"原来是正贯兄,听姐姐提起多次了!"张弘靖是个谦和之人,见了姐夫韦皋的侄儿,连忙亲热地握住他的手。转头望着薛涛,他越发欢喜地说:"薛娘子诗名远播!没想到竟和我们一般年纪。"说着,也要来握薛涛的手。

薛涛双手抱拳作了个揖:"哪里!久闻张郎书体多变,日日与满室卷轴为伴,小女身处僻壤穷乡,羡慕得很。"

"都是祖父、父亲苦心搜罗,精心攒下的字画!"张弘靖招招手,吩咐家仆看茶,又请几位客人落座。

"是了,就连弘靖家宅选在平康坊,也是有讲究的。"卢元辅道。"众人只知道坊内三曲设有妓所,是风流烟花地,却不知正因如此,此坊名士高人往来便比其他地方多得多。看看,武德、贞观年间有褚亮宅、孔颖达宅,武后、中宗时代有崔融宅、裴光庭宅,开元、天宝年间有姚崇宅、李林甫宅，可见此处一直是风水宝地！"

张弘靖接着说："住这一带，自然是好处多多！菩提寺里，看得到郑法士、吴道玄、杨廷光的壁画；嘉猷观的精思院内，王维、郑虔、吴道子也有壁画；永穆公主舍宅所立万安观，观内公主影堂，有李昭道画山水。薛娘子，可有兴致——赏玩？"

"当然要去！父亲以前就常说起，吴道子笔法神乎其神！"薛涛兴奋地说。

卢元辅却叹了口气，道："哎，我是真惭愧，虽说我们卢家也是世家，家父却从未有什么闲情雅致……来来回回，也就是逢年过节抄几副对联，写一两首打油诗。"

薛涛不知该说什么，张弘靖则安慰道："文章书法虽好，但卢兄细想想，长安的风俗自贞元起侈于游宴，后侈于书法图画，或博弈、卜祝、服食。不都是各有所蔽！叔父日日处理国家大事，乃是心怀天下之人呐。"

几位年轻人说说笑笑，用过茶，张弘靖便带客人们到藏书阁赏书画，见了王羲之的著名草书《初月帖》、冯承素摹本王羲之正书的《乐毅论》《兰亭序》、钟绍京画作，还有顾恺之的《清夜游西园图》，大家便觉不虚此行。只是晚间在酒楼用餐，薛涛脸上还存了些怅然之色。

卢元辅问她："娘子可是身体不适？"

"啊，没事，我很好。"她微微笑起来，"小女听闻，河东公师从司马承祯，其佳作必定别有一番仙法韵致。所以小女一直有个心愿，若能亲见大作、临摹一幅，就太好了！只可惜方才未能得见。"

这河东公，便是张弘靖的祖父张嘉贞。

张弘靖听完,笑着说:"娘子有此心愿,那还不好说?明日再来舍下便是。今天我们在藏书阁一层赏书画,那里收的都是外家名作。我祖父和父亲的字画还有往来书信,全都收在二楼呢!父亲这两天恰好去了东都洛阳,娘子明日早些来,选一幅临摹,可好?"

"真能如此?"薛涛眼睛一亮,对着张弘靖甜甜一笑,露出梨涡,"那就叨扰公子了!"

韦正贯一听,嚷嚷着也要去,总之到哪儿都不能落下他。

第二天,薛涛赶早进了张府,张家公子说到做到,在阁楼上备好了笔墨案台,又吩咐小仆在藏书阁伺候。薛涛挑了一幅灵秀细腻的《莺歌傍山图》,摆起架势,一板一眼地临起来。

而张府每日早上请了老师教授经书,家规严格。张弘靖只稍稍陪了陪薛涛、韦正贯,便告辞去东苑念书,这么一来藏书阁便只剩下薛韦二人以及一名女婢。

薛涛执笔凝神,提起全副精神画了大半幅,转头一看,韦郎已经在太师椅上打起盹来。这家伙,必定是前一晚闹腾了一宿!薛涛撇了撇嘴,对伺候在一旁的小婢道:"韦郎怎么在这里睡着了,寒天腊月的,怕是容易受风!"

女婢怕客人责怪自己眼里看不到事儿,连忙答应:"奴婢这就去取毛毯过来!"

待她取了毛毯为韦正贯盖上,薛涛又道:"大冷天儿,公子凉了这么久,可否劳烦你去后厨熬一碗姜汤茶过来,好不好?等公子醒了可以驱驱寒。"

这俏丫头显得有些不耐烦,不过一想,去后厨歇歇岂不正合适?

好过在这藏书阁闷声闷气地傻站着。她爽快地点点头便下了楼。

听女婢脚步渐远,薛涛搁了笔,她早注意到,藏书阁二层是一整间挑高的敞亮大屋,北侧墙边,立着一排宽厚的黄花梨书架,上头分门别类摆放着一沓沓书信。走近了才发现,这些书信看着庞杂,却都是按照年份月份陈列,每个月份之间隔着一个小小的名签。

薛涛沉住气,循着父亲入狱前的日期,一封一封取信来翻看。信件多半是阿谀逢迎的,也有探讨政务的,还有以诗拜谒求官的……薛涛一目十行地翻着,又生怕漏掉只字片语。

努力读了三十多封,忽闻楼下传来轻巧细碎的脚步声,听声音,来者不止一人。她赶忙将右手一小沓信件塞回书架,左手那张信纸已是断断没空封回信封了,她只得把信纸揉作一团,藏于袖中。

楼梯踢踢踏踏一阵响,上楼的是位衣饰华贵的中年妇人。这妇人乍见一陌生女子在阁楼作画,吓得一惊,但她只将脖子缩了一缩、放缓步子,并未大声呵斥。

如此处乱不惊,想必是位身份尊贵的夫人。薛涛一面想,一面瞧,这妇人约莫三十四五岁,正是风姿犹存的年纪,她五官端正、身材修长,一双大眼藏着几分浊气。清了清嗓子,她盯着薛涛,不问薛涛话,却对自己身后的黄衫婢女道:"这是何人?"

"奴婢也不知……"

话还没说完,夫人忽然指着呼呼大睡的韦正贯说:"这……这不是正贯侄儿么?"

韦正贯听到人声瞬间惊醒,睁开眼,恍恍惚惚站起身,揉了揉眼睛道:"婶婶?婶婶好!"

第十章 夕阳乱鸣蜩

听韦正贯张口叫姊子，薛涛心里"咯噔"一下，原来这位夫人便是韦皋的夫人，张府的千金。

夫人接着问："正贯怎么不在成都，在这里？"

"我们是过来游玩，顺便，有位朋友来研习画作……"韦正贯半迷糊着，语无伦次地说。

"还没请教这位是？"她语句明显客气了些。

"噢噢，这位是薛涛，我们蜀中出了名的才女，姊子可曾听说？"

夫人嘴角牵动，似笑非笑，一双眼睛仍打量着薛涛，轻轻说了句："可惜不曾听说。"她又道，"谁请娘子来的府上？"

薛涛张了张嘴尚未回答，韦正贯就抢着说："是卢元辅，为大家引荐了弘靖。"

"嗯。"韦夫人答应了一句，表情严肃地对婢女说："昭云，去，叫西苑的李管家把张弘靖给我叫过来。"接着又扫了薛涛两眼，摆出官方的笑容："薛娘子，你继续画！"

薛涛左手捏紧袖子，手心微微出汗，右手则捉笔，乖巧地低头描摹画卷中远山的轮廓。过了一会儿，张弘靖上了楼。

"姐姐。"他低声唤道。

"你这孩子懂不懂规矩？咱们书阁二层也好随随便便领外人来？"韦夫人厉声道。明面上她指责的是自家亲眷，却句句针对屋内的"外人"。

"正贯兄不算外人，薛娘子也是姐夫那边，成都使府的，也算不得！若韦家的人都算外人，您算不算？"这位张府长子平时被宠惯了，现下当着朋友的面儿被姐姐训斥，他哪里受得了这份委曲，对着这位年长他十几岁的姐姐嚷起来。

韦夫人定睛看了看他，转而温柔地安慰："不是我说你，你也太不分内外，不懂待客之道了。"她又瞥了薛涛一眼，道："客人在，弘靖也应当一直陪着，怎么跑去上例课了？快挪一个宽敞的厅堂请娘子、郎君作画歇息吧。"说完，韦夫人就知趣地带着婢女下了楼。

在这个家，韦夫人到底是已出嫁的女儿。父亲原是因为没有儿子才招了韦皋这个女婿进府，谁知后来竟老来得子，她这个长女的身份地位自然一落千丈。而丈夫韦皋早年便已云游在外，后又奔赴陇西、西川任职，留自己一人带着孩子在娘家居住。她可得罪不起张府未来的继承人。

楼上，张弘靖扬眉道："好了，我也不去书堂了。"他吩咐书童在楼下大厅另摆一副桌椅，好让薛涛继续画画，又说："韦郎，薛娘子，我们不如这就下楼？"韦正贯站起身说好，薛涛却身子一软，扶着桌案蹙眉道："哎哟，怎么忽然觉得有点头晕心悸……"

"娘子还好吧！"周遭没有婢女，因此无人扶她。

"我没事，可能是方才聚精会神，瞧画儿瞧久了。我歇会儿。"她弱弱地朝椅子上一歪。"二位先下楼也行。"

"也好，楼上局促，娘子歇一歇，我再请丫头来侍候。"张弘靖说。

薛涛点了点头，面露笑意望着他们下楼，等他们一离开，马上移步，继续查阅那成堆的信笺，留给她的时间不多了。平时动作再麻利，到了此刻，也不免慌乱起来。

她一边翻阅，一边在心中默念："父亲助我，父亲助我！"

当楼下再次传来脚步声之时，一封书信从指间跌落在地。

那是一封《与尚书张延赏论西川事宜书》，由当时的宰相卢杞亲书，内文论及西川官员的任用和裁撤。

裁撤入狱名单中，明明白白、清清楚楚地写着薛郧的名字。

薛涛颤颤巍巍将信件收在腰间囊中，一回头看到刚上楼的小婢，想挤出一个平静和缓的笑容，却怎么都笑不出。

一楼厅内，张弘靖正兴冲冲地和韦正贯筹划午后的行程："等薛娘子完成画作，我们在府上随便吃一口，就去曲江边逛逛！我约了好几位朋友，有元辅、乐天，还有大唐第一美男子。"

"哈哈，千人千面，这个第一谁说了算？"韦正贯昂头道。

"可不是我胡诌的，也不是平康坊的姑娘们评的哦，是长安城仕宦之家的小娘子们选出来的！"

"此人必定是在朝中做官了，姓甚名谁？"

"容我卖个关子！"张弘靖故作神秘地说。他看薛涛下来，连忙问她好点了没。

薛涛双手紧握，点了点头说："好多了，不过也懒了累了，不想继续画了。"她顿了一顿，道，"河东公的画作确实高妙，画中如有仙灵，怎么学也是东施效颦。"

"娘子过谦！"张弘靖略带骄傲地说。

"张郎祖父的画作如此精妙，相信父亲的造诣也不浅吧！"

说到父亲，张弘靖脸色变了变，"咳"了一声，道："父亲画技不弱，也有天赋，只不过，他静不下心的！"见薛涛睁大眼睛懵懂地望着自己，张弘靖解释道："像是这两天，他也是携美姬到城外猎游去了，又不知几时才归家。"

依信所写，薛涛的父亲离世，张延赏不是主谋也是帮凶。她见到仇家之子，原是抑不住满腔愤恨的。这一刻，听张弘靖提起父亲时言语中也透着不满和无奈，便对这小小年纪的单纯男子恨不起来。只听张弘靖又说："不提这些不开心的，我叫厨房做几样好吃的去。下午咱们一起出游。"

"我……我也去吗？"薛涛迟疑道。

"一起去吧，湖边走走绝对能缓解头痛，元辅他们也去。"

一听说卢元辅也去，薛涛便下定决心跟在他们身边。卢元辅是卢杞之子，在他旁侧，没准儿能探一探卢杞的虚实。

4

曲江边有一座夜明楼。它白天看上去毫不起眼，一入夜则如同湖畔的一颗明珠。只因楼前水上挑出一片颇为宽阔的露台，每每日入之时，台上便点上十余只红彤彤的灯笼，使这座小楼熠熠生辉。常有王公贵戚包下露台放烟花，将这一片空寂静阔的水域和天空映得热热闹闹。

薛韦二人随张弘靖、卢元辅、白居易一路骑行到夜明楼下。下了马，薛涛撩开帷帽便问，这大唐第一美男子究竟姓甚名谁，张、卢笑而不语，只说，见面你就知道了。

大伙儿一同往三楼走，木制楼梯摇摇晃晃，薛涛身子轻巧，一步步如同踏在云上。前面的张弘靖见了熟人，称兄道弟寒暄起来，薛涛走在后头，她一步步小心翼翼地踩着踏板，快要登上楼台了，才撩开帷帽边沿的纱幔抬眼去看众人口中所说的"美男子"。

只一眼，她便赶到一阵眩晕，差点脚底一滑往下跌。

她赶紧放下纱幔，伸手紧紧抓住了栏杆。

楼上久候的三人中，确有一位俊朗脱俗、顾盼生辉的男子，竟然就是武元衡。

薛涛深吸一口气，心脏已是狂跳不止。她想要立刻返身下楼，已经来不及。

而张弘靖偏还过来介绍："来来来，这位，号称我大唐最美男子，看看，是不是貌若潘岳？"

张弘靖没大没小地开着玩笑，说："当然，这位兄台也是朝中左司郎中武元衡，最受圣上赏识了。元衡兄，这位新朋友是西川大将军韦皋的侄儿，韦正贯，说起来和小弟也是渊源颇深。"说罢，张弘靖又高声朗语道："元衡兄，为您隆重引荐这位娘子，她也是西川幕府的……"

张弘靖话还没说完，薛涛速速抢着说："小女是正贯兄的远房表妹，韦篱。"

张弘靖诧异地望着薛涛，见她躲在帷帽里头，以为她害臊了，笑道："你呀你呀。顽皮！"笑完，倒也不点破薛涛的身份。

"娘子摘了帷帽吧，大家都是朋友，这儿没外人。"卢元辅也笑着说。

而薛涛双手牵着帽子帷幔的下摆，执拗道："今日……今日受了风，高楼之上，还是遮掩着，暖一些。"她一急，声音显得更为稚嫩。

"欤欤，收敛些吧！小娘子年纪轻轻，不比我们这些粗枝大叶的大男人，不要乱开玩笑！"武元衡抚了抚卢元辅的臂膀道。"周御史、王大人也都等候多时，我们这就请玉清坊的梅娘、安仪娘子，和阮师傅一起弹唱一曲。"他彬彬有礼地为薛涛解围。

琴筝音起，梅娘一开口，唱的便是白居易的一首《长安道》。

花枝缺处青楼开，艳歌一曲酒一杯。美人劝我急行乐，自古朱颜不再来。君不见外州客，长安道，一回来，一回老。

薛涛面朝歌者而坐，帽纱后头，一双眼睛直愣愣地望着弹唱表演的三人，似是细细品鉴曲中奥义。其实，几位公子在一旁饮茶闲聊，她可一句话也没漏听。

起头是韦正贯说："小人如今在使府做事，但这一两年，总要考科举的，元衡兄是去年的状元，不知有没有经验相授？"

"不敢当，不敢当，论及学问经书，每个读书人学的都是一模一样，不过是经历不同，感悟不同罢了。"武元衡道。

"元衡兄是最不主张成天闷在书斋苦读的。"卢元辅补充道。

"哈，元辅懂我！广阔天地才是我喜欢的！前几年泾原之扰不是耽误了科举么，我还去韦老弟所在的西川走了一趟。西川真是个好地方！"

"安史之乱，泾原之扰，淮西之叛，还有西川的战事……前些年当真不太平。去年今年，终于平定些了。"王大人说。

"还不是不太平！王大人忘了，黔中的巫州、充州才刚起了叛乱。"周御史撇了撇嘴。

王大人不屑道："巫充二州乃边关州县，向来盗贼横行，多有奸宄之人，三天两头出乱子。圣上此次不是指派了元辅的父亲卢大人去处理此事吗？相信以卢大人的铁血手腕加上黔州观察使许造的兵力，很快就能有眉目。到时候卢大人必能凯旋回京。"王大人曾与卢杞短暂共事,如今卢杞被贬一年有余,朝中旧臣对他仍不敢轻慢。

"不错,我父亲这个人一天都待不住,就怕没事可忙。他从前告诉我,人生如逆水行舟,不进则退。"提起父亲,卢元辅言语中透着几分崇敬。"前日父亲来信,确实说他盼着赢得此役回长安,好好辅佐圣上!"

武元衡握拳道:"可惜我资历尚浅,未能有平叛杀敌的机会。我也愿亲赴前线,穿上戎装,不论是到大唐北境、西南还是淮西!"

"元衡兄当真不辱没自己的姓氏,虽是考科举入朝做了文官,也有满腔报国热忱!正贯钦佩!"

"哈哈,千万别给我戴高帽,我不过是个痴人罢了!"

是怎样的一个"痴"字呢?静坐一旁,薛涛看着武元衡与众人谈笑自若,暗自思量着:这男子不端架子、不带伪装,时而挥袖笼袍,时而畅然举杯。面对旁人的揣度甚至不怀善意的调侃,他都坦诚应对毫不退却,如同素纸一张,简直不像世间之人!

无论是那个带自己纵马驰骋的元衡,还是穿行于眉州小巷浑身汗津津的元衡,抑或是在酒楼里枯坐苦等、眉头紧锁的元衡,都如少年一般纯粹无忧。心有执念,不改初衷,他那一句"痴人",并不是说说了事的。

而自己在十六岁上,在这肌肤娇嫩、笑颜如花的年纪,正不可挽回地变老、变沧桑。

无忧无知,是何等幸福愉快呢!那个无忧无知,不懂得人世间的分离与悲切的自己,留在了十二岁那年的马背上,也可能是住在了这个男人的身体里。

因此，唯有当他出现时，自己才听见心内那年华老去、年华逝去的声音。

发了会儿呆，薛涛起身到乐师耳边轻声嘱咐了几句，回身向武元衡、张弘靖他们说："几位公子心系天下风宪一方，小女深受触动，望献歌一首为各位助兴！"

众人一听，齐齐鼓掌。只见一位乐师将胸前长笛举起，贴到唇边，笛音喷出，而后琵琶声盘错相随。

着一袭白衣的薛涛缓步行至厅内正中，气沉丹田，倚声润字，悠悠唱出一首《凉州曲》，载忧载歌。

她音色至纯至柔，遇上斑驳沉郁的琵琶声，又和着两名小伎手中的小鼓鼓点，可谓是自成一腔。厅内男女，无不赞叹"韦篱"歌声动人。

武元衡抿嘴含笑，说不出的欣赏，他凝眸注视着薛涛，道："赞美的话不用讲，用在娘子身上都显俗套，虽不能见娘子尊容，我却觉得，和娘子坐在一处，便觉得亲近。仿佛见过似的！"

以为薛涛是因为害羞不搭腔，武元衡问："娘子是哪里人？"

"长安人。"

"哈哈，鄙人愚钝了！娘子是正贯的家人嘛，自然是长安人。不过，听口音不像在长安长大的。"

"对，小女幼年随父母生活在益州。"

"哎呀，难怪，难怪！"武元衡憨憨地摸了摸脑袋，说："嗯，我必须写首诗。"说着便命人着纸笔，挥笔写下：

林莺一哢四时春，蝉翼罗衣白玉人。

曾逐使君歌舞地，清声长啸翠眉颦。

"公子，写得真好。这首诗送我可否？"薛涛凝视着一纸诗稿，千万思绪涌上心头。

武元衡笑道："好什么呀，都说行走江湖，必得有一技傍身，我这顶多算半项技能！悄悄跟娘子说，我写的还不如西川的十二岁女孩子呢！"他说着，便把诗稿交到薛涛手上。

赋诗一首后，武元衡又命人为薛涛递来一碗香茶，茶碗里，几许红色粉末缓缓融化。

"娘子尝尝，这是西域进贡的茶粉，据说适宜冬日饮用，暖身活血之效奇佳。我也是头一次尝。"

薛涛端起茶碗，侧身撩开半幅纱幔，饮了一小口，说："色如朱雀舞血，苦涩中略带咸味，很是新奇。似是眼泪的味道。"

她何尝不想掀开纱幔，除下帷帽，和武元衡携手诉离情？但她见武元衡云淡风轻的样子，便暗暗自嘲：他们终究是两个世界的人。

她哪有资格如普通女子一般，对欣赏的男子大胆追慕、昼夜不可释怀？若这男子的形影始终在脑海里挥之不去，她唯一能做的便是在夜深人静之时，将这份牵念形之于文、藏在诗间。

时间定格在三年前那个初夏的黄昏便最好，何必要等到结局难看时才撒手了结呢？

5

"李书衍,你可知罪?"

议事厅内,韦皋言辞狠戾,态度从容。

"官居两史掌书记,你说说,这官职职责何在?"

双膝跪地的李书衍已瑟瑟发抖,嘴角颤动,支支吾吾道:"下官知……知罪!"

"崔佐时,你来告诉他。"韦皋道。

"节度使府两史掌书记,乃军中之书记,节度之喉舌,指事立言而上达,思中天心。发号出令以下行,期悦人意。"

"不错。从军需调配到节度事务,书记全都了然于心,上达下行。在如此紧要的位子竟怀有异心,暗通罪臣,造谣生事,泄漏军机要务,是要拖着整个使府上上下下跟着你一起陪葬吗!"韦皋握拳重重地敲打座椅的扶手大声叱喝,沉默片刻,又举重若轻地道:"将李书衍拖出去。家中男丁为奴,女眷为婢,流放姚州。"话音一落,两名将士入内将瘫作烂泥的李书衍架了出去。

"刘辟,你因与李书衍私交甚好,便透传密令,泄露机要,念在你素有功劳,降职随军,罚俸一年!"

"下官知罪!下官谢大将军轻罚之恩!"刘辟月余前才升任判官,现下被罚,打回原形做小小随军。可他还是一如既往地恭顺,伏首磕头感恩戴德。

韦皋轻蔑地哼一声,说:"先别急着谢。大家共同驻守西川,稍有闪失,都是全家跟着掉脑袋的事。日后无论文职武官,当说的说,不当说的话通通烂肚子里。出入西川的信件,需经使府内务官一一查验。如有人再犯同类事端,一概依军法处置,到时候,莫怪遭满门抄斩。"

厅外大雨如注。薛涛在廊下呆立,看那雨珠一串串暴虐地敲打在院中几株樟树和罗汉松,将枯叶松针打落一地。她刚回成都就赶上这么一出,自然不敢贸然入内参与朝会,心里知道,一定是自己那句"锦囊落在李书衍家",致使韦皋追查。李书衍丧命,李家也就此败落。虽说是李书衍不仁不义在先,薛涛心头还是百般滋味说不出。难道只有如韦皋这般铁腕狠心,才能在乱世中保全性命、站在权力的制高点?

等了许久朝会才散,官员们从厅内退出来,见了薛涛,纷纷颔首。刘辟原是斜睨着双眼、一副心神游离的样子,一见薛涛在,突然低头微笑道:"薛娘子回成都了,午安,午安。"他平日见了薛涛总会多看上两眼,这一天却一反常态不愿直视,打了个招呼便规规矩矩出了院门。

直到见家丁牵马过来,刘辟才说:"美貌的女子本是尤物,若又美貌又聪明,那便可怕。"家丁是粗人,憨憨一笑,全然不懂主子在发什么感慨。

韦皋看到薛涛步入厅内,却一秒变身少年,从高高的座椅上跳下来。

"洪度!多日未见,去京师可还顺利?路途上乏不乏?觉得有意思吗?"韦皋殷殷握住她的手。

薛涛将手抽了出来，往后退了一步，"城武兄，此次我进京见到了尊夫人，夫人谈吐果敢、华贵雍容，我还从未见过有这般气质的夫人。"

一番话扫了韦皋的兴致，他木着脸说："好端端的，怎么提起她？早年间我离开张家，我们便无夫妻之实。"

薛涛此刻根本不关心韦皋夫妻间的事，她话锋一转，道："城武兄，我还想出趟门，去见一个人。"

"谁？"

"卢杞。"

"卢杞？你恐怕找不到他。"

"为什么？"

"他人去了巫州。"

"我知道，已经听朝中之人说了此事。"

"等你赶到巫州，找到他，他若是不死，也是重伤不治。"

"您怎么知道？这一切都是城武兄的安排？"

"对，谁让他惹怒了我，害死我恩师。"韦皋眯了眯眼，瞬间笑意全无。

"若我某天不听命于你，大概也是这结局吧！"

"你惹我惹得还少吗？"韦皋说罢，抬手轻轻去抚弄薛涛的脸庞，却又似触非触。"你这一去半个多月，我才发觉，实在是挂念。"

"城武兄，方才在厅外，我见您处置了李书衍。他，也和卢杞去充州的事有关？"

"聪明。不论是立于朝堂还是行军打仗，忠诚度是第一位的，军队讲究军纪严明，有谁违背这一点，背叛同僚摆在面前的便只有死路一条。"

"你怎知是他背叛？"

"忘了么，线索是你给我的！刚巧最近又有黔中的观察使许将军来信，说这充州、巫州的恶匪顽固滋事，怕平不下这桩叛乱受圣上责罚，向我求助嘛！我就给他支个招，让圣上派心腹卢杞来平叛贼。如此一来，即使平叛失败，圣上也不会怪罪咯！"

"原来如此，您查出李书衍暗暗与关播、卢杞书信往来，透露西川的机要，然后设计，让李书衍传出平叛巫充二州暴民的这桩差事？"

"没错，我只透露这是个好差事，没想到消息一透给李书衍，没过两天，京师的关播、卢杞余党他们便知道了。皇上便循着这消息调派卢杞去充州平叛，指望他能立功而返，回朝中做事。天下竟有这么巧的事儿！"

"圣上怎会听关播一面之词？"

"想诱敌深入，当然得埋个伏笔。况且，圣上做梦都想再次起用卢杞啊！"

薛涛心中一惊：韦皋真是一步步设好圈套，算得准准的，就等着猎物跳进去。她说："难怪，经过里里外外这么一挑唆，卢杞必然得去充州，非去不可。"

"没错，到了充州，他就等于进了老虎笼。湖南山地的刁民何其厉害！作为先头部队的将领，他想不上前线，战士们也得架着他上战场，到时候刀剑无眼……他那三寸不烂之舌可没有用武之地。"

"韦大人这招借刀杀人，当真……妙哉。"

"不过话说回来，若李书衍没有背叛我，若没和姓卢的暗地里勾结，他就死不了。说到底，不是我要大开杀戒，是他们咎由自取，自掘坟墓。"

薛涛本面无表情，忽然两行热泪掉了下来。自己背负的杀父之仇，难道就这样轻而易举地让韦皋报了？她蹲在地上，"哇"的一声大哭起来。

韦皋陪她蹲下，拍着她的后背道："一回来就要找姓卢的，难道是他害了你父亲？"

薛涛只哭得更凶了。

"奇怪。"韦皋皱了皱眉，有些事情他想不明白。不过他一把揽过薛涛的肩，安慰道："好，好，生要见人，死要见尸，是生是死，我们都去找他问个明白。"

6

不出半月，京师邸报传来。黔中道出兵平定巫、充二州边境的叛军，大败，行军司马卢杞重伤受挫，移送原任职地沣州疗养医治。

得此消息，韦皋亲自陪同薛涛上路，去往沣水之畔、洞庭湖西、地处江南西道的沣州。启程时两人各怀心事，尤其是薛涛，郁结重重、少露欢颜。一路上走官道、抄野路，入夜了就留宿于客栈或民家，白昼光阴难消磨，韦皋便时时吟诵诗文，行至旷野处边走边歌。如此山一程水一程，临近烟波浩渺的洞庭湖，薛涛的一颗心已平静豁达许多。

进沣州城那一天，她对韦皋说："江南是好地方，与成都不同。成都气候虽润泽，但林木幽深，天空总是阴阴郁郁的。江南有这么广阔的洞庭湖，让人看了觉得开怀。"

"我也爱江南，你没去过江夏、荆州，那里大湖连着小湖，遍野是水洼、荷塘，抽空我们且去看看。"

"好！可能是一路观览风景，整个人好像超脱了，有种想要出家的念头。"

"哦，那便不必遁入空门了。"

"怎么？"

"通达在日常。"

"有时觉得心怀恨意，却未见得要让仇家死去。人若故去，转入下世，化为花树、化为阳光、化为尘土，便是另一种祥和宁静。未必比生而为人更艰难、更苦痛。"

"难为洪度小小年纪，就能懂物我两忘。"

"城武兄，等回了蓉城，我便在浣花溪畔购置田宅，接我母亲过来，常伴她左右，尽尽孝道。"

"这个当然随你。"

两人说着话，问了路，不久便寻到卢家的住所。原以为这位深受圣眷的落马相国宅邸必是豪华气派，没想这一处泥坯房院比寻常人家的房子还要破旧，院门大敞，门庭冷清。

薛、韦二人正欲敲门入院，只见一位少年挽着袖子跨门而出，两边对视，原来迎面遇见的是卢元辅。

卢元辅张大嘴憨憨一笑，又惊又喜："韦大人、洪度，你们怎么来了，怎么知道我在这边？"

他真是个热心诚恳的大好人，可他偏偏是卢杞的儿子！薛涛心下又百般纠结起来，不知该如何挤出笑颜，又不知如何对待这位"老朋友"。韦皋则上前拥了拥卢元辅的肩，十分热络："听到巫州的消息，我来探望你父亲，没想到你也在！"

一提父亲，卢元辅便愁容满面："将养了这么些天，父亲，父亲他，已经……一直没怎么好转……"

卢元辅引大家进了一间卧房，房中陈设简陋，床上铺粗布褥子、围着麻布幔帐。他走到床边，轻声说："父亲，西川节度使韦皋大将军，还有四川的薛娘子前来探望，都是我在成都结识的好朋友。"

薛涛远远瞅了瞅卢杞，她本就对他厌恶至极，一眼之后，吓得连忙缩了缩脖子。病榻上的这个人怎么这么丑？肤色黑中发黄，两腮和眼窝深深凹陷，一张大嘴支棱在窄长脸上极不协调。此刻又是满面病容，如那枯瘦虚弱的恶狼一般。仔细看，卢元辅的五官与他确有相似之处，只不过脸盘饱满，肤色明亮，看起来并不丑陋，卢杞却丑极了！他气息沉重，睁开眼，打量着韦皋，强打精神道："元辅，来的是贵客，你去东市酒楼定两桌酒菜，送回来待客吧。"

卢元辅应了一声，乖乖出门。支开了儿子，卢杞便道："有什么话，大将军尽管说吧。"

韦皋暗暗慨叹卢杞精明，他知道自己是来找他晦气的。不过却说："我与你无话可说。"

"你……你是为了张镒而来。他被人刺死在边塞，行刺一事，与我无关。"

"是么？圣上命张大人出塞，你敢说没有推波助澜，向圣上谏言吗？居心叵测！"

卢杞自是抵死不认。他支起身子道："谏言是出于公心。嗯，八成公心，只有两成私心。毕竟，他一直看轻我！仗着自己是老臣，太不把旁人当回事！"话到了最后，卢杞的声音颤抖起来。

韦皋哼哧一声，道："我且不与你纠结这些。这位娘子，有话要问。"

薛涛从韦皋身后走上前，正色说："卢大人，我只想问问，你与薛郧有何怨仇？两年前，为何要冤他入狱，在他饭食里投毒害他？为什么？"

"娘子你说谁？薛郧……是何人？"

薛涛身子一软，差点垮下去，韦皋连忙默默握住她的右手，这一次，她没有闪避。薛涛又道："你不记得？西川，眉州的司仓，薛郧。"

卢杞皱着眉思索，仍是摇了摇头。

薛涛气极，从袖中取出那封《与尚书张延赏论西川事官书》，抖到卢杞眼前。"这个，难道不是卢大人的亲笔书信，你难道一点也不记得！"

卢杞眯着那本就细得像条缝的眼睛，看了片刻，喘了几口气歇了会儿，说："原来是张延赏那边的人，是四川、眉州的事。这个薛郧……是你父亲？"

"正是！我父亲在眉州向来老老实实做事，查录、收缴各家各铺的税入，寒来暑往，再辛苦也没有半点怠慢错漏。两年前，却因为这封信入狱被冤为贪贿！"

"娘子，你可不要任意妄言……"卢杞上下打量薛涛，又看了看她身边的韦皋，诡异一笑。

"您一笔一画写得清清楚楚！"

卢杞张嘴正想说点什么，忽然身子一抖，捂着前胸白布绷带缠绕之处，狠狠咳嗽了一阵，上气不接下气。半晌他才倒过气来，小声道："娘子，你父亲多年前可在朝中做过官？因直言进谏便贬到眉州去的吧。"

薛涛迷茫地看了看韦皋，见韦皋蹙眉垂目，似乎专注地想着什么事情，并没看她。她转头对卢杞说："那是很久以前的事了。那时候，我也不太记事。"

"到眉州，当了几年司仓，规规矩矩管财税？"

"是，那是当然。"

"做一个小州的司仓，俸禄微薄，家中也不宽裕？"

"虽说清贫度日，但我们一家过得很好，夜半不怕鬼敲门，永远坦坦荡荡。"

"哈，难怪！天高皇帝远的小州县，掌管财税的司仓却不捞油水，哈哈！"

"你……你笑什么？"

"小娘子，你恐怕错认了仇家，你父亲根本不是我害的。"卢杞斩钉截铁地否定道。

"你不认！可是证据确凿！"

"重伤之人，骗你作甚？"卢杞声音微弱。"你父亲本不是我要裁撤，是眉州那边的熟人来信求我，我才把他添到名单上。其中原因，大概是你父亲影响了眉州应缴的岁贡数额。"

"真的？"薛涛仍不肯信这卢杞所言，追问着："到底是谁求您，是谁？"

卢杞摇了摇头，才预备张嘴，又是一阵撕心裂肺的咳。此时卢元辅刚好进了门，见父亲身子不好，赶紧取水递到父亲床榻前，喂他喝下，"大人，娘子，你们叙旧归叙旧，是不是跟父亲说多了话？郎中说，他每日不能多说，说话引得喘粗气，喘不上来就咳嗽，咳得狠了容易撕裂伤口……"卢元辅伺候完卢杞饮水，便拉着薛、韦二人出了房门，要和二人到正厅用餐。

一大桌酒菜摆在面前，可惜几个人毫无胃口。随便拣选几样填了填肚子，卢元辅道："二位旅途劳顿，我父亲今日怕也是讲话讲得乏了，不如二位先回去歇息，明日再来探他，可好？"薛涛看了看韦皋，韦皋则说："也好，你先带薛娘子出去，我去跟卢大人打个招呼道个别，这就来。"

果然，几句话的工夫，韦皋便出门来牵马。他和薛涛还有几名随行侍卫一起前往滨湖客栈住宿，去客栈的路上，薛涛迫不及待地问："城武兄，您是不是帮我去问那卢贼，问到底是谁写了信给他？"

"哦，不是的。我只是随便告个别，唬了他几句。"韦皋的脸色就如湖面一般，风平浪静，无波亦无澜。

第二天上午，二人再次登门拜访。不料这一来，竟发现卢家里里外外挂起了白花白幅。一对洁白挽联上有两句话，薛涛一见便觉似曾相识，她分明是看到过的。

到底在哪里见过呢？

第十一章 放儿归舍去

1

在朝中纵横十余年、令人胆寒又招人唾骂的卢相国,就像匆匆从湖面掠过的越冬大雁,一头栽到结着冰碴的平湖深处,死法触目惊心。

卢府屋前摆放着一堆堆白色花圈,白得扎眼。正厅变成了灵堂,卢元辅一身素服侧倚桌边,已哭不出声,煞是哀伤。仇人离世,薛涛并非满怀快意,只觉得措手不及。谁准他就这么不明不白地死掉?他一死,世上还有谁能解自己心头之惑?薛涛与韦皋面面相觑,两人均是心头怅然。

一个年轻家仆跑到卢元辅跟前儿,垂首禀道:"郎君,挽联已经备妥了,这就挂起?"

"去吧。"卢元辅有气无力地抬了抬手,他显然一直没合眼。未到及冠之年就痛失父亲,一夜之间,他仿佛沧桑了许多。

家仆得了指令,招呼另一名小厮,张罗着在屋外架梯子挂联。薛涛和韦皋退到院中,韦皋才小声道:"善恶皆有报。"他面容冷峻,嗟叹了一声。

韦皋这声长叹不过是做做样子罢了。薛涛心里清楚得很,除去卢杞这个绊脚石,韦大人心中定是暗自窃喜。她幽幽地道:"在西川,听到那么多人诟病此人,他这一去,朝堂从此也就一片清明。"

"你真相信,一个人的生死能改变时风?"韦皋忽然冒出这么一句,"不过,他这次确是咎由自取。"

一抬眼,屋前挽联已经挂好,望着联上十四个大字,韦皋念道:"大川既济惭为楫,报德空思奉细涓。卢杞字如其人,那是出了名的张牙舞爪,如此工整的字迹,应是出自擅长楷书的关播之手。"说罢,他发觉身边的薛涛有些异样。转头一看,只见薛涛脸色煞白,两只眼睛直直望着那副挽联,双手攥拳,咬唇不语。

"怎么了,洪度?"韦皋关切地问。

薛涛仿佛无心听他言语,三步并作两步地冲到卢元辅面前,劈头问:"'大川既济惭为楫,报德空思奉细涓',出自哪里?"

卢元辅悲戚戚地吸着鼻子:"是我祖父诗作中的一联,也是我父亲生前,最喜欢挂在嘴边的,他说时时警示自己……"话说一半,他就被吓得噤了声,为何薛涛眼中净是绝望、挣扎、恐惧之色,他实在不能解悟。

这时薛涛跌跌撞撞退了几步,恰好撞到韦皋怀里,她一回头见是韦皋,两行热泪便淌了下来。

"你见过这两句?"韦皋急切地问。

"我宁愿没见过!可是冥冥之中……在我父亲挚交好友的私宅中……"薛涛已语无伦次。

"唉!"韦皋郁郁而叹。"走,我们回客栈。"他已然顾不上旁人的眼光,像抱个孩子一样,横抱薛涛出了大门,安置她上马车,又吩咐随从好生看护。随后才返回厅堂遵礼拜祭故去之人。

"元辅,节哀!薛娘子正因为家事伤神,礼数不周还请体谅!"韦皋对卢元辅说。

"不碍事的,娘子这两日确实有些反常。也是遇上了烦恼之事吧……"

"我需陪她回乡，我们就此别过！此地一别，也不知日后何时相逢。元辅老弟，节哀，保重！"

北方连年战乱，南方乐得安逸。人人都道江南物资充沛、钱粮富足、水运又发达，如此一来，江南各州县便是码头、行市繁华，酒楼、商铺林立。而且，没了京师那朝开夜闭的宵禁管束，酒楼旅店中，夜夜都有酒菜不歇、歌咏到天明的狂人。

回西川的路上，薛涛和韦皋多半是走官道，途经大大小小的县市酒家，每到一处，薛涛便忙不迭地解囊呼酒，不至沉酣入梦不罢休，韦皋则顿顿相陪。如此且行且醉，两人过了一阵迷离茫昧的日子。好容易到了眉州，薛涛家也不回，一口气策马跑到城南的马棚道。

正是大清早，熟悉的马棚道上无人出没，而余家还在那里，门楣上依旧是那副老对联：大川既济惭为楫，报德空思奉细涓。一见隔壁那间屋子里有农夫挑着担出来，薛涛连忙下马问："阿伯，请问您，隔壁的余家，他家主人常来吗？"

"常来，常来的。他们家是大户嘛，怎么能不来照看田产！"农夫憨憨一笑。

"大户？他们是有多少田地？"

只见那农夫竖起大拇指，"好几百亩呢！那可是响当当的大户！这条街上，无论谁家的田都赶不上他家一个零头儿。"

薛涛清清楚楚地记得，上次来时，只听说余家有五六十亩地，现下竟翻了十倍。她又问："有几百亩之多？您确定？"

"是的，我媳妇在他家做过工，贴补家用嘛！他们家哪块田里种的啥子，我们都一清二楚哩！"

薛涛牵马道谢，跟韦皋一起朝余家门口的枣树下走。农夫见状，大声问："娘子和这位公子是要等他们家出来人吗？"

"对啊。"

"他们家这几天没人的，一起回乡下祭祖去啦！呵，前天出发时好大阵势，娘子过个七八天再来寻他们吧。"

起个大早，没想到扑了空，薛涛瞅了瞅韦皋，道："我回家住几天，城武兄若有事，不必在此陪我的。"

"我不陪你，但你须得陪我回去。等在这里，要做什么？"

"明知故问。"

"你是要当面质问余遥，问问你父亲案子的前因后果？我猜，洪度心中那幅拼图，已经拼凑得七七八八了吧？"

"可……可我从小真是把他当叔父！把思齐当我亲哥哥一般！"

韦皋摸摸薛涛的脑袋。"跟我回去，我调派人手过来把余遥请到成都官府，只说是要他述职。待到那时再问个明白。"

2

二月十五，又是月圆之夜，锦官城中，使府依例筹措盛宴，召齐大大小小的文武官员欢聚一堂。酉时过半，已是临近宴饮之时，韦正贯和知芸两个一路笑闹着往薛涛的听雨院去。

薛涛正在床边翻看道德经，知芸见了，连忙架起她的胳膊。"走走，跟我们一起热闹热闹！"

"今日我就图个清静,好不好?"薛涛懒懒道。

"新一年年节都没怎么好好过,走吧!再说大将军也盼你去。"韦正贯帮腔道:"叔父自从入蜀就忙得很,也就是为了娘子才头一回因私出游,回来后,大小事务堆成山,熬了好些天。娘子在,叔父也能喝得畅快啊!"

"是呢,知芸也教你习舞这么久,到如今也未能与你共舞。今天正巧是好时机!"知芸挤了挤眉眼。

"我委实没心情。"薛涛瞅着知芸失落的样子,心一软道,"罢了。绥玉,取件斗篷来!"

到了正厅,薛涛径直走向韦皋,依旧坐在韦皋右侧的席位。她已不再在意旁人的眼光,清者自清,人们若爱嚼舌根子那便怎么都拦不住。况且与韦皋亲近,对她来说有百利而无一害。

菜肴上了桌,韦皋先向众人提了一杯,第二杯他就要与薛涛对饮,才向着薛涛举起杯子,薛涛就朗声说:"这第二杯,我们敬一敬先贤老子。"

刘辟在不远处,笑嘻嘻道:"怎的突然要敬老子?"

刘辟话音一落,席间便有几人哄笑起来,韦皋道:"好,好,我们僚佐中就有这么质朴无为的!秋生你告诉告诉刘随军!"

"小的……也不晓得!"秋生脖子怯生生一缩,耸耸肩,又忍不住歪嘴一笑。如此,众人便知他是假装不晓得。

"你这小子!"韦皋道。"今天不就是老子的诞辰嘛!来,这一杯,敬他老人家。"

刘辟嬉皮笑脸,狠狠拍了拍自己的前额,"属下愚钝,先为他老人家洒上一杯!庆贺老子的诞辰!"刘辟冲外间廊下洒了杯酒,自己又赶紧满上，饮尽。而西蜀恰有"老子"这样的市井俗称，刘辟这么一说一闹，甚为粗鄙滑稽，惹得席间的文人军官无不捧腹。

虽说对先贤颇为不敬，但有刘辟调节气氛，韦皋也乐得轻松，他扭脸对薛涛说："今晨重读道经，真觉得字字珠玑。"

"嘿，巧了！"薛涛眼波流转，却没往下说，她低了低头，"没想到城武兄也是独爱老子。"

"经书之中，奥义最为深妙的，还能有哪部？"

"幼时初读道德经，只管记诵，无暇深思那些大道理。如今再读，发现此篇如醇酒，最利解忧消愁。"

"我知你心中不快！"韦皋蹙眉自饮一杯，"家父也是早逝。逝者已矣，生者还须宽待自己，还得朝前看。"

韦皋正欲安慰几句，又想着，这一晚哪怕只安然陪她比肩而坐也是好的，不料官士们一拥而上，纷纷前来敬酒。酒桌上，韦皋亦是爽快性格，逢酒必喝，大有千杯不倒之势。酒过三巡，已是喝得心气畅达，他一挥袖裾，朝着后排身着彩裙、翩翩而坐的歌姬大声道："花朝节刚过，今日又是老子诞辰，薛娘子有首新诗将我们使府比作道家紫阳宫，哪位娘子上前，以一首《试新服裁制初成》为词唱一曲，岂不应景！妙哉！"人前寡言的韦皋好不容易说了这么多话，却无人上前，亦无人应答，那些歌姬你看我、我看你，不知所措，花容失色。

空气瞬间凝固了，此时持筝的乐师答道："回大人，她们……她们大概是不记得其中词句。"

"乐坊平日是养闲人的么？薛娘子诗达四方，名驰京师，你们在蜀中的竟然不知？"韦皋喝得尽兴，心情不错，也没太发脾气，招呼秋生说："去，取我誊撰的诗稿过来！"

不一会儿，秋生呈上三张诗笺，上边是韦皋亲笔手书的三首小诗。秋生将诗稿递给歌姬后，琴师也轻拨琴弦试了试音。韦皋则单手撑桌，身子倚在桌边，意味深长地念道："春风因过东君舍，偷样人间染百花。过了花朝，春日不远矣！"记诵时，醉眼蒙眬地看了身边人一眼。

一曲唱罢，月近中天。坐在韦正贯身边的知芸早就吃饱了，她背着身朝外坐着，望向庭中草木发呆。仰首看了看月亮，她忽然上前来对韦皋道："大人，薛娘子可否借我一借？"

"做什么？"韦皋醺醺然道。

"一会儿，保准给您一个惊喜！"

知芸拉着薛涛绕道到后院厢房内，替她脱下斗篷，指了指桌上备好的南诏舞衣，"娘子换上！"

薛涛看了看宝蓝底色，上头印着雪青、黛绿图腾的南诏衣服，道："这……这不是知芸的舞衣吗？你也只有这么一件，给了我，你穿啥？"

"今日你着南诏服，我着汉服，岂不有新意？"

"我毕竟不是南诏人，裹上一身鲜艳色彩，怕是会吓走宾客的！"

知芸干脆跑到门边伸手将门一拦，"你且试试嘛，绝对不难看。"

年轻的女子总对新鲜衣裳跃跃欲试，更何况知芸如此坚持。薛涛换上异域装束，铜镜前头一站，左照右照，浓重的着色果然衬得肌肤更为雪莹清隽。

"好看是好看，不过你的衣服，这腰封太紧了些……"

"舞罢便换回来,不就好了？"知芸挽着薛涛的胳膊，笑嘻嘻地一边说话一边将一顶银白镂空面纱罩在薛涛头上。

　　穿着南诏服、脚蹬黑布挑绣靴,又有面纱半遮脸颊,如此舞完一曲,宾客们纷纷鼓掌叫好,知芸和薛涛都已香汗盈鼻。薛涛道:"我们这就去更衣吧!"这身舞服毕竟还是按知芸的身段裁制,对她来说,肩部腰部都略显窄小,一出汗,整个人便更觉得局促。

　　知芸则一屁股瘫坐在韦正贯身边:"我先喝口水,姐姐先去换!"

　　薛涛点了点头出了厅堂,绕到方才更衣的厢房,发现自己的衣物并不在床边。就这么一会儿工夫,难道衣服被哪位多事的婢女拾掇去了别处?她见到廊下有一位小厮经过,问道:"请问,这间房可曾有人打扫?"那小厮茫茫然摇了摇头。

　　既如此,便回自家院落去更衣吧!薛涛便出了正堂院落的东门。反正穿过一条长长的甬道,再拐过两个院子就是听雨院。她和着厅内琴师抚弄的角调哼着曲儿,因为喝了酒、戴着面纱又出了汗,在室外一受风,独行时就有些晃晃悠悠。走到小道中段,忽闻空气中散布着一股陌生诡谲的味道,此处离厨房仅有一墙之隔,难不成厨子又引入了什么奇异的外藩食材试新菜?这味道说不上多香,直教人昏沉沉……她身子一歪便要倒下,却见东面院墙上边儿猛地扑下一条黑影,将自己的身子托住了……

3

　　身子摇摇晃晃,头脑昏昏沉沉,薛涛微微睁开眼,发现眼前展开的世界宛如一个缓缓旋转的发光体，夺目堪比琉璃，艳异仿若虹光。

是梦中幻境吗？朦胧中，她心下生疑、惶惶不安。她使劲眨眨眼、摇摇头，脑袋在硬邦邦的地板上撞了两下。想伸手撑着身子坐起来，双手却被绳索绑住，使不上劲儿，不知怎的，就连喊也喊不出声。

而眼前图景渐渐清晰，薛涛发现自己横卧在一辆疾驰的马车之中，颠簸前行。马车车厢由一条条极宽的原木板拼制而成，厚不透光的窗帘门帘材质均是红白相间的锦绫，奇的是，这辆车的顶篷镶合处嵌了几块金饰，车内还弥漫着一股幽幽麝香味。薛涛还没缓过神来，忽见一张小脸凑到自己跟前，一个孩子睁着一双玲珑大眼瞅了瞅她，旋即转身掀开窗帘冲外头喊了一句："她醒啦，醒啦！"这女孩声音、脸庞都十分稚嫩，应该不满十岁，她穿一身素黑衫子，一头浓密的长发披散着，直到脚踝。

外头一个男声回复道："看紧她，别让她逃了。"

女孩立马回过头来，乖乖凝神盯着薛涛。

薛涛还是感到整个身体轻飘飘的，不过已基本恢复了意识。她回想起来，自己明明是在使府参加筵席，筵席间歇回院换装。使府的安保最为严密，侍卫们日夜轮岗，里三层、外三层的。自己怎么就遇上歹人，被绑到这一方小小的马车上了？不过她已不是第一次遇劫，再加上守在身边的又是个孩子，她轻声问："无冤无仇，为何绑我？"

"废话，不绑了你，你怎么肯乖乖回家？"

"回家？眉州？"

"什么眉州？还在装傻！"女孩眼睛一横，道。

家乡不是眉州是哪里？薛涛听这女孩说话腔调古怪，又看她打扮与汉人全然不同，问："你是谁？"

"哼，你自然不认得我！我阿爸是新上任、最年轻的羽仪长，是能在前胸佩戴虎皮的勇士！他在南部边地杀敌的时候，你还在大唐境内吃喝享乐吧！大王派我们来，就是为了一下子抓你回去！"

听了女孩这番话，薛涛终于醒悟了些。虽仍不知这女孩是何许人，但她看看自己身上穿的彩色舞服，道："你，你们抓错了人！"

"不许狡辩！果然狡猾得像只狐狸。"

薛涛见这女孩不听她解释，攒了些力气便大喊起来："救命，救命！救人啊！"

那女孩粗鲁地上前勒住薛涛的脖子，"喊什么喊？阿爸说我们到了新津附近的野道，你再怎么喊也没人应。"见薛涛还是不住挣扎，女孩又道："大王慈悲，不然我们早就手刃你这个叛徒了！大王说要留你性命，可没说不许割了你的舌头！"女孩放开薛涛，真的从腰间拔出一把匕首，眼中露出两道凶光，一点也不似开玩笑。

薛涛道："我们到新津做什么？"新津是成都以南的一座小城。

"过新津，到西昌，再到弄栋，还要渡过西二河……总之是回苴咩城去。"

薛涛没听说过弄栋，也不知西二河是什么去处。但是她听韦皋和知芸说过苴咩城，那地方在辽远的南诏。

薛涛初醒时，天还是蒙蒙亮，马车跑了两个时辰天便大亮了。这期间，她好不容易双手撑地坐起身，倚在车厢角落。她发现同

第十一章 放儿归舍去

339

行的除了那女孩，还有三名男子，其中一个三十多岁的男人骑着高头大马，对其他人颐指气使，应该是个统领，也就是女孩的父亲。另外两名男子一人骑马，一人赶车，一路上十分严肃，甚少说话，一举一动仿佛执行军纪一般。薛涛暗自揣度：这几名男子看起来还算是规矩正经。她蹙眉哼了两声，对黑衣女孩道："劳烦，停一停。"

"我们都着急快马加鞭赶回家，你又在动什么歪脑筋？"女孩模仿大人的口气说。

"我……我想方便一下。"薛涛窘了个大红脸。

黑衣女孩听了她的话，掀开帘子道："阿爸停一停，有人内急。"

"那么，小武，停车吧，大家原地休整，惠珠，你随她去！"

原来这英气十足的女孩名字却如此乖巧可爱。待惠珠扶着薛涛踉踉跄跄下了马车，薛涛才看清惠珠的父亲——羽仪长的面目，他皮肤黝黄，眼睛像惠珠一样又大又圆，乌黑的头发在头顶盘了个圆髻。薛涛又仔细瞧了瞧那车夫，不说话，愣了一愣便抬起手来，示意请惠珠解开绑缚手腕的绳索。

"不行，你逃了怎么办？"小小的孩子一脸认真。

"逃得了么？你跟她去，如果她要逃，你就喊我们。"羽仪长自信地说。

薛涛急得直跺脚，引着惠珠往小道左侧的杉树林子里走。历经一秋一冬，林中高大的杉树树叶落了大半，藏在其中也并不隐蔽，薛涛便一直往深了走。

"行了吗？"惠珠有些不耐烦。

薛涛敷衍着点点头，眼光向前扫了扫，她身前是几株低矮浓密的水松，水松再往前几十步，栽植着一丛疏横错落的梅树，花期未到，红梅未开，枝头却隐隐绽出一粒粒花苞。江南无所有，聊赠一枝春，有梅花的地方就有人家呀！薛涛作害臊状，请惠珠转过头去等一等，自己则钻进水松林中宽解衣带。

惠珠无奈，只得背身而立，等了片刻，嘟嘴问："好了没？"问了两声无人应答，她掉头一看，薛涛竟神不知鬼不觉地溜出水松林，正朝前面的梅林狂奔，幸而没跑远。

"居然真敢逃！"惠珠眉头一皱，双脚蹬地轻轻跃起。她发觉水松林中有几株被锯掉半截的矮木桩，便顺势借力，三下两下窜过林子，不费吹灰之力就赶到薛涛身后，一个飞腿直踢薛涛后背。

薛涛万万没想到，一个束发小儿能飞速赶超自己并在身后突袭，她瞬间失了平衡、扑倒在地，被惠珠一把锁住喉头，轻轻松松地制服。当她惊慌失措望向这孩童的眼睛时，也在这双黑眼睛里发现一丝惶恐的神色。

惠珠甩出绳索，狠狠扣住薛涛的手腕绑她双手，拽她回马车处。一见阿爸她就嚷嚷："这个叛徒，以为自己是只野狐狸，没想到是只家养的病猫。"

羽仪长问："怎么回事？"

"她刚才要逃，孩儿已将她制得服服帖帖！"

"你制服她？奇怪了。"待薛涛上了车，羽仪长拉住惠珠小声说："伊诺不是河蛮浪穹诏的高手吗？"

"根本是个草包，一点儿不还手。"

"不对，她年纪轻轻，大王就亲自提携她做羽仪内卫。"

这父女俩为人耿直，说话声音越来越大，薛涛在车内听了个一清二楚，直喊道："你们真的抓错了人，明白了吗？什么河蛮？什么羽仪内卫？我只是个土生土长的长安百姓，幼年随父亲迁居眉州，就是成都府北边的小城眉州……"

听到这里，那羽仪长猛地掀开帘子，虎视眈眈地瞪着她，正欲问话，他女儿就抢着说："休要狡辩，你不是伊诺，谁是？你穿着伊诺的舞衣，哼着河蛮部族小调，腕子上还刺了他们的虎头图腾呢。"

"虎头图腾？"薛涛想起自己手腕上的刺青，心中"咯噔"一下。这几个人看了图腾，一定是误会了。她辩解道："蓉城东市有家店铺专刺花兽图腾，不信你们去看看！况且南诏人的肤色，有如我这般苍白的吗？汉语又有我说得这般流利吗？"薛涛说着说着，却发现羽仪长脸色不对。自己说得越多，他便越是露出鄙夷的神情。

这羽仪长见她住嘴，也不理她，扭头对女儿说了两句异族语，应该是南诏话，紧跟着又有唐语补充道："明白了吧，说得越多越是心虚，就是这个道理。"

薛涛抬起手拍了拍脑门，苦恼不已，这几人根本不信自己所说，自己又没能耐逃到附近的农户家。她细细思量，此次仓促被俘，十之八九和知芸有关。前夜，知芸非拽着自己参加筵席，又一反常态地让自己换上南诏衣服跳舞，舞罢还让自己一人回房。她一定知道这一夜有南诏旧人埋伏在旁。而且不但不现身，还拿自己当了替身。

几次三番搭救自己，难道就是为了有朝一日拿自己当她的替罪羊？

人心当真是险恶！

从父亲遭遇的祸事到韦皋、余遥，再到知芸，薛涛的心已被剐了一刀又一刀。她暗自动念：只有将知芸的事全盘托出，自己才有逃脱的机会，几次要张口却又不忍。这几人口口声声道知芸是叛徒，要抓她回去见大王，也不知知芸与这"大王"之间有多大仇怨。知芸不是声称自己只是南诏商人的舞姬么？怎么又和南诏王族扯上了关系？这丫头嘴里虽然没几句实话，但当年从眉州绑匪手中救出自己时，眼中的关切可装不出来。毕竟，她于自己有恩。

薛涛想到这里，把心一横：旁人不仁，自己不能无义。反正自己不是"大王"要找的人，这些南诏人看起来也还规规矩矩。倘若真见了大王，自己应该不至于惹上什么大祸大罪。她便老老实实跟着队伍前行，一路忐忑不安，指望着在途中伺机而动。

4

住过两家客栈，也曾在荒村野道凑合了几宿，薛涛一直没寻到脱身的机会。这天队伍赶了大半日路，前面便横着一条直贯东西的大河。南诏人要领着薛涛乘船过河，薛涛问："这是什么河？"

经过几天的相处，薛涛和这几名南诏人已不再剑拔弩张，听她一问，驾车的兵士小武马上回答："不觉得天气一天比一天暖和了么？这是大渡河，过了大渡河就到清溪关了。在西昌歇歇脚，就能回家咯！"

眼看就要离开唐境，薛涛想到自己真得跟这几名南绍人跑一趟南诏，心里实在恐慌不安。可她一听说大渡河，立马便打起了精神，"莫不是李晟将军带领大唐奇兵，逾漏天，拔飞越等三座城池，将南诏驱至大渡水南，不敢再犯大唐。就是那个大渡水？"

"你……你真是个叛徒！"羽仪长指着薛涛的鼻子道。"母国之大耻，你竟说得如此轻巧？你可知，大渡河一役后，大家过得多窝囊！"

"我本来就是唐人！"薛涛毫不示弱地道。

"你……"羽仪长气得直瞪眼。

小武道："这一两年的事，你是不知道的！我们南诏变成了吐蕃的属国，大王都降封成了日东王，百姓的日子就更难了，吐蕃派来的监督使每月都跟我们收那么重的税，谁能负担得起！"

见到小武一脸愁苦相，薛涛也皱眉为南诏人鸣不平，不过想一想自己的立场和处境，她也不便多说什么。她只记得大历十四年，自己刚满九岁。那年夏天暑气逼人、奇热无比，吐蕃、南诏合兵二十万，扬言要直取益州，西川的百姓都捏着一把冷汗，大唐西南边境免不了一场恶战。

听人道：西戎之地，吐蕃是强；蚕食邻国，鹰扬汉疆。狼子野心的吐蕃加上一个日益强盛的南诏，这个联盟，此前已经让唐军在西南战场连连失利。所以这一次，军号还未吹响，蜀地边境的百姓早就躲得远远的，隐匿到山林中避难去了。

不料在大将李晟的率领下，唐军不出两个月就以弱胜强、杀敌十万，将南诏吐蕃联军驱逐到大渡河南，重重地挫伤了先锋部队——南诏军队的元气。

乡亲们欢庆胜利之时，小小年纪的薛涛便想不通，为何几千兵力能破敌二十万且不费吹灰之力？莫非李晟和神策军真有神灵护佑？

这个疑惑一直留存到她住进节度使府。有一天，桂轮皎洁，韦皋招呼韦正贯、段文昌几个小辈在月下小酌几杯，刚入微醺之境，他便化作那跑江湖的说书郎，说起的恰恰是李晟大破南诏大军的往事。

话说那南诏王异牟寻刚刚即位，吐蕃普赞就发了邀约，邀他一同北上入川。异牟寻年轻张狂，调动二十万南诏精兵做了吐蕃部队的前锋，一路举狼烟、点烽火，马蹄哒哒渡过了大渡水。待到进入大唐境内，发现蜀地百姓已是人率走山，大喜。

而这一切只是李晟的诱敌深入之计。

李晟是在抗击吐蕃的战场上实打实练出来的，他身为军中的小小前锋，最善骑射、屡立奇功，曾在最艰难的战局中一箭射杀吐蕃名将，出了名的鬼点子多。

有李晟做统帅，圣上又派神策军及幽州军支援东川，与山南兵合并，组成一支几千人的尖刀部队。这支队伍人数不多，他们一开始就没打算和南诏主力正面交锋，不用正规战，而是出奇制胜，早早让大唐西南边陲的黎民百姓撤往内陆与山林，队伍则按兵不动。

进入蜀地的南绍军队不熟悉地势，他们没想到大渡河以北的山道如此险峻，连日行军已是疲累不堪。这时李晟兵分两路，一路负责正面防守，牵制南诏军攻坚，自己则率另一路精锐偷偷绕过异牟寻的主力，翻过漏天山这一险关，马不停蹄地绕到南诏军南面，迅速攻下南诏三座城池，直插到大渡河边。

唐军已经兵临大渡河！南诏军得到消息，军心大乱。他们此次是倾巢而出，国内再无兵力组织牢靠的防御。一旦唐军渡过大渡河，南诏的都城太和城转瞬就会被攻陷，后果不堪设想。到了这时，异牟寻哪里还顾得上益州？南诏将领们又哪里顾得上蜀中的财物和女人？后有追兵，前有埋伏，整支部队只得仓皇回撤，一边奔逃、一边冲杀。蜀中又尽是高山险隘，陡坡深崖，南诏兵士们或落水、或坠崖、或被唐军取了首级。史官记载，南诏军遭斩首六千级，擒生捕伤甚众，颠踣厓峭且十万……

听了韦皋的评述，韦正贯、段文昌几个都深受鼓舞，韦正贯则高呼："好！好！叔叔，您可是参加过这一役吗？"

"嘿，哪儿有这个机会！"

"是了，记得那时您还在京师，那侄儿想问，您怎会知道得如此详尽？"

"我嘛……想知道，自然有办法知道……"

念及韦皋当日一本正经的样子，薛涛莫名其妙地笑起来。她转念又想，自己离开西川这么久，韦皋怕是早已沉溺于公务，怎会挂念自己的死活？偌大世界，骨血至亲才会记挂自己，能记挂自己的，也只剩下远在眉州的母亲一人了吧。

过了大渡河，羽仪长带着大伙儿光明正大地走官道，不多日便到了西昌。一跨入西昌城石砌的城门，羽仪长就兴奋地喊道："兄弟们一路辛苦，走走走，我们这就去撮一顿，来几条白鱼解解馋！"

白鱼肉质新鲜细嫩，是南诏人最爱的菜肴。一听说要吃到家乡菜了，一行人赶车的赶车、骑马的骑马，畅畅快快地跑到城中的湖边。西昌地处高原，高原出平湖，湖景本就恬静，这一天又是风和日丽，湖上水波盈盈上下一碧，湖中散布几条小舟，大有"舟行碧波上，人在画中游"的意趣。一派美景，让人看了顿觉时光流转、到了春天。而湖边酒旗招展，设了不少酒肆饭庄。

大伙儿找了一家干净的饭庄，挑个露天的席位坐下，羽仪长选了几样薛涛见都没见过的野菜，又吩咐店家捉了两条白鱼干烧，清水烹煮虾蟹，他自己则溜溜达达到附近的商铺去了。不一会儿，饭菜上了桌，惠珠捏着两只螃蟹腿啃螃蟹，她父亲嚼着槟榔一路小跑回来。

"咱们赶紧吃吧，西边有几个吐蕃人正往这边走呢。应该是士兵。"

"阿爸，我也要吃！"惠珠指着父亲怀里的槟榔说。

"女孩儿家，说了不能吃这个！"羽仪长只把槟榔分给另外两位弟兄。槟榔冲鼻，薛涛远远便闻到一股凉飕飕的味道。

正吃着饭，几个穿斜襟左衽束腰长袍的吐蕃人果然说说笑笑、大摇大摆地走过滨湖小街，他们个个身材壮硕，粗黑面皮，长袍领缘缀着圆形饰扣，袖口镶了连珠圈纹的花色锦缎，一瞧这装束就知道，这几个可不是什么普通百姓。周围的小商小贩本来热热闹闹招揽着生意，见到这几人，个个像老鼠见了猫，缩到自己铺子里，没人敢高声言语。

吐蕃人走到码头附近向湖面眺望，天气好，几乎所有渔船都开了出去，只有两三尾桅杆拴着船只。吐蕃人用吐蕃话交头接耳几句，走进码头边的一家酒肆，叫店小二把好吃好喝的全给端上来，安然坐下，喝酒吃肉。

已到晌午时分，冬季的午后水上风浪大，清早出发的渔船这

第十一章　放儿归舍去

时陆陆续续返航。也该是渔民们满载而归、收工回家的时候了。这几个吐蕃人见到船只一条条靠岸,便放下手中碗筷,紧紧盯着每一条船,不知在找些什么。

突然,其中一个红袍吐蕃人指着一艘渔船站起来,嘟嘟囔囔对另外三人说了几句,几个人便朝码头跑去。

码头上,一名老渔夫带着渔家女刚下船,吐蕃人跑到近处仔细端详那位姑娘,不由分说便将她绑了起来,老渔夫要拦,却被一把推倒在地。

"什么情况?"薛涛见那姑娘一路嘶嚷着被几名吐蕃人拖上街,惊呼道。

羽仪长却道:"小点儿声,吃你的饭。"

薛涛发现,无论码头上的船夫、商铺里的生意人还是路人,竟没一个南诏人站出来为这父女俩喊冤。她心里暗暗骂了一句:"窝囊废!"

当三个吐蕃男人带着那姑娘经过饭庄时,薛涛突然拍案而起,气沉丹田大声道:"青天白日的,你们凭什么抓人?"此话一出,四周围的南诏人个个惊掉了下巴。

其实,薛涛瞧着氛围也能明白,气焰嚣张的吐蕃人平日一定没少在西昌烧杀掳掠,但她此时强出头并非头脑发热。她算准了,依靠羽仪长、小武几人的官府背景,谅他吐蕃士兵也不敢拿自己怎么样。而那渔家女白净可爱,怕是还不到及笄之年,无论如何也不能见死不救。若南诏吐蕃两边的兵士交起手,自己说不定还能趁乱逃脱呢!

吐蕃人和南诏人一样深受大唐的影响,边境将士们都习得汉语。他们在这一带作威作福惯了,突然听到一个小小女子前来挑衅,果然炸了毛,"我们抓人,你有意见?"

"这位姑娘何罪之有,你们就绑了她?"薛涛不依不饶。

"我们都督钦点的人,嘿嘿,绑了就绑了!都督上次来邛池游玩,坐的就是这姑娘的船,现在绑了她,是要报恩的,她可要跟我们回去享福咯。"一个黑袍络腮胡的吐蕃人似笑非笑,歪嘴道。

那红袍吐蕃人更张狂,大笑:"哟,这位娘子也是漂亮得很呢!南诏难得有这么细皮嫩肉的美人,走,跟爷几个一道回府吧!"他不光嘴上说说,还真朝薛涛的座位大步走来,拔出腰间佩剑,长柄直抵薛涛的下颚。

薛涛哪儿受过这番羞辱,她横眉怒视那吐蕃人,顺手抄起桌上一只铁水壶挡开剑柄,之后一壶热水朝红袍吐蕃人泼去。红袍吐蕃人恼羞成怒,刀剑出鞘再要来袭,却被小武一刀挡开了。

"娘子是南诏官府、大王身边的人,这位官爷,手下留情吧!"

"大王,就那异牟寻?见了我们都督还不得乖乖低头称臣?"

"休得无礼!即便是属国,日东王也是王。"

"呵呵,回去查查,你们日东王本月该向我们论讷舌都督缴纳的税款,才缴了几个子儿?邛池边上贡出一两个女子,够便宜你们了!"红袍吐蕃人颐指气使地,边说话边要伸手上前来拉薛涛,霎时间,惠珠暗暗向他膝后掷出一个石子儿,让这"红袍子"右腿一屈,扑倒在地,吃了一嘴的土。

"红袍子"也不知偷袭自己的到底是谁,气得直咬牙。他发现这桌南诏人身手不凡,自己半点好处都讨不到,只得灰溜溜地从地上爬起来,哼哼两声,一瘸一拐跑到同伴身边,恶狠狠地转头朝薛涛他们道："你们给大爷等着！"

"你给我等着！"惠珠小声道。

吐蕃人继续往西去，薛涛则压低声音和羽仪长说："不能让他们就这么走了！有一味药，你有没有？"

"什么？"羽仪长蹙眉问。

"嗜百香。"

羽仪长深深望了薛涛一眼，瞬间懂了她的意思。

5

年过而立的南诏王异牟寻已即位六年了，他的神态音容、一举一动，还与长安城中的浮浪少年无异。在屋脊高挑、空空旷旷的大殿中央，他蹲坐于王位之上，把玩一柄饰以金碧、镶嵌宝石的浪剑。左手边的低矮案子上则摆着几只琉璃盏，里头托着橙、柚、梨等鲜美水果和各色小点。

南诏王此时的称谓是日东王。西南各族一直敬奉太阳神，这个名字意指南诏是太阳神庇佑的美丽国度。但异牟寻对这称呼深深厌恶，甚至以此为耻。每当有人唤起这名字，便是在一遍遍地提醒着他：他损耗祖宗基业、吃了败仗。

羽仪长带着薛涛上了殿，后头还跟着一路北上入川的两名兵士、惠珠，以及路上救下的渔夫渔女。羽仪长面见南诏王，原以为自己办差得力，能领个赏赐，说起话来，拘谨中透着几分得意："大王，您要找的人，我们带回来了。路上，还救了两个受吐蕃狗欺侮的平民,那些吐蕃人,实在蛮横无度……"

絮絮叨叨说到这里,南诏王才抬头看了看殿上的一干人,看完,他斜嘴一笑,苍鹰一般犀利的目光让羽仪长瞬间收了声。

他仍低头轻轻摩挲那把喂了毒的浪剑。

"李盛,你该当何罪?"突然,异牟寻猛地将那把剑往案子上一拍,大吼,"大老远去一趟成都府,就给我带回一个陌生女人,两个渔夫?"

"陌生女人……"这名叫李盛的羽仪长一下子傻了眼。

"这女子,明显是个唐人!哪里是我的伊诺?"

李盛连忙跪地磕头,他知道惹大王大发雷霆会是什么后果,惊恐之下,这家伙不假思索地用南诏话说:"大王息怒!这女子,这女子冒充伊诺,她说她就是伊诺啊!还穿着伊诺的舞衣,手臂刺了河蛮部图腾。我就……没怀疑……"

"她骗你你就上当?这么好骗?"异牟寻一脸乖戾,"唐人诡计多,打仗时偷袭我部,现在连女人都个个是骗子!你的这笔账,我回头算。来人!先把这女人拖下去,斩了,斩了!"

李盛说的是南诏方言,异牟寻回的也是南诏话,这一来一回,薛涛一个字也没听懂,她见异牟寻深目薄唇,五官立体,皮肤苍白,和一路上见到的南诏人外观大相径庭。而这位偏安于南国的大王前一秒安然恬静,后一秒歇斯底里,此时说话又面色可怖、情绪化得很。薛涛细细思忖着自己应该如何开口,没成想,突有两名佩剑的侍卫蹿上大殿,拽着她的胳膊就往外走。吓得她高呼:"干什么?你们干什么?大王,你们抓错了人,放我回成都去啊!"

可是呼救毫无效果。眼看着,薛涛就要被士兵拖到殿外去了,她急不过，急中生智想起了一首小曲。这大王不是要找伊诺，也就是知芸么？她赶紧唱了起来：

  北山生雪莲，莲心若初雪
  白头归来揽众花
  星河遍寻月色稀
  藤蔓如故，烟水长新
  ……

这是知芸常常挂在嘴边的一支曲子，歌声一出，南诏王吆喝一声："回来！"两名侍卫果然停住脚步。

"这女子唱歌，歌声不错，砍头可惜了，拉去军营赏给将士们，让大伙儿乐乐。"异牟寻这次说的是汉语，他的决定，又让薛涛大吃一惊，她原以为异牟寻会留自己在身边，这样自己就能慢慢化解此次的误会。

羽仪长李盛还算有良心，他编瞎话纯粹为了自保，本不想害薛涛。见事情有转圜的余地，他劝道："大王三思，这女子是极有血性的，救两个渔夫也是她的主意，可以说是路见不平、拔刀相助。若她去了军营，还不知会不会闹得翻天覆地哩！"

"你还有脸在这里出主意？看我没罚你？立即降为羽仪卫，罚没一年的俸粮！"

话音刚落，地面闷闷地震动起来，案子边沿一只琉璃盏滑到地上，几只鲜果纷纷散落。

羽仪长双膝跪地，大呼："地震啦！还请大王退避院中！"

"大惊小怪！巫师早已算出今日的地震乃是轻微之震，且已召集城中百姓杀鸡供粮祭祀。"异牟寻说。

在成都，薛涛就听说过军营的乱象，这南诏的军营更不知是什么鬼地方，她死也不想去。她察觉这大王笃信巫术命理，便趁乱挣脱侍卫的束缚，大步走到异牟寻面前，"大王！成都府的算命先生说了，小女的命格不宜见血，更不宜靠近血光之处。如靠近便会招致大祸！"

"哦？如此，那便不能去军营，只能砍头咯！"

"大王为何治罪于我？"

"凭我高兴！"

薛涛看着异牟寻那张不露愠色的脸，心想，跟这位大王理论真是毫无用处。他大概是属牛的，执拗如牛，一旦下定决心就死都不改主意。这时候，一个低沉的男声传来。

"胡闹，大王什么时候才能长大呀！"

一位蓄须老者着一袭老旧、飘逸的灰白长衫，从东边的侧门踱上殿来，走路带风。

异牟寻一见这位老者，意外地，立马变得态度恭顺，"老师，学生正在处置一个俘虏呢！"

"哪儿来的俘虏？"

"从成都府来的。"

"我也是俘虏咯！"老者斜睨着说。

"老师，我不是这个意思……"异牟寻红了脸。

老者走到薛涛面前，细声细语地问了她的信息、境况，又走到异牟寻身边说："这个女子，咱们杀不得，不但不能怪罪，还要好吃好喝地供着。"

"哦？"

老者摸了摸胡子。"大王不要忘了，我们南诏这些年，是如何受吐蕃神川都督论讷舌约制的！"

"怎么能忘！六年前吐蕃约我们南诏一起征战蜀地，他们全程作壁上观，没费一兵一卒，却叫我们做先头部队，拼尽全力，损失了一半的精锐！末了还将我们降为属国，于我南诏走背运之时踩上两脚！"

"这几年，公然向我们摊派赋税就不说了，论讷舌的狗腿子利罗式还动不动就在我们各部族征兵，光天化日地索要贿赂，强抢民女！公然叫嚣着什么，灭子之将，非我其谁！"

"是可忍孰不可忍！"

"所以，我早就对大王进言。"老者凑到异牟寻耳边，轻声道，"中国有礼义，少求责，不似吐蕃那般尖刻无度。且大唐疆土辽阔，若弃吐蕃而归唐，至少，不必派兵帮大唐戍守各地要塞，怎么看都合算。"

"是。"异牟寻点点头。"只是现如今城中局势复杂，归唐之事还需从长计议。这女子骗了我南诏大将，害我空欢喜一场，还需处置。"

"臣已问清，她是剑川节度使使府的乐师，是川主的眼前人！巫师月初占卜，不是说将有南诏之福贵星降临？"

"是有此话不假！"

"她，兴许就是天赐的珍宝，是我们接触新任川主的良机。"

两人对话声音虽小，薛涛却正站在近处，一字一句听了个清清楚楚，这才松了口气。自己总算有救了！

6

薛涛原以为异牟寻很快会将自己遣回成都府，没料到，吃亏就吃在这一身炫彩舞衣。

这舞服乃是异牟寻送给伊诺的十四岁生日礼物，印染的花布只此一匹，珠贝纽扣独一无二。

薛涛自然要解释，她只说这衣服是从市集的裁缝铺子买回去的，并不认识什么伊诺。但异牟寻却坚称，只有她交代了伊诺的行踪，待伊诺回了苴咩城，她才能如愿以偿回成都。

弄不清伊诺和大王到底有什么深仇旧怨，薛涛可不敢贸然透底。一来她是担心知芸，二来也是怕大王不讲信誉、杀鸡取卵。一日不说出知芸的行踪，至少能保自己一日安全。

苴咩城四季如春，薛涛居于此地，日常有两名士兵护卫，由惠珠安排饮食起居。这几人其实都是为大王当差，将她软禁于宫苑之中，不知不觉已经半月有余。

半个月里，薛涛见得最多的人便是那天在殿上为她求情的老者——郑回。南诏姓氏，以杨、赵、李、董为豪门大姓，姓郑只有郑回这一家，因为他根本不是南诏人，他和薛涛一样，都来自大唐。

奇的是，他最初以唐朝官员之身被掳到南国，如今却当上了南诏一人之下、万人之上的清平官，职位约为大唐的宰相。薛涛曾问惠珠："大殿之上，郑回一来，大王就变了个人似的，一邦之主惧怕一个清平官，这是何故？"

"学生怎么能不怕老师？郑大人原本是大王的蛮利！"

"哦？"

"也就是你们大唐说的——太子太傅。"

在宫中四处溜达时，薛涛确有一天在一处雕花镂空的回廊下，看到郑回在教一个三岁小儿。廊下青纱幔帐被风吹起，小小孩童转着脑袋背三字经，背得磕磕巴巴。

薛涛问惠珠："这是谁家的孩子？"

"是大王的独生子，我们南诏的世子。"

"学堂真漂亮。"

"宫中阳光最明媚的地方做了学堂。真搞不懂读书有什么用！"

"惠珠自然就知道打打杀杀！"薛涛打趣道。

"拳头难道不是最厉害的？天下不也是打下来的嘛！"

"可有时候文章书信，也能敌得过千军万马。"

正和惠珠瞎聊，廊下那孩子还是背不全三字经，先生说："今日背不出，你就在此思过！"

小世子听了这话，一屁股坐在地上撒泼道："不背了，不背，不会！我要找阿妈！"他张开嘴嗷嗷干嚎，挤不出眼泪，四处张望着找父亲母亲。

郑回则在一旁，举着一本书，自顾自默念，根本不理他。

哭累了，世子知道母亲不在，哭再大声在先生面前也是徒劳，只好住了口。

郑回见他安静了，慢悠悠从兜里掏出戒尺，道："不读圣贤书，便是藐视圣贤，你可知错？"孩子见了戒尺，颤颤巍巍伸出手。

"我本不想打你的，可是没有规矩，不成方圆。"郑回狠狠地打了几下世子的小手掌，世子连哭都没哭，看来早就挨惯了戒尺。

"奇了！"薛涛对惠珠说，"在中原，当太子太傅是重不得、轻不得，更别说体罚了。到了南诏，郑回却如此打罚世子，丝毫不讲情面！"

"他是老先生，教导凤伽异大人，后又做大王的老师，是老先生，自然大家都怕他！"

他原来是专职教导皇家子弟的老师。

郑回原籍相州，天宝年间中了进士，被放到西南巂州的西泸县当县令。若无战乱，他这个官儿当得也是平顺惬意，偏偏三十年前大唐南征，异牟寻的爷爷，当时的南诏王阁罗凤带着南诏军队反攻到巂州，轻而易举破了城，俘虏了不少汉人，郑回也在其中。

南诏人虽在战场上与唐军针锋相对，但其实早已接触大唐的诗书文化，对儒家教义也怀着敬仰之心。当阁罗凤遇到满腹经纶的郑回，自然重其敦儒，请他教导自家子弟。

此番离乡背井，郑回除了自家妻小，接触的汉人少之又少。纵使有，也都是些做了奴隶的被俘农人。一见到知书达礼的薛涛，他就像捡了块宝，恨不得每日来与她话家常，了解中原市井、朝堂的新鲜事儿，久而久之，两人便成了无话不说的忘年交。

"四川，剑南道，如今很太平，剑南道的韦大人上任快两年了，一直提倡与民休息。"薛涛知道郑回想劝南诏王归顺大唐，故意这么说。

"听说韦皋将军在陇右立过赫赫军功，如今却主和不主战？"

第十一章 放儿归舍去

"与民休息，并不代表不重边防。西南线如免不了一战，却要看跟谁战。"薛涛口中振振有词，"对吐蕃，大唐不可能忍气吞声，难道南诏甘愿臣服于此吐蕃？"

"他们对南诏的欺凌，娘子也是看在眼里。不过要战也难，除非……"

"除非携起手来，一致对外？"薛涛向西指了指。

"若能如此，事情没有不成的！"郑回双手交握，道，"只可惜，南诏和大唐夙愿已深！"

"小女倒是不知，愿闻其详。"

"你想想，三十年前大唐南征，双方数场恶战、死伤无数，五年前南诏北上，是大王亲自领的兵。沙场交锋，那可是重重伤了和气的！要在朝夕间化解，谈何容易。"

"有郑相国的劝谏，此事也不难啦！"

"不不。"郑回摇摇头，"就算不提旧事，眼下大王就有一个心结解不开。"

薛涛疑问地看着郑回。

"大王心里有个人。她是以细作的身份被派去大唐的，这一去，却躲在巴蜀之地不愿回来。"

"难道是伊诺？"

"就是她！旁人逃得，她却逃不得。"

"一个细作，影响这么大？"

"对！因为大王心里有她。"

"啊？这伊诺是个怎样的女子？"

"她呀，我是看着她长大的，她是个普通女子，绝不可嫁给大王做正妻。"

"为何？"

"南诏王子只能跟罗部独锦族的女子成婚，这是先王立下的规矩。大王的母亲就是独锦王之女，大王的正妻，也是独锦部美人阿赛琅。"

"这规矩真蹊跷。"

"统一南诏时，罗部是立下了汗马功劳的，罗部独锦一支也是出了名的出美人，女子常年以温泉为浴，肤如凝脂，眉目俊秀，不似普通异族那般粗犷。"

"原来如此，大王相貌白皙，原来是随了母亲。"

"对，伊诺只是个河蛮族的奴家女，作了细作，去了大唐，气性越来越大了，不愿回来做大王的妾婢，可大王还偏偏记挂她，不寻她回来便心气不顺，归唐之事都要受牵连。"

薛涛双目低垂，心想，可不是吗，连自己都被连累得有家不能回。

虽说受了拘禁，宫廷里的舞会晚宴、宫外的骑马出游，薛涛都会时不时出席。三月初十，郑回奉命去南诏的旧都太和城为大王筹措祭祀之事，薛涛闻讯，也要去看看。

如今的都城苴咩城是座石头城，走在街头，脚下踩的是青石板路，墙头扫着碧油油的藤蔓，街道两侧修了水渠，淙淙的流水日夜不息，已是很美，惠珠却说，苴咩城与太和城没法比。

薛涛和郑回乘车向北前往太和城。亲眼见了才知道，太和城经过南诏几代人的经营，城墙坚固，宫殿巍峨，确实更具有王族气象。

一进旧都郑回便感慨良多："先王阁罗凤在世时，城中多繁华！老爷子说过，厄塞流潦，高原为稻黍之田；疏决陂池，下隰树园林之业。易贫成富，徙有之无。家饶五亩之桑，国储九年之廪。如今……"

"如今不也是稻田如镜，园林蔽野？仍是富庶之地，比中原亦有过之而无不及。"

"但我们却不得不弃之，迁都到苍山洱海边上。"

"这又何必呢？"

"五年前南诏吃了败仗，从此兵力不足。太和城却易攻难守、靠近唐境，上有吐蕃挟制。但凡有一点办法，我们也不会迁都。"

"方才经过城门，门前立着的那块大石碑，是什么来头？"

"石碑是三十年前立下的，为的是祭奠战场上牺牲的战士们，不光是南诏的勇士，也包括大唐的战士。先王说过，生虽祸之始，死乃怨之终，那场战争南诏杀唐军十万，同时也自损五千。哎，谁愿看同族壮士们赴死呢？先王其实最不愿打仗。"

"那又为何叛唐？"

"后来我才明白，他们叛唐，有不少不得已的苦衷。"

在城中驻留的四天里，薛涛好几次借观瞻石碑之名溜到城门边，可惠珠把薛涛看得死死的，叫她彻底断了逃跑的心思。

回苴咩城那天天气微热，马车开进城门，薛涛便听见外头的侍卫小声议论："看，吐蕃兵！"

"他们怎么蹲在咱们城门边上？"

"也别一直盯着人家呀，小心点！"

听了侍卫的话，薛涛也有些好奇，撩开车窗的布帘朝外面瞄，只一眼，便扑哧笑出了声。苴咩城城门内一向无人逗留，这会儿却有五个吐蕃人不讲规矩、蹲守在城门边上，格外醒目。其中一个男子身材魁梧，却穿了一身又厚重、又窄小的吐蕃军装，大概是热得汗流浃背，他下巴上粘的一圈儿络腮胡，左腮的胡子已经脱落了一小半。瞧他的眉目，不是大将军韦皋又是谁？他平日都是穿一身笔挺气派的官服，此时却乔装扮作吐蕃的小喽啰蹲在道旁，狼狈至此，还是被薛涛一眼认了出来。

而韦皋同样机警，也在第一时间望向了车窗内的薛涛，猛地站起了身。

第十二章 万里应相照

1

自打回了宫,薛涛就喜滋滋哼着小曲翻着书,看到一本南诏的诗文册子上记着这么一首《归师曲》:

天径云开马蹄扬,旌风卷虹霓。角号海螺,声震古道,铎鞘金鞍少年郎,盔插山茶独一朵。战马嘶啸,蹄打磐石寻旧路。报子频传,洱河渡口万人歌,饮马洱河濯荡,慢马敌血洗。擦净长剑,寒光射日月。归师乐,乐无穷,戈海刀林我出没。横扫唐师十万众,是非属谁说。得胜归喝回归酒,刀兵无情多愁人。多少诏民沙场死,五万寡妇泪淋淋。

这首诗是留学于长安的南诏世子凤迦异所写,诗作载录战场的血腥与残酷,薛涛却只读出独属于异域的万丈豪情。她知道,她马上就能回成都了!

入夜,她不除衣衫,和衣睡下,到了子时,果然听到院子里两声闷响,草丛中分明有窸窸窣窣的响动。惠珠在外面的隔间睡得也轻,听见声响,赶紧开门查探。才一开门,她便低喊一声,被人捂住了口鼻,后背也遭了袭击。

薛涛早已从床铺上坐起来,她拖着布鞋、踩着小碎步跑到外间一看，韦皋正站在门口，他眉目间除了往日的冷峻与戒备，满是焦虑的神色。薛涛乍一见他，心头一暖，冲过去便搂住他的脖子。

松开手，薛涛才意识到自己逾矩了。红着脸，她对一身南诏侍卫打扮的韦皋说："没伤着刚才出门那孩子吧？她叫惠珠，她不是坏人。"

"没事，过会儿便会醒了，我们抓紧时间，赶紧走！"

韦皋给薛涛披上一身侍卫服，随后便牵着她出了这间宫苑，顺着宫墙往西南方向走。他们身前身后，各有两名侍卫相护。

薛涛问："不走宫门？"

"这个时辰，宫门早关了，怎么可能出得去。"

"我以为城武兄来了，便是去哪儿都能畅通无阻呢！"薛涛轻松笑着，咬了咬嘴唇，见了韦皋，她就一点也不担心。

韦皋看薛涛笑脸俏丽，不觉将她的手攥得更紧些，这时候，薛涛的一颗心便扑通扑通直跳。不知为何，这一次，她有种前所未有的体验，仿佛每走一步，每次呼吸，整个人化作甜软的酒酿，就快从酒樽中漾出来。

明明谁都没喝醉，空气中却挥散着一股令人迷醉的味道。

转眼，一行人到了宫殿西南角，一名侍卫娴熟地笼着双手，朝宫墙外边模仿布谷鸟的叫声连叫三下，墙外立即有人甩过一架软梯。

一名侍卫拽了拽这藤制的长梯，长梯踩上去虽摇摇晃晃，却编得十分结实。侍卫先爬过去，接着便是薛涛，韦皋紧跟在薛涛后头。

出了宫，墙外石板路上，已有两辆马车等候多时。大家在车里改装扮作吐蕃士兵的模样，就这么驾着车径直奔向城门。经过简单的盘问，他们出了城朝北疾驰。

韦皋陪薛涛同坐在一辆车中，坐稳便问："可有受伤？他们有没有伤着你？"

见薛涛笑吟吟地摇了摇头，面色红润，双眸如往昔一般明澈，韦皋便知道她没什么大碍。但还是气呼呼地说："此次一去，待我下次再来，便踏平苴咩城！"

"好端端的，干吗踏平一座漂亮恬静的城池？"

"废话！南诏人自己断了活路！大老远把你绑来作甚？"

"对，还害得城武兄大老远赶过来，真是罪过……谢谢了！"

韦皋听了这话，得意地仰头一笑，薛涛却机灵地眨了眨眼，话锋一转：

"就算你不来救我，我自己也回得去。"

"对，对，你凭自己本事，什么都能做得到！"

"不不。"薛涛伸出手指摆了一摆，"这次，完全是靠命。若不是命好，我便要被那异牟寻砍了头。"

"异牟寻？你见到他了？"

"经常见面呢！次次都拜谢他不杀之恩……"

"所以，你不走，是因为他？难道，他模样生得俊俏？"

薛涛抿嘴一笑，狡黠不语。

"洪度，你可是越来越不老实啦！"韦皋朝手上哈了哈气，似要胳肢她。

"城武兄！将军！别闹……"薛涛最怕旁人挠她痒痒，于是抓住韦皋的双手连连求饶："跟你说正经事，你怎知我在南诏的？"

"哎！宴会那晚我便发现你不见了，搜遍全府都找不到，就勒令府衙的丫鬟、小厮、侍卫们报线索，知而不报重重地罚，一旦报了就重重地赏。还好，有个侍卫说了，当天喝醉后他歪在东院墙根儿，发现几个人扶走了一个穿蓝衣裳的女子，听他的形容，那女子就是你！带你走的人之中，有个小孩穿一身黑衣，围着围裙，打扮甚是特别，我仔细问了问人，这装扮就是南诏人的装扮。"

"这样，就能找到苴咩城？城武兄真是神机妙算！"

"还不是你机智，在蓉路客栈里留了这个。"韦皋从怀里掏出一对金饰镶翠耳环。"不光留下这个，你还特意透露给店家，说你们要去苴咩城，对不对？"

"对，听说这家客栈是大唐去南诏必经必住的一家。"

"唔。"韦皋沉下脸道，"南诏人委实不知好歹，竟敢从我府里劫人。"

薛涛点了点头，正襟说："不过洪度真没想到，城武兄会以身犯险，亲自来南诏救我。"

"这有什么奇怪？我宁愿以身犯险。再说你已为我……为我们成都府的公务冒险好几次，万一派了旁人来，他们却找不到你的行踪，那可怎么办？"

"城武兄地位尊贵，是西川之主，倘若兄台有个闪失，西川必定像失了统领的魏博那样，出大乱子。"

"该乱的，总要乱。多的是人想要我性命！今日不救你，日后也不知会倒在哪条道上。我这个人，凡事只认此时、当下。真到了要为国家社稷舍弃性命的那天，韦某义无反顾。若是为保洪度周全拼尽最后一口气，也一样，值了！"

韦皋这般言辞朴素地吐露心声，是第一次。他向来待人狠戾难以捉摸，此刻，双眼却闪烁动人，惹得薛涛不由心生感动。若没有暗夜作掩饰，怕是要让韦皋察觉她眼中的泪光了。她转过头，拨开窗帘，只见空中一轮圆月高悬，月光下的庄稼在黑暗中透着勃勃生机，一秆秆直立着。薛涛看了会儿窗外，才收住眼泪。

韦皋问："到底，你是为何被抓到这南诏来？南诏人行事过于奇怪了！"

"城武兄不记得，我那天穿了一身南诏舞服啊！他们将我抓了，是为了给他们的王献宝，以为我是南诏人，是他们在西川安置的细作。怎么知道……我其实不是南诏人。"

"奇怪！不过未来我军必攻吐蕃，也断断绕不开南诏的，早晚有一天打过来。"

"城武兄，我这一路南下，增长了不少见识，看到不少南诏官兵。我想，若是真的对战南诏，只消将战役时间拉长大唐便有胜算。南绍人擅突袭，最怕的，是持久战。"

"怎么讲？依线人所报，南绍人能征善战，将士们分为三类，一是乡兵，二是常备军，三是充任沙场先驱的部落武装，最是骁勇。"

"我也是一路走，一路看，一路打听，南诏虽自上而下军队编制齐全，兵刃也精良犀利，但出征之时，每位兵士仅携带米粮一斗五升，外加若干鱼干，除此之外别无给养。"

"粮食不足，便会时时担心粮尽，急于求胜……"韦皋思虑片刻，叫道："这可是致命弱点！"

"不过，若能不费一兵一卒，不战而胜呢？"

"哦？洪度还有好点子？"韦皋盯着薛涛的双眼说。

"以往南诏是被迫反唐,如今在吐蕃欺压之下,已萌生归顺之意。若大唐与南诏联手,岂不是能让边境百姓少受战火涂炭?"

说到几十年前南诏反唐,除了德化碑上的长篇文书,薛涛还向韦皋道出碑外的故事。

南诏叛唐之前,掌管云南一方的是云南太守张虔陀。大唐官员多半经过翰墨文章的熏染,做人有风骨,做事遵礼道,张虔陀却是个异类,他与登徒子一般,好色又贪财。

异牟寻的爷爷阁罗凤根本不知道这位新太守的行事作风。作为当时的云南王,为显示诚意,他专程备了薄礼、带着家人到张虔陀府上拜会。谁知这一去,张虔陀便盯上了云南王王妃——南疆首屈一指的美人香花夫人。筵席上,趁云南王离座之时,张虔陀便忍不住出手调戏,待之不以礼。欺辱王妃不说,还霸占了与王妃同一部族的贴身婢女,惹得阁罗凤怒不可遏。

不光如此,张虔陀还厚颜无耻地找阁罗凤索要财宝银两,被阁罗凤一口回绝。

张虔陀恼羞成怒,状告朝廷,诬陷阁罗凤,说他迟早要反。如此挑唆朝廷出兵,张虔陀盼的就是借助朝廷兵力一举灭了南诏,将南诏的财宝和美人统统收入自己囊中。

阁罗凤也不傻,他早已派人暗中监视张虔陀,知道对方恶意诬陷,便一封奏折快马加急送入长安,也告了张虔陀一状。只不过他没料到,京中派到云南查探此事的宦官贾奇俊和张虔陀是一路货色,张虔陀稍加贿赂,贾奇俊便混淆黑白,回京禀告皇上,说南诏果然包藏反心。

这时候,阁罗凤对时局已是彻底绝望。他和他的部将们做了决定：与其等唐兵来围剿，不如积极进攻，以命搏杀，拼出一条血路。愤怨之下，这支刚刚统一了南诏各部族的精兵强将以闪电战的战术，发兵攻打张虔陀，杀之，取姚州及小夷州等西南多地。

听了薛涛的描述，韦皋对当年视死如归的南诏大军竟也萌生了钦佩之情，他问："洪度怎么知晓得这么清楚？"

"异牟寻身边有个清平官，郑回，是大唐人，他告诉我的。"

"噢！听说，异牟寻的父亲和异牟寻本人，都是受教于郑回。"

"对，郑回力主唐诏结盟。不过异牟寻还是有些顾虑。"

"什么顾虑？"

"大概，是因为一个女人。"

"啊？"韦皋睁大眼睛，无论如何都不敢信，"为了个女人耽误国邦大事？"

薛涛忍住笑，看着韦皋的眼睛说："城武兄！你有什么资格去评判旁人的生活方式呢？都是生存之道啊！"

韦皋瞧出薛涛脸上的笑意，自己先乐了："怎么，你敢揶揄我，笑我也因为一个女子，耽误政务大事？"

这下子，薛涛掩袖笑起来。

满天的灿星明月，霎时间都黯淡了。

韦皋暗叹：如此花月美人，才艺绝国，又与自己心意相通，岂不令人渴慕！

他伸出手臂将她揽入怀中，像一只懒猫，以脸腮蹭了蹭她的粉颊。

而薛涛也从未如此贴近一个男子的脸庞，看着这男子满眼的宠溺与喜爱，她浑身每一个毛孔似乎都张开了，自觉地迎接这个她自认为还算陌生的男人。这份冷调的陌生感,让她通身血液涌动,瞬间燃至沸点,此时窗外恰好飘来一阵不知从何而起的异香,穿过面前这男子的脖颈,由风送来,让她忍不住凑近去嗅探那份隐秘的味道。

她亦没有理由不迎向他的怀抱,投身于薄衾软榻之上。

第二天天明,她看到道旁树丛中一簇簇喷薄而出的花束,淡黄绯红。

"看,沈丁花!"

她欢快地嚷到。

熏风拂过,那些花儿似乎也嚷嚷着应答,齐齐在风中轻摇轻舞。

转眼便是花团锦簇的一年之春。

2

暮色沉沉,城门关闭前,一队卫兵护送余遥从眉州赶到了成都府,将他安顿在府衙偏院,院内院外守卫森严。

待韦皋和薛涛一回成都,使府内立即忙起来。镜湖西南岸多的是曲曲折折的水榭亭台,这一天,最大的一间游亭内,向北、向西、向东挂起三道竹帘,坐榻案台也置了三套,分别摆在帘幕后头。韦皋当晚便要在此设宴。

定昏之初,余遥由三名佩刀侍卫领到游亭,一抬头,见这座亭子牌匾上横题着"万空亭"三字。一名侍卫安排他在西面的案椅就座,自己则守在他身侧不远处。

此时天色已黑，余遥虽说端坐着，却也发觉了另外两幅竹帘，只是不知道竹帘后边藏着什么人。他心中犹如有只蝴蝶扑腾，七上八下，正当如坐针毡之时，忽闻北向的帘子后，一个清朗的男声道："主公，是否吩咐起菜？"

另有一男子"嗯"了一声。

一听"主公"二字，余遥就明白，帘后的那位是西川节度使韦皋。自己安于做个眉州小官，和位高权重的韦皋从无交集，所以，东边的竹帘后头，必定坐着青坪街的小邻居——薛涛。

余遥袖管里的右手，不自觉地抖动起来。

不一会儿，凉菜、热菜一碟碟送上桌。菜肴里除了益州小吃、西川名菜，还夹杂着绍兴醉鸡、葱白河虾等几道清淡的南方小菜。紧跟着，一壶酒上了桌。

朝东的帘幕后头，一女声发了话。

"余遥伯伯，从眉州一路过来，辛苦您了。"她言辞客气，语调则四平八稳、不露声色，说话之人正是薛涛。

余遥瘪了瘪嘴，吞吞吐吐道："是……是洪度吧，何必这么客气呢！"

"余伯伯，许久不见。小女离乡，疏于探望，想要见面，只好劳您跑一趟益州，今日又是主公赏光做东。望余伯伯莫怪小女。"

"怎么会，怎么会！"余遥垂头蹙眉，突然又想起还未对长官行礼，连忙起身想到三张帘幕的正中央向韦皋行礼，谁知刚屈起身子，旁边那名侍卫就上前一步，示意他坐下。

余遥只得在帘后说："见过韦将军！久闻将军大名，下官这边有礼了。"知道韦皋看不见他，他也照样作揖行礼，不敢有半分马虎。

北帘后头传来一个沉郁的声音："今日私宴，不必拘礼。"

薛涛道："余伯伯，您是江南湖州人，总与父亲共饮花雕，今日小女也为伯父备了些。"

"谢谢洪度，还准备这个。"余遥回话道。

"那咱们把酒满上，第一杯，敬思齐。有阵子没见了，很想念他。"薛涛自斟一杯，边倒酒边说："主公，思齐是余伯伯的长子，从小和我一起玩大的。"

余遥也顺手提起酒壶斟酒，他的右手颤个不停，于是打算换左手提壶，谁料旁边的侍卫走到近旁替他把酒斟满了。

余遥轻声道谢，对薛涛道："思齐他呀，这一年来过成都好几回。"

"我知道，我见过他一次，他帮我捎来几本书，又帮我捎回去一点银钱。大概，他来益州，不是次次都找我的。"

"不不，他都是来找你，只不过有时你不在成都。从小到大，他就知道跟着你！"

"我干了吧。"薛涛仰脖饮下一杯酒，又说："这第二杯，敬主公。主公的文人风骨、武将韬略，令小女大开眼界。更要感谢主公让我知道，这世间仍有一方天地可由自己施展拳脚。"

韦皋道："洪度谬赞！来，干了这杯！"

余遥寻思，自己也得敬韦皋一杯酒，他忙说："韦大将军，下官也敬您……"

话音未落，薛涛也不理他的说辞，直接说："第三杯就敬余伯伯您吧！"

"岂敢岂敢！"余遥絮叨着。

"从小，伯伯就对洪度诸多照顾，家父出事后，又频繁为父亲疏通走动，搭了银两搭人情的。我离开家，家母多亏伯伯和伯母关照，这些，洪度没有一天不铭记于心，这一杯，我先干为敬。"薛涛双手捧杯，将满满一杯酒喝个干净。

"没，没，不敢当……"余遥无奈地摇头、喝酒。

谁知薛涛正色道："为何不敢当？"

余遥将酒杯重重搁回桌上，答："薛兄为人刚直，心怀天下，我余某，愧对兄弟。"

"何来愧对之说？"薛涛冷冷问道。

"哎。"余遥叹了口气，说，"在这里住了十一日，我也累了。度儿既然召我过来，想知道什么，就问吧。"

余遥抬眼直视前方，隔着两道竹帘，他根本辨不清薛涛的情态面貌，却仿佛望着她的双眼。

亭内静默片刻，一名小卒从对面的席位过来，递上一封书信给余遥。就是那封《与尚书张延赏论西川事官书》。

余遥颤颤巍巍将信捏在手中，细细看了一遍，之后又将信件封回原样，说："洪度来了成都，果然厉害了，连张中丞的私信，都能拿到手。没错，卢相国确实下达了裁撤之命，相国之命，无人敢违！"

"相国之所以下达这裁撤之令，不也是听了眉州某位故人的意见！"

"哈，哈哈哈！"余遥忽然大笑起来，"涛儿定是查到，我小舅子和卢相国是同乡，乡谊之情颇深。那又如何？你真以为，堂堂相国会听一个八品小吏的摆布？"

薛涛反问："既如此，堂堂相国，怎会与我父亲这样的小官结仇怨，害他致死？"

"君子坦荡荡，小人长戚戚。你父亲的死，不是因为我余遥！"

"人之将死，不愿妄背罪名。卢杞临终前，已经将您的名字明明白白说与我听。"

"我……确与卢杞提及裁撤的事，但薛兄不是我害的！"

"那是谁？究竟是谁害了家父？"

"我已经说了，薛兄心怀天下，为人刚直。"

"什么？"

"就因为薛兄性情刚直，不谋私利，心怀天下。"余遥忽然哀哀地扶额说，"我不是不想救他，是救不了他！"

3

"孩子，你记得，是哪一年来眉州的吗？"余遥问薛涛。

"四岁那年的夏天。"

"大历九年，那年的夏天很是潮热，你们一家从长安搬来，你伯母特别高兴，说思齐正念叨着要个妹妹。"余遥闭上眼回忆着。"可你父亲却总是锁眉。他原本在京师为官，因奏对时为平民请愿，言语颇有冒犯之失，先帝贬他来眉州做司仓。据当时的刺史说，事情不严重，过两年薛兄还会回去的。"

"在家中，父亲可一直没提过回长安的事儿。"

"是啊！先帝后来一病不起，再也没想起眉州的薛司仓。"余遥道。"其实在地方做事，自成一体，许多时候也是逍遥快活。那些年边地多战乱，眉州土地肥沃、农商殷实，税赋虽重，你父亲也都能按时按度查录收缴。可建中二年，上头传令，减轻了西川多个州县的赋税。"

"这……"薛涛听出些端倪，默默皱眉往下听。

"减轻赋税，对一个州县的地方财政来说可是大好事。当时眉州由张延赏张中丞主理，几位官员就私下向张中丞谏言，说是按照原税点收税。不料薛兄偏要秉公处理，让这上上下下的官员都没了油水。我不是没劝，劝了多次，他就是牛脾气，一点也不圆融！如此行事，谁能容他？惹了众怒，最后才惹来建中四年那场大祸！"

听了余遥的话，薛涛感到头顶仿佛有一口大钟"锵"的一声从高空落下，将她整个人扣在其中，她只觉眼前漆黑，四面八方传来轰鸣、巨响，撕人心肺。她扶着案台怒斥："父亲何罪之有？何罪之有？"

此后，她竟说不出一句。

韦皋见薛涛半晌不言语，厉声道："大胆！为何到如今才说真话？明明是眉州的刺史、司法，还有你余司户目无国法规章，私自陷害忠良！"

听到长官的斥责，余遥泄了口气。他缓缓说："我知道，早晚有这一天的。看着胡一舟他们被革职查办，我就知道早晚轮到我，不，自度儿来成都那天起，我就没有一日睡得安宁，风水轮流转……与其每天担惊受怕、求神拜佛，不如现下把话说开了痛快！我们这些小官，也没杀人放火、坑蒙拐骗，使一点小伎俩不过是为了让日子过得舒坦点儿……哪怕是张大人、卢相国，身居高位，在圣上旁侧辅佐，也需要银两珍宝周旋打点。何况我们这些小官？"

韦皋沉下嗓子，摸了摸鼻子，道："岂有此理！满嘴胡言！轮得到你在这里颠倒黑白、诡辩使诈么！拿朝廷的俸禄，却不好好替朝廷办事，当百姓的父母官，却不好好做人？"

"韦大人，这世间可不是非黑即白，黑白之间多的是半明半晦的灰色地带，王侯将相，都由凡人做。您已是镇守西川的大将军，不能不知吧！"余遥苦笑起来，"小人游走于官场，那时候只有一条路可以走，可以活！我实在是没法救薛兄！"

"没办法？你就不能向张大人参眉州的狗官一本？若不顶用，找卢相国可否？再不顶用，朝中那么多御史中丞，你个个都问过吗？心术不正之人，如何走正道？"韦皋横眉拍桌，又说："你可看到，我们今日坐在这万空亭内。想必你也知道志空和尚的《万空歌》？"

"知道！下官还记诵过几句，南来北往走西东，看得人间总是空。天也空地也空，人生杳杳在其中。日也空月也空，来来往往有何功。田也空地也空，换了多少主人翁。金也空银也空，死后何曾在手中。"余遥说罢，不知怎的，眼中竟淌下两行热泪。

"官场浮利熏心，平日即便是游宴小憩，也不能不时时刻刻提醒自己，该如何做人、如何为官。你说薛郧与大家作对，恰恰错了，是眉州这几颗老鼠屎在跟天下人，跟我们大唐的官制作对！"

"韦大人，下官也是不得已，我真的……"余遥忽然转脸对薛涛道："度儿，打从你小时候起，伯伯都是把你看作我家儿媳，当作我的亲生女儿疼爱呵护！洪度不要怪伯伯……"

"莫要牵扯其他，她若到你家做了儿媳自然好，你就能一辈子

第十二章　万里应相照

牢牢将她拴住,不让她查明她父亲的案子!你老实交代,当日这桩案子,到底是哪些人主使、谋划?细细道来!"韦皋说。

"谋划此事的,是眉州前任刺史崔熙庭、司法胡一舟。捏造伪证的是贾真,上头是卢杞做的批复,张延赏……张大人也知晓此事。"

薛涛此时缓过劲儿来,问:"狱中,我父亲并非死于时疫,对不对?是餐食出了问题?"

"那是胡一舟派管刑狱的人干的,不是我,不是我。"余遥叫嚷起来。

"但你曾向卢杞上书谏言!还有,你没默许贾真捏造伪证?那几纸物证,被偷换的户籍册,不要告诉我您一概不知!"

"我……我……"余遥整个人瘫坐在座位上,垂下双臂,叹了一句,"不紧要,不妨事了。纠葛仇怨,只能任人评说。落得如此地步,我又岂能堵得住群言嚣嚣……"

帘幕后头,韦皋给秋生打了个手势,秋生说:"先拉下去。"

亭内一名侍卫靠近余遥的席位,要带走他。

余遥大叫:"且慢,可否准我喝完这壶上好的花雕?"他捧起酒壶,斟酒一杯,说:"这花雕,好啊!四川水好,但终究与江南不同,山泉与湖水怎能一概而论?在眉州买到的都是本地酿造的花雕。今日,涛儿为伯伯准备的这一壶,是真正的江南水、江南精酿!好酒!"

余遥饮下一杯,又干脆提壶,将这壶酒灌进自己嘴里。暖香的酒水从他腮边溢出来。

他神鬼莫测地扑到侍卫身前,拔起对方的腰刀,狠狠一下抹了脖子。

一道热血溅上侍卫的衣裾，瞬间，余遥脖颈处血如泉涌。

刀掉落在地上，薛涛奋力扯下面前的青帘，看到余遥面前的竹帘上，血迹斑斑。

韦皋冲过来一把搂住薛涛，她已满脸是泪、泣不成声。

韦皋一边拥她肩膀，一边捂她双眼，道："余遥这样决绝，可知我们一点也没冤了他！"

薛涛终于忍不住倒下，啜泣许久，她说："还记得在眉州的筵席上，在座所有宾客都在嘲弄我，看我笑话，恨不得立刻把我往狼窝里送！"薛涛呜咽着，不住地喘气，"只有余伯伯帮我，求情说话，直至醉倒！"

"所以我才不愿你知晓实情，不愿你亲自审他！幸好你是隔着帘幕，记住，脆弱或深情，万不可让敌人看见。"

"我不想树敌，不想与人斗！"

"活在世上，哪能不斗……"

"那日我们离开卢杞病榻前，出了门你又折返，那时你已经问明白余遥和这桩案子的关系了，对不对？"

"真是什么都瞒不住你！我本想默默帮你了了恩怨。要知道，故人反目，最是伤人。"

这时候，秋生已叫侍卫们把余遥的尸身拖了下去。一名侍卫又特地转回来禀报："将军，这是从余司户怀中搜出的字条！"

那字条上写着：小儿思齐愚钝，至今未娶，皆因洪度。他对案件全不知情，请留他一命。

4

入春以来，薛涛一直郁郁寡欢。使府园子里桃李、海棠较别处开得早些，她也懒得走动，成日守着自己的闺房、小院，宴饮更是能推就推。

春分后的一天傍晚，秋生请薛涛赴晚宴。

"赴宴的还有什么人？"薛涛问。

"只有将军和薛娘子二人。"秋生微笑着回答。

薛涛一听是和韦皋二人用餐，并不排斥，道："噢。这就去吧。"

秋生一愣："娘子不换身行头？"

薛涛低头瞅了瞅，这天，她穿一身旧棉布袍子，外头套着灰色夹袄，十分随意。"吃顿家常便饭，何须盛装。"她就这样出了门。

跟秋生到了府衙北苑，薛涛发现湖边滩上架起一座平而阔的木制露台。台上临湖处支着挑高的牛皮大帐，颇有异域色彩。

"今天便是在此处用餐？"薛涛问。

"正是。"

薛涛好奇地跑到帐前，见韦皋已在帐内踱步，轻声喊道："城武兄！"

韦皋一转头看到薛涛，满脸笑意："洪度，快，进来坐。"

"看来，城武兄不光是御史大夫、剑南西川节度使，还可算是当代鲁班。"

明知自己被比作匠人，韦皋却不气恼，反而喜滋滋地说："怎么样，看看这大帐如何？既能遮风挡寒，又可观湖上风景。"

"见素抱朴、至朴归一，便是如此了。"薛涛笑着。这时候两名侍女捧了碗碟上桌，素白碗盘里头，装着莼菜羹、烧白鱼、藕带、笋尖几样清新小菜。薛涛瞧了瞧，很是欢喜，不紧不慢地坐下，与韦皋一同进餐。

夕阳西沉，夜色笼罩四野，不知不觉，薛韦已酒过二巡。因有两三杯喝得急，薛涛又不胜酒力，头一沉，便伏倒在案上闭目养神。凝神时，忽听得耳边熟悉的鸟语虫鸣里，夹杂着一道异常清远脆亮的声响，如歌如诉，飞扬婉转，好似从天而落。

到底是鸟雀之声，还是乐声呢？

难不成林中神鸟降临，是朱雀，或是青鸾？

那声音若有若无、似断似续，自何处飘来？薛涛懵然不知。她抬起脑袋向帐外望，湖上水汽蒸腾、白雾弥漫。水雾中能看到几点橘黄的星火朝露台这一侧涌来。

薛涛慢慢站起身说："城武兄，看那边！"

韦皋扶着薛涛一步一摇地走向帐口，见那水面上真有寥寥灯火，忽明忽暗、由远及近。灯火下，一群彩袖白裙、粉妆碧饰的少女翩然起舞。此时乐声渐强，先是一曲笛声清幽，后有笙箫筑鼓汇入，少女们纷纷展袖回裾，皎若飞雪、姿如白莲。

晚风徐来，未吹散酒气，倒让醉的人酣意更浓。醉眼蒙眬处，薛涛拍手道："奇了，湖上神女起舞，又有朱雀青鸾和歌，真真是误入清虚仙境！"

韦皋扶着薛涛，向前方指去："你看，还有呢！"

舞者们身侧，倏地亮起无数明灿灿的荧光。那是高高低低的笼纱灯、琉璃盏，在雾色中寒光闪闪，于水面投入点点光斑。

"啊，好像天上的星辰骤然跳落到水里！"薛涛惊呼。

灯下走出十余名歌者唱曲，水波送来歌声：

> 众仙仰灵范，肃驾朝神宗。金景相照曜，逶迤升太空。
> 七玄已高飞，火炼生珠宫。余庆逮天壤，平和王道融。
> 八威清游气，十绝舞祥风。使我跻阳源，其来自阴功。
> 逍遥太霞上，真鉴靡不通。

一段唱罢，薛涛道："是步虚词！"舞者和歌者越漂越近，她才看清他们是乘船而来。船体黝黑，原先是叫雾气给遮住了。而这一段歌停了片刻，近处露台下也传来琴筝和鸣，歌者时吟时唱，念唱自如：

> 扶桑诞初景，羽盖凌晨霞。倏欻造西域，嬉游金母家。
> 碧津湛洪源，灼烁敷荷花。煌煌青琳宫，粲粲列玉华。
> 真气溢绛府，自然思无邪。俯矜区中士，夭浊良可嗟。
> 琼台劫万仞，孤映大罗表。常有三素云，凝光自飞绕。
> 羽幢泛明霞，升降何缥缈。鸾凤吹雅音，栖翔绛林标。
> 玉虚无昼夜，灵景何皎皎。一睹太上京，方知众天小。
> 灼灼青华林，灵风振琼柯。三光无冬春，一气清且和。
> 回首迹结灵，倾眸亲曜罗。豁落制六天，流铃威百魔。
> 绵绵庆不极，谁谓椿龄多。

薛涛专注听曲，道："此曲妙极！音调杂糅、变幻莫测又不离其宗，韵律有阴阳回复之感！"

望着美人的盈盈双瞳，韦皋得意地说："我命乐师们新编这步虚词曲调，花了大半个月！确实是遵照八卦九宫方位谱写。"

"吴筠这两首五言，我也很喜欢！谢谢城武兄，今日真觉得到了仙境！"

"是你在诗中写，折腰齐唱步虚词，我当时就打定主意，定要排出此曲与你共赏！"

见韦皋眼眸跳动，快乐地说着些寻常话，薛涛便感到心绪激荡、面颊发热。她心里道：与自己如此心意相投的，世间怕是再无第二人了。

然而当真没有第二人么？她又不禁这样问自己。捕捉湖面明明昧昧的光影时，她想起几个月前在长安那晚，曲江江上绽放的烟花。

那个她蒙昧思慕着的诗中知己，即使相隔迢迢千里，还是让人在无数个昼夜不能安寝。

黑暗中，她第一次主动摸索着韦皋的手，紧紧握住。

他们携手到帐外听曲，远处、近处、高空中、地底下，四面八方飘来乐声。

这是道士在醮坛上绕坛穿花、讽诵词章时所用的曲调行腔。一步一探、一绕一引，众仙缥缈，步行虚空，便是"步虚声"的神髓。

南朝宋刘敬叔在《异苑》一文中曾写：陈思王曹植游山，忽闻空里诵经声，清远遒亮，解音者则而写之，为神仙声。道士效之，作步虚声。只不过，那时的"步虚声"腔调已失传。据步虚音乐填写的字词却留存下来，称为"步虚词"。

念及吴筠，韦皋感慨："写词的吴筠确是高人，通经谊、美辞赋、性高洁，最难得的是懂得进退。"

薛涛道："我只读过他的一些文章辞赋，他文辞严谨、著作丰富，应是勤勉之人。"

"天宝年间，李林甫、杨国忠辅政，朝纲日乱，吴筠预测天下将乱，便上奏要返回嵩山，圣上不准，留他在京城岳观内修炼传道。安史之乱前，他又上奏要回茅山，最终如愿去了，刚去，中原便大乱。之后，他隐居会稽山，逍遥于泉石间。"

"如此说来倒是奇人！逆流而上者常见，急流勇退者却少之又少。不过，城武兄难道也甘心归隐山林么？"

"年轻时一心入仕而不得，苦于无处施展拳脚。如今过惯了逍遥日子，却领得圣恩主理西川。人生境遇实在难料！现下一天天，不是朝会议事，就是查检军务，连坐下来看几本书、下几桌棋，都是奢望。"

听了韦皋的抱怨，薛涛逗他："那便辞了这官，做个山野闲人，不也挺好？"

"你呀！要辞官也得解决了南诏、吐蕃的边境之事，一切都放下了，才能好好找一处乡野，种几亩地，养几塘鱼，钓虾钓蟹过过神仙日子！到时候你可愿与我同去？"

"那就要看城武兄如何待我啦！"薛涛抬头看那一轮笑意满满的弯月，不禁抿起了嘴，又说："依我看，仙凡不过是一个天上，一个地下，没什么差别！仙子若失格作恶，也得贬入凡间阴晦处，受苦历劫。而人间大善、大美之处，堪比仙境。"

韦皋连连称赞："不错，大善、大美……洪度说得好！"

"还有一件事，我这些时想了又想，觉得必须得向城武兄禀明。上回说起，南诏王并非没有归唐之意，对不对？"

"是的！他是为了什么女子？"

"是因为知芸。知芸在南诏名唤伊诺，是个细作，南诏王恋慕于她，她却躲在益州不愿回去。"

"那一夜你突然被掳，也是着了这丫头的道儿！"

"是的，那一天她坚持要我换南诏服，目的就是让我代替她回去。再说，我臂上还刺着他们部族的图腾。"薛涛面露愠色。"不过她从前救过我性命，与正贯感情又非同一般。送不送她回去，还请城武兄拿主意。"

"你将此事告诉我，就代表你已经作了决定。你知道，我是一定会送她回去的。"韦皋忽然大笑几声。

薛涛问："城武兄……笑什么？"

"你现在，行事风格，俨然成了女版的韦皋嘛！就像是我的分身。"

听了这话，薛涛斜睨着身边人，也笑了。

韦皋问："你又笑什么？"

"手里没有大将军的权杖，便不可能成为另一个韦皋。充其量，我也就是另一个城武罢了。"

"城武好，城武比韦皋好得多！"说罢，两人在月下笑得开怀。

秋生不知何时凑过来，在一旁道："节帅,听说城北大片桃花林，花儿都开了,您不打算出城踏青赏玩一番?"

韦皋兴致勃勃地看了看薛涛。

薛涛答:"好啊,好容易等到了花期,怎能不赏?"

韦皋说:"明日一早就备马,赏花去!"

第二天使府大门一开,两个人便穿着一黄一青两件袍衫,驾着马儿快意北去。